GLOOMY

눈부처

눈부처

한유머 N세대 연애 소설

초판 1쇄 찍은 날 § 2003년 7월 15일
초판 1쇄 펴낸 날 § 2003년 7월 25일

지은이 § 한유머
펴낸이 § 서경석

편집장 § 문혜영
편집책임 § 이종민
마케팅 § 정필 · 강양원 · 이선구 · 김규진 · 홍현경

펴낸곳 § 도서출판 청어람
등록번호 § 제1081-1-89호
등록일자 § 1999. 5. 31
어람번호 § 제4-0012호

주소 § 경기도 부천시 원미구 심곡1동 350-1 남성B/D 3F (우) 420-011
전화 § 032-656-4452 팩스 § 032-656-4453
http://www.chungeoram.com
E-mail § eoram99@chollian.net

값 9,000원

ISBN 89-5505-757-1 04810

눈부처

한유머 N세대 연애 소설

C O N T E N T S

우선 지금 이 책을 읽고 계신 모든 분들에게 행복이 가득하기를 기원합니다.

모자란 실력으로 이렇게 책을 낼 수 있다는 것이 저에게는 굉장히 큰 행운이었습니다. 그만큼 최선을 다해 더 나은 글이 되도록 노력했는데, 그게 제 생각만큼 잘 되지는 않았던 듯합니다. 온라인상의 눈부처에서 크게 벗어나지 않도록 노력했구요. 나름대로 정리하는 기분으로 수정에 임했습니다.

늘 이야기했듯이 열심히 하는 한유머가 되도록 노력하겠습니다.

지금의 한유머가 있게 해주신 님들, 그리고 이렇게 눈부처가 책으로 나오기까지 많은 응원과 사랑을 주신 분들 모두 감사합니다.

늘 곁에서 지켜주시는 우리 가족… 아빠, 엄마, 오빠, 그리고 사랑느낌 플러스 가족 분들 모두모두 너무 감사드립니다. 또한 저희 사플 가족이면서 저에게 늘 희망을 심어주시고 응원해 주시는 존경하는 불유혜님 정말 감사합니다. 유혜님의 '한여름밤의 꿈' 기대돼요! 글 쓰느라고 약속도 제대로 못 지키는데 옆에서 저를 응원해 주던 선혜, 소희, 유리. 친구들아, 고마워! 지금은 연락이 뜸해진 허접호러님(지금은 닉네임이 바뀌었지만), 눈부처 쓸 때 옆에서 이런저런 도움준 거 고마워. 유머나라에서 눈부처를 꾸준히 읽어주신 모든 분들 정말정말 감사드립니다. 사플을 만들어주고 지금까지 좋은 동생으로 있어주는 은희야, 고맙다. 사플에 있는 우리 운영자님들도 정말 감사합니다. 그리고 유머나라에서 내 마음을 많이 위로해 주던 승규, 이식이, 장미, 원이야, 지혜, 종민이, 하늘이 언니(예리 언니!), 이름 거론하지 않아도 나를 다정하게 대해주던 모든 분들, 눈물이 나오는 이 순간 고맙다는 마음도 함께 내보이고 싶다. 건강들해야해! 그리고 내가 책을 낸다고 했을 때 기뻐해 주던 내 친구들… 윤정이, 민수, 해진이, 선아 선배, 일화, 미라, 은경이, 연아… 고맙고, 책 사라. -_-)+ 히히히~ 모든 분들에게 감사를 다 전해도 모자랄 듯한데… 다 거론하기에는 제 기억력에 한계도 있고 하니 이제 두 분에게만 더 감사의 인사를 전할게요.

　　K야, 비록 너에 대한 내 기억이 좋지만은 않지만, 이렇게 내가 글이란 것을 쓰게 한 사람이 너여서 꼭 한 번은 감사를 전해야 할 듯해서… 비록 네가 이 글을 보지는 못하겠지만, 그래도 듣지 못하는 곳에서라도 고맙다는 말하고 싶었어. 고마워. 그리고 행복했으면 한다.

　　마지막으로 저의 눈부처인 찬호 오빠에게 감사하다는 말 전할게요. 늘 글 수정하느라 스트레스받는다고 걱정해 주고, 짜증내도 다 받아주고, 항상 곁에서 힘내라고, 잘할 수 있다고 응원해 줘서 고마워요. 오빠 만난 후 더없이 즐겁고 좋은 일만 생기는 듯해서 어느 때보다 행복해요. 아프지 말고 우리 앞으로도 잘 지내요. 늘 한결 같은 마음으로 곁에 있을게요.

눈부처는 사랑하는 사람의 눈에 비친 제 모습이기도 합니다. 그 모습을 제가 누군가의 눈을 통해 볼 수 있다면 그보다 행복한 일이 또 있을까요? 어색하지 않게 서로의 눈동자를 한없이 보고 있을 수 있었으면 합니다. 그렇게 서로를 향해 웃어 줄 수 있었으면 합니다. 그렇게 서로를 사랑하며 오래오래 행복했으면 합니다. 저는 그런 눈부처를 연인이라는 호칭을 대신해서 쓰고 싶습니다. 나의 모습을 한가득 담고 있는 것이니까요. 모든 분들이 그랬으면 합니다. 가슴이 벅차오르는 눈부처를 만나 그렇게 모든 분들이 저만큼 행복하셨으면 합니다.

세상 모든 분들의 삶에 행복이 가득하길 기원하며 모자란 유머의 말을 이만 마치겠습니다. 사랑해요!!

2003. 07. 14 한유머

"잔디야!!"

나의 친엄마는 내가 아주 어렸을 때 돌아가셨다고 한다. 모두들 나를 불쌍하고 측은하게 여기지만 난 17년 동안 한 번도 내가 불쌍하다고 느끼지 못했다. 하루하루가 즐겁기만 했고, 기억에 남아 있지도 않은 엄마를 그리워한 적은 없었다. 다만 아빠마저 돌아오지 않은 텅 비어 있는 집으로 들어올 때는 가끔… 아주 가끔 외롭다는 생각을 했던 적은 있다.

하지만 나 윤잔디! 22살이 된 지금 몹시도 내 자신이 불쌍하여 그 작은 외로움이 있던 5년 전으로 간절히 돌아가고 싶어 죽을 지경이다!! 왜냐고? 이유는 오로지 단 하나, 빌어먹을 내 인생을 완전히 꼬아버린 그놈 때문이다!

"잔디야~ 환이 나가는 거 못 봤니? 어쩌니, 또 안 들어온 것 같은데… 어딜 간 걸까?"

젠장, 바로 저 인간 때문이다. 환이라는 놈. 윽!! 이름만으로도 소름 끼친다.

5년 전 아빠는 갑작스럽게 지금의 엄마를 나에게 소개시켜 주셨다. 환하게 웃는 얼굴로 나에게 인사를 건네던 엄마의 모습은 정말 아름다우셨다. 나는 이렇게 아름다우신 분이 엄마가 된다는 사실에 만족하며 기뻐했었고, 그렇게 순순히 두 분의 결혼을 축복해 드렸다. 그런데 결혼식 당일에 알게 된 일인데 그 예쁜 엄마에게는 아들이 하나 있었던 것이다. 그것도 아주아주~ 사악한 악마 같은 녀석으로 말이다. 나보다 한 살 어린 그놈의 이름은 이환이다. 이놈의 성은 지금도 여전히 나와 다른 '이' 씨이다. 우리 나라 썩을 놈의 법에 따르면 엄마가 결혼하는 쪽으로 성을 따르지 못하게 되어 있단다. 해서 환이 이름의 앞 글자는 영원히 나와 같을 수가 없다는 어색한 현실인 거다.

결혼식이 끝나고 신혼여행을 떠나시기 바로 전 두 분은 그제야 나에게 환이, 아니, 악마 놈을 소개시켜 주셨다. 크흑~ 그때는 정말 천사 같은 놈인 줄 알았건만……. 중학교 3학년이었던 악마 놈의 얼굴은 정말이지 하얗고 순결한 천사 같은 얼굴이었다. 작은 키, 눈물이 금방이라도 뚝뚝 떨어질 것 같은 맑은 두 눈, 조그마한 입술. 그 순간 나는 아름다운 엄마에 이어 예쁜 동생까지 덤으로 얻은 기분에 뛸 듯이 기뻤던 것 같다. 물론 그놈은 그때에도 역시 나를 적의에 가득 찬 눈으로 노려보고 있었지만 말이다.

나는 곧 그놈이 악마라는 것을 뼈저리게 느낄 수 있었다. 그놈의 만행을 이루 다 헤아려 적으려면 한 달을 읊어도 모자랄 것이다. 그래도 꿋꿋하게 말하자면, 우선 그놈의 양면성을 들고 싶다. 그놈은 절대로 부모님 앞에서는 악마로 변신하지 않는다. 그래서 나는 더욱 철저하게 5년 동안 그놈의 손아귀에서 놀아날 수밖에 없었다.

처음 며칠 동안은 내 호의적인 행동들을 뭐 보듯 바라만 보았었다. 그런데 날이 갈수록 점점 나를 무시하기 시작하더니 나중에는 아예 하녀 부리듯 부려먹기 시작하는 것이었다. 흑~ 내 존재 가치를 따지자면 그 첫 번째가 바로 그 악마 놈의 전용 하녀인 것이다! 두 번째 존재 가치는 바로 이놈이 점점 악마의 외모를 닮아가면서 생긴 것이다. 새하얗던 피부가 점점 그을려 가며 구릿빛… 쳇! 똥빛이라고 우기고 싶지만, 젠장, 내가 봐도 섹시한 빛깔의 몸뚱이로 변해갔다. 동그랗고 귀엽기만 하던 눈도 날카롭게 쭉 찢어지는 듯싶더니 귀여움보단 카리스마가 가미되기 시작했다. 지랄같이 우유를 퍼마시더니 끝내 내 키를 훨씬 넘어서서 이젠 내가 그놈을 우러러보게 되었고, 허우대마저 짱이다. 안 그래도 남매라고 하면 안 믿는데, 이젠 내가 남매라고 하면 날 거짓말쟁이라고 놀린다. 크흑~ 음음, 지, 진정 좀 하고… 아무튼 이렇게 변해 버린 이 악마 놈이 나를 필요로 하는 두 번째 이유는 바로 내 친구들 때문이다. 여자를 홀리는 것까지는 내가 상관할 바 아니지만, 이 악마 자식은 정말 여자를 껌으로 안다. 껌이 뭐냐고? 뭐긴! 씹다가 단물 빠지면 뱉어버리는 그런 거지. 그렇게 버림받은 내 친구만 해도 한 트럭은 넘을 것이다. 해서 난 다시는 우리 집에 친구를 데려오지 않으려고 했지만, 어찌 된 일인지 내 동생이 이환이라는 사실 하나에 모두들 우리 집에 오지 못해서 안달을 하는 것이다. 아무리 생각해도 우리 나라 여자들은 잘생긴 남자에게 너무 약한 것 같다.

아무튼 회상에서 다시 현실로 돌아오자. 또 환이 놈이 들어오지 않음에 울먹이는 마음 약한 엄마를 위해 나는 괴로운 표정을 힘겹게 삼키며 수화기를 들었다.

[지금은 고객이 전화를 받을 수 없어 음성…….]

젠장! 이번이 다섯 번째다. 이환! 오늘 네가 이기나, 내가 이기나 한번 해보자구! 오기로 여섯 번째 다이얼을 돌리고 다시 신호음이 가기 시작한다. 한참 울리던 신호음이 드디어 끊어지고 악마의 목소리가 들려온다.

[아이씨, 누구야?]

조금 기뻐해도 될까? 이 악마 자식은 나 이외에도 모든 이들에게 싸가지없이 대한다는 사실에 말이다.

[누구냐니까!!]

"화, 환아 누나야. 지금 어디야?"

[…….]

말이 없다. 흑! 난 말할 가치조차 없다는 것이다. 제길, 내 오늘은 꼭 너에게 누나 대접을 받고 말련다.

"환아, 누나라니까. 엄마가 걱정하셔. 얼른 들어와."

[큭! 누나? 지랄하네.]

봐라. 내가 이런 대우 받고 산다. 무시무시한 악마의 말투에 나는 겁에 질려 전화를 끊으려 했지만, 바로 내 앞에서 호기심 어린 눈빛을 한 엄마의 얼굴을 보자 도저히 그냥 끊을 수가 없다. 아~ 이 악마 자식은 도대체 누굴 닮았는지…….

"…얼른 들어와."

[네가 대충 둘러대. 저녁때나 들어갈 거… 야! 허리 안지 마. 갑갑해.]

허걱! 이게 무슨 소리야! 허, 허리 안지 말라니? 이 자식 도대체 누구랑 어디에 있는 거야!! 너 또 그 짓이구나.

"알았어."

내 대답이 나오기도 전에 그 악마는 전화를 내동댕이쳤지만, 나는 엄마를 위해 연기까지 해가면서 전화를 끊었다.

"아하하~ 엄마, 지금 윤우네 집에 있대요. 저녁때나 온다네요. 하하~"

"어머, 그래? 다행이다. 잔디야, 너도 어서 씻고 오렴. 밥 먹고 학교 가야지."

빌어먹을, 이런 노릇까지 해야 하는 윤잔디 인생이 불쌍하다.

"오늘 학교 안 가도 돼요. 약속이 있어서 나가봐야 해요."

"그러니? 애인 만나는 거야?"

"아하하. 아뇨. 중학교 때 친구 만나기로 했어요."

그러고 보니 오늘은 내가 좋아하는 목요일이다. 목요일이 좋은 이유는 바로 강의가 없는 날이기 때문이다. 뭐, 내가 공부를 싫어하는 것은 아니지만, 학교에서 악마 놈에 눈에 띠어 괴롭힘을 당하느니 이렇게 자유롭게 돌아다니며 나름대로의 자유를 만끽하는 것이 좋은 것이다.

"잔디야~"

오랜만에 중학교 단짝이었던 성아를 만나기로 했다. 저기 멀리서 손을 흔드는 그녀를 보자 어느새 다시 그 시절로 돌아가 버리는 나.

"성아야, 기집애 너무 이뻐졌다. 연락 좀 자주 해."

"훗~ 너도 마찬가지야. 왜 이렇게 연락이 없었어? 우선 어디 들어가서 얘기하자. 춥다."

거의 5년 만에 만난 친구이기에 반가움을 감추지 못하고 잔뜩 들뜬 나는 성아와 함께 분위기가 좋아 보이는 카페 안으로 들어섰다. 많이 달라진 성아의 얼굴은 정말 세련된 도시 미인의 분위기가 물씬 풍긴다. 난 뭐지…….

"이야~ 너 진짜 이뻐졌다. 살도 많이 빠지구."

"부끄럽게 왜 그래. 헤헤, 실은 나 애인 생겼어."

부끄러워하는 듯한 성아의 얼굴이 너무 보기 좋다. 그랬구나, 사랑에 빠지면 예뻐진다던데 그 말이 사실인가 보다.

"어머, 진짜? 언제 한번 보여줘. 알았지?"

"알았어. 근데 잔디 너는?"

"응?"

"남자 친구 없어? 이렇게 예쁜 아가씨를 남자들이 모른 척할 리가 없을 텐데. 안 그래?"

성아야! 흑! 고맙다. 나의 미모를 인정해 주다니. 쿨럭! 미안하다. 나도 예전에는 남자 친구도 많이 사귀었고, 이리저리 놀러도 많이 다녔었다. 그런데 그것도 그때뿐. 악마 놈이 나타나 설치고 다니기 시작하자 내 파란만장한 인생이 뒤틀려 버렸다. 잘 사귀고 있던 남자 친구가 나를 집 앞에 데려다 주면 어김없이 나타나 독기를 품은 사악한 눈으로 위협을 가해 다시는 날 만나지 못하게 하고, 미팅이니, 소개팅이니, 헌팅이니 내가 하는 팅이란 팅은 어떻게 알았는지 갑작스레 나타나 모조리 무산시켜 버리고 깽판을 놓는 것이었다. 무슨 억하심정인지 울면서 그놈에게 따지고 물었더니 그 사악한 놈, 한다는 말이.

"큭! 네 주제에 남자는 무슨. 야, 배고파. 빨리 앞장서."

라며 내 뒤통수를 한 대 갈겨댔었다. 대학에 와서도 나 좋다던 선배가 겨우 한둘 있었는데, 악마 놈이 내 뒤를 밟는 바람에 같은 과 남자애들은 이유없이 날 멀리하기 시작했고, 난 다시금 남자의 숨결을 10m 안에서는 느껴보지 못하는 신세로 돌아가야만 했다. 아~ 다시 생각하니 마음이 저린다. 도대체 그 악마 자식의 머리 속에는 무슨 생각이 있길래 날 이렇게 괴롭혀 대는지……. 앗, 혹시 이놈이 날 좋아하나? 음, 그럴 리는 절대 없을 거다. 아마 이런 상상을 했다는 것을 악마가 알기라도 한다면, 난 아마 못 돼도 전치 10주는 되도록 맞

을 거다. 아무리 악마라도 설마 여자를 때리겠냐고 하는 사람이 있겠
지? 하지만 이놈은 진짜 악마다. 날 밟고 치는 것에 아무런 죄책감을
못 느낀다. 흑흑, 그놈 앞에서는 마치 내가 동물이 되는 듯한 느낌이
다. 흑! 똥개도 그런 취급은 안 받을 거다. 참고로 고등학교 3학년
때, 심리적 압박에 악마에게 소리 질렀다가 죽도록 맞을 뻔했다. 악
마 자식이 집어 던진 책에 맞아 의식을 잃었었던 것 같다. 왜 사냐고
묻거든… 그냥 웃지요…….

예뻐진 친구를 바라보며 즐겁게 웃는 내 등 뒤에서 이상하리만치
불길하고 차가운 기운이 서린다. 뭐지? 불길하다. 뭔가 일이 터질 듯
하다. 여자의 육감은 무서울 정도로 예리하다. 스윽~ 하고 검은 그
림자가 나를 덥고 불길했던 예감과 맞아떨어지게 악마 놈이 등장했
다. 아주 요상한 표정을 짓고 날 내려다보는 악마 놈! 삐딱하게 서 있
는 폼이 멋있다고 여기저기서 수군거리는 소리가 들리지만 난 이 순
간이 제일 싫다. 그런데 환이 자식의 안색이나 눈빛이 평소 같지 않
다. 야릇한 느낌. 저렇게 날 바라볼 때는 나도 모르게 여기 가슴 한가
운데가 아프다. 쳇, 날 미치도록 괴롭히고 구타하는 사악한 놈이지만
이상하게 가끔, 아주 가끔 짓는 저 표정을 보면… 모를 듯한 저 눈빛
이 나를 무던히 혼란스럽게 한다. 그 혼란도 잠시… 멀대같이 서 있
던 악마 자식이 허락도 없이 내 옆에 털썩 앉는다. 흡! 안 돼! 성아는
너의 존재를 모른단 말이야.

"어머, 누구니? 잔디야, 너 아는 사람이야? 혹시… 남자 친구?"

순진한 우리 성아. 의아한 눈빛으로 나를 향해 묻고 난 다급히 대

꾸했다.

"아니야, 아니야. 아하하~ 저기 내 도, 동생이야."

"뭐? 동생? 잔디 너 동생 없잖아."

성아의 당황스러운 눈보다 지금 내 마음은 더 당황스럽다. 이제 곧 보통 때처럼 악마 자식이 나의 천사 같은 친구 성아에게 악의 마수를 뻗칠 테지. 넘어가선 안 돼, 성아야!

"나 열쇠 없어. 일어나."

헉!! 이게 어쩐 일이지? 악마 놈이 한 번도 성아에게 눈길을 주지 않고 일어나라고 투덜댄다. 이런 일은 악마를 만나고 5년 만에 실로 처음 있는 일이다. 성아는 악마 놈의 취향에 딱 들어맞는 여자일 텐데. 너무 놀란 나는 멀뚱멀뚱 악마를 쳐다만 보고 있었다.

"귓구멍 막혔어? 가자니까!"

악마 놈이 버럭 소리를 지르는 바람에 나는 반사적으로 위험을 감지하고 반대 편 자리로 재빨리 떨어졌다. 잠깐, 아주 잠깐 환이 놈의 얼굴이 일그러진다. 그리고는 그제야 성아를 한 번 쓱 바라보던 악마 놈이 갑자기 친한 척 내게 미소를 풀풀 풍겨대며 가까이 옮겨온다. 그, 그래, 이놈이 드디어 미쳤구나. 내 귓가에 닿는 그놈의 숨결에 잔뜩 얼어버린 나는 눈을 꼬옥 감아버렸다. 그런 내 귀로 들려오는 악마의 속삭임.

"일어날래, 아니면 내가 네 친구랑 놀아나는 거 감상할래?"

내 귀에서 살짝 얼굴을 떼어내며 환이 놈이 사악한 비웃음을 선사한다. 정말정말 싫은 놈이다. 하지만 성아를 저따위 놈과 놀아나게 내버려 둘 수는 없다.

"아, 알았어. 먼저 나가 있어."

할 수 없다는 내 표정에 만족한 환이 자식이 씩 웃으면서 성아에게 인사는커녕 쳐다보지도 않고 먼저 카페를 나간다. 버릇없는 놈 같으니. 도대체 뭐야. 난 친구도 마음 편히 만나지 못하는 신세란 말야?!

"저, 미안해, 성아야. 나 가봐야 할 거 같아."

"그래, 잔디야. 다음에 다시 보자. 대신 다음에 다 말해 줘야 해."

내 곤란한 입장을 알아챈 듯 웃어 보이는 성아. 크흑! 착한 것! 그녀에게 너무도 미안한 마음으로 어설프게 웃어 보이고는 카페를 나서는데 마음이 정말이지 비참해진다. 겨우 이복동생에게 이렇게 휘둘려야만 하는 내가 너무 싫다. 성아에 대한 미안함과 휘둘려 다녀야만 하는 내 신세에 대한 부끄러움, 수모, 악마를 저주하는 마음에 괜스레 눈물이 나려 한다. 화도 나고, 눈물도 나고, 복잡한 심정으로 문을 벌컥 열었다. 이를 어째… 바로 앞에 악마 자식이 서 있을 줄이야. 나는 얼른 고인 눈물을 감추기 위해 돌아섰다. 그런데 갑자기 내가 왜 이래야 하는지 오기가 불끈 솟아올랐다. 그래서 맞을 각오를 하고 다시 돌아서서 강렬하게, 그래, 나름대로는 강렬하게 환이 놈을 노려봐 주었다. 어라~ 이 자식, 다시 그 눈빛이다. 애가 오늘 왜 이러지?

"…가자."

노려보던 내 눈을 아주 잠깐 야릇한 눈빛으로 마주 보던 악마 놈이 금세 딱딱해진 무표정으로 한마디 내뱉고는 앞장선다. 정말이지 알 수 없는 놈이로다. 아무튼 안 맞아서 좋긴 좋다. 으흐흐.

쭐래쭐래 악마 놈의 뒤를 따라가는데 갑자기 뒤에서 코맹맹이 여자의 외침이 들려온다.

"환아~"

악마 놈은 돌아볼 생각도 않는다. 혹시 자기 이름을 모르는 건 아니겠지. 어쩔까 고민하던 내가 먼저 소리가 나는 곳으로 돌아봤다. 흐억! 웬 화장을 그렇게 떡칠을 했는지, 색깔도 색깔이거니와 몇 미터 밖에서도 화장품 특유의 향이 풍기는 듯했다.

"환아, 저 애가 너 부르는데?"

내가 조심스레 앞서 가는 악마 놈을 부르자 그제야 자리에서 멈춰 서더니 낮게 욕을 내뱉는다.

"씨발, 짜증나!"

헉! 왜 나한테 욕을 하냐, 이놈아. 홱 돌아선 환이 자식은 쓱 고개를 들더니 평소 날 바라보던 눈빛으로 달려오는 여자를 노려보고 있다. 큭큭, 너도 뺄어진 껌이구나. 그만 포기하고 가지. 오늘 또 험한 꼴 보겠군.

"환아~ 그냥 가면 어떡해~ 폰 번호 알려주고 가야지~"

완전히 코맹맹이 소리에 끝자리 질질 끌어올리는 게 아주 역겹다. 흰 가면을 쓴 듯한 여인네는 나를 조금 노려보더니 환이를, 아니, 악마를 바라보며 생긋거린다. 아마도 아침에 악마의 허리를 감싸 안은 여자인 듯하다. 이상하게도 여자들은 남자와 그렇고 그런 관계가 되고 나면 소유욕이 엄청 높아지나 보다. 이 여자, 자기가 무슨 안방 마님이라도 되는 듯 행세가 가관이다.

“왜?”

큭큭! 환이의 대답은 나의 예감대로 한 치의 머뭇거림 없이 나왔다. 아무래도 이 여인네는 맛있는 껌이 아니었나 보다. 킥, 아주 가끔 악마 녀석은 뱉어놓은 껌을 버리지 않고 어딘가에 붙여놓는 경우가 있다. 드러운 버릇이지. 근데 그건 그 껌 나름대로 특유의 맛이 있었다는 말이고, 많지 않은 그런 껌이 되는 여인네들만이 악마 놈의 폰 번호를 알 수 있는 특권 같지도 않은 특권을 누릴 수 있다. 그중에 이 여인네는 끼지 못하나 보다.

“왜, 왜라니? 저, 그, 그러니까……..”

역시 많이 당황한 듯한 여자의 꼴을 보라! 뱉어진 껌들은 결국 저런 최후의 말로를 맞이한다. 저렇게 살고 싶을까? 가끔 악마 놈이 여자를 대하는 것을 보면 화가 불끈 솟아오르지만 그래도 어쩌냐, 악마의 손아귀 속으로 스스로 들어가 버린 대가인 것을…….

“귀찮게 하지 말고 가라. 짜증나니까. 그리고 너, 빨리 걸어.”

이놈은 괜히 나한테 성질이야. 씨~ 아무튼 나는 멍해 있는 여인네를 한 번 쓱 쳐다봐 주고 악마의 뒤를 바짝 쫓았다. 그때 악마 놈이 작게 웃더니 무슨 소리를 내기 시작했다. 실성했나? 뭐라는 거야?

“큭큭. 3. 2. 1.”

“야, 이 나쁜 놈아!! 죽어버려! 악악! 재수없어. 망할 것들, 다 죽어버려! 어디 얼마나 잘되나 보자구! 네가 잘났으면 얼마나…….”

헉!! 악마의 카운트다운에 맞춰 흰 가면의 여인네가 우리 뒤통수에 대고 미친 듯이 욕을 해대고 있었다. 악마야, 얼마나 많이 겪었으면 카운트다운이 그렇게 정확하게 들어맞냐? 어이구, 불쌍한 중생아~ 근데 왜 나까지 욕을 먹어야 하는 건지. 이게 다 악마 놈 때문이다. 안 그래도 이놈이 씹었던 껌들은 나만 보면 못 잡아먹어서 안달인데 말야. 쳇, 다 네놈 때문이야.

"완전 쇼를 하는군. 저래서 싸구려 껌은 싫어. 안 그러냐?"

웃으면서 그런 말 하지 마라, 이놈아. 너도 언젠가는 너를 껌같이 보는 여자한테 당하게 될 테니 말이야. 내 그러길 빌어주마. 쿠헤헤헤~ 쯧쯧, 사랑도 모르는 네가 오늘은 좀 불쌍해 보이는구나. 이놈이 갑자기 측은한 생각이 든다. 왜 이렇게 인생을 막 사는지…….

"너 한 번만 더 그런 눈으로 보면 죽여 버린다."

"아, 으응."

악마가 측은해하는 내 눈빛을 눈치 챘나 보다. 흑. 알았어, 다시는 안 그럴게. 솔직히 너보단 내가 더 불쌍하지. 암, 그렇고말고. 난 얼른 눈길을 거두고 오늘따라 유난히 이상한 분위기를 내뿜는 환이의 뒤를 따른다.

드디어 오늘만 지나면 황금 같은 주말이렷다! 나는 들뜬 마음으로 방긋거리며 강의실로 들어섰다.

"어머, 잔디야. 여기야, 여기!"

쟤가 누구더라? 아~ 정화라는 애였지. 저, 저기 너 언제부터 나랑 그렇게 친했냐? 아항~ 그러고 보니 이 강의가 악마 놈이랑 같은 강의구나. 이 시간만 되면 강의실에 있는 모든 껌들, 아, 이런 옮아버렸군. 껌이 아니라 여자들은 내 옆에 앉지 못해서 안달이다. 왜냐하면 무슨 생각으로 사는지 알 수 없는 악마 놈이 꼭 내 옆에 앉아 졸아대기 때문이다. 제 친구들은 다른 과목을 이수한다고 들었다. 그럼 자기 혼자 앉으면 되지, 애도 아니고 왜 내 옆에 앉아서 이렇게 괴롭히는지! 아무튼 나는 문 앞에 서서 내게 다정히 손을 흔들어대는 정화에게서 시선을 떼고 내 친구군단을 찾았다. 역시나 아니꼽게 정화를 노려보며 맨 뒷줄에 쫙~ 진을 치고 앉아 있었다. 휴~ 어디로 가야하나. 친구에게 가자니 입방아 찧는데 귀신같은 정화 기집애에게 정신없이 씹혀댈 테고, 그렇다고 친구들을 배신하자니 후환이 두렵다. 한참 고민에 빠져 있는데 누군가 내 뒤통수를 세게 친다.

“아씨~ 누구야?”

“길 막지 마!”

“어머어머어머, 환이다!”

“어떡해, 왔어.”

돌아보지 않아도 알 수 있다. 악마 놈의 시키!!

“어디 앉을 거야?”

“또 내 옆에 앉게?”

울먹이며 애원조로 묻자 악마 놈이 나를 쏘아본다. 그러더니 뚜벅뚜벅 맨 뒤로 걸어가 버린다. 그리고 내 친구군단 옆에 내 자리를 하나 비워두고 털썩 주저앉는다. 아이구, 퍽도 고맙구나. 놈은 바로 수면 자세로 들어가고 나는 그런 놈을 보고 있다가 오늘도 선택의 여지 없이 그곳으로 향했다. 그놈의 행동에 정화 기집애는 자기의 친구들에게로 돌아가서 뭐라 궁시렁대고, 내 친구군단들은 승리의 쾌재를 부르며 나에게 손짓을 해댄다. 너희들, 뭐가 그렇게 좋냐?

"그냥 이리로 오면 되지, 뭘 망설이고 그래?"

"네가 너라면 그런 소리 못해. 정화 특기가 부풀려 씹기잖아. 이번에 또 씹히면 난 아마 자퇴서 내야 할지도 몰라. 흑흑!"

내가 한참 투덜거리고 있을 때, 늙은 교수가 들어오고 지루한 강의가 시작되었다. 정말이지 저 단조로운 음성을 어찌 들으라고 이런 시련을 선사하시는지. 학점 잘 준다는 소리만 없었어도 절대절대! 듣지 않았을 수업이다. 아침인 데다가 이래저래 조건도 좋아서인지, 내 친구군단과 악마 놈은 벌써 뻗어버렸다. 난 예의상 한 30분 버티다가 자줬다.

"야, 일어나!"

누군가 내 발을 툭툭 차며 단잠을 깨운다. 에구, 벌써 세 시간 강의가 끝나 버렸나 보다. 악마 놈이 날 무슨 괴물 보듯 바라보면서 발로 차대고 있었다.

"아, 끝났니?"

얼른 자는 친구들을 깨워 주섬주섬 챙겨서 강의실을 빠져나왔다.

"저, 윤잔디 씨 맞죠?"

으잉? 이게 무슨 소린가? 내 이름에 존칭을 붙이다니, 이런 건 처음 맞는 경험인걸? 놀란 나와 악마, 그리고 친구군단이 동시에 고개를 돌렸다. 허걱! 웬 잘생긴 미남이 나를 보며 생긋 웃고 서 있는 게 아닌가.

“아, 네, 맞는데요… 누구신지?”

“안녕하세요? 저는 정외과 3학년 차재희라고 합니다.”

잘생긴 놈이 나에게 손을 내밀며 깔끔하게 자기소개를 한다. 얼른 내민 손을 잡고 싶었지만, 버릇처럼 훼방을 놓는 악마 놈을 먼저 바라보았다. 역시 놈은 얼굴이 아주 딱딱하게 굳어서 내게 손을 내민 그 말쑥한 청년을 노려보고 있었다.

“네, 그러세요? 그런데 절 아세요?”

미남 청년의 손을 잡았다가는 악마 놈의 강렬한 눈빛에 찔릴 것 같아서 그냥 누구냐고 물어보기만 했다.

“그럼요. 잔디 씨 이야기 많이 들었는걸요.”

선하게 웃는 눈매가 너무도 예뻐서 나도 모르게 덩달아 웃어버렸다.

“아, 그러세요?”

“네, 저기… 죄송한데 지금 시간있으시면 저랑 잠시 이야기 좀 하실 수 있으세요?”

이쯤 되면 귀여워서 자근자근 깨물어 주고 싶은 우리 동생님이 나설 차례지. 나는 아무 말 않고 조심스레 악마 놈을 올려다보았다. 어라라~ 근데 이게 어찌된 일이지? 악마 놈이 재희란 사람을 가만히 쳐다보더니 그냥 돌아서서 식당 쪽으로 가버리는 것이 아닌가? 이보게, 악마~ 지금 나 데이트 신청 받은 걸세~ 이봐~ 나중에 훼방놓지 말고 얼른 해치워야지~ 이봐, 왜 그래? 불안하다, 이놈아! 불안한 마음에 악마의 뒤통수를 한참 쳐다보고 있었다. 환이 놈, 도대체 무슨 생각인지 한 번도 돌아보지 않고 식당 안으로 들어가 버린다.
저 인간 아무래도 뭔가 이상하다.

"저, 지금이 안 되면 나중이라도 괜찮은데……."

내가 계속 환이를 의식하고 있자 재희라는 남자가 나에게 미안한
듯 웃으며 말했다.

"아, 아니에요. 안 그래도 점심 시간인데 괜찮아요. 가죠."

"다행이네요. 그럼 제가 점심 대접할게요. 가요."

친구군단에게 부러움의 눈총을 잔뜩 받으며 나는 V 자를 날리고
그 남자의 뒤를 따랐다. 근데 왜 이렇게 찜찜하기만 한 걸까?

헉! 근데 왜 하필 학생 식당이냐? 안 그래도 악마 놈이 신경 쓰여
죽겠는데……. 아니나 다를까, 환이 놈이 자기 친구들이랑 모여서 밥
을 먹고 있다. 나랑 그 남자가 들어서자 잠시 고개를 들어 날 노려보
더니, 금세 아무 일 없다는 듯이 고개를 박고 장난을 치며 밥을 먹는
다. 이런~ 더 찜찜하잖아! 어느새 매너 좋은 재희라는 남자는 내 몫
의 밥까지 받아 왔다.

"앉죠."

"아, 네."

처음보는 사람과 밥을 먹어야 하는 부담감에 나는 괜스레 어색해
졌다.

"저, 근데 저를 어떻게 아세요?"

"훗~ 저 실은 성아 남자 친구예요."

아, 그랬던 거구나. 성아의 남자 친구.

“서, 성아요? 어머, 그러셨어요? 진작 말씀을 하시죠.”

쓥~ 괜히 좋아했잖아. 근데 성아 기집애 정말 멋진 남자 잡았군. 부러워~

“성아가 하도 자랑을 하길래 항상 궁금했어요. 근데 어제 헤어졌다고 오늘 저더러 찾아가 보라고 하더라구요. 밥도 사주고 점수 좀 따놓으라고 해서요.”

재희는 수줍게 홍조를 띠며 말했다. 나를 생각해서 한 말이어서 그런지 그런 그의 잔잔한 미소가 너무 예쁘게 보인다. 정말 부럽다, 성아야. 드디어 네게도 사랑이 찾아와 주었나 보구나. 크흑~ 흐뭇하게 나도 따라 웃어주며 경쾌하게 권했다.

“우리 말 놔요. 나이 같죠?”

“아, 그래도 괜찮으려나? 역시 듣던 대로 예쁜 데다가 성격도 좋은 걸~”

칭찬의 행복도 잠시. 쓱 내 뒤를 지나치던 악마와 그 악마의 친구들이 내 등골을 오싹하게 한 번 쓸고 식당 밖으로 사라진다.

“근데 저 사람 아까…….”

재희는 악마 놈을 알아보고 그들의 뒷모습을 바라보며 한마디 하려 했다. 하긴 환이 놈, 외모 하나는 남자들도 부러워할 만큼 카리스마가 풍겨대니 재희의 눈에도 그게 느껴졌나 보다.

“아! 응, 내 동생이야. 안 그래도 그 일로 성아에게 할 이야기도 많아. 훗!”

“뭐라고? 동생? 음, 난 남자 친구인 줄 알고 나 때문에 곤란한 거 아닌가 걱정했었는데 다행이네.”

“나, 남자 친구? 말도 안 돼!”

“아니. 많이 닮지도 않았고, 내가 너한테 말 거니까 눈빛이 장난이 아니길래 그런 줄 알았어. 동생이 누나를 많이 아끼나 봐.”

“아하하~ 응, 형제가 적다 보니. 하하하~”

내가 악마 놈을 위해서 이런 소리까지 해야 하나? 어색한 식사를 마친 우리는 자판기 커피를 들고 천천히 교정을 나왔다.

보통 저 바위 근처에서 친구들과 모여서 식후 담배를 땡기고 있을 놈이 보이지 않는다. 오늘따라 왜 이렇게 신경이 쓰이는지……. 요즘 들어 조금 이상해진 악마 놈 탓인가 보다. 걱정이네. 악마 너 그러다 죽는 거 아니지? 재희라는 남자와 주말에 성아와 함께 보기로 약속 하고 헤어졌다.

띠리리리~

요란하게 울려대는 내 폰을 잠에 찌든 눈으로 한 번 노려봤다. 지 금 시간이 몇 시인데 전화질이야, 전화질이! 도대체 누구지? 어둠 속 에서 스탠드를 켠 나는 폰으로 짜증스런 눈길을 던졌다. 헉! 악마라 고 뜬다. 그럼 그렇지, 이 시간에 내 단잠을 깨울 놈이 너밖에 더 있 냐? 이제야 집구석으로 기어들어 오나 보다. 자, 이제 나의 세 번째 존재 가치를 말해 줄 때가 왔나 보다. 바로 이렇게 아무 때나 들어오 는 녀석을 위해서 조용히 문을 열어주는 것이 세 번째 가치인 것이 다. 뭘 놈이 생긴 거 답지 않게 얼마나 칠칠맞은지, 툭하면 열쇠 잃어

버렸다고 전화질이다. 이놈아! 한 번만 더 잃어버리면 한 다스다, 한 다스! 벨레레거리는 폰을 받지 말까도 고민해 보지만, 그랬다가는 내일 최소 사망이고 오늘 찜찜한 일도 있었기에 눈물을 머금고 전화를 받았다.

"여보세요?"

[열어.]

역시 냉랭한 악마 놈의 말투가 내 귀에 전해지고, 나는 끊긴 폰을 내려놓고 살금살금 2층에서 내려왔다. 추위에 오돌오돌 떨며 다가오는 나를 대문 틈으로 노려보는 악마. 뭘 보냐? 확 그냥 들어가 버릴라.

"어서 와."

내가 비굴해 보이냐? 크흑! 그래도 어쩔 수 없다. 이 세상에 폭력이 사라지지 않는 한 난 이 악마에게 비굴해질 수밖에 없다.

"웃지 마. 썸뜩해서 잠이 다 깰 거 같으니깐."

내 동생이지만 참 귀엽기도 하지. 어떻게 고맙단 인사를 저렇게 정답게 할까? 재수없어! 난 악마 놈의 뒤를 따라 들어간다. 겨울 밤바람이 차게 우리를 쓱 스치자 앞서 가던 환이의 술 내음이 강하게 내 코에 와 닿는다. 윽~ 많이도 마셨나 보네. 냄새가 장난이 아니군. 그래, 누나니까 괜찮냐는 말 정도는 해줘야겠지?

"너 많이 마신 거 같은데 괜찮은 거야?"

"신경 꺼라."

어찌나 말을 곱게 하는지 귀여운 악마 놈의 뒤통수를 확 깨물어 주고 싶다. 쳇, 마음대로 해라. 인생이 불쌍해서 물어봐 줬더니. 나는 조용히 들어오는 환이 놈을 홱 지나쳐 먼저 2층으로 올라가 내 방으로 들어가 버렸다. 도대체 저놈은 내가 뭐가 못마땅해서 매일 구박을 할까? 이런저런 악마에 대한 생각으로 잠겨 있을 때, 씻으러 가는 악마 놈의 발소리가 들린다.

훗~ 5년이란 세월의 정 때문인가? 저렇게 미운 자식이라도 동생이 들어왔단 생각 때문인지 아까보다 훨씬 수월하게 잠들 것 같다. 조금이라도… 아주 조금이라도 다정해지면 좋으련만.

주말이라 오랜만에 늦잠을 자고 있는데 시끄러운 소리가 내 방으로 들려온다. 뭔가 부산히 챙기는 소리인 듯해서 안 떠지는 눈을 억지로 뜨고 문을 열고 나갔다.

"어! 아빠, 엄마 어디 가세요?"

"어머, 잔디야. 일어났니?"

부엌에서 외투를 걸치며 나오는 엄마가 나에게 우유 한 컵을 건네며 웃으신다.

"아빠 출장 가요? 웬 짐들이야?"

"후후~ 잔디야, 며칠만 환이랑 둘이 사이좋게 있어줄래? 엄마랑 아빠랑 오랜만에 여행 가기로 했어. 아빠가 오랜만에 휴가를 얻었다잖니!"

"캑! 뭐라구요?"

먹던 우유를 토할 뻔했다. 젠장!

"잘 부탁해, 잔디야. 엄마는 우리 잔디만 믿을게."

“그래, 잔디야. 환이는 아직 자나 보더라. 네가 말 전해주렴.”

절 믿지 말고 버리시옵소서!

“아, 아니, 엄마, 아빠!”

“자주 연락하마.”

이런 젠장! 내 말은 한마디도 듣지 않고 바쁘다며 짐을 들고 나가 버리는 저 두 분을 누가 제발 잡아줘요! 안 돼! 몇 시간도 아니고 며칠이나 악마랑 둘이서만 보내라니. 그나마 엄마, 아빠 앞이라서 내가 살았지. 너무합니다. 흑흑! 내가 이래저래 거실에 널브러져서 대성통곡을 하고 있는데 드디어 우리 악마가 등장하셨다.

“뭐 하냐?”

널브러져 홀로 생쇼를 하는 나를 2층에서 내려다보고 악마가 묻는다. 내가 말없이 계속 비통한 표정을 짓자 놈이 알아서 짐작했는지 입가에 살 떨리는 미소를 띠운다.

“두 분 어디 가셨냐? 큭큭! 밥 차려라.”

웃지 말아줘, 제발. 너의 그 웃음이 나를 바짝바짝 타게 한다. 오, 하느님!

악마에게 시달리지 않으려고 나는 성아와의 약속 시간보다 좀 더 일찍 거리로 뛰쳐나갔다. 훗, 이렇게 혼자 거리를 다니는 것도 퍽 괜찮은 일인 거 같다. 새로 나온 앨범 몇 장을 이리저리 뒤적거리며 레코드 점을 돌아보고 있었다. 이럴 수가…… 내 옆을 무심히 지나치던 한 남자가 내 눈을 아프게 한다. 나는 재빨리 고개를 들어 그 남자의 뒷모습을 바라보았다. 그다. 악마 자식이 나에게서 떼어놓은, 내가 처음 사랑한 남자. 내 첫사랑. 약간 까무잡잡한 얼굴, 가는 턱선, 맑고 큰 두 눈이 매력적이었고, 적은 말수가 날 더 끌리게 하던 남자. 늘 은은하게 샴프 향을 흩날리던 남자. 이.승.하. 바라만 보아도 가슴이 가득 메어오는 내가 사랑하는, 아니, 내가 사랑했던 이다. 나도 모르게 승하의 뒤를 밟고 있었다. 놓칠세라 재빠르게 움직이는 내 모습이 정말 우습다. 이제 와서 무얼 어쩌겠다고…….

승하가 멈춰선 곳은 중앙 분수대 앞이었다. 누군가를 기다리는지 한참을 그곳에서 주위를 구경하고 서 있다. 하나도 변하지 않았구나. 그 향기, 외로운 실루엣까지 그대로야. 괜스레 5년 전 처음 만난 승하가 기억이 난다. 그리고 그와 함께한 즐거웠던 일 년이 필름 돌아가듯 내 머리 속을 휘젓는다. 훗~ 그러고 보니 내가 환이를 악마라고 부르기 시작한 것도 승하와의 이별이 계기로군. 정말 추운 겨울이었는데……. 내 기억이 너무 시리고 아파서 이토록 차게 느껴지는 걸까?

눈으로만 승하를 쫓은 지 몇 분이 흘렀을까. 저 멀리서 승하의 시선을 받으며 달려오는 여자가 있다. 긴 생머리에 늘씬한 키, 하얀 얼굴. 그의 취향일까? 옛날에 내가 그에게 달려가던 그 모습을 제삼자가 되어 바라보는 듯하다. 괜스레 눈시울이 뜨거워지고 목이 메어온다. 다 잊은 줄 알았는데……. 얼른 돌아서서 성아를 생각해 내며 조금씩 발걸음을 떼었다.

"잔디야, 너무 많이 마시는 거 아니야?"

으우욱! 승하 때문에 나는 마구마구 술을 입에 털어 넣기 시작했
다.

"으… 아냐, 아냐. 그치? 재희야, 우리 과가 얼마나 술을 잘 먹는
데~ 히히히, 얼른 너도 먹어~"

안다. 내 혀가 굳어간다는 걸. 하지만 지금 내 가슴을 답답하게 하
는 이승하를 이렇게라도 하지 않으면 털어내기가 힘들 것 같다.

"왜 그래? 무슨 일 있는 거야? 그때 그 동생이란 애가 괴롭혀?"

"응? 동생?"

"어라, 성아 너도 봤어? 그 동생 잘생겼지?"

"야, 지금 얘기가 왜 그리로 빠져!"

성아가 재희를 노려보고, 나는 그 둘의 말을 들은 척 만 척하면서
그저 술만 냅다 퍼마셨다. 흐흐흐~ 드디어 돈다. 그래, 지구는 돈다.
케케~

"어떡해. 애 완전 갔어. 야, 잔디야!"

"아냐, 아냐~ 나 멀쩡해, 멀쩌~엉. 히히히. 있잖아, 성아야, 내가
오늘 내 첫사랑을 봤다 이거야. 히히히. 근데 어떻게 그놈은 변한 게
하나도 없다 이 말이쥐~ 4년이 흘렀는데 어떻게 하나도 안 변했냔
말야~"

"잔디야, 누구? 첫사랑? 누군데?"

"응? 어, 몰라? 승하, 이승하 몰라? 크헤헤~ 있어. 까맣고 갸름하
고 헤헤~ 아주 쌈박한 놈. 근데 그 악마 놈이 승하를 끌고 가버리더
니 흑~ 그 다음부터 계속 날 피하는 거야. 흑~ 그러더니 결국은 날

뺑 하고 차버리더라구. 나쁜 놈. 나쁜 놈. 승하 놈은 자기보다 키도 작고 연약한 놈에게 겁먹어서 날 차버렸다구. 흑~ 내가 그렇게 매달렸는데… 나는 악마 같은 동생 놈에게 마구 욕도 하고 저주도 퍼부어 가면서 내 첫사랑 찾아오라고 생쇼를 했었는데… 그런데… 단 한 번도 날 돌아보지 않던 놈이야. 나쁜 놈, 난 못 잊어서 그렇게 아파했는데… 보기만 해도 이렇게 가슴이 아파서 눈물이 나오는데……. 흑!!"

털썩.

나는 그대로 테이블에 누워버렸다. 연둣빛 테이블이 어찌나 나를 끌어당기던지, 그냥 앵겨줬다.

"잔디야! 잔디야!"

아응~ 성아야, 조금만 조금만 누워 있을게.

미칠 노릇이지만 정말 아무것도 생각나지 않는다. 눈을 뜰까 말까 고민을 하고 있는 찰나 듣기 싫은 목소리가 들려온다.

"야! 깼음 눈떠. 지금 장난하냐?"

그렇다. 악마의 목소리다. 흑! 내가 어떻게 집까지 온 거지? 조심스레 눈을 뜬 나는 더 놀라 여기저기를 두리번거렸다. 여긴 우리 집이 아니잖아! 이놈아, 날 어디로 데려온 거야!! 흠흠, 그런데 더 꼴사나운 것은 악마 놈이 웃통을 훌러덩 벗고 침대에 걸터앉아 있는 것이다. 실은 오랜만에 눈요기하니 눈이 산뜻해지는구나. 흐흐~

"저기… 옷은 왜 벗고 있어?"

부끄럽게……. 내가 우물쭈물거리며 묻자 환이 놈 화가 많이 났는지 나를 마구마구 노려보며 소리친다.

“제길! 네가 어제 내 등에 토했잖아! 죽여 버리려다가 윤우가 말려서 놔뒀더니.”

뭐, 뭐라고? 내게 네놈에게 그런 짓을!! 꼬소하다, 이놈아! 캬캬캬!

“너 그 표정 뭐냐? 지금 굉장히 좋아하는 얼굴인데?”

“아, 아냐. 설마~ 미안해. 근데 여기가 어디야?”

내가 악마에게 설설 기면서 물었을 때 윤우가 방으로 들어온다. 악마의 오랜 친구인데 내게 제일 사근사근하고 이쁜 짓을 잘하는 녀석이다.

“어? 누나 깼어요? 속 괜찮아요? 후후~ 어제 누나 장난 아니었어요.”

“어, 미, 미안해. 잊어줘. 여기 너희 집이야?”

“네. 어제 환이 자식이 누나 들쳐 업고 오느라고 힘들었어요.”

윤우가 방긋거리며 환이를 쳐다보며 말하고, 나는 그 말에 다시 한번 악마 놈에게 미안한 표정을 지어야 했다. 제기랄! 누가 너한테 데리러 와 달랬냐? 생색내는 네놈 얼굴을 보니 어제 먹은 골뱅이가 튀어나온다. 젠장!

속을 진정시키고 나와 악마 놈은 윤우의 집을 나섰다. 뜨거운 햇살 아래 토한 자국을 비추면서 나오려니 여간 부끄러운 게 아니군.

“야, 너!”

갑작스럽게 악마 놈이 걷는 속도를 늦춰 내 걸음에 맞추더니 뭔가를 물으려고 한다. 뭐지? 아직도 어제 일 때문에 내게 따질 일이 있나?

"…아니다."

내가 최대한 불쌍한 표정으로 악마를 올려보았더니 큭큭! 악마 놈에게도 동정이란 것이 있었는지, 그냥 넘어가 주려나 보다. 앞으로도 이 표정을 연습해 뒀다가 또 써먹어야지. 히히~그런데 내가 어떻게 환이의 등에 업혀서 온 거지? 불현듯 악마 놈이 어떻게 내 위치를 알아냈는지 궁금해진다. 하긴 하도 동해 번쩍 서해 번쩍 돌아다니니 그럴 수도 있겠지만…….

"저기, 환아. 너 어제 내가 거기 있는 거 어떻게 안 거야?"

조바심 난 내 표정을 역시나 아니꼽게 바라보던 악마는 대답할 가치도 없다는 듯이 다시금 성큼 날 앞질러 가버린다. 그래 내가 너한테 뭘 바라겠냐? 제발 때리지만 말아줘~ 우워~

엄마, 아빠가 안 계신 며칠을 생각보다 순조롭게 보냈다. 악마 놈이 여전히 날 괴롭히긴 했지만, 뭐 견딜만 했다.

늦은 오후에 수업이 있어 오늘은 치장을 좀 했다. 후후~ 오랜만에 한 화장이라서 그런지 어색하기까지 하다. 한동안 묵혀두었던 치마 정장도 꺼내 입고 단정하게 머리도 빗어봤다. 얼마 만일까, 이렇게 멋이라는 것을 내는 게…….

사뿐사뿐 교문을 통과했다. 강의실로 올라가다 보니 웬 남정네들이 북적북적 모여서 잔디… 내 이름 말고 잡초 말이다, 잡초! 흠흠, 아무튼 잔디밭 위의 돌덩이에 앉아 있다. 갑자기 긴장해야 한다! 왜냐? 오늘 예쁘게 하고 왔잖아~ 아랫배에 힘주고 어깨 펴고 자신있게 걸어가는데… 이런, 보아하니 신경 꺼도 될 놈들이다. 제일 큰 바위 위에 환이 놈이 벌렁 누워서 담배를 물고 있고, 그 옆에 악마군단이 제각각의 포즈로 앉아 있다. 도대체 애들도 아니고 왜 저렇게 우르르 떼거지로 몰려다니는지. 헉! 그런데 지금 저 악마 옆에 사뿐히 앉아 여우 같은 웃음을 짓는 여자는… 정화잖아! 악마 놈, 정화는 죽어도 싫다고 내게 짜증 낼 때는 언제고… 그래, 네놈은 껌이면 무조건 다 O.K지?! 나쁜 놈 같으니. 나 안 잡아먹은 거 보면 신기하다, 이놈아! 어라? 잠깐, 그렇다면 나는 껌보다도 못하단 소리인가? 무너지는 자존심을 주체할 수 없군. 정화 기집애의 얼굴에 웃음이 끊일 줄 모른다. 날아갈 듯하던 기분 다 잡쳤네.

"잔디야~"

허걱! 날 그렇게 크게 부르면 안 돼. 안 그래도 흔하지 않은 잡초때기 이름이어서 튀는 바람에 죽을 지경인데 이 순간까지… 오~ 노우! 늦었다. 악마랑 악마군단 녀석들이 단체로 내게 시선을 집중한다.

"어, 그래, 재희야."

"우와~ 오늘 너무 예쁘다, 잔디. 나랑 데이트할래?"

울상짓는 내 얼굴에 아랑곳하지 않고 웃는 재희에게 침을 뱉을 수도 없고, 에구에구.

"빈말이라도 고마워. 우리 어디로든 빨리 갈까?"

나는 깐죽거리는 악마와 군단들을 피하기 위해서 얼른 재희의 팔짱을 끼고 그를 끌어당겼다. 획~ 지나치는 환이의 얼굴이 정말 재수 없다는 표정이다. 제길! 그래, 나는 꾸며도 안 된다, 됐냐?!

재희와의 짧은 만남을 뒤로하고 강의실로 들어섰다. 왕터프 윤미가 날 반겼고 곧 내 뒤를 이어 얼굴에 한가득 재수없는 웃음을 띤 정화 기집애가 들어선다.

"저 기집애 왜 저렇게 재수없게 웃고 있는 거야? 뭐 잘못 처먹었다냐?"

윤미가 눈살을 찌푸리고 정화를 쏘아봤고, 정화는 그런 윤미와 나를 한 번 거만하게 슥 보더니 앞자리에 가서 앉는다. 무슨 일이 있었긴 있었나 보다, 저 기집애가 나한테 억지스런 인사도 않고 당당하게 자리에 앉는 걸 보면. 제길, 기분 더럽네. 아니꼬운 기분에 계속 뒷자리에서 정화 기집애를 노려봐 주었다. 저도 내 시선을 의식했는지 아까부터 계속 환이가 어쩌니 저쩌니, 데이트가 어쨌다느니, 그런 말들을 늘어놓는다. 훗~ 우습다 못해 기가 막힌다. 내가 그 악마 놈이랑 산 지 어언 5년이다. 그놈이 어떤 놈인지 너무나도 잘 알고 있건만 저 기집애는 저리도 태평하게 내 앞에서 거짓말로 자랑을 해대고 있다. 한마디로 정화 기집애가 지껄이는 말은 다 허풍인 것이다.

악마 놈에게 있어서 여자는 단순히 음… 그래, 액세서리다. 노래도 있지 않은가. 구본승의 액세서리. 큭큭큭. 완전 그놈을 위한 노래다. 다만 아쉬운 게 있다면 구본승의 노래 가사와는 다르게 그놈은 임자를 못 만나서 괴롭지 않다는 것이다. 어서 만나길 바래주마!

아무튼 본론으로 돌아가서 그런 장식품에 불과한 여자에게 친절은 과분한 행위라고 생각하는 놈이 악마 놈이다. 그런데 뭐가 어쩌고 어째? 너를 공주처럼 대접해? 기가 막혀서 코웃음을 치려하던 찰나, 갑자기 정화 기집애의 얼굴이 굳어지기 시작한다. 시선이 입구로 고정되고 놀란 붕어눈이 튀어나올 듯하다. 미처 이유를 알지 못한 나는 윤미의 손에 의해 그 이유를 알게 됐다. 악마 놈이 옆에 떡하니 여자 하나를 끼고 들어서고 있었다. 나도 조금 놀라서 얼른 여자에게 시선을 옮겼다. 오랜만이다. 못 본 사이에 더 귀여워진 슬희. 악마 놈이 제일 즐기는 껌이다. 뭐 껌인 건 마찬가지지만 저 애에게는 악마 놈도 특별 대접을 하는 편이다. 슬희에게는 팔짱을 끼는 것도 허용해 주고 가끔씩 웃음도 보여준다고 한다. 물론 들리는 소문이라서 나도 장담할 수는 없다. 슬희라는 여자애는 S여대 퀸으로 우리 학교에서도 유명한 애다. 아마도 오늘은 악마 놈과 함께 도강이란 것을 하려는 모양이다. 크크, 그러니 정화 기집애의 안면 근육이 굳을 수밖에. 자기보다 예쁘고, 귀엽고, 그리고 인정받는 껌이 나타났으니 열받을 수밖에. 큭큭~ 꼬소하다, 기집애.

음, 그럼 오늘은 악마 놈이 내 옆에서 졸지 않으려나? 내가 열심히 눈을 굴리며 놈과 슬희를 바라보자, 슬희도 나를 알아보고 짧은 목례를 건넨다. 기특한 것~ 네가 아깝다. 그리고 조금 떨어진 곳에 둘이 나란히 앉는다. 아마 악마 놈이 결혼이라는 것을 한다면 슬희 저 아이랑 하게 될 것 같다. 혹시나 해서 비워둔 악마 놈의 자리가 조금 불쌍한걸? 후후.

드디어 교수가 들어오고 오늘의 강의가 시작된다. 근데 오늘따라 왜 이렇게 잠이 오지 않는지. 윤미가 옆에서 졸아대는 것도 보이고, 정화 기집애가 혼자 씩씩거리는 것도 보이고, 무엇보다 악마 놈, 아니, 내 동생 환이의 보기 힘든 웃는 얼굴도 보인다. 슬희의 머리를 쓱 가볍게 터치하는 모습. 짜식~ 네가 그렇게 귀엽다는 듯 쓰다듬는 행동도 할 줄 알았냐? 괜스레 이 누나의 마음이 찡하구나. 아~ 외롭다.

그렇게 평화로운 며칠이 지속되고, 돌아올 줄 모르는 부모님을 하루하루 그리던 어느 날. 오후의 나른함을 분수대 앞에서 보내고 있었다. 가만히 눈을 감고 있자니 따뜻한 햇볕에 기분도 좋고, 오랜만에 상쾌함도 느껴진다. 윤미한테 살짝 기대었을 때, 내 귀로 잊혀지지 않은 목소리가 들려온다. 아니야… 눈을 뜨면 햇볕이 만든 환상이라 사라질 것이라는 불안한 생각에 눈을 뜨지 못하고 있는데, 그런 내 귀에 다시 한 번 들리는 낯익은 음성.

"잔디야."

분명히 승하다. 윤미가 다급하게 나를 찔렀고 나는 반사적으로 급하게 눈을 떴다.

"오랜만이다."

윤미가 찌른 곳이 아려온다. 그래서… 그래서 눈물이 난다. 절대로 그리워하던 사람이, 너무 보고싶던 사람이 나를 부르며 내 앞에 웃고 있어서 흐르는 눈물이 아니다. 다만… 내 옆구리가 아플 뿐이다. 젠장, 진짜다!

"잔디야!"

내 눈물에 놀란 윤미가 다급하게 날 불렀고, 나는 아무렇지 않은 듯 눈물을 닦으며 그를 바라보아야 했다. 왜냐하면 그의 옆에는 그날 훔쳐보았던 그녀가 있었기에……. 밝게 웃으며 놀란 승하와 승하의 그녀를 바라보았다.

"응, 오랜만이야. 잘 지냈어?"

그제야 웃는 내 모습에 안심한 듯 승하가 내 눈에 익숙한 끄덕임을 보인다.

"아, 요즘 눈이 안 좋아서 눈물이 자주 나와. 어머~ 여자 친구인가 봐? 이쁘시네요. 안녕하세요? 승하 고등학교 친구 윤잔디예요."

내 눈물의 이유를 억지스레 대며 나는 그녀에게 인사를 건넨다.

"네, 안녕하세요? 이소영이라고 해요."

승하의 왼손에 깍지를 끼고 수줍게 인사하는 그녀. 이름도 부드럽게 승하와 어울린다. 아~ 요즘 왜들 나를 이렇게 부럽게, 외롭게 하는지…….

"소영이 학교가 여기야. 같이 점심 먹으러 왔다가 네가 보이길래……."

4년 전의 일은 다 잊은 듯 그가 편안하게 나에게 말해 왔고, 나도 그냥 웃어주었다. 실은 목구멍까지 울음이 복받쳐서 내가 웃었는지 울상을 지었는지 기억도 나지 않는다. 다만 빨리 그들이 내 앞에서 사라지길 바랄 뿐이다. 승하를 붙잡고 그때 왜 그렇게 홀연히 나를 떠나 버렸는지 묻고 싶지만, 지금은 승하의 행복을 위해서 내 눈물을 숨겨야 해. 술만 마시면 늘 승하 타령이던 나를 너무도 잘 알던 윤미가 내 억지스런 웃음을 눈치 챘는지 바들거리며 떨고 있는 내 손을 꼬옥 잡아준다. 그렇게 그들은 다시 내 마음을 모조리 흔들어 버리고 한참이 지나서야 내 시선에서 사라졌다. 제길, 난 너무 감성이 풍부한 거 같다. 왜 이리도 저 둘의 뒷모습에 가슴이 아프고 눈물이 나는지……. 나는 결국 울어버렸다. 나를 다독이는 윤미의 가슴에 안겨서 진짜 오랜만에 목놓아 펑펑 울어버렸다. 무엇을 생각할 겨를도, 이곳이 어디인지 판단할 수 없었다. 내 이성은 이미 존재하지 않았기에……. 이젠 정말 내 첫사랑을 놓아버려야겠다… 놓아야겠다. 그런데 그때는 몰랐었다. 그날의 내 울음이, 승하와의 재회가 내 인생을 다시 한 번 바꿔 버릴 것이라고는 생각조차 하지 못했다. 그렇게 하염없이 우는 나를 본 사람이 윤미만이 아니었음을 나는 알지 못했다.

"엄마, 아빠~"

드디어 기다리던 부모님이 돌아오셨고 나는 악마의 식모 노릇에서 벗어날 수 있었다. 그토록 벗어나고 싶어 안달이었는데 왠지 내 기분은 썩 좋지 못하다. 왜냐하면… 음… 왜일까? 도도한 정화 기집애 때문인가? 아니면 그 짜증나는 기집애 옆에 가끔 얼굴을 드러내는 악마 놈 때문이라고 해야 하나? 아니면 요즘 들어 늦은 시간에 문을 열어달라는 전화를 하지 않는 악마 놈의 변화 때문이라고 해야 하나? 아~ 모르겠지만 분명 악마 녀석이 이상해진 탓이 클 것이다. 요즘 나를 툭툭 치던 버릇도 없어지고, 시도 때도 없이 나를 구박하던 싸가지없는 말들도 부쩍 줄어들었다. 기뻐해야 하는데, 좋아해야 하는데, 그게 참……. 사람 마음이 요상하더란 말이다. 차라리 나를 구박하고 툭툭 치며 욕하고 짜증 내는 게 나을 것 같다. 그렇게 악마 같지 않은 힘겨운 모습은 낯설어서 싫은데…….

새벽 3시다. 작게 내는 발소리인데도 내 귀에는 크게 들린다. 무슨 마음이었지는 모르겠지만 나는 순간 문을 열고 나섰다. 악마 놈, 내 등장에 꽤나 놀랐나 보다. 크흐흐~

"요즘은 열쇠 잘 들고 다니나 보지?"

"……."

네놈이 내 말을 무시했으렷다! 나를 한 번 슥 보던 놈의 눈이 곧장 앞을 향하고 바로 자기 방으로 들어가 버리려는 폼이다. 이번엔 오기다! 언제까지 무시할 거야?!

"정화랑 잘 사귀나 봐?! 몰랐어. 네 취향이 그렇게 구릴 줄이야."

헉! 말 잘못했다. 그렇게 나쁜 의도로 할 건 아니었는데……. 요즘 악마 네 녀석이 날 괴롭히지 않아서 내 간이 배 밖으로 탈출했잖아!! 하, 하지만 정화 기집애가 구린 건 사실이다 뭐! 남자라면 사족을 못 쓰고 달려들기 일쑤고, 역겨운 화장 가면에 난잡하게 노는 것밖에 모르는, 한마디로 여자 양아치란 말이야! 하필 왜 그 기집애냐구. 슬희 같이 괜찮은 애를 두고……. 아하하하하~ 그게 지금 날 째려보고 있는 네 녀석에게 해주고픈 말들이었다만, 그게 참 입 밖으로 내기는 쉽지 않군. 악마 녀석이 날 가만히 쳐다보고 고개를 숙이는 듯하더니 다시금 나에게 악마 레이져 빔을 쏘아대며 노려본다. 오랜만이구나, 악마야! 다시 돌아온 거니?

"무슨 말이 하고 싶은 거냐?"

어라~ 의외로 약하게 나오는 놈. 그렇게 나오면 내가 할 말이 없어지잖아.

"아, 아니, 그게 그러니까, 누나로서 걱정이 되다 보니……."

머뭇거리며 변명을 지껄이는 내게 그렇게 또 한참을 바라보던 악마 녀석이 피식 웃는다. 왜 그렇게 웃어? 차라리 비웃어라. 왜 찜찜하게 눈 내리깔고 피식거리는 거야. 야릇한 눈빛보다 왜 더 기분이 나쁠까? 왜… 가슴이 아플까? 근데 받아치는 악마 녀석의 다음 말이 나를 더 멍하게 만들어 버린다.

"누나 대접받고 싶은 거야? 알았어. 앞으로 확실하게 해줄게. …누나."

누나? 누나? 누나라고? 그렇게 놀란 눈의 귀여운… 미, 미안하다. 아무튼 놀란 나를 두고 놈은 홱 자기 방으로 들어가 버렸다. 어두운 공간에서 가만히 악마 녀석의 꽉 닫힌 문을 보고 있자니 꿈이 아닐까 하는 의심이 든다. 누나라… 그렇게 듣고 싶었던 말이 5년 만에 놈의 입술에서 술술 흘러나왔다. 근데… 정말 찜찜하다. 누나라는 말을 들으면 좀 더 가까워질 줄 알았는데, 정말 가족같이 거리낌없어질 줄 알았는데……. 이건 뭐야?! 갑자기 악마 녀석이 저만큼 멀어진 것 같은 느낌이다. 제멋대로고 늘 폭력쟁이였던 녀석이었지만, 지금처럼 남같이 느껴진 적은 없었다. 훗, 웃음이 난다. 그래, 처음 듣는 말이어서 낯설고 어색해서 그럴 거야. 이제야 악마 놈이 정신을 차렸나 보다. 이제… 그만 악마라고 할까? 젠장, 젠장, 젠장, 젠장!

어제 환이 자식이 날 혼란스럽게 해버려서 날밤 샜다. 흑흑. 도저히 적응이 안 돼서 고민하다가 잠깐 눈을 감았다 떴는데 해가 뜨고 있었다. 제기랄, 네놈은 영원히 악마다!! 퉁퉁 부어버린 두 눈을 겨우 추슬러 밖으로 나왔다. 악마 녀석은 벌써 학교에 가버렸는지 그림자도 보이지 않는다. 그렇게 이른 등교 길에 오른 나는 윤미가 올 때까지 학과방에나 가 있으려고 빠른 걸음을 재촉했다.

"그래서? 어쩌라고?"

으잉? 이건 악마의 목소리인데……. 무지 살벌하고 냉랭한 악마놈의 목소리가 과방 안에서 들렸다. 나는 나도 모르게 숨을 죽이며 대화를 엿듣기 시작했다.

"잘 알잖아, 내가 뭘 원하는지. 다 정리해. 그리고 내 옆에만 있어."

헉! 이건 정화 기집애 목소리잖아. 땡땡거리는 콧소리, 정말 듣기 싫군.

"뭐?"

"어머, 못 들었니? 다시 말해 줄 수도 있어. 네가 만나는 여자들 다 정리하라구. 친구라도 안 돼. 그리고 나랑만 만나. 그게 두 번째 조건이야."

뭐시라? 두 번째 조건? 뭐야? 악마 너 정화 기집애한테 조건까지 들어주면서 사귀는 거였어? 그럴 정도로 정화가 대단한 애였나? 아니면… 맛난 껌인가? 쿨럭쿨럭, 미안~

잠시 악마 녀석이 말이 없다. 하지만 이내 들린 대답에 나는 내 귀를 의심해야만 했다.

"…알겠다. 오늘 안에 정리할게. 됐냐?"

"훗, 좋아. 나 아침 안 먹고 왔더니 배고파. 환아, 우리 식당 가자."

하마터면 그들이 나오는데 마주칠 뻔했다. 내 몸을 추슬러 얼른 빈 강의실로 몸을 숨겼고, 나오는 이들이 환이와 정화임을 다시 한 번 내 눈으로 확인했다. 뭐야, 이환? 너 진짜 정화 좋아하는 거야? 왜… 왜 그 딴 기집애 말에 꼼짝을 못해? 바보야? 아니지? 너 여자 우습게 보잖아. 왜 그러는 거야?

나는 하루 종일 떨떠름한 마음으로 정화가 제시한 두 번째 조건을 받아들인 환이를 믿을 수 없었다. 헛것을 들었다고 나 스스로 고쳐 생각했다. 하지만 학교가 파할 때쯤 그게 진실임을, 내가 잘못 들은 것이 아님을 알게 되었다. 슬희… 슬희가 정신없이 달려와 환이를 찾았다.

"환아!"

"뭐냐?"

"그, 그게 무슨 말이야? 이제 연락하지 말라니?"

"말 그대로야. 남녀 사이 친구란 거, 난 믿음이 안 가거든. 불안해서 정리하라고 졸랐어. 훗! 그치, 환아?!"

과방에서 꼭 그 짓을 해야 하는지 모르겠지만 우선은 구경부터 하고 보자. 흠흠. 달려온 슬희는 눈물을 그렁거리고 있었다. 그런 그녀를 무심히 바라보는 환이. 악마, 빌어먹을 자식! 그리고 재수 왕바가지 정화 기집애! 코맹맹이 정화 기집애가 대신한 대꾸에 환이 놈은 긍정도, 부정도 하지 않고 그저 다른 곳에 시선을 둔다. 하지만 슬희는 그놈의 행동이 긍정임을 알아버렸나 보다. 글썽이던 그녀의 눈물이 주룩 흐른다. 어머~ 불쌍한 것. 옛날의 나를 보는 기분이다.

“미안. 앞으로 나 같은 놈 만나지 마라.”

헛! 그게 다냐? 그게 이제까지 연을 쌓아오던 슬희에게 하는 말의
전부냐고?! 그게 다였다. 그 말을 남기고 악마 놈은 과방을 나갔고,
재수 울트라 캡짱인 정화 기집애가 따라 나갔다. 과방에 남아 있던
우리들은 정말정말 멍한 얼굴로 열린 과방의 문을 가만히 바라볼 수
밖에 없었다. 실망이다, 이환. 조건까지 내거는 저런 엉터리 사랑을
하려고 그동안 그 짓거리였냐? 저렇게 너 없으면 못살 듯한 여자애
를 차버리다니……. 너란 인간을 정말 이해할 수 없다.

“슬희야.”

어쩌겠냐. 욕은 저놈이랑 내가 싸잡아 얻어먹으니 뒤처리라도 해
야지. 우울해여~

“어, 언니. 으흑~”

슬희는 내 가슴에 안겨서 남았던 설움을 다 토해냈고, 과방에 있던
사람들은 슬금슬금 자리를 피하기 시작했다. 끝으로 윤미가 문을 닫
고 나갔고, 나는 슬희를 진정시키며 자리에 앉혔다. 음… 뭐라고 위
로를 해야 하는 건지. 그래도 넌 맛난 껌이었다고, 그러니 용기를 잃
지 말고 다른 멋진 놈 만나라고 할 수는 없지 않은가. 내가 이러지도
저러지도 못하고 있는데 슬희가 가만히 숨을 고른다.

“좀 괜찮아?”

고개를 끄덕이는 모습에 더 가슴이 아프다. 버림받은 여자… 내 그
기분을 누구보다도 잘 안다.

“언니, 신경 쓰지 마세요. 이런 날이 올거란 거 알고 있었는데요

뭘. 그래서 환이가 다른 여자 만나도 신경 안 썼구요. 다만… 다만 그 시간이 너무 빨리 온 것 같아서… 그게 충격이 되었나 봐요. 언니, 미안해요."

"슬희야."

"훗, 조금 의외의 결과였지만, 그게 환이의 결정이라면 따라야죠."

의외로 빠르게 진정을 되찾는 것 같아서 다행인가? 아님, 요즘 애들의 사고방식이 다 이런 건가에 대해 깊이 고찰해 봐야 하는 건가? 아무튼 나도 더러워진 기분을 달래기 위해 슬희를 부추겨 학교 앞 술집으로 향했다. 이런 날은 다 잊어버릴 정도로 마시고 뻗어버려야 하는 거다. 세상에 술이 존재하는 이유가 뭐겠냐?! 이 시린 아픔… 버림받은 비참함… 하루라도, 아니, 한 시간만이라도 다 잊어버릴 수 있으라고 있는 게 아닌가. 그래, 훗! 나도 승하와의 이별 후, 수없이 잠못 이룬 밤을 보상받기 위해 이렇게 독한 소주를 들이부었었지. 그리고 그 지독한 속쓰림으로 그 아픔의 밤을 나만을 위한 시간으로 보낼 수 있었지. 그럴 수 있었지. 훗!

"슬희야~ 우리 오늘 한번 죽어보자구~"

"아하하하~ 언냐, 벌써 취한 거야? 에이, 시시해. 여기요~ 한 병더!!"

정말 그날 얼마나 마셨는지 내 수중에 있는 현금이 다 날아갈 정도로 먹어댔다. 그런데 정신만은 멀쩡했다. 혀가 꼬여도, 속이 아파와도, 이상하리만치 정신은 말똥말똥했다.

"그래, 2차다, 2차!"

"야! 이 기집애들아, 술 처먹고 취했으면 곱게 집구석에나 들어갈 일이지 시끄럽게 왜 소리를 지르고 난리야!"

너 시방 뭐라고 지껄였냐, 아그야? 순간 내 아랫배에서 넘실넘실 밀려 솟아오르는 정의감! 다 죽었어!!

"야! 너희들, 내가 누군 줄 알고 까불어! 앙?"

자신있게 소리치고 나를 말리는 슬희의 손을 뿌리치며 벌떡 일어났는데… 어라? 어라라라라? 이게 어떻게 된 일인가? 세상이 점점 어두워진다. 허나!! 내 오늘 네놈을 작살내고 만다. 이리 와, 이리 와. 딱 걸렸으!!

내 정신이 돌아오고 있다. 어라~ 나 분명히 잔뜩 흥분해서 일어섰는데, 왜 누워 있을까? 그 동태 같은 눈을 가진 놈을 향해 뚜벅뚜벅 걸었던 게 문득 떠오르는군. 나 살아 있나? 과연… 눈을 뜨면 여기가 어딜까? 감긴 내 눈! 도저히 뜰 용기가 나지 않는다, 젠장!

헌데 그때 아빠의 목소리가 들려온다. 굉장히 흥분하신 목소리였다. 그리고 엄마가 아빠의 달아오른 스팀을 식히시려고 노력하는 목소리가 잇따른다. 듣고 있는 동안 난 그냥 콱 죽어버리고 싶었다. 왜냐고? 들어봐라. 흑흑!

"아니, 무슨 기집애가 술을 그렇게 떡이 되게 처먹어? 어?"

"여보, 그만 해요. 잔디도 사정이 있었겠죠. 한두 살 먹은 애도 아니잖아요."

"아니, 지금 그걸 말이라고 해? 그리고 내가 술 처먹고 곱게 들어왔으면 말도 안 해. 안 그래? 내가 어제 경찰서 가서 얼마나 망신스러웠는지 알아?”

“아, 알죠.”

“알면 지금 나 말리지 마. 이놈의 기집애, 깨기만 깨봐. 집안 망신을 시켜도 유분수지, 어디 기집애가 술을 그렇게 먹고 싸움질이야, 싸움질이! 그것도 남자랑 싸워서 대가리를 터뜨려 놔?! 저래가지고 시집이나 가겠어?!”

아, 아버지… 저… 저기, 저 그런 기억 없는데요. 정말 내가 한 사내의 머리를 박살 냈단 말이십니까!! 억울합니다! 동태야~ 내가 너 딱 걸렸다고 했지? 겔겔겔~

그때 뜻밖의 내용의 말이 내게 들려왔다.

“그리고 환이 넌 잔디가 그 난리를 떨면 기절을 시켜서라도 끌고 집에 왔어야지. 그 박 터진 놈이랑 왜 싸우고 그러냐, 응?”

어라? 환이가 그 박 터진 동태 놈이랑 싸우다니, 그게 무슨 소리야? 그럼 내가 있던 술집에 환이도 있었단 말이야? 도대체 너란 놈은 나한테 추적 장치 붙여놨냐? 어찌 그리도 척척 잘 나타나는지, 아주 무서버! 그건 그렇고, 아버지!! 너무한 거 아니십니까? 날 기절시켜서라도라뇨~ 전 연약한 딸이란 말예욧! 남자의 머리를 터뜨린 아주아주 연약한… 켈룩~

“죄송합니다. 앞으로 그런 일 없도록 하겠습니다.”

“됐다. 그래도 누나가 맞을까 봐 싸울 수밖에 없었겠지. 하지만 앞으로 그렇게 쥐어패지는 말아라. 그놈 어제 보기 민망하더라.”

그렇게 악마 녀석은 용서받고 있었다. 허나 난 일어날 수 없었다.

흑~ 난 죽었다. 환아, 고마운 김에 아빠 열도 네가 식혀 드려라.

하지만 내 바람은 무산되고 말았다. 난 일어난 것을 들키자마자 2시간을 빳빳이 무릎을 꿇고 앉아 설교를 들어야 했고, 한 달간 귀가 시간이 7시로 정해져 버렸다. 젠장, 이게 뭐냐구. 악마 녀석이 한 일 수습하려다가 일만 더 크게 치구. 흐흑! 저린 다리를 절룩거리며 코에 침을 바르며 2층으로 오르는데 환이가 내려오고 있었다. 약간 찢어진 입술의 상처. 그래, 인사는 해야겠지?

"…저, 환아, 고마워."

"이번이 마지막이야. 이제부터 누나 앞가림은 누나가 해."

꼬박꼬박 누나를 붙이는 환이 놈. 말끔하게 차려입고 어디론가 외출을 한다. 웃긴 놈, 네놈 앞가림이나 잘해! 고작 정화 기집애나 만나는 주제에… 쳇쳇, 쳇! 한 개도 안 고맙다, 뭐!

엄마가 결혼을 한단다. 나에게 무척이나 미안한 표정으로 아버지가 될 사람을 소개했다. 다행이다. 엄마를 지켜줄 사람이 있어서……. 제길, 무슨 결혼식이 이렇게 복잡한지. 둘 다 한 번씩 해봤다고 아주 여유있게 챙길 거 다 챙겨서 결혼한다. 다리 아파 죽을 지경인데 엄마한테 가보라고 외할머니가 성화시다.

"엄……."

"환아."

화사하게 웃는 엄마! 정말 새색시같이 예뻤다.

"엄마."

"미안, 환아."

“됐어. 그런 말 하지 마. 엄마, 이뻐.”

말해 놓고 보니 영~ 쪽팔리는군. 외할머니 손에 이끌려 신부측 의자에 다소곳이 앉았다. 나 나름대로 말이다. 곧 식이 시작되고 엄마와 그 사람이 함께 입장한다. 쳇! 아줌마, 기분이 좋은지 입이 만발이나 찢어져서 들어온다. 엄마, 축하해! 그리고 고마워. 나 버리지 않아 줘서. 아버지란 작자처럼 나 버리고 그 사람에게 갈 줄 알았는데, 이렇게 나까지 사랑해 주는 사람 만나줘서 고마워. 우리… 이제 진짜 행복하자, 엄마. 빌어먹을, 어울리지 않게 눈물이 나려 한다. 다 아줌마 때문이야! 제길.

“힝~ 훌쩍.”

누가 이 기쁜 날 징징대냐? 재수없어. 소리를 따라 고개를 돌린 곳은 신랑측 좌석이었다. 한 여자애가 손수건에 얼굴을 묻고 징징거리고 있었다. 드럽게 뭐 하는 건지. 왜 혼자 있는지는 몰라도 제일 앞자리를 차지하고 앉아서 우리 엄마를 쳐다보면서 운다. 슥슥 콧물을 닦던 손수건으로 이제는 제 눈을 닦아내더니 곧 배시시 웃는 게 아닌가? 저게 돌았나? 쳇, 근데… 웃는 건 조금, 아주 조금 귀엽다. 정말이다. 정말 아주아주 조금밖에 안 귀엽다!

이런, 젠장. 지금 내 앞에 아까 찔찔 짜던 여자애가 웃고 마주 섰다. 빌어먹을, 내 누나란다!

“늦게 인사시켜서 미안하구나. 인사하렴, 환아. 이쪽이 네 누나 윤잔디란다. 사이좋게 지내렴.”

“잔디야, 너도 어서 인사하렴. 이환, 이제부터 네 동생이야.”

두 분의 말에 여자애가 재수없게 나보다 큰 키로 날 내려다본다. 제길, 나보다 크다. 짜증나!

"안녕~ 환아. 잘 부탁해!"

야야! 팅팅 부은 눈으로 웃으니깐 넘어올 것 같아. 웃지 마! 갑작스레 내게 내미는 손길을 새아버지란 사람 앞에서 무시하기가 좀 뭣해서 엄마 뒤로 물러나 버렸다. 슬그머니 고개를 다시 내미는 내게 저 기집애, 하는 말 봐라.

"냐하하하하~ 아빠, 쟤 쑥스러운가 봐. 너무 귀여워~"

뭣이라? 귀여워? 오냐! 징그럽게 귀엽게 굴어주마!!

그렇게 그 찔찔이와 한집에 살게 되기 시작했다. 하루가 지나고 이틀이 지나고 점점 시간이 지날수록 내가 찔찔이에게 느끼는 것은… 정말 바보다! 게다가 겁도 무지하게 많다. 내가 슬쩍 노려만 봐도 움찔해서는 식은땀을 흘리며 바보같이 도망간다. 쯧쯧, 멍청하긴. 근데 누나라는 것이 조금 쓸모가 있긴 하다. 어찌나 심부름을 잘하는지. 큭큭! 아무래도 살기가 좀 편해질 것 같다. 찔찔이 관찰 2주 만에 정말 놀라운 사실을 발견했다. 바로 찔찔이에게 남자가 있다는 해괴한 사실이다. 어쩜 이런 일이…….

"야, 너 남자 친구 있냐?"

처음으로 내가 말을 걸었다. 그랬더니 찔찔이가 감격을 했나 보다. 하긴 영광으로 생각해라.

"응, 어떻게 알았어? 이승하라고 얼마나 잘생겼다구. 다음에 기회가 되면 너도 소개시켜 줄게. 후후, 너도 좋아할 거야."

이 봐라. 내가 한 마디 하면 저는 열 마디를 한다. 이래서 찔찔이한테 말 걸기 싫다. 정말 시끄럽다라는 표정을 지어주고 또 무시해 버렸다.

그렇게 나와 찔찔이의 생활이 이어졌다. 늘 나한테 말 걸고, 무시당하고, 혼자 삐치고, 혼자 풀려서는 다시 말 걸고, 정말 바보 같은 여자다. 그런데 나한테 이상한 버릇이 생겼다. 얼마 전에 찔찔이가 내 컴퓨터를 건드려서 망가뜨린 후로 생긴 버릇이다. 무심코 열받아서 머리를 한 대 쳤는데… 어라? 거참 이상하게도 때리는 마음이 요상하게 쓰리기도 하고, 쾌감이 나기도 하고, 무엇보다 찔찔이 머리카락에 닿는 손의 느낌이 좋다. 그냥 아무 사심 없이 좋다. 닿는 느낌이 좋은 것뿐이다. 그래서 그날부터 나는 찔찔이 머리 때리는 것을 취미로 삼았다. 나 절대로 변태 아니다! 그냥… 때리는 게 좋을 뿐이다. 흠흠.

오늘은 찔찔이가 웬일로 멋을 내고 있다. 남자 친구를 만난다나, 뭐라나. 묻지도 않은 것을 말하길래 아무 대꾸 없이 TV만 보고 있었다.

"환아, 나 이뻐?"

정말 골고루 하네. 재수없지만… 조금 귀엽긴 하다.

"지랄, 빨리 나가."

"흑! 알았어. 나 갔다올게~"

저 불굴의 의지. 한국인만 가능할 것이다. 매번 욕을 먹으면서 왜 저렇게 물어대는지. 벌써 1년이다. 지겹지도 않냐, 찔찔아? 난… 지

겁냐고? 재밌다. 쿠헤헤~ 1년간 변한 게 있다면 찔찔이가 나한테 욕을 먹으면서도 열심히 남자 친구 자랑을 해댄다는 거다. 재수없게… 나는 그 남자를 진짜 싫어한다. 하지만 찔찔이 수다 탓에 그놈의 이름까지 외워 버렸다.

오늘도 늦게 들어오려나? 아빠한테 다 일러 바쳐야지~ 자라지 않는 내 키를 원망하고 있는데 문 열리는 소리가 들린다. 나간 지 한 시간도 채 되지 않아서 돌아온 찔찔이가 완전히 풀이 죽어 울상을 하고 있었다. 묻지 않았다. 왜인지 뻔하니까. 그놈이 또 약속을 깬 것이다! 나쁜 새끼! 씻고 나오는 찔찔이를 물끄러미 쳐다봤다. 내가 보고 있다는 걸 알았는지 어색하게 웃는다.

"밥 안 먹었지? 잠시만 기다려. 내가 차려줄게."

내가 잔뜩 꼬여 있다는 것을 눈치 챘는지 서둘러 부엌으로 들어가 버린다. 나 같으면 약속 장소까지 갔는데 취소되면 반 죽여 버릴 텐데, 저건 왜 저렇게 등신인지. 으휴~ 열받아서 밖으로 나와 버렸다. 윤우 자식을 기다리는데 이 자식은 또 왜 이렇게 안 나오는 건지. 짜증나! 오기만 해봐, 뒈졌어!

한 가게 앞에 마련된 의자에 걸터앉았다. 제길, 잘못 앉은 것 같다. 옆에 있는 커플, 장난 아니게 재수없다. 기집애가 남자한테 찰싹 붙어서는 생쇼를 한다. 역겨워서 얼른 일어나려고 하는데 내 눈을 뒤집어 버릴 듯한 소리가 들린다.

"우리 승하, 밥은 먹었어?"

난 밥도 못 먹었는데… 아~ 이, 이게 아니라 승하? 승하라고? 재빠르게 고개를 돌려 쳐다본 곳에서는… 제길, 왜 그곳에 귀에 익숙한 이름의 남자가 있는지. 일 년 가까이 귀에 못이 박히도록 들어서 그랬을까, 아니면 내 직감이 뛰어난 걸까? 그곳에 있는 승하라는 망할 자식은 바로 찔찔이가 늘 자랑을 해대던 승하란 놈이 확실하다! 뒤통수를 치면 흘러내릴 듯한 큰 눈, 지저분해 보이는 꺼무티티한 피부색, 역삼각형 얼굴. 그래, 갸름해서 질투했다, 왜!! 아무튼 그 자식이 지금 찔찔이가 아닌 기집애랑 놀고 있다. 그것도 찔찔이가 그 고생해서 들인 멋을 다 망쳐 버리고, 지금 저 메주 같은 기집애랑 히히덕거리고 있다. 갑작스레 머리 속이 끓어대기 시작했다. 나도 모르게 벌떡 일어나 그놈을 노려보며 다가가고 있었나 보다. 늦게 온 윤우가 나를 덥석 잡았고 그 망할 승한가 뭔가 하는 놈이 나를 뚫어져라 의아한 표정으로 쳐다본다. 눈 깔아! 죽여 버린다, 너!

"환아, 임마. 너 왜 그래?"

"놔!!"

"어머, 승하야. 우리 다른 데로 가자. 미쳤나 봐."

뭐, 뭐라? 미쳐? 이 메주 같은 기집애가!! 역시나 기집애같이 생겨먹은 건 손해가 많다. 제길, 저런 것들한테 내가 무시당하면서 살아야 하는 건가?

"야! 너 거기 안 서?"

막무가내로 달려드는 나를 윤우 자식이 꽉 잡고 놔주지 않는다. 그리고 내 더러운 성질에 놀랐는지 메주와 그놈이 재빠르게 어디론가 가버린다. 젠장! 찔찔이 너 병신이냐?

“너 미쳤어? 이젠 지나가는 사람들한테도 시비냐? 도대체 몇 명을 더 병원으로 보내야 그 성질 죽일래? 제발 생긴 거답게 놀아라. 아, 미, 미안 뒤에 한 말은 취소!”

그래, 나 생긴 거 답지 않게 포악하게 논다! 됐냐?

“저 자식… 찔찔이 그거다.”

“응? 잔디 누나 남자 친구? 진짜? 그럼 저 옆에 여자는 뭐야?”

“씨, 그러니까 스팀 오르지!”

“아, 그랬구나. 아, 그래도 말로 해야지. 왜? 잔디 누나가 패주래?”

“미쳤냐? 그 바보 같은 건 아직 몰라. 나도 지금 알았어. 병신.”

“좋아! 누나 아끼는 마음이 갸륵해서 내가 도와주마.”

“지랄, 누나는 무슨.”

“크헤헤~ 이놈아. 이제 그만 인정해. 너 보기보다 의외로 잔디 누나 많이 챙기더라.”

“너 죽고 싶냐? 늦게 온 자식이 골고루 매를 번다.”

“아, 아니야. 잘못했어. 아무튼 네 말은 잔디 누나한테서 저 자식을 떼어내야겠다는 거 아니냐. 우리 폭력은 그만 쓰자. 일어나. 우선 기분부터 달래자.”

무슨 방법이 있나 보다. 윤우 자식이 잔머리는 잘 돌리니까 우선 믿어보기로 하자. 그날은 정말이지 진탕 술독에 빠졌던 듯하다.

그리고 며칠 후, 학교에서 지루한 점심 시간을 보내고 있는데 윤우가 나를 툭 치며 씩 웃는다.

“역시 많이 본 얼굴이랬어. 우리 학교 맞네!”

“어! 너희 저 자식 아냐?”

갑자기 옆에서 배를 두드리고 있던 우길이 자식이 인상을 팍팍 쓰며 끼어든다.

“왜? 너도 아냐?”

“알지, 알고말고. 저 자식 문어 다리로 유명하잖아. 기집애들 그런데도 뭐가 좋은지 저 자식만 보면 꽥꽥거리고 난리더라. 그런 기집애들이 더 병신이지.”

멋대로 지껄이는 우길이 자식의 뒤통수를 세게 내려치고 자리를 떴다. 병신이라니… 저놈이 누구더러 병신이래. 그날 승하란 놈에게 적당히 겁을 줬다. 그 승하 자식 보기보다 무지하게 겁이 많았다. 그런 놈이 여자 앞에서는 제가 제일 센 척한다. 재수없어라.

요즘 찔찔이가 집구석에 박혀서 말이 없다. 큭~ 아마도 그놈한테 연락이 없어서 저러나 보다. 찔찔아~ 나중에 나한테 고마워해라.

“환아, 나 나갔다 올게~”

“뭐? 어디 가는데?”

너무 밝은 얼굴로 달려나가는 찔찔이에게 물었다. 내 물음이 그 녀석도 의아했는지 달려나가던 발걸음을 멈추고 나를 보더니 이내 씩 웃는다.

“승하 만나기로 했어. 다녀올게~”

저렇게 좋을까? 양다리, 아니, 문어발 자식인데……. 그래서 네가 바보라는 거다. 바보라 더 상처가 클 텐데 저렇게 마음이란 마음은 다 내어주다니. 우길이 자식 말처럼 넌 정말 병신이다!

밤이 왔고 내다본 커튼 사이로 찔찔이가 보였다. 아니, 정확하게 말하면 찔찔이를 감싸 안고 있는 빌어먹을 놈을 보았다. 홱 뒤집히는 눈에 나도 모르게 밖으로 뛰어나갔다. 정말 죽여 버리고 싶은 마음으로 나갔다.

"어, 환아! 잘됐다. 이리 와봐. 여긴 내가 말하던 승하야. 승하야~ 인사해, 내 동생……."

찔찔이는 뭐가 그렇게도 좋은지 내 화난 얼굴은 아랑곳하지 않고, 연신 웃으면서 그 자식을 내게 소개시키려고 한다. 뭐 그 자식 얼굴은 굳을 대로 굳어 있었지만……. 찔찔이의 말을 자르고 놈을 향해 한마디 내뱉었다.

"내가 경고했지?"

무슨 소리인지 알 길이 없어 멍해 있는 찔찔이를 두고 그놈의 멱살을 움켜쥐었다. 질질 끌고 가는데 귀신같은 찔찔이가 소리를 지르며 따라오고 있다. 험상궂은 내 손길에 찔찔이가 넘어져 버렸다. 하지만 넘어진 찔찔이를 돌아보기에는 내 이성이 내 몸을 제어할 수 없었다.

반항하는 그놈을 무작정 어디론가 끌고 갔다. 그리고 태어나서 처음으로 아무 생각 없이 주먹을 휘두르고 발길질을 해댔다. 놈의 신음 소리가 멀어져 가는데도 아직 멀었다는 생각이 드는 건 뭔지. 살려 달라는 신음이 점점 희미해지는 것을 느끼고 숨을 몰아쉬며 마지막 발길질을 마쳤다.

"다시는 잔디 앞에 나타나지 마라. 그때는 이 정도로 안 끝내."

기분 정말 더럽다. 이루 말할 수 없이 혼란스럽다. 내가 왜 이렇게 흥분을 했는지 알 수조차 없다.

그런데… 그런데 집 앞에 쭈그리고 앉아 있는 찔찔이를 보는 순간… 힘이 빠져 버린다.

"승하는? 어디로 데려간 거야? 환아!"

나에게 달려와서 이리저리 나를 흔드는 너를 보면서 이 순간 느낀 건… 빌어먹을 정말 엿 같지만… 있어서도 안 되는 일이지만… 내가… 이환이… 윤잔디 너를… 좋아하는 것 같다!

　통금 시간을 지키기 위해서 나는 오늘도 열심히 뛰어서 집으로 들어왔다. 흑~ 오랜만에 있는 동아리 뒤풀이도 눈물을 머금고 마다해야 했다. 하긴 뭐, 가봤자 만나는 사람마다 그 머리 터진 동태 놈에 대해서 물으면서 나를 귀찮게 할 거고, 술 취한 녀석들이 추근덕거릴 테니 그냥 집으로 돌아온 게 나을 수도 있다. 신발을 툭툭 벗어 던지고 있는데 내 앞에 어두운 그림자가 자리한다.

　"이제 오냐?"

　이럴 수가!! 뒤풀이에서 정화 기집애랑 꼭 붙어 앉아서 노닥거리고 있을 줄 알았던 환이 녀석이 우유 한 통을 들이키면서 내 앞에 서 있다.

“어? 너 동아리 뒤풀이 안 간 거야?”

“귀찮아.”

털썩 의자에 주저앉는 놈을 물끄러미 바라보다가 얼른 옷을 갈아 입고 내려왔다. 요즘 악마 녀석과 대화가 너무 부족했던 것 같다. 언제는 했었냐만은……. 흠흠, 어찌 되었든 물어보고 싶은 게 잔뜩 있단 말이다! 우혜혜~

“저기, 환아.”

악마 놈이 말하라는 듯 거만한 표정으로 나에게 무심한 시선을 잠깐 주더니 이내 다시 TV로 시선을 돌려 버린다.

“너 진짜 정화랑만 만나는 거야?”

“…응.”

잠깐 주춤한다 했지만 표정의 변화가 없는 걸로 봐서 거짓말이 아니다.

“그럼 이제 다른 여자애들은 안 만나는 거야?”

“어.”

대답도 참 쉽게 한다. 내친김에 다 물어보자.

“너… 정화 좋아해?”

“…….”

순간 TV 불빛으로 인해 환해진 환이의 얼굴에 잠깐 망설임이 비친다. 이렇게 꼬박꼬박 내 말에 대답을 해주는 경우도 드물지만, 저렇게 망설임이 가득한 얼굴도 보기 힘든데…

“왜?”

“아, 아니, 그냥 궁금해서 물어본 거야.”

갑자기 내게 반문하는 악마의 말이 적지 않게 나를 당황하게 만들었다. 그래, 좋으니까 사귀는 거지. 내가 도대체 왜 그렇게 바보 같은 질문을 했을까? 내 바보 같은 질문으로 정적이 흐르던 분위기를 깨뜨린 것은 슬픈 멜로디의 환이의 폰 소리였다. 저 노래 제목이 뭐였지?

“여보세요?”

[환아, 어디 아파? 많이 아픈 거야?]

정화 기집애의 간드러지는 목소리가 수화기를 흘러나와 내 귀에까지 들려온다. 환이 녀석 아예 귀에서 전화를 떼고 듣고 있다. 아마도 아프다는 핑계를 대고 뒤풀이를 빠져나왔나 보다.

“아니, 지금은 괜찮아.”

[훗~ 그래? 그럼 나와. 나도 뒤풀이 안 갔어. XX로⋯⋯.]

열심히 귀를 기울여 들어보려 했지만, 잘 들리던 고음의 정화 목소리가 순식간에 줄어들어 뒷말은 하나도 듣지 못했다. 악마 녀석이 내가 듣고 있다는 걸 알았는지 급하게 톤 소리를 조종한 모양이다. 쪼잔한 놈!

“알았어.”

피곤해 보이는데 나가려는 모양이다. 그 기집애는 왜 피곤한 사람 오라가라야! 여자 친구면 다야? 웃겨 정말!! 쓱 일어나던 녀석이 나를 내려다보더니 굳은 듯 붙어 있던 입술을 떼어내며 말을 내뱉는다.

“대답⋯ 됐지?”

환이는 정말 정화를 좋아하나 보다. 저렇게 귀찮으면서도 몸을 일
으켜 나가는 걸 보면 말이다. 근데 내가 왜 이렇게 답답한지. 악마 녀
석이 진짜 연애하는 거 보니간 마음이 횡해진다. 쿡~ 딸을 시집보낸
기분이라고 해야 하나? 쳇! 평생 사랑 한 번 제대로 못할 놈인 줄 알
았는데 너무 갑자기 그렇게 변해 버리니까 적응이 안 되잖아. 정말
적응이 안 된다.

하지만 그날 이후 나는 그런 악마, 아니, 환이의 모습에 익숙해져
야만 했다. 옅어져 가는 정화의 화장, 더 여성스러워진 외모, 사랑에
빠진 듯한 행복한 얼굴, 그리고 그런 정화의 옆에 늘 붙어 있는 환이
의 모습에 둘이 정말 사랑이란 걸 하는가 보다라고 생각할 수밖에 없
었다.

한 달이라는 시간이 그렇게 훌쩍 가버렸다.

"야, 정화 쟤 너무 이뻐진 거 같지 않니?"

윤미가 강의실로 들어선 정화를 보고 내게 말한다. 고개를 들어 그
녀를 바라본다. 사랑을 하면 이뻐진다는 말이 정말 맞는가 보다. 정
말 한 달 전까지만 해도 가면이라고 놀렸었는데, 이젠 수수함까지 느
껴진다. 우리가 쳐다보는 게 느껴졌는지 정화가 우리 쪽을 쳐다본다.
약간 살기가 등등한 눈빛. 웃긴 기집애. 왜 우리만 보면 못 잡아먹어
서 안달이야? 시누이한테 시집살이 한번 당해볼겨??

강의가 끝나고 누군가가 강의실 앞을 서성거린다. 통금이 풀린 기
념으로 성아와 만나기로 했는데 재희가 그런 나를 데리러 온 모양이
다. 그 앞에 환이와 윤우도 와 있었다.

"어! 잔디 누나, 오랜만이에요."

다정하게 인사하는 윤우에게 웃음으로 대답해 주고 슬쩍 환이를 올려다봤다. 누군가에게 손짓을 하고 있다. 다정도 하지… 뒤돌아보지 않아도 정화가 한가득 재수없는 웃음을 달고 달려오는 걸 알 수 있다.

"잔디야, 얼른 가자. 성아 벌써 교문에 와 있대."

재희가 서둘러 나를 끌었고, 따라 나서던 나는 잠깐 뒤를 돌아보았다. 역시나 정화가 그들 앞에 서 있었고, 무슨 얘기를 하는지 윤우와 정화의 얼굴에 웃음꽃이 만발이다. 환이도 웃고 있겠지. 돌려진 환이의 뒷모습이 아쉽다. 환이 녀석, 얄미워도 웃는 얼굴 하나는 정말 이쁜데……. 정화 기집애는 한 달 사이에 잘도 동화되었나 보다. 저렇게 셋이 서 있으니깐 꼭 내 자리를 빼앗긴 기분이잖아. 환이의 남자 친구들이랑도 친한 여자는 거의 없다. 어떠한 껌이라도 친구의 반열에 오를 수 없기에 착한 윤우, 덩치 큰 우길이 등등 악마군단이랑 친한 여자는 나밖에 없었건만……. 안 그래도 얄미운 정화 기집애, 이뻐진 것도 배 아픈데 저렇게 환이랑 윤우 사이에서 웃고 있으니깐 기분이 갑자기 더러워진다. 심통인가?! 다시 뒤돌아본 게 화근이다. 기분 더 더러워졌다. 제기랄! 저 멀리서 나머지 악마군단들이 정화를 불러대며 반갑게 인사하고 있었다. 환이의 여자 친구라면 저들은 그리하고도 남을 것이다. 그만큼 환이의 여자 친구란 자리는 차지하기 힘든 곳이니깐. 대단한 거니깐. 잘났다, 이환!!

한 달 만의 술이라서 그런지 아니면, 괜스레 느껴지는 엿 같은 기분이라서 그런지. 정말 슬희와의 술자리 때만큼이나 술을 들이부어 댔다. 이러면 안 되는데……. 또 통금 걸리면 어케!!어케!!

"역시!! 너무 반갑다, 이슬아~"

술 이름을 불러대며 억지스레 밝은 척 웃는 얼굴을 했더니 성아가 거슬렸나 보다. 기집애, 속을 숨길 수 없을 정도로 나를 잘 안다.

"왜? 왜 그래? 또 무슨 일 있는 거야?"

"무슨 일은… 아무 일 없어. 그냥 갑자기 이렇게 풀려 버리니까 씁쓸하네."

뭐가 풀려서 씁쓸한지… 술잔을 돌리며 쓸데없는 말을 지껄였다. 나 변태인가? 왜 괴롭힘당하던 게 이렇게 그리운지……. 아니다! 이건 분명 악마군단이지만 미남군단을 정화 기집애에게 빼앗긴 것이 분해서 그런 거다!!

"적당히 마셔."

재희도 걱정이 되었는지 나를 추스린다. 그들 말을 뒤로하고 술잔을 들던 나는 잠시 멈추어야만 했다. 술집에서 흘러나오는 노래가 내 귀에 너무 익숙하게 박힌다. 음… 이거 어디서 듣던 거더라? 아, 그래, 환이 폰 멜로디! 너무 슬픈 것 같은 멜로디 소리여서 그런지 귀에 착 달라붙는다.

"성아야, 이거 지금 나오는 이 노래 말야. 제목이 뭐더라?"

입속을 맴돌며 제목이 얼른 떠오르지 않아 대뜸 물었다.

"응? 아… 이거 뭐더라?"

성아도 그런지 계속 인상을 찡그리며 떠올리려 애쓰는데 재희가 깔끔하게 대답한다.

"이거 가질 수 없는 너잖아. 뱅크 노래지, 아마?"

가질 수 없는 너. 훗~ 행복한 네놈에게 안 어울리는 곡이다. 노래 좋은데 나도 바꿀까? 따라했다고 욕 먹으려나? 실없이 웃는 내가 이상해 보였는지 성아가 계속 쳐다본다.

"환이 폰 멜로디가 이거여서 그냥 물어봤어."

"윤잔디."

내 말에 뭔가 거슬렸는지 성아의 표정이 심각하게 굳어진다.

"응?"

"너… 요즘 부쩍 네 동생 환이 이야기 늘어난 거 알아?"

내가 그랬었나? 몰랐다. 늘 속으로 환이 녀석 욕하느라 말로도 그런 줄 알고 착각해 버렸었어. 미안.

"너 남자 하나 소개시켜 줄까?"

성아가 다급하게 나에게 말한다.

"응? 남자? 갑자기 웬 남자야? 왜? 좋은 남자라도 있는 거야?"

"훗! 있지, 너 요즘 부쩍 외로워하는 거 같아서 우리 선배가 아는 근사한 남자 하나 입수했지. 크흐흐~ 너 나한테 고마워해라."

성아가 저 정도로 큰소리칠 때는 정말 괜찮은 놈이라고 봐야 한다. 이눔의 기집애, 중학교 때부터 미남 킬러였기에… 재희만 봐도 알 수 있지.

"그래? 한번 해볼까?"

근데 왠지 내키지 않는다. 나도 남자라면 사죽을 못 썼지만, 4년 동안 환이 녀석의 방해로 이리저리 안 만나다 보니 그렇게 땡기던 남자라는 것이 어느새 별 흥미 없는 것으로 변해 버렸나 보다. 하지만 뭐 지금은 기분이 너무 우울하니 뭔가 변화를 주는 것도 괜찮으려나? 그, 그래, 실은 다 핑계고 근사하다는 말에 넘어갔다, 왜!! 케케케!

비틀비틀 정말 정신력 하나로 버티면서 집으로 걸어가고 있다. 욱! 근데 갑자기 이런 데서 쏠릴 게 뭐람! 어째~ 도저히 집에 도착할 때까지 참을 수 없는 구토의 유혹에 우리 집 담벼락으로 돌진했다.

"우웩~"

앗, 드러!! 눈물 콧물 다 나온다. 아, 따가워. 코 안이 너무 따가워. 흑흑. 한참을 쭈그려 앉아서 괴로운 속을 달래는데 누군가 뒤에 서 있는 게 느껴진다. 돌아보고 싶은데 계속해서 넘어오는 속 때문에 포기한 채 이마를 벽에 기대고는 꼭 눈을 감고… 다시 우웩거렸다. 아빠가 아니길 바라며……. 그런데 갑자기 그 누군가가 토닥토닥 내 등을 두드려 준다. 따뜻한 손이 다정스레 두들기자 마음 한구석이 편안해진다. 그, 근데 누구슈?

"괜찮아?"

순간, 더러운 내 흔적의 자리에 머리를 박을 뻔했다.

"병신. 누가 이렇게 많이 먹으래?"

술에 취해서 목소리가 희미하게 들려도, 어울리지 않게 따뜻하게 등을 토닥여도 누군지 알겠다. 악마 놈. 누나 대신 병신이라고 소리 지르던 게 왜 이렇게도 다정스레 말하는 건지……. 어흑~ 환아, 나

속 아파!

"괜찮아? 다 토한 거야?"

한참 욕질을 해대던 악마 녀석이 내 뒤에 쭈그려 앉아 걱정스레 물어온다. 울음을 삼키고 고개를 끄덕이자 환이가 먼저 일어섰다.

"일어나. 들어가자. 여기서 얼어죽을 거야?"

"흑흑! 응."

겨우 벽을 집고 일어나려는데 아씨~ 어지럽긴 또 왜 이렇게 어지러운지, 다시 털썩 주저앉아 버렸다.

"뭐야?"

"흑~ 미안. 다리에 힘이 빠져서… 머, 먼저 들어가."

마구 날아올 욕들을 예상하며 들어가길 권했다. 역시나 들려오는 악마 녀석의 욕질. 그래, 해라, 해. 오늘은 오랜만이니 달게 들어주마!

"씨, 골고루 하네."

그런데 정말 들어가란다고 이런 불쌍한 나를 버리고 들어가냐, 악마 놈아!! 한마디 툭 던진 악마 자식은 뚜벅거리며 집으로 들어가 버렸다. 네놈이 그러니까 나한테 매일 욕을 먹는 거야. 나쁜 악마 놈아. 흑흑. 내가 하는 욕 다 처먹고 벽에 똥칠할 때까지 살아라!! 젠장!

해봤자 후련하지도 않은 욕설을 그만두고 나는 다시 한 번 두 다리에 힘을 주어본다. 오래 쭈그리고 있어서 그런지 감각까지 상실해 버렸나 보다. 겨우겨우 벽을 잡고 일어나는 데까지는 성공을 했건만! 근데 더는 못 가겠다. 흑! 좀 쉬다 가야쓰겠다. 그렇게 악마 녀석에 대한 처절한 배신감의 쓴맛을 삼키며 섰는데, 갑자기 내 몸이 달랑 들어 올려진다.

"꺄!!"

"조용히 해. 엄마, 아빠 다 깨울 작정이야?"

언제 왔는지 악마, 아니, 이쁜 환이 녀석이 나를 달랑 안아 들고 있었다.

"흑! 환아, 난 네가 진짜로 혼자 가버린 줄 알고……."

"찔찔 짜지 마. 확 던져 버릴 거야."

내가 울먹이는 소리가 듣기 싫은 듯 악마 녀석이 얼굴을 찡그리더니 성큼 우리 집 대문을 통과했다. 문을 열어놓으러 갔었나 보다. 활짝 열려진 대문과 현관문을 보고 아까까지 악마 녀석에게 해댔던 욕설들을 거두어들였다. 후후, 이 바닥이 다 그런 거 아니겠수? 그런데… 취중에 정신이 왔다리 갔다리 하는 순간에도 환이의 심장이 뛰는 소리가 느껴졌다. 헤벌레 풀어진 눈을 조금 들어 환이 놈의 심장이 자리한 가슴께로 시선을 옮겼다. 작은 천사 같던 환이가 이렇게 나를 안아 올리고도 남을 만큼 커다란 가슴을 가졌었다니……. 새삼스러운 느낌에 가만히 시선을 올려 정면을 응시한 환이의 얼굴을 쳐다봤다. 예쁜 턱선 위로 길다란 속눈썹이 파르르 떨리는 듯했다. 환이의 빠른 듯하지만 규칙적인 심장 박동에 맞춰 내 호흡도 같이 뱉어진다. 훗~ 역시 술이란 건 사람과의 관계를 오묘하게 한다. 이런, 나 정말 취했나 보다. 동생 녀석에게, 그것도 악마 녀석에게 설레임을 느낄 정도로……. 근데 오늘 정말 악마 녀석이, 아니, 환이가 너무 이뻐 보인다. 사랑스러워 보인다.

"뭘 봐?"

날 내려다보지도 않고 무뚝뚝하게 내뱉은 악마 녀석의 말이다. 근데 얼굴이 약간 붉어진 듯한데… 설마, 저 녀석, 내가 쳐다보는 게 창피해서 얼굴을 붉힐 인물이 아닌데……. 키득키득~ 어디서 비웃을 용기가 생겨났는지 모르겠다. 아마도 술의 힘이리라! 당당히 내가 피식거리며 웃자 환이 녀석, 나를 집어 던질 기세로 시선을 내 얼굴에 내리꽂는다. 헉! 이, 이럼 후퇴해야 한다. 정말 나를 집어 던지고 남을 놈이기에!! 그렇게 화가 난 듯 큰 보폭으로 급히 내 방으로 들어가던 놈이 나를 세게 침대 위로 내팽개쳤다.

"너… 누나, 한 번만 더 술 퍼먹고 이런 식으로 해봐. 정말정말 마지막이야, 누나 뒤치다꺼리하는 거!"

불끈불끈 화를 내뿜으며 휘릭~ 나가 버린다. 멍하니 닫혀진 문을 바라보고 있자니 이유없이 웃음이 난다. 억지스럽게 누나라고 부르려 노력하는 환이의 애쓰는 모습이 귀여웠고, 마지막이라고 엄포를 놓는 환이의 모습이 마지막이 결코 마지막이 아닐 거라는 안도감 때문에…….

얼마 뒤 성아가 날 찾아왔고 나는 억지스럽게 성아의 손에 이끌려 소개팅 자리에 나서게 되었다. 이 나이에 소개팅이라니……. 너무 쑥스럽군~ 그래도 근사하다고 하지 않았던가. 조금 기대를 하고 나는 성아와 함께 커피숍 한 자리에 앉았다.

“어? 언니 아직 안 왔나 보네.”

“언니?”

“응! 우리 학교 선배 언니인데 오늘 정말 괜찮은 남자 데리고 나와 준다고 했거든.”

“너 남자 누군지 몰라?”

“으응? 아… 응, 몰라. 그런 게 상관있니? 근사하면 됐지. 안 그래? 너 잘되면 우리 재희랑 더블 데이트하자~!”

심상치 않은 표정이 스치고 난 후, 자신감에 넘치는 성아의 얼굴을 보니 이번에는 제대로 건질 듯하다. 크흐흐~ 요즘 부쩍 나를 외롭게 하는 악마 녀석이나 성아를 용서해 주기로 하고 그렇게 성아의 선배를 기다렸다.

“어머, 언니! 여기야!”

성아가 누군가를 부르고 창밖을 바라보던 나는 얼른 호기심 어린 눈으로 고개를 돌렸다. 저쯤 걸어 들어오는 마른 여자 한 명과 그 뒤의 남자! 그런데… 그런데…….

“쟨가 봐! 홋~ 딱 네 타입이다, 그치?”

성아의 말에 맞장구를 칠 수조차 없다. 걸어서 내 앞에 앉는 그 남자도 나만큼이나 표정이 굳어 있다. 이럴 수가! 어째서 네가 여기에 있는 거야?

“일찍 왔네. 미안, 차가 너무 많이 막히더라구. 어머, 네가 성아 친구야? 너무 이쁘다. 홋~ 오늘 느낌 좋은데?! 인사해. 여기는 이승하라고 내가 제일 아끼는 동생이야.”

그렇다. 이승하! 내 첫사랑. 빌어먹을! 잊으리라 그렇게 다짐했던 그 남자가 이렇게 나란 여자를 소개받으러 나와 앉아 있었다.

"여기는 윤잔디예요. 서로 인사부터 해. 되게 어색하다, 하하~"

성아의 어색한 내 소개가 귓가로 들려오지만 내 머리 속은 지금 가득… 의문들로만 차 있다. 왜… 왜… 도대체 왜 승하가 여기 나온 거지? 몇 달 전에 다정히 손을 잡고 내게 보여줬던 그 여자 친구는 어쩌고……. 뭐야, 이승하, 뭐야! 헤어진 거야? 그런 거야? 나랑 너 그렇게 아프게 이별한 게… 이렇게 다시 만나려고 그랬던 거야? 그렇게 이해해야 하는 건가?

내 표정의 의미를 알아챈 듯한 승하. 그의 표정도 처음엔 몹시 놀란 듯했지만, 지금은 어느새 아무렇지 않게 나를 보며 웃고 있다. 특유의 그의 미소가 변함없이 내 눈에 꽂히고 내 마음의 물음에 답이라도 하겠다는 듯 먼저 말을 내뱉는다.

"이렇게 다시 만나다니… 잔디 너랑 내 인연이 끈질긴가 보다."

감미로운 목소리, 여유있는 말투. 역시 내 앞의 이 남자, 이승하가 맞는가 보다. 내가 사랑했었던 이승하가 분명하다. 크흑~ 감격이다.

"엇! 둘이 아는 사이야?"

적지 않게 당황하는 주선자들이 나와 승하를 번갈아 쳐다본다. 승하가 가볍게 고개를 끄덕이고, 나는 아직도 멍해져 승하를 보고 있다. 어수선한 상황에서 어찌어찌 정신을 차리고 보니 어느새 그 자리엔 나와 승하밖에 남지 않았다. 그렇게 단둘만이 덩그러니 테이블에서 마주 보고 있었다.

“놀랐지? 나도 네가 나올 줄은 몰랐어.”

“아… 응. 근데 너 그 애…….”

차마 그 아이의 이름이 소영이라는 것까지 기억하고 있는 내 미련을 들키기 싫어서 그냥 그 애라고 칭해본다. 그러자 승하가 다시 씁쓸하게 웃는다.

“훗~ 인연이 아닌가 봐. 얼마 전에 헤어졌어. 그런데 너랑 나랑은 운명인가? 훗, 이렇게 다시 만난 걸 보면 말야.”

운명이라. 그럼 우리 다시 시작할 수 있다는 말이야? 아직도 믿기지 않는다. 지금 나를 집으로 바래다주는 사람이 승하라는 게……. 다시 고등학교 때로 돌아온 듯한 기분. 잠시 그때의 일을 상기시키는 동안 어느새 우리 둘은 집 앞이었다.

“저…….”

“어?”

“다 왔다구. 무슨 생각을 그렇게 해?”

“아, 미안해. 그냥 이것저것 생각이 좀 나서……. 그, 그럼 잘 가. 데려다 줘서 고마워.”

켈룩~ 진짜 어색하다. 뭔지 모를 어색함 그리고 알 수 없는 기분에 얼른 집으로 들어가려고 뒤돌아섰다.

“잔디야.”

내 코트를 확 잡아끄는 승하의 손길에, 그 손길을 원했던 것인지 나는 재빠르게 뒤돌아섰다. 수줍게 웃는 승하. 처음 만난 순간 참 어른스러웠던 그가 오늘은 왠지 아이처럼 얼굴을 붉히는 것이 내 가슴의 설레임을 증폭시키고 있었다.

“우리… 다시 만날 수 있을까?”

다시… 만난다. 그럼 우리 다시 연인이 되는 거야? 그때처럼 너한테 응석 부려도 되는 거냐구? 그때처럼 나 다시는 안 버릴 거야? 이제 악마, 아니, 환이가 협박해도 견딜 자신이 있는 거냐구? 훗… 하긴 이제 환이는 내 일에 상관 안 하겠지만……

돌아서서 가만히 승하를 쳐다보았다. 물어볼 말이 참 많은데… 확신 받아둘 말이 너무 많은데……

“그럼~”

“그래, 연락할게. 잘 자.”

“응, 조심해서 가.”

그렇게 뒤돌아 가는 승하를 바라보니 절로 한숨이 나온다. 정말 우리 다시 사랑할 수 있을까? 조심스레 대문을 열고 들어와 잠시 하늘을 올려다보고 섰다. 찬바람이 휑하니 불며 지금이 꿈이 아니라는 사실을 확인시켰다. 묘한 기분에 실컷 젖어 있는데 우리 집 앞에 차 한 대가 와서 선다. 어느 잡것이 남의 집 앞에 차를 세워?! 죽어쓰~ 가만히 밖을 노려봐 주었다. 하얀 승용차 한 대가 서고 곧 앞자리에서 두 사람이 내렸다. 얼랄라~ 환이 녀석과 썩을 정화 기집애다! 정화 기집애 집이 배 터지게 잘산다는 건 알았지만 학생이 차를 몰고 다니다니!!

“환아~ 꼭 들어가야 돼?”

이게 무슨 소리냐?! 당연히 집구석에 꼬박꼬박 들어와야지! 저런 싹수 노란 것을 보았나.

"빨리 가. 늦었다."

환이 녀석 운전석 문을 열어주며 정화 기집애를 앉힌다. 저놈이 여자에게 매너가 있다는 사실을 나는 오늘 처음 알았다. 맙소사! 남자들은 왜 집구석에서의 행동과 밖에서의 행동이 일치하지 않는 거야? 쳇! 환이 녀석이 뒤돌아서 대문 쪽을 바라본다. 헉! 재빨리 몸을 기둥 뒤로 숨겼다. 근데 내가 왜 숨나? 그렇다고 다시 나갈 수도 없는 입장이어서 그냥 그러고 벽에 들러붙어 있었다.

"환아~ 인사 안 해주고 갈 거야?"

역겹다. 환이보다 나이도 많은 기집애가 왜 저렇게 귀여운 척을 해대는지 슬쩍 짜증이 날라고 하네. 대문을 바라보던 환이의 시선이 다시 돌아선다. 제기럴! 빨리 들어와라, 이놈아! 풍기 문란으로 고발해 버리리랏!! 갑자기 환이의 상체가 슥 숙여지더니 아흑아흑~ 정화 기집애의 얼굴 쪽으로 내려간 듯하다. 빌어먹을! 솔로 앞에서 뭐 하는 짓거리인지. 참, 내 존재를 모르지. 그대로 있다가는 무슨 꼴을 더 보게 될지 모른다는 생각에 성큼 현관으로 달려갔다. 그리고는 있는 힘껏!! 세게!! 큰 소리로!! 문을 쾅!! 닫아버렸다. 크흐흐흐흐~ 놀랐지, 요것들아?

깨끗하게~ 맑게~ 자신있게~

그렇게 외치며 욕실에서 나오는데… 헉! 언제 들어왔는지 환이 녀석이 나를 무섭게 노려보고 있었다. 뭘 봐? 같이 노려봐 줬다. 므흐흐~ 그랬더니 저놈이 날 무슨 괴물 취급하는 눈빛으로 한 번 보더니

2층으로 오른다. 저 누나를 개똥같이 여기며 무시하는 태도 봐라! 얌마! 개똥도 약으로 쓰려면 없다 이거야!! 아… 이,이게 아닌가? 캑캑! 어찌 되었든 확 그냥 이 수건으로 네놈의 모가지를 졸라 버리고 싶다! 아~ 그렇지! 갑자기 자랑하고 싶은 게 떠올라 환이의 뒤통수에 톡 말을 쏜다.

"야! 너 이승하라고 알지? 기억해?"

최대한 최~대한 아니꼽게 말을 붙였다. 왜 난 그 순간 두려움을 상실했을까? 당장 놈의 사나운 눈길에 찔려 죽지는 않을지……. 소리친 후에 후회하고 있는데, 얼라리여? 환이 놈의 돌아선 눈빛이 깜짝 놀란 표정이다. 그래, 내친김에 당당하게 말하는 거야!! 네놈이 아무리 우리 사이를 갈라놓으려고 해도, 나 윤잔디! 절대 사랑을 포기하지 않으리라! 간을 배 밖에 꺼내놓고 최대한 싸가지없게 말했다.

"나, 그 애 다시 만나. 저번에 네가 무슨 마음으로 승하와 날 떼어놓았는지 모르겠지만, 이젠 안 돼. 다시 한 번 그 애한테 협박 같은 거하면 정말 나… 가만 안 있을 거야!"

까—!! 다 말했어!! 나 너무너무 멋진 거 같다. 히히~ 이제 날아올 놈의 욕을 대비해서 나는 경계 태세로 접어들었다.

"다시 사귀는 거야?"

"어? …어."

아직 그런 건 아니지만 어쩌겠냐. 대답부터 하고 보자. 근데 너 너무 보드랍게 나오는 거 아니냐?

"다른 말 없었어, 그 새끼?"

그럼 그렇지! 그 새끼라니, 이놈아! 네 새끼냐? 왜 말이 그 딴 식이야?!

"응? 어, 없었는데."

"알아서 해. 누나 일인데 뭐."

"응~"

이거 뭐야? 난 비장의 각오와 다짐을 하고 네놈에게 경고를 했건만, 이거 너무 쉽잖아! 너무 쉬우니깐 재미없다. 그래, 네 녀석 사랑놀음에 누나 따위는 이제 필요없다 이거구나? 뭔가 꺼림칙하지만, 그래도… 그래도 이제 나도 마음놓고 다시 연애를 할 수 있다는 생각으로 잠자리에 들었다. 다 잘된 거야. 드디어 윤잔디, 내 삶을 찾은 거다. 근데 진짜 갑갑한… 내 속은 뭘까?

성아를 만났다. 그리고 승하를 얘기했다. 내 첫사랑이 그 애라고…….

"뭐? 그럼 그때 환이의 협박을 받고 널 버린 놈이 그 승하라고?"

"서, 성아야, 버렸다니… 어감이 참 더럽다. 다른 걸로 바꿔라. 나 자존심 상하려고 그래."

"그게 그거지 뭐!"

"씁! 바꾸래도."

"아, 그래, 알았어. 아무튼 그래서 승하 이제 안 만날 거야?"

"무슨 소리야! 우리의 사랑은 그 딴 놈에게 방해받은 정도로 끝나지 않는 것임을 이번 계기로 입증한 거지!"

내 말이 상당히 거슬렸는지 성아의 얼굴이 묘하게 일그러진다. 미안~ 하지만 나 너무 오랫동안 솔로여서 너무 해보고 싶던 대사였단 말야~! 그렇게 승하의 허락없이 나는 그와 나의 사랑을 운명적인 사랑인 양 떠벌리고 다녔다. 푸헤헤헤~ 멋있지 않냐? 다시 시작된 사랑! 우리는 만나야 할 인연이었다! 캬~!

그날 저녁, 나는 홀로 똘래똘래 집으로 돌아오고 있었다. 누군가가 집 앞을 서성이는 것을 보고 멈춰 선 나는 미간에 주름을 잡으며 그 사람의 신원을 확인해 들어가기 시작했다. 언 놈이냐!

"잔디?"

헉!! 스, 승하다!!

"으응, 너 여긴 웬일이야?"

"훗, 너 기다렸지. 할 말이 있어서 왔어."

"응? 무슨 할 말?"

크흐흐~ 드디어 온 거냐? 그래, 너도 어여 나처럼 말하려무나. 그동안 내가 무척이나 그리웠노라고~!

"저기… 잔디야, 나 실은 너한테 다 말하러 왔어. 내가 저지른 5년 전의 잘못 말이야."

"아, 그때! 아냐, 그건 내 동생이……."

"아니, 그거 아니야. 그냥… 들어줄래?"

뭔지 모르지만 되게 심각하다. 이럴 때 자고로 여자는 부드러운 눈초리로 상냥하게 희미한 미소를 지어줘야 한다. 캑! 이러니 선수 같군. 우리 집 대문 앞 어두운 가로등 아래 우리는 나란히 앉았다.

"우선 정말 미안해."

“응? 뭐가?”

“이기적이라고 생각할지 모르지만, 네가 꼭 용서해 줬으면 좋겠어. 나… 5년 전, 널 사귀는 일 년 동안 너 말고도… 다른 여자들이랑 사귀고 있었어.”

…뭐? 뭐라고? 나 지금 뭔가 잘못 들은 건가? 내 표정이 장난이 아니었나 보다. 갑자기 이 녀석, 잔뜩 겁을 집어먹고서는 열심히 다시 입을 벙긋거리기 시작한다.

“정말 그, 그땐 몰랐었어. 그냥 이 여자 저 여자 만나는 거에 신경이 쓰여서… 하, 하지만 그래도 너랑 그렇게 헤어지고 나서 그때 정말 내가 널… 좋아했었다는 거 알겠더라구.”

이 상황에서 나는 도대체 뭐라고 해야 하는 거지? 마구 화를 내며 네가 어쩌면 내게 이럴 수 있냐고 끌어다 부어야 하는 건가? 그도 아니면 새침하게 토라져 있다가 용서해 주고, 내가 그렇게 떠벌리고 다닌 사랑이란 것을 이어가야 하는 건가? 그런데… 저렇게 열심히 변명하는 승하의 얼굴을 보는 내 마음, 내 진짜 감정은 아무렇지 않다는 거다! 그래서 나는 솔직히 지금 내가 어찌해야 할지 모르겠다. 화가 나지도 않고, 그렇다고 기쁘지도 않은 이 기분. 그런데도 내 입술은 마음대로 움직이는 마술에 걸려 버렸나 보다. 제기랄!

“그럼 그때 소영이란 애랑 있을 때 나한테 당당하게 말을 건넸던 건 뭐야?”

음… 나 아무래도 그때 상당히 자존심이 상했었나 보다. 푸히~ 바보!

“아, 그때… 실은 소영이랑 헤어진 것도 너랑 그날 부딪친 이후야. 널 닮은 애 계속 만나다 보면 잊겠지 했는데……. 늘 보고 싶었거든. 다시 만나고 싶었어. 유난히 하얀 피부, 잘 웃는 얼굴, 긴 생머리, 나만 보면 한껏 웃는 얼굴하며… 다 보고 싶었어.”

쳇! 그래, 그때 나 너한테 미쳤었다.

“그럼 네 말은 지금까지 만난 애들이 다 나랑 비슷한 타입이었단 말야?”

“미안. 너에게 다시 연락할 용기도 없고 해서…….”

“왜? 왜 내가 그렇게 매달릴 때는 오지 않았어? 무슨 용기가 필요했던 거야? 내가 널 그렇게 모질게 내칠 거라고 생각했었어?”

갑자기… 저 아랫배에서 격한 감정이 넘실거리며 치밀고 올라온다. 정의감 말구~ 이 녀석의 머리를 터뜨릴 마음은 없단 마리얏!! 근데 참 바보같이 느껴진다.

“미안. 나 실은… 네 동생이…….”

헉! 그, 그 말은 내 동생이 무서웠던 게로군! 이런, 내가 이래서 악마 녀석을 싫어하는 거다!

“아, 그런 거였어? 근데 너보다 작은 애가 뭐가 그렇게 겁이 난다구…….”

“너 몰라서 그런 소리 하는 거야. 네 동생 이환, 우리 학교에서 유명했다구. 나 그날 죽도록 맞고… 흠흠, 아무튼 다시는 접근하지 말라고 경고까지 받았었어.”

오잉?! 악마 녀석이 그랬다구? 큭큭! 웃긴 놈.

"실은 내가… 다른 여자 친구랑 있던 걸 그 애한테 걸렸거든."

웃긴 놈이라고 했던 거 취소!! 귀여운 우리 새끼, 환이 이뻐! 이뻐! 그랬군. 그래서 그렇게 무식한 방법으로 저 애를 떼어버리려고 했었던 거구나. 으휴~ 이환 너 입이 너무 무거워. 바보야! 일찍 말했었으면 나한테 그 수많은 욕 다 안 먹었어도 되는 거잖아. 바보같이……

"잔디야."

"응? 아, 미안. 괜찮아. 다 지난 일인걸 뭐."

"진짜? 그럼 다 이해해 주는 거야?"

좀 억울한 생각이 드는 건 뭘까? 그래도 화가 나지 않는 건 그동안 내가 승하 이 녀석을 많이 그리워했고, 너무 많이 사랑해서 다 용서할 수 있음일 테니까. 지난 일로 싸우는 건 시간 낭비라고 느껴지니깐……

"승하야, 대신… 다시는 안 그럴 거지?"

"응? 당연하지!"

"정말? 약속해?"

"그럼~! 이제 다시는 나 다른 여자도 안 보고 너 울리지도 않을 거야!!"

헉! 예전에 이승하, 이러지 않았는데……. 많이 다정해졌네그려. 저렇게 귀여운 표정도 지을 줄 모르고 늘 고독하고 멋져 보이던 녀석이었건만. 그래, 세월이란 게 참 많이도 사람을 변하게 하는가 보다.

"그럼 우리 다시 시작하는 거야?"

나 최대한~ 귀여운 척, 어린 척하며 물었다. 후후후~ 그랬더니 아니나 다를까, 바로 반응이 온다. 승하 얼굴이 완전히 환희로 가득 차서는 입을 다물지 못하고, 열심히 고개를 끄덕여 댄다. 연신 웃어 대며 난리를 피던 녀석이 점잖지 못하게스리 갑자기 나를 와락 껴안는다. 악!! 이러지 마!! 안 돼!! 우리 아빠 아시면 나 아예 감금당한단 말야! 악마 녀석이 봐도 최소한 몇 달간 구박당한단 말야~! 이러지 말지, 아우!!

그러면서 가만히 오랜만에 승하라는 사람의 체취를 느껴보았다. 진짜… 진짜 오랜만이다. 그래서 그런지 마음이 몹시 들뜬다.

"고마워, 잔디야. 고마워, 나 믿어줘서! 다시는 나 안 그럴게."

"아, 알았어. 근데 이거 좀 놔줄래? 여기 우리 집 앞이거든."

"아! 미, 미안해."

얼른 내게서 떨어지는 승하. 쩝쩝, 쪼매 아쉽군.

"그럼 나 들어갈게. 너도 어서 집에 가봐. 내일 연락하고."

"응~"

내가 들어가는 걸 굳이 봐야겠다는 승하는 계속 대문 앞에 서 있었고, 나는 문을 닫은 후, 다시 한 번 승하를 돌아봐 줬다. 갑자기 달려오는 승하가 내 앞에서 숨을 죽여 말한다.

"저, 저기… 네 동생한테 말 좀 잘해줘. 나 이제 안 그런다고."

"그, 그래. 걱정 마."

내 대답에 만족한 듯이 승하가 웃으며 뒤돌아 뛰어간다. 쯧쯧, 그리도 환이가 무서웠던가? 갑자기 저 녀석 뒷모습이 처량해 보인다. 내가 왜 저 인간을 사랑했었는지… 헉! 이게 아닌데, 내가 지금 무슨 소리를 하는 거야? 미안, 승하야~!

터덜터덜 집 안으로 들어섰다. 허걱! 환이가 거실에서 혼자 또 TV를 노려보고 있다. 근데 왜 저렇게 TV를 노려보는지. 전생에 원수졌냐? 그러다 TV 터져, 임마!

"왔어?"

헉! 요즘 왜 이렇게 내 신변에 변화가 많은지……. 들어온 내게 환이가 먼저 저리도 다정하게… 다정시럽게 인사를 건네다니! 역시~ 세상은 오래 살고 볼 일이야!!

"아, 응! 일찍 들어왔네? 오늘은 정화… 안 만나?"

헉! 하마터면 정화 기집애라고 할 뻔했다.

"응."

대답도 잘한다. 정말 내 착한 동생이 되어주려나 보다. 근데 내 마음은 왜 이리도 불안한 건지…….

너무 평온해서 불안하다! 이 고요한 적막을 뚫고 조만간 엄청난 폭풍이 불어버릴 듯이 온몸에 잔잔한 한기가 흐른다. 그래도 폭풍이 몰아닥칠 계기가 없지 않은가? 아아… 아무래도 내가 점점 시적으로 변해가는 거 같아. 므흐흐~ 전생에 시인이었나?! 켈룩! 미안. 그래, 내가 요즘 너무 예민해서 그럴 거야. 다시 만난 승하와의 평화를 불안해하며, 씨~ 그날도 밤잠을 설쳤더랬다.

어김없이 붙어 다니는 정화 기집애와 환이가 이제는 나도 부럽지 않다! 왜냐? 지금 저 강의실 밖에서 승하가 나를 기다리고 있기에~!

우헤헤~ 내가 하루 종일 얼굴에 웃음을 지우지 않고 실실거리자 드디어 폭력쟁이 윤미가 짜증을 낸다.

"제길! 너 입 못 다물어? 이게 실성을 했나!"

"헉! 알았어. 흑흑. 때리지만 말아주세요, 주인님~"

"놔둬. 잔디가 드디어 애인이 생기지 않았니?! 좋아서 저러는 건데."

"흑~ 고마워요, 수경 안주인님! 안주인님밖에 없습니다~"

"윤미야, 머리를 뜯어놔 버려!"

내 오버에 수경이도 짜증이 났는지 나를 외면한다. 크흑~

"아, 열받아! 자기만 애인 만들어서 저렇게 기다리게 하지를 않나. 웃! 짜증나!"

헹~ 멋대로 떠들어라. 배 아파서 그러는 거 다 알고 있어. 오호호~ 승승장구한 내 표정에 어지간히 열받았나 보다.

"훗~ 근데 네 애인, 군대 안 가?"

헉!! 생각지도 못한 일을 윤미가 야비하게 떠오르게 한다. 그래, 22살, 건장한 대한민국의 사내라면 누구나 가야 하는 군대 아니더냐! 악마 녀석은 오토바이 사고로 면제를 받았다 치더라도 승하는 왜 안 갈까? 혹시 내일 당장 가게 되었다고 하는 거 아냐? 그럼 나의 외로운 독수공방이 다시 시작되어야 하는 거야? 오~ 아부지! 드디어 내 표정에 만족한 썩을 윤미 기집애가 입을 다물고, 나는 가만히 창가로 고개를 돌렸다. 승하가 추위에 약간 상기된 얼굴로 나를 올려다본다. 방긋 웃는 것이 귀엽기는 한데… 야!! 너 아니지? 군대 안 가지? 군대

가지 마!! 늦어서 오면 차버릴 거야!!

우루루~ 내 친구들에게 떠밀려서 승하의 앞으로 갔다. 이것들이 뜯어먹으려고 난리다.

"야야, 신고식 해야지, 신고식!"

윤미가 선동을 하고, 나머지 것들이 나에게 비웃음을 날리고 있다. 저것들도 친구라고, 흑! 그때 아주아주아주아주~ 아니꼬운 목소리가 들린다. 제기랄!

"어머~ 잔디 남자 친구인가 봐."

순간 내 마음과 일심동체인 내 친구군단이 크흐흐흐~ 재수없는 목소리에 모두들 돌아서서 그 정화 기집애를 쏘아본다. 하지만 그것도 순간. 크흑~ 악마가 떡하니 버티고 있자 바로 뒤돌아서 다시 승하에게 한턱 쏘라고 난리다. 흑! 도움도 안 되는 것들.

"그래."

떨떠름하게 대답해 주고, 환이를 노려봤다. 환이를 보는 승하가 조금 얼은 듯했기에 얼른 팔짱도 끼고 폼도 재주었다. 쳇! 너희만 애인 있냐? 나도 있다!! 의기양양! 놈들을 봐줬는데, 뒤에 따라오던 윤우의 얼굴이 굳어서는 나와 승하를 번갈아 쳐다본다. 엉? 왜 그렇게 놀란 눈을 하니, 귀여운 윤우야?

"윤우야, 이리 와봐. 인사해. 누나 남자 친구야. 승하야, 인사해. 내 동생 친구!"

어라라~ 근데 승하는 윤우가 반갑지 않은 모양이다. 뭐지? 일순간 묘한 분위기가 악마 녀석과 윤우, 그리고 승하와 내게만 흐르고 지나간다. 유난히 제일 굳어서 화가 난 듯해 보이는 윤우가 신경이 쓰였지만, 우리를 재촉하는 친구군단에 떠밀려 어쩔 수 없이 밖으로 내몰려야 했다. 그런 우리의 뒤로 정말 재수없는 정화 기집애의 목소리가 들린다.

"어머~ 끼리끼리 노나 봐. 쿡~ 가자, 환아!"

내 저 기집애를 당장!!

오랜만에, 정말 약 4년 만에 승하의 집에 놀러간다. 길치라서 거의 1시간을 헤매다가 드디어 찾았다. 우씨~ 데리러 오지도 않고 나쁜 자식! 조심스레 초인종을 누르자 승하의 목소리가 들려온다.

"누구세요?"

"승하야, 나 잔디."

"응, 어서 와!"

문이 열리고 나는 조심스럽게 그의 집에 두 번째 방문을 했다. 고등학교 때 그의 집과는 사뭇 다른 분위기가 연출되어 있었다. 잠시 적응을 하지 못하고 내가 서 있자 승하 녀석이 익숙하게 내 손을 이끌어 소파에 앉힌다. 여, 역시 네 녀석은 꾼이었어! 심술이 나려고 하네.

"저… 부모님 지금 집에 안 계셔?"

"응? 어, 나가셨어. 저녁때나 들어오셔."

헉!! 그 말은 지금 우리 단둘이 이 집에, 이 갇힌 공간에 있다는 말인데. 위, 위험해! 놈이 앉혀준 자리에서 조금 떨어져 앉았다. 왠지는 모르지만 그래야 할 것 같은 기분이…….

"뭐 좀 먹을래?"

"응? 뭐 있는데?"

"아, 별거 없어."

그럼 뭘 묻냐? 있는 거나 가지고 와! 거절할 줄 알았는지, 굉장히 곤란해한다. 다 보여, 임마! 뚤래거리며 부엌으로 가는 승하의 뒤를 따랐다. 어색한 것도 있어서 그랬지만, 사랑받는 여자가 되려면 싹싹해야 한다!! 나 정말 꾼 아니다. 오해 말아줘~

상자 안에서 과일을 꺼내는 승하의 손을 밀치고, 내가 가지고 나와 싱크대에 놓았다. 그런 내 모습을 웃으며 바라보던 승하가 곁에 와서 선다.

"같이 씻자."

헉! 그, 그거 좀 애로틱한 말이지 않니? 캑캑! 미안해. 내가 미쳤나 봐~

"아냐, 내가 할게."

내가 하는 대로 그냥 가만히 보던 승하.

"왜 그렇게 봐?"

한참을 씻는데 아직도 나를 쳐다보고 실실거리고 있는 승하에게 뻘쭘해서 한마디 던졌다. 그래도 이 녀석, 날 보고 싱긋싱긋 웃는다. 그래, 승하야 내가 이쁜 건 알아. 하지만 무안하잖아!! 므흐흐~

"우리… 이러고 있으니깐 꼭 신혼부부 같다, 그치?"

…누, 누가 우리 승하 이렇게 만들었냐!! 대패 좀 갖다줘! 이 녀석

이러지 않았다. 말없고, 멋진 한 마리 백조 같은 녀석이었는데. 대체 누가 이렇게 짜증나는 닭으로 만들어 버렸는지! 흑흑~ 이런 걸 싫어하는 건 아니지만, 아무래도 근래에 남자라고는 환이와의 대화가 전부였으므로 그런 닭살스런 대사들은 면역이 안 된단 말얏! 큭큭큭~ 환이가 저런 대사를 하면 정말 죽일 거야. 안 어울려! 안 어울려!

"잔디야, 왜 그런 표정을……."

헉! 잠시 엉뚱한 상상으로 내 표정이 본래의 형상이었나 보다. 얼른 가다듬고, 승하를 바라보며 싱긋 웃어줬다.

"아, 아니야. 갑자기 나온 신혼부부란 말에 놀라서 그래."

빨리 마무리를 지어야겠다는 생각에 작은 바구니에 씻은 과일을 옮기는 찰나, 갑자기 내 허리를 감싸는 승하의 팔 때문에 나는 경직되고 말았다.

"으엑! 스, 승하야. 뭐 하는 거야!"

놀라서 귀엽지 못한 비명을 지르고 그 녀석의 팔에서 벗어나기 위해 나는 엄청 노력했다. 진짜다. 괜히 약한 척하면서 힘 조금밖에 안 준 거 절~대 아니다. 아닌데……. 아무튼 승하의 팔이 점점 세게 조여오고, 뒤에서 날 꼭 껴안은 놈은 놓을 생각조차 안 하고 섰다. 어쩌자고, 이놈아! 엉큼한 것, 안 돼~ 돼~ 돼!

"잔디야, 너랑… 이렇게 다시 만나게 돼서 너무너무 다행이야."

내 귓가에 가까운 승하의 목소리가 흘러나오고, 따뜻한 말투에 놈의 팔을 빼려고 안달이던 나는 가만히 서 있다. 뭐… 이러고 있는 것도 썩 괜찮은 느낌이니. 케케케! 어색한 분위기를 지우고, 다시 우리는 거실로 나왔다. 큭큭! 오늘따라 환이 녀석이 무척이나 고맙단 말야. 왜냐하면~ 놈이 하녀처럼 부려먹은 덕에 집안일이나 과일 깎는 건 선수가 되었거든.

"이야~ 잔디야, 과일 너무 잘 깎는다."

승하가 예쁘게 깎인 과일을 들고, 신기하다는 듯이 내게 칭찬을 해 댄다. 당연하지, 너도 5년 동안 그 짓거리만 해봐라.

조금은 풀린 듯해도 아직까지 어색하긴 마찬가지였다. 그리고 집에서 할 게 뭐가 있겠냐? 계속 TV만 죽치고 보고 있었다. 젠장! 저 녀석, 도대체 왜 오라고 한 거야? 한참 TV에 집중하고 있는데 내 왼쪽 어깨에 무게가 실린다. 차마 바로 내려다보지는 못하고 곁눈질로 보자 예쁜 승하의 손이 보인다. 이런~ 언제 기어왔냐? 빠르기도 하여라. 근데 아까부터 더 신경 쓰이는 건 4년간 버터처럼 느끼해지고, 닭살 돋는 대사만을 읊어대는 승하의 시선이다. 애써 외면하며 TV를 봤지만, 이제 더 이상 놈의 시선을 피하고 있을 순 없다. 더 어색해지니까.

"아… 왜?"

내가 졌다, 임마! 먼저 고개를 돌려 승하를 바라봤다.

"응? 뭐가?"

"왜 TV 안 보고 저… 그러니까……."

"너만 보고 있냐고?"

그, 그래, 임마.

"훗~ 4년간 너무 보고 싶었었거든. 그래서 오늘 그 4년 몫 다 보려고.”

우… 우, 우웩! 나 지금 토해도 돼? 으윽! 내가 이상해진 걸까? 그리도 사랑스럽던 승하의 말들이 왜 이렇게 닭살스럽게, 민망하게 들리는 건지… 미치겠다!

“헉! 왜, 왜 그래, 승하야?”

점점 다가오는 놈의 얼굴에 나도 모르게 두 손으로 승하의 가슴을 밀쳤다. 승하도 꽤나 놀랐나보다. 그, 그래도 우리 다시 만난 지 이제 겨우 일주일 됐는데 너무 이르잖아.

“아, 미안.”

뭐가 미안해? 하나도 안 미안해! 근데 이상하게 일그러진 승하의 얼굴을 보니 오히려 내가 미안해해야 할 분위기다. 또 우물쭈물 분위기가 수습이 안 되고 있는데, 승하가 약간 무거워진 목소리로 물어온다.

“…싫어?”

이, 이거 뭐가 싫으냐고 묻는 건지?! 네가 싫으냐고 묻는 거야? 아니면 네가 하려는 키스가 싫으냐고 묻는 거야? 뭐 가만히 생각하니 둘 다 싫다고 해서는 안 될 요소라 그저 고개를 흔들 수밖에 없었다.

“후~ 그럼 왜 피하는 거야?”

한숨을 한번 쉬더니 벌게져서 고개를 흔들어대는 나를 보고 다시 웃어 보이며 승하가 묻는다. 젠장! 그래, 어차피 우리 처음 사귈 때도 당일에 하지 않았던가!! 눈 딱 감고 하는 거얏! 아자!! 다시금 다가오는 승하를 기다리며 눈을 감고 있다.

아니… 나 도저히 못하겠다. 무슨 이유인지 모르겠지만 그냥 그 자리에서 일어나 버렸다. 뭔지 모르지만 그저 무서울 뿐, 승하의 손길에 두근거리는 심장이 없다!

"잔디야?"

"……."

"아, 미안. 나 때문에 화난 거야? 안 그럴게. 내가 너무 서둘렀나 봐. 미안해."

승하가 일어나서 나의 손목을 잡고 사과를 한다. 그런데 난 지금 여기에서 나가고 싶은 마음뿐이다. 왠지 여기 있어서는 안 될 것 같은 생각에 승하의 손을 뿌리쳤다.

"…미안, 승하야. 나 그만 갈게. 갑자기 몸이 좀 안 좋아."

그리고 그의 대답도 듣지 않고 뛰어나와 버렸다. 승하가 날 부르며 뒤따라 왔지만, 나는 달려나오자마자 서 있던 택시에 올라 출발을 강요해 버렸다. 미쳤지, 미쳤어. 택시비 어뜨케!! 가만… 달리는 택시 안에서 다시 나를 정리해 본다. 왜 승하의 손이, 손길이, 숨결이 싫었을까? 윤잔디, 너 왜 그러냐! 그렇게 원하던 사람이잖아. 많이 아파하며 그리워했던 사람인데, 왜 이건 아니라는 생각이 들었던 거야?

내려서도 계속해서 나를 괴롭혀 오는 그 생각에 사로잡혀 걸었다. 그래, 승하가 변해서 그럴 거야. 아직 익숙해지지 않아서. 나도 변했을 테니까. 그래서 우리 서로 아직 서로를 대하는 방법을 몰라서 그럴 거야. 그래서 나… 승하의 손길이 무서웠던 걸 거야. 터덜터덜 점점 어두워오는 거리를 걸으며 그렇게 생각하고 나를 다그쳤다. 그러고 나니 한결 마음이 가벼워진다. 왠지 승하에게 미안한 마음도 들고, 오늘밤에 전화라도 해줘야 할 것 같다. 그때! 누군가가 내 어깨를 툭 친다. 호, 혹시 승하가 따라왔나? 놀라서 재빠르게 돌아보자 윤우가 웃고 있었다. 놀랐잖아, 짜식아!!

"어! 윤우야, 놀랐잖아."

"훗~ 누나 뭘 그렇게 넋 놓고 가고 있어요?"

"아, 집에 가는 길이야. 피곤해서. 너 어디 가?"

"네. 저도 집에 가는 길이에요. 저기… 누나 잠깐 시간 되면 저랑 이야기 좀 할래요?"

"응? 얘기?"

"네, 좀 해줄 말이 있는데……."

그렇게 윤우의 손에 이끌려 동네 놀이터로 향했다. 그리고 윤우의 서두를 듣고 나는 그만 듣고 싶은 마음이 간절히 일어나기 시작했다.

"저… 누나, 그 승하라는 사람이랑 사귀는 거……."

그래, 환이가 승하의 양다리를 알았다면 윤우도 알 것이다. 그래서 나를 걱정해서 지금 뭔가를 말해 주려는 것이리라. 하지만 나는 이미 승하를 용서했다. 지난 일… 더는 듣고 싶지 않다.

"미안, 윤우야. 네가 무슨 말을 할지 알고 있어. 근데 훗, 그거 승하가 먼저 다 말했거든? 그리고 이제 다시는 그런 짓 안 한다고 나랑 약속했어. 일부러 말해 주려고 한 것 같은데, 어려운 이야기 꺼내줘서 고마워. 앞으로는 내가 단속 잘할게. 걱정하지 마."

최대한 정중하게 윤우의 말을 잘랐다. 그래도 윤우의 얼굴은 뭔가

석연치 않은 듯한 표정이다. 지금… 솔직히 나는 내 마음이 의심스럽다. 내가 정말 승하를 사랑하는 건지, 아니면 미련에 이렇게 집착하고 있는 건지……. 그래서 윤우의 말을 들으면 내 마음이, 내 사랑이 더 의심투성이가 되어버릴까 싶어 그냥 잘라 버린 것이다.

"훗, 그럼 누나 갈게. 그리고 윤우도 얼른 좋은 여자 친구 만들어야지, 그치? 조심해서 들어가."

꼼짝 않는 윤우를 보고, 내가 먼저 뒤돌아섰다. 그런데 갑자기 윤우의 높은 톤의 목소리가 단호하게 다시 내게 물어왔다.

"누나, 승하라는 남자 정말 좋아해요?"

헉!! 너 설마 날 좋아해서 그렇게 묻는 건 아니지? 아~ 이뻐도 머리 아프다니깐. 흠, 이, 이건 오버다.

"응. 사랑하는 사람인걸. 5년 전부터 지금까지……."

돌아보고 웃으며 나는 나에게 대답하듯 그렇게 윤우에게 대꾸했다. 그러자 윤우의 얼굴이 더 굳어진다. 그러고는 고개를 끄덕이며 다시 평소 윤우의 얼굴로 돌아왔다.

"그럼 됐어요. 누나! 행복하세요."

허걱! 진짜 윤우가 날 좋아했었나? 돌아서는 녀석을 한참 바라보고 있었는데, 갑자기 윤우가 다시 돌아본다. 뭔가 비밀이 남아 있는 듯한 얼굴. 에이씨!! 답답하잖아! 이놈아, 말하려면 얼른 하던지!

"저… 누나, 환이가… 사랑하는 사람 생겼대요. 저……."

…사랑이라. 그래, 환이도 사랑이란 걸 하는구나. 정화 기집애. 내 동생이 좀 악마스럽기는 해도 정말 괜찮은 놈인데!! 젠장, 그런 기집

애에게 환이를 주려니 좀 아깝군.

"김윤우!!"

내게 뭔가를 말하려는 윤우의 말을 자르고, 섬뜩한 목소리가 들려온다. 악마다!! 윤우의 얼굴이 겁에 질린 듯 새파래져서는 억지로 웃고 있다.

"아, 환아."

나도 얼른 돌아봤다. 뭐 때문에 저렇게 뿔이 났는지… 오랜만에 악마 완전 변신! 얼굴이다.

"어, 환아."

윤우를 눈빛으로 찔러 죽일 듯이 매섭게 노려보던 악마 녀석이 갑자기 나를 내려다보더니 버럭 화를 낸다.

"여기서 뭐 하는 거야! 좀 일찍일찍 못 다녀?!"

헉~ 이 녀석아! 내가 뭘 잘못했다구! 지금 9시도 안 됐는데, 네놈이 아빠냐?! 아직도 무시무시한 눈빛으로 윤우를 노려보는 환이 녀석. 갑자기 내 손목을 홱 잡고 끌어당겨 자기 뒤로 보낸다.

"집에 들어가."

"넌 안 들어가?"

"나중에… 윤우랑 얘기 좀 하고."

그리고 나를 조금 밀치듯 놓고 윤우에게로 간다. 오늘 느낀 건데, 아니, 오늘 생각해 본 건데 악마 녀석 손은 항상 따뜻하다. 마음이 찬 사람은 손이 따뜻하다던데, 그 말이 정답인가 보다. 크흐흐흐~ 냉정한 놈!

“환아.”

윤우를 잡아먹을 듯한 악마 녀석의 눈빛에 걱정이 돼서 그냥 못 들어가겠다. 그런데…

“들어가라니까!!”

버럭 소리를 지르는 악마 녀석의 목소리에 놀라서 그냥 뒤돌아 냅다 뛰었다. 누나 대접 해준다더니, 네놈은 작심 3초다, 3초!! 닭대가리!! 근데 둘이 무슨 일이 있었나 보다. 환이가 윤우에게 저렇게 심하게 화를 낸 적은 없었는데. 쳇, 그냥 뛰는 수밖에……. 윤우야, 살아남기를 바래!

곧장 집으로 뛰어왔더니 숨이 차다. 가슴이 답답한 것이 크게 숨을 쉬어도 폐가 아프다. 얼른 물 한 컵을 들이켰는데도 아프다. 나 병 걸렸나? 그냥 괜스레 속이 갑갑한 것이 체한 것도 같고, 배가 걸리기도 하고, 그리고 무엇보다 가슴 한구석이 뻥 뚫린 것 같다. 승하 때문일까? 아니면 너무 빨리 달려와서 그런 걸까? 그것도 아니면 설마 내가 동생 녀석의 사랑에 배 아파서 그런 거… 아닐 거야! 승하에게 전화나 해봐야겠다. 생각은 했는데 그게 실천으로 옮기기가 힘들다. 그래, 무슨 일이든지 실천하기는 힘든 법이다. 나만 그런 건 아닐 거니깐 다음에 고치자. 우헤헤~

시간이 훌쩍 지나가 버렸다. 한참을 넋 놓고 있는데 내 방 창문을 두드리는 소리가 들린다. 놀라서 창문을 열어보니 비가 오고 있었다. 이 추운 겨울에 웬 비가 이리도 오는지. 헉! 그리고 보니 아직 환이가 들어오지 않았네. 이놈의 자식, 도대체 윤우를 어뜨케 하길래 아직도 안 들어오는 것이야!

　한 시간쯤 흘렀을까? 조심스런 환이의 현관문 여는 소리가 들린다. 벌떡 일어나서 얼른 문을 열고 나갔다. 아니나 다를까, 환이 녀석 완전히 물에 빠진 생쥐 꼴이다. 머리끝에서 발끝까지 흠딱 젖었다. 그리고 취했는지 비틀거리며 2층으로 올라오고 있었다. 악마 녀석이 취하려면 한 술집의 소주가 모두 동나야 한다. 네 녀석! 또 한 집 장사를 말아먹고 왔구나. 게슴츠레한 악마 녀석의 눈과 마주쳤다.

　"왜 이렇게 늦게 와? 우산 없으면 전화하지, 그 비를 다 맞고 온 거야?"

　버럭 화를 내듯 내가 말을 던졌다. 나 요즘 진짜 간댕이가 부었다. 꾸엑~

　"비켜."

　나를 슥 밀치는 손이 아직도 따뜻하다. 참 별난 놈이다. 어떻게 손은 저리도 차가워지질 않는지…….

　"씻고 가야지. 감기 걸려."

　말이 없다. 그리고 제 방으로 들어서더니 쾅 문을 닫아버린다. 네 놈이 나를 우습게 보는구나! 오기로, 진짜 오기로 악마 녀석의 방문을 활짝 열고 작게 소리쳐 줬다.

　"야!!"

　헉! 빠르기도 하지. 악마 녀석 벌써 웃옷을 벗고, 섹시한 상체를 드러내고 있었다. 이게 보고 싶어서 오기 부린 거 절대 아니다! 근데 저, 정말 섹시하다. 허걱!

“야! 안 나가?”

“헉! 미, 미안해. 잘 자.”

술에 취해서 그런지 조금 빨개진 악마 녀석. 웃겨. 훗! 제 녀석이 언제부터 옷 벗은 거 부끄러워했다구. 큭큭큭~ 오랜만에 또 눈요기 했다. 케케케!

다음날, 별로 내키지 않는 약속을 나는 생각해 냈다. 오늘은 성아, 재희 커플과 더블 데이트를 하기로 한 날이다. 아직 어색한데 승하가 기다릴 것을 생각하니 마음이 무겁다. 아니나 다를까, 걸음이 느려지고 있는데 빌어먹을 재희가 나타나서 나를 끌어당기기 시작한다. 이 눔아, 놔라, 제발! 질질 끌리다시피 가는데 성아와 승하가 교문 앞에 서 있다.

“어서 와. 왜 이렇게 늦었어?”

성아가 먼저 반기며 다가왔고, 승하도 어제 내가 그렇게 가버린 것 때문인지 어색해하며 천천히 다가왔다. 아무것도 모르는 성아와 재희가 팔짱을 끼고 먼저 앞서고, 우리는 조금 떨어져서 그들을 따라 걸었다. 제길! 왜 이렇게 어색한 거야! 흑흑!

“어제… 잘 들어갔어?”

드디어 승하가 먼저 말을 꺼냈고, 난 그저 가만히 고개를 끄덕여 줬다.

“미안.”

잠시지만, 정말 잠깐의 한마디였지만, 순간 4년 전의 승하가 보인 듯하다. 다문 입술과 그 아래 턱선이 무척이나 쓸쓸한 모습. 갑자기 미안해졌다. 그래, 승하의 잘못만은 아닌데……. 내가 먼저 용기를 내서 승하의 팔에 살짝 매달렸다. 놀란 승하의 눈길을 피해 성아를 부르며 웃어댔고, 승하도 그런 내 마음을 알았는지 그저 말없이 앞을 향해 웃어준다. 그래, 임마. 이렇게만 있어주지, 왜 그렇게 버터처럼 느끼하게 구냔 말이야!

　우리들은 같이 시내를 돌아다니다가 한 카페로 들어섰다. 나란히 커플끼리 앉아서 이런저런 이야기를 나누는데… 모두들 웃고 즐거워하는데… 나는 하나도 우습지도 즐겁지도 않다. 억지로 웃다 보니 입 주위와 볼이 다 아프다. 엉엉~ 에잇, 억지로 웃으면 주름 안 이쁘게 생기는데. 쳇쳇! 잠시 창가를 바라보다 내 손을 누군가가 꽉 쥐는 느낌에 놀라서 옆으로 시선을 돌렸다. 여전히 재희와 성아 쪽으로 시선을 고정한 승하가 내 손을 꼭 쥐고 있었다. 차가운 손. 환이 손은 따뜻한데……. 그래, 환이가 아니니까. 가만히 승하의 얼굴을 올려다봤다. 긴 속눈썹, 맑은 두 눈. 훗, 아니다. 내가 좋아하는 눈은, 내가 그리워하던 눈은 저렇게 둥글지 않다. 조금 날카로워서 더 외로워 보이는 그런 눈인데……. 그리고 저렇게 고운 턱선이 아니다. 저렇게 크게 웃지 않는 얼굴. 거친 듯한 얼굴 선. 하지만 그게 더 매력적으로 비춰져서 웃는 모습을 보면 함께 웃어버리게 되는 마술 같은 미소. 저렇게 다듬어지진 않았지만 누구보다 예쁘게 그을린 피부.

　머리가 아파온다. 승하의 잡은 손이 차가워 시려지는 듯하고, 앞이 캄캄해지는데, 이상하게도, 젠장맞게도, 계속 환이 녀석의 얼굴만 생각이 난다. 그러고 보니 환이가 5년 전의 승하를 참 많이 닮은 듯하다. 홋, 착각인가?

"왜?"

내 눈길이 느껴졌는지 승하가 다정하게 물어온다.

"아, 아니야."

"너 진짜 왜 그래? 안색이 너무 안 좋다."

성아가 덩달아 걱정을 해준다.

"홋, 아니야. 어제 좀 늦게 잤더니, 그래서 그런가 봐."

다들 다시 이야기 속으로 빠지고, 난 지루해진 나머지 또다시 창가로 시선을 옮겼다. 사람들이 어디를 가는지 빠른 걸음을 옮기고 있었다. 그런데 젠장! 괜히 내려다봤다. 정화 기집애랑 환이, 그리고 윤우가 걸어가는 모습이 보인다. 얼른 눈을 떼어내고 성아와 재희를 바라봤다. 성아가 계속 나를 보고 있었는지, 나를 향한 눈길이 곱지 않다. 미안한 듯 웃어주고 승하의 말에 귀를 기울이는데, 계속 눈길이 창가로 향한다. 젠장! 그런데… 갑자기 환이가 쓰러진다!! 그리고 나는 아무것도 생각나지 않는다.

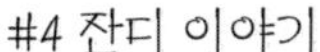

그저 뒤에서 자꾸 성아가 나를 부르는 소리가 들렸다. 조금 후, 내 눈에 보이는 것은 쓰러진 환이와 그의 옆에 윤우와 정화 기집애의 모습이었다. 쳇, 내가 놀라서 달려 내려왔나 보다.

"누나!"

윤우가 놀란 눈으로 나를 바라보고 있었다

"어떻게 된 거야? 환이가 왜 쓰러진 거야?"

"됐어! 넌 상관 마!"

"꺼져라. 재수없으니까."

아무것도 모른다. 속에 불이 난 것처럼 갑갑하고 뜨겁다. 환이는 한 번도 이렇게 쓰러진 적이 없는데, 어떻게 해야 할지……. 뭐라고 따져대는 정화 기집애에게 따끔하게 한마디 소리치고, 환이 곁에 주저앉았다.

"누나, 택시 잡을게요. 잠시만요."

놀란 윤우가 도로로 튀어나가고, 정화 기집애는 내 거친 말이 먹혔는지, 가만히 서 있기만 한다.

"환아! 환아! 정신 차려봐. 응?"

얼굴의 열이 장난이 아니다. 이 자식 미련스럽게 하루 종일 이 열을 다 참고 돌아다니고 있었던 거야? 바보, 멍청아!! 나더러 맨날 병신이라더니 네가 더 병신이잖아!! 40도는 훨씬 더 될 거 같아. 악마야, 죽으면 안 돼!! 으헝헝~

"환아! 환아! 정신 차려. 눈 좀 떠봐."

젠장, 악마 녀석 얼굴에 떨어지는 게 내 눈물인 듯한데, 아무런 감각이 없다. 곧 윤우가 나에게 다가와서 환이 부축을 도와달라고 하고, 그렇게 우리는 택시로 걸었다. 순간! 정화 기집애가 다시 내 눈에 들어온다. 완전 스팀받은 얼굴이다. 그리고 올려다본 내 시선 안에 험상궂게 일그러진 성아와 승하, 그리고 놀란 재희가 들어온다. 왜… 성아야, 환이… 내 동생이잖아. 내 동생이 쓰러진 거잖아. 그렇게 화난 얼굴 하지 마. 승하야, 미안해. 뭐가 미안한지 모르겠는데, 지금 나 너에게 너무 미안하다.

"누나!"

"어? 응."

재촉하는 윤우의 목소리에 저들을 무시하고 차에 올랐다.

"아저씨, 얼른요. 가까운 병원이요."

울먹이며 말도 제대로 못하는 나를 대신해 윤우가 택시 기사를 재촉했고, 나는 그저 눈을 감고 끙끙거리는 환이 녀석의 손을 꼭 붙들고 울기만 했다. 그렇게 미운 녀석인데, 죽었으면 하고 바랄 때도 있었는데, 지금 이 녀석이 죽을까 봐서 걱정이 돼서 죽을 지경이다. 엉엉거리고 울고픈 마음인데, 속상해 죽겠는데, 악마 자식… 아프면서도 계속 뭐라고 중얼거린다. 정신 차려, 이 바보야!!

"누나, 울지 마요. 환이 괜찮아요. 설마 젊은 자식이 열나서 죽겠어요?"

눈물 콧물 다 나온 나를 측은히 바라보며 윤우가 멋쩍게 웃어 보인다.

"으… 응, 안 죽겠지?"

"훗~ 네."

우선 네 녀석의 말을 믿어보자.

그렇게 훌쩍이는 나와 정신을 잃을 정도로 열이 끓는 환이를 데리고 윤우는 병원에 들어섰다. 곧 의사가 오고, 환이의 열을 식히기 위해 옷을 벗기기 시작했다. 켈룩~ 저, 정말 매번 봐도 섹시… 흠흠, 나라는 애는 참……. 이 추운 겨울, 악마 녀석은 얼음찜질을 당하고 있었다. 우선 우리 할 일은 다 했는데, 이 방정맞은 눈물이 그칠 생각을 안 한다. 윤우가 나를 쳐다보더니 어색하게 웃어 보인다. 입술 가까이 광대뼈 근처에 희끄무리한 멍이 들어 있는 윤우다. 아마… 어제 환이와 다툰 흔적인가 보다.

“누나, 그만 울어요. 괜찮을 거라니까요. 아까 남자 친구랑 있는 거 같던데 그만 가보세요.”

씨, 지금 남자 친구가 문제냐!! 나는 그저 고개를 저으며 계속 찔찔 눈물을 짜댔다.

“그럼 여기 계속 있을래요? 나 집에 전화하고 올게요.”

끄덕이는 나를 한번 쓰다듬어 주고는 달려나간다. 젠장, 저 녀석도 나를 완전히 애 취급하누만! 그러고 있는데 의사가 나에게 와서 뭐라 한다. 열이 40도를 웃돌고 생명에 지장이 있을 뻔했다는 등 잔소리를 해대는데, 결론은 휴식을 취하란다. 빌어먹을, 한마디면 되지, 무슨 잔소리가 그리도 많은지…….

“감사합니다.”

인사를 하고 이제 조금 안정된 듯한 악마 녀석 옆에 앉았다. 가만히 눈을 감고 잠든 놈의 얼굴을 들여다보며 난 또 울었다. 젠장, 왜 아프고 지랄이야, 이 악마 놈아. 흑!

에구, 얼마나 울었는지 머리가 아파 죽겠다. 근데 시간이 가도 환이는 깨어나지 않았다. 이 자식 이렇게 죽는 거 아니야? 그 의사 돌팔이 아냐?! 곧 윤우가 들어왔고, 나는 윤우에게 물었다.

“으윽! 윤우야, 환이 흑! 안 깨어나. 어떡해? 흑! 의사가 곧 일어난 댔는데…….”

내 표정이 엽기였는지 식은땀을 꽤나 흘리는 윤우.

“아, 누, 누나, 진정해요. 며칠 쉬어야 한다니까 집에서 옷 좀 가져 올게요. 열쇠 좀 주세요.”

“응? 아, 알았어.”

열쇠를 받아 든 윤우가 나가면서 당부한다.

“누나, 잘 보고 있어요. 누나 부모님은 지금 회사에 계시다고 마치고 오신대요.”

“그래, 다녀와.”

그리고 한두 시간 정도 지났을까? 잠이 올 법도 한데, 졸리지도 않고 계속 눈물만 났다. 진짜 머리 아파 뒈지겠다. 에이씨잉~ 벌겋게 부어오른 두 눈을 문지르니까 너무 아프다.

“또 찔찔거리냐?”

헉! 이게 무슨 소린감! 놀라서 얼른 눈에서 두 손을 떼었다. 젠장, 또 눈앞이 흐려지는 것이 눈물이 나오려나 보다. 악마 녀석, 아픈 듯 퀭해진 두 눈으로 나를 쳐다보며 하는 첫 마디다. 이런 썩을 놈아! 놀라 뒈지는 줄 알았잖아!

“또 우냐? 시끄러워서 잠을… 못 자겠잖아.”

“우… 으… 흑! 아, 알았어. 안 울게… 흑! 자… 어서… 자.”

훌쩍이는 내가 많이 짜증이 났는지, 잠시 인상을 찡그리던 환이 녀석이 눈을 서서히 감는다. 그리고 다 감긴 눈으로 짧게 한마디 해준다.

“울지 마. 괜찮아.”

그대로 난 병실을 나가 버렸다. 눈물이 나려고 해서 견디기 힘들어서……. 나와서 한참 울다가 세수를 하고 슬그머니 들어갔다. 여전히 편안하게 자고 있는 악마 녀석. 이제 좀 덜 아픈가 보다. 식은땀도 없고, 미간에 주름도 없다.

그때 문 열리는 소리가 들리고, 나는 윤우인가 해서 뒤돌아 봤다. 그런데 이런 줴엔장! 정화 기집애가 아주아주~ 재수없게 아니꼬운 표정으로 나를 노려보며 들어섰다.

"왔냐?"

그래, 예의상 인사는 해야지.

"네가 누나라서 내가 가만히 있었던 거야. 그런데 말이 너무하지 않았니?"

음, 그제야 내가 저 기집애에게 속 시원히 한마디 던진 게 생각이 난다. 그래서 그냥 대꾸도 안 해버렸다.

"대답하기 싫음 하지 마. 넌 이제 가봐. 네 남자 친구가 찾지 않니? 여긴 내가 있을 테니까 말야."

"됐어. 가족이 있어야지."

"……."

요 기집애야! 할 말 없지?! 쿠헤헤헤~ 내 말에 상당히 열받았는지 내 어깨를 밀치고 당당히 내가 앉았던 자리에 앉는 저 기집애 정말 싫다!! 진짜진짜 싫다!! 한동안 환이의 얼굴을 쓸고 쳐다보고 난리를 떨던 것이 갈 생각도 하지 않고 외투를 벗는다. 저것이!!

"너 그만 가봐. 엄마, 아빠 오실 때까지 내가 여기 있을 거니까 걱정 말고."

그동안 이 싸가지에게 쌓였던 것이 많은 탓일까? 나도 한싸가지 하는 말투로 땍땍거렸다.

"나도 있다가 갈 거야. 부모님 오시면 인사도 하지 뭐."

으… 저걸 그냥!! 네가 뭔데 우리 부모님한테 인사를 해. 확 그냥!!

"아니. 우리 집 꽤나 보수적이라서 그런 거 싫어하셔. 그만 가봐."

"환이 깨어나면 내가 있는 게 더 편해."

"누가 그러던? 너 의외로 머리 나쁘다. 겨우 몇 달 사귄 여자 친구보다 누나가 편한 게 당연한 거 모르니?"

"쳇, 진짜 남매도 아닌 주제에 잘난척은……."

뭐, 뭣이라!!

"뭐야?"

내 스팀이 막 가동되려는 찰나, 환이가 깨어났는지 내 말을 잘랐다. 젠장! 내 저 기집애의 머리를 다 뜯어버리리랏!!

"어머~ 환아~ 얼마나 걱정했다구. 괜찮아?"

환이가 나의 열받은 얼굴과 정화 기집애의 가증스런 얼굴을 번갈아 보더니 길게 한숨을 내쉰다.

"괜찮아. 가봐."

음하 음하 음하하하하~! 그럼 그렇지. 요기집애야! 아무리 날고 기어봤자 나한텐 안 돼!

"환아~! 나 있을래. 있고 싶어. 너희 누나 너 데리고 오느라고 힘들었을 거야. 아까 남자 친구도 두고 왔어. 얼른 가보라고 해야지. 내가 대신 있을래. 있고 싶어~"

헉, 저것이!! 어디서 생떼를 쓰느뇨!! 가만히 생각에 잠긴 환이의 모습이 보인다. 내가… 있으면 안 돼? 내가 있을게, 환아. 나도… 그

렇게 말하고 싶다. 근데 우리 그렇게 친한 사이도 아닌데, 남매라고
해도 우린 늘 싸웠는데, 그래도 환아… 내가 있는 게 더 편했으면 해.
그래줄 거지?

"누나, 가봐. 여기에는 정화가 있으면 되니까."

아… 그래. 깜박했다, 둘이 사랑하는 사이였다는 걸…….

"환… 그, 그래. 몸조리 잘하고 곧 엄마, 아빠 오실 거야. 나 먼저
가볼게."

서둘러 옷을 들고 나와 버렸다. 환이가 뭐라고 하려는 듯했는데,
듣고 싶은 기분이 아니다. 의기양양해하는 정화 기집애의 얼굴 보기
도 싫다. 뭔가 울컥 다시 나를 울릴 것 같아 빨리 병실을 뛰쳐나왔다.

하염없이 흘러내리는 알 수 없는 억울함. 너무 속이 갑갑하다. 다
시 어제저녁처럼 폐가 아파온다. 달리는데 더는 못 달리겠다. 배도
걸리고, 가슴 한가운데 누가 구멍이라도 뚫어놓은 듯 아프다. 나 왜
이러지? 마구 눈물이 난다. 오늘 하루 종일 울었다고 해도 과언이 아
닐 정도다. 눈물밖에 나지 않는다. 승하와 성아를 두고 왔다는 생각
에 울다 지쳐 잠들었다.

다음날, 후… 엄마, 아빠는 병원에서 밤을 새셨나 보다. 일어나니
집에는 아무도 없었다. 대충 챙겨 집을 나섰고, 교문 앞에 상당히 굳
어 보이는 승하가 나를 기다리고 있었다. 퉁퉁 부어버린 내 눈을 보
고는 승하가 묻는다.

"많이 울었어? 환이… 어때? 괜찮아?"

이해하는 거야? 나 어제 그렇게 가버린 거 이해해? 차라리 화를

내! 승하의 물음에 그냥 고개를 주억거렸다.

"나 할 말 있어서 왔어. 우리 잠시 어디든 가자. 둘이서만 이야기할 수 있는……."

꽤나 비장해 보이는 승하의 얼굴에 나도 모르게 따라가야겠다는 생각이 들었다. 결국 우리는 사람이 잘 오지 않는 빈 건물의 강의실로 들어섰다.

"들어와. 여긴 사람 잘 안 와."

내가 승하를 인도했고 승하도 곧 들어와 책상에 걸터앉았다.

"어제 그렇게 가버리고, 전화라도 할 줄 알았어."

"미안해. 너무 정신이 없어서……."

"성아한테도 연락 안 했지? 성아도 걱정 많이 했어."

"미안……."

"너 나 좋아하지? 우리 그래서 시작한 거지?"

"……."

사랑이라고 생각하던 사람이 좋아하냐고 물었다. 그런데 난 그 쉬운 대답조차… 하기가 꺼려진다. 왜일까?

"왜 대답을 못해? 나 안 좋아해? 이젠 아닌 거야?"

"아, 아니."

정말 어렵게 대답했다. 내 대답에 어느 정도 흥분을 가라앉힌 승하가 조금 가까이 다가온다. 뒤로 한 걸음 내뺐다. 그러자 승하의 걸음도 멈춘다. 놀라서 살짝 승하를 올려다보고 나는 까무라칠 뻔했다. 화가 난 승하의 얼굴이 보기 무서울 정도였다. 잡아먹을 듯이 쏘아보며 입술을 묘하게 일그러뜨린다.

"아, 승… 하야, 저기……."

무슨 말을 해야 할지 모르겠다. 다만 승하의 기분을 풀어야… 헌데 생각도 잠시, 갑자기 승하가 나를 세게 안아버린다.

"아, 아파, 승하야. 놔줘! 읍……."

미친 듯이 조아대는 두 팔도 모자라 이젠 세게 내 입술에 자신의 입술을 비벼대기 시작한다. 무서웠다. 그래서 있는 힘을 다해 입술을 꽉 다물었다. 한참을 내 입술 위에서 헤매이던 승하가 내 행동에 더 화가 나버린 듯 세게 나를 책상 위로 밀쳤다.

"악!"

뒤통수를 세게 부딪치고, 정신이 없는데 다시금 내 위로 달려드는 승하가 느껴진다. 온몸에 힘이 축 빠져서 이젠 승하가 마음대로 내 입술을 범해도 꼼짝할 수 없었다. 너무 거친 행동에 무서움만 밀려들었다. 힘껏 밀치려고 하면, 더없이 헤집고 들어와 끝내는 입술까지 저려온다. 다시 울음이 난다. 환이가 이 순간… 왜 환이가… 보고 싶은지 너무 보고 싶다. 너무 무서워서 계속 머리 속에 환이의 이름만, 얼굴만 떠오른다.

"하, 하지 마."

겨우 떨어진 승하의 입술. 나는 울먹였지만, 승하의 손은 아까보다 더 빠르고, 거칠게 내 윗옷을 벗겨내려고 하고 있다. 제기랄! 나쁜 새끼야, 놔!! 악! 어떡해! 괜히 이리로 데려왔어. 진짜 여기는 사람이 안 다닌단 말야. 빌어먹을!! 나… 다른 건 몰라도 확신하는 게 하나 있어. 지금 이 순간 깨달은 게 있다구.

"흑! 이거 놔. 나… 나 너 싫어. 싫다구!!"

거칠게 내 두 손목을 쥐고 있는 승하의 손에서 겨우 한 손을 떼어 내 옷을 힘껏 움켜쥐고 고래고래 소리를 질렀다. 그래, 널 좋아했던 건 4년 전이야. 그리고 너란 사람을 보면 마음이 아팠던 건 미련이었어. 젠장! 아직 확실한 건 아니지만, 내가 그토록 그리워한 건 네가 아니야! 내 소리에 놀랐는지, 아니면 벌벌 떠는 내 몸에 놀랐는지, 잠시 승하가 멈칫거린다. 이 상황에서 벗어나야겠다는 생각뿐이었다. 빠져나갈 수만 있다면, 몸이 부서져도 괜찮다는 생각에 책상 위에 뉘어진 몸을 세게 흔들었다. 덕분에 제대로 굴러 떨어져 시멘트 바닥에 둘 다 내동댕이쳐졌다. 으악! 아파! 예상대로 승하도 같이 떨어져 나간 걸 확인하자 내 손과 몸과 발이 자유로움에 느껴졌다. 빌어먹을, 쓰레기 같은 자식! 힘껏 차주고 싶지만, 우선 여길 벗어나는 것이 우선이었다. 그리고… 그리고 어서 안전한 곳으로 가고 싶었다. 그 생각 하나로 찢긴 옷을 다시 움켜쥐고, 울며불며 학교 중심으로 뛰어나왔다. 그리고 멈추지 않고 또 뛰었다.

교문을 나섰다. 부끄러워서, 내 모습이 부끄러워서 계속 뛰는 게 아니다. 무작정 택시를 잡아타고 울면서 기사 아저씨에게 말했다.

"흑! 아저씨, 빨리 XX병원으로 가요. 어서요!"

그래, 환이가 너무 보고 싶었다. 그곳이 제일 안전할 것 같았다.

정말 다행이다. 정화 기집애가 없어서……. 흑! 헐떡이며 엉망이 된 내 모습을 보고 놀란 듯 나를 쳐다보는 게 너뿐이어서 너무 다행이다. 눈물이 계속 흘러내려서 환이를 부르지도 못하겠다. 젠장, 너무 창피하고 어이없지만, 왜… 승하의 두려운 행동 속에서 악마 네 녀석의 얼굴만 떠오른 건지……. 흑! 이제야 조금 알겠어. 젠장!! 악마 이 나쁜 놈아! 누가 네 멋대로 이렇게 내 마음에 들어오래. 너무… 너무하잖아. 그렇게 몰래, 나도 모르게 들어와서… 나 이렇게 늦게 알아버렸잖아.

"뭐, 뭐야. 너 그 옷, 어떻게 된 거야? 야!!"

"으, 으흑! 환아!!"

그대로 안겼다. 진짜 쪽팔리고, 부끄럽고, 어이없는 나란 사람에게 지쳐서 그냥 악마 녀석 품에 안겨 버렸다. 그리고 정말 편하게 울어 버렸다.

"젠장, 왜 우는 거야? 뭐야? 무슨 일 있었어? 어떤 새끼야!!"

쿨럭! 야, 너무 심하다. 환이는 몸이 울릴 정도로 크게 소리를 질러 댄다. 악마 녀석도 많이 놀랐는지 몸이 조금 떨리는 듯하다. 미안해. 미안, 환아. 이렇게 너한테 달려와 버려서, 너 걱정시켜서, 그리고 널 좋아하게 돼버려서 미안해. 이제 나 어쩌지? 나 이렇게 알아버렸는데 어쩌지? 그 외로운 눈과 실루엣의 주인이, 내가 그리워하던 사람이 너라는 거 이제 알아버렸는데… 내가 이런 마음인 거 네가 알면, 나 떠나 버릴 거지? 우린 남매… 니까. 그리고 너는 나를 싫어하니까. 어떻게 하지? 이제야 누가 좋은지 알아버린 바보 같은 나, 어째야 하니? 그냥… 평생 그렇게 몰라 버릴 걸……. 난 늘 왜 이 모양일까? 흑! 환아…….

조금 진정이 된 듯하다. 그런데 한사코 악마 녀석, 날 자기가 누워 있던 침대에 눕힌다.

"누워."

"아니야. 괜찮아. 이제 괜찮아졌어."

"누워!"

깨갱~ 넵! 환이는 내 목까지 이불을 끌어다 덮어주고는 아주아주 살벌하게 묻는다.

"그 새끼지?"

놀란 토끼 눈으로 난 정말 열심히 부인했건만, 환이 녀석 안 믿는 눈치다.

"정말이야!!"

"알았어. 좀 자둬."

"정말 아닌데…….”

"씨! 후… 자라! 좀 자고 나서 다시 이야기해."

화가 난 듯 환이가 주먹을 세게 쥐더니 다시 내게 자라고 협박한다. 그래서 눈을 감고 자는 척만 하려고 했는데, 잠들어 버렸다. 쿨 럭!

그리고 긴 꿈을 꾼 듯하다. 그곳에서는 환이가 웃고 있었다. 나랑 재미있게 놀기도 하고. 아무래도 나… 내 마음을 알고 나니까 욕구 불만이 쌓이는 모양이다. 흑흑! 왜 하필 환이인지……. 우린 이루어 질 수 없는 사이인데 말야. 환이가 만에 하나 날 좋아하는 괴변이 생 긴다 해도 우린 아닌데… 인연이 아닌데…….

“일어났어?”

슬쩍 눈을 뜨자 환이가 아까 그대로 의자에 앉아 있다. 제 녀석도 아플 텐데 저러고 있는 거 보니 마음이 더 아파온다. 쳇! 이환, 나 너 좋아해. 알아? 그러니까 이렇게 잘해주지 마. 나 포기 못하겠잖아. 네가 그렇게 쳐다보니까 힘들잖아. 그냥 평소같이 굴어. 그래야 나도 너 잊어버리지……. 어쩌지, 환아? 나 정화가 너무 싫어진 것도, 네가 날 누나라고 부르는 게 싫었던 것도, 다 이 마음 때문이었던 거 같아. 어쩌지? 나 미칠 것 같아. 울고 싶어. 내가 가만히 침대에 앉자 갑자기 환이 녀석 손이 내 입술 근처로 다가온다. 꺅! 이게 뭐 하는 짓이야!

“야, 입 다물어. 약 못 바르겠잖아.”

“아, 캑캑! 그런 거야?”

입술이 찢겼나 보다. 젠장! 갑자기 아까 있었던 일들이 다시 머릿속을 헤집고 다닌다. 여전히 따뜻한 환이의 손이 내 입술을 스치고 지나간다. 아쉬움만 잔뜩 남기고 그렇게 빠르게 달아나 버린다. 나… 정말 미쳤나 보다.

“내 짐들 다 쌌으니까 저거 들고 집에 먼저 들어가.”

엥?

“뭐? 너 퇴원해도 되는 거야?”

“아프지도 않아.”

“안 돼. 네가 의사야, 마음대로 하게? 절대 안 돼!”

“시끄럽게 굴지 말고 시키는 대로 가져가. 그리고 이거 입고 있어.”

환이가 내놓은 셔츠를 보고 나는 놀라 얼른 고개를 숙여 내 옷을 봤다. 이런… 앞섶이 풀어헤쳐져서는 속이 훤히 들여다보이고 있었다. 아무리 내가 저 녀석에게는 껌으로밖에 여겨지지 않는다지만, 그래도 여자의 속이 훤히 보이는데 아무 말도 안 하다니……. 썩을 놈! 그래, 난 여자도 아니다. 알아! 나도 잘 안다고. 쳇! 괜히 이런 일로 서글퍼지다니……. 뒤돌아 뭔가를 더 챙기는 녀석에게 물었다.

"환아, 같이 안 들어가?"

"난 어디 들를 데가 있어. 먼저 가 있어."

"으응."

어색하고 크기만 한 환이의 옷을 걸치고 병원을 함께 나섰다. 환이는 덥석 택시를 잡더니 나를 밀어 넣는다.

"아저씨, XX동이요. 다른 데로 새지 말고 들어가 있어."

"어, 언제 들어올 거야?"

"늦을 거 같아. 엄마한테는 말하지 마."

그렇다. 놈은 멋대로 퇴원을 한 것이니 비밀이어야 한다.

아직 텅텅 비어 있는 집에서 내게 너무도 큰 환이의 옷을 홀렁 벗었다. 그리고 온몸을 깨끗하게 씻어내렸다. 왠지 머리 속까지 다 씻어내고 나면, 이 갑갑하고 아픈 가슴이 나을 것 같아서……. 씻고 나니 개운하기는 하지만, 방에 돌아와 벗어놓은 환이의 옷을 보니 다시 가슴이 아프다. 우씨, 눈물이 날 것 같다.

따리리리리~

"여보세요?"

[나 성아야. 너 어디야?]

"아, 성아야. 안 그래도 내가 연락하려고 했는데……."

[입 다물고 당장 나와. 나 지금 XX 호프야. 얼른 나와.]

"저, 성아야. 우리 나중에 만나면 안 될까?"

[윤잔디, 안 나오면 내가 너희 집으로 간다.]

"…알았어."

혼자 정리할 일들이 많은데, 내 어리석은 마음… 추스르고 싶은데, 성아가 날 가만두지 않는다. 기집애, 날 제일 잘 이해해 주던 것이 요즘 왜 이렇게 날 괴롭히는지……. 미워!

대충 껴입고 성아가 있는 곳으로 갔다. 이미 주문한 술을 앞에 두고 성아가 비장한 얼굴로 나를 기다리고 있었다. 무섭게 왜 이랫!

"성아야."

마주 앉은 나를 확인하는 성아의 눈길이 정말 무섭다. 평소 착하던 애들이 한 번 화가 나면 무섭다. 무조건 기고 보자!

"너……."

성아가 세 잔의 술을 연거푸 들이키더니 대뜸 나를 노려보고 말문을 연다.

"너… 안 돼."

"응? 뭐, 뭐가?"

성아가 답답한 듯 다시 소주를 연거푸 들이마신다.

"서, 성아야. 천천히 마셔. 안주도 좀 먹고."

"에이씨, 내가 지금 천천히 먹게 생겼어? 절친한 친구란 기집애가 지랄 같은 짓을 하려 하는데……."

지, 지랄 같은 짓? 내가 뭘 했길래 이런 소리를 들어야 하는 거얌?!

"윤잔디, 내가 다른 녀석 소개시켜 줄게. 승하가 싫다면 다른 녀석 소개시켜 줄게. 더 괜찮고 멋진 녀석 소개시켜 줄게. 재희가 좋다면 재희라도 줄게."

"서, 성아야, 왜 그래?"

"그래도… 그래도 안 되겠어?"

그래, 넌 정말 내 친구다. 날 너무 잘 아는 또 다른 나. 나보다 먼저 알았구나. 훗, 내가 너무 둔한 건가? 바보 같은 건가? 그저 가만히 고개를 저었다.

"바보야! 노력해 봐. 환이는 안 되는 거잖아. 환이는 너랑 그럴 수 없단 거, 너 누구보다 잘 알잖아. 너희 남매……."

"알아! 그만 해! 나도 잘 안다고. 그래서 너무 괴로우니까, 이제 알아버려서 나도 너무 괴로우니까 그만 해. 나도 내가 바보 같고 병신 같으니까 제발 그만 해줘."

나도 모르게 성아에게 소리를 질렀다. 날 걱정해 준 그녀에게, 내가 아픈 사랑으로 상처투성이가 돼버릴까 봐 걱정해 주는 착한 그녀에게 화를 내버렸다.

"안 그래도 복잡해 죽겠으니까… 네가 안 그래도 가슴 아파서 죽겠으니까… 나 그냥 내버려 둬."

그리고 그녀를 두고 일어났다. 눈물이 날 것 같다. 성아에게 미안했다. 생각했던 것보다 악마 녀석을… 빌어먹을 그 녀석을 너무 좋아하고 있다는 사실에… 엄마, 아빠를 보지 못하게 되더라도 그 악마 녀석을 좋아하고 싶은 어리석은 마음에… 돌아버릴 것 같아서 그냥 뛰쳐나가 버렸다.

얼마나 뛰었는지 모르지만 계속되는 숨이 막힐 듯한 증상에 멈춰 섰다. 가슴 한구석이 뻥 뚫린 듯하고, 시려오는 증상이 나타나 그대로 건물 구석에 구겨져 박혀 버렸다. 제기랄! 전생에 무슨 큰 죄를 졌 길래 짝사랑조차도 허락되지 않는 아픔을 겪어야 하는지. 나 정말 지 랄 같은 짓을 하고 있다.

음성 메시지가 들어온다. 아무것도 하기 싫었지만, 쳇, 그 와중에 도 왜 환이가 아닐까 하는 마음이 들었는지. 악마라는 녀석에게 단단 히… 아주 단단히 중독되었나 보다. 하지만 그건 환이가 아니었다.

[미안. 너 힘든 거 아는데 그런 소리나 하고… 미안해. 난 네가 환 이 좋아하는 것을 끝까지 모르길 바랬어. 처음 우리 셋이 만났을 때, 너희 정말 웃겼어. 서로 상대방을 생각하면서도 아닌 척하는 모습 에……. 네가 환이 좋아하고 있다는 거 알고 일부러 승하라는 사람과 잘되길 바랬어. 내가 바보였나 봐. 사랑하지도 않는 사람과 만나며 네가 힘들어하는 것보다 아프더라도 사랑하는 사람과 함께 있는 게 훨씬 나을 텐데……. 억지로 승하랑 엮어서 미안해. 실은 내가 일부 러 승하를 찾은 거야. 네 첫사랑을 찾아서 네 앞에 데려온 거야. 미안 해, 잔디야. 용서해 줘. 대신 이제부터는 응원해 줄게. 너와 같은 마 음인 듯한 환이와 너, 응원할게. 끊어진 길이라도 네가 가고 싶다면 도와줄게. 연락해.]

음성이 끝나고 나서도 끊을 수 없었다. 이게 무슨 소리인지…….
환이가 나와 같은 생각이라고? 설마 너 뭔가 잘못 안 거 아니야?

"너 여기서 뭐 하냐?"

혁!! 어두운 밤 건물 구석에 쭈그리고 훌쩍대고 있는데, 얼굴을 파
묻고 고개를 숙이고 있는데, 어떻게 네놈은 귀신같이 나를 찾아내는
거야! 필시 눈에 레이더가 달렸으렷다! 눈을 비비며 삐딱한 자세로
서서 나를 내려다보는 환이 녀석과 뒤에서 어안이 벙벙해 날 쳐다보
는 윤우를 올려다보았다.

"어… 어, 그, 그냥."

"일어나. 도대체 이 늦은 밤에 여기 왜 처박혀 있는 거야?"

투덜거리면서 내 왼팔을 잡아 끈다.

"집에 안 갔었어?"

"아니, 갔다가 친구 만나러……."

"병신, 잠이나 자지."

투덜대는 환이의 뒤를 바짝 쫓았고, 그런 내 모습과 환이의 모습을
바라보는 윤우 녀석의 표정이 묘하게 웃고 있다. 뭐시여? 찜찜하게!!

터벅거리며 걷는 모습. 웬 보폭이 저리도 큰지 종종거리고 따르지
않으면 둘을 놓칠 것 같다. 땅만 보고 걷다가 가만히 시선을 환이의
등쪽으로 옮겼다. 괜스레 얼마 전 안겼던 품이 생각난다. 주머니에
두 손을 푹 찔러 넣고 앞만 보며 걷는 환이. 조금 나온 환이의 큰 손
에서 갑자기 뭔가 반짝거린다. 저것이 무엇이냐!! 속력을 내어서 더
빨리 다가갔다. 그리고 눈동자를 최대한 굴려 머리를 넘기려고 주머

니에서 뺀 환이의 손을 쏘아보았다. 씨부렁~ 괜히 봤다. 반지다. 확실히 반지다. 근데 정말 촌스럽군! 정화 기집애 안목이 그럼 그렇지. 저렇게 안 어울리는 반지를 커플링으로 하다니. 열심히 정화 기집애를 씹느라고 환이의 걸음이 조금 늦춰진 것도 몰랐다. 환이의 등에 쿵 박혀 버렸다

"아!"

미안시럽기도 하고, 악마 녀석이 괜히 얄밉기도 하고, 심정이 복잡해서 멀뚱이 서 있었다. 그러다 얼굴을 아래로 처박고 환이의 얼굴을 애써 외면했다. 그런데 갑자기 환이의 따뜻한 손이 내 손목을 끈다. 앗! 깜딱이얏! 날 쭉~ 끌어다가 자기 옆에 세워 걸으며 한마디 한다. 아주 아니꼽게 말이다.

"따라오는 것도 못하냐?"

쳇! 그래, 나 멍청하다. 예전에는 악마 녀석의 손을 뿌리치고 냅다 달려서 먼저 집에 가버렸겠지만, 지금은 아니다. 악마에게 잡힌 손목이 따뜻해진다. 차갑던 내 체온이 순식간에 올라가는 듯하다. 아니꼬운 말도 날 배려하고 걱정해서 하는 악마만의 표현 방식인 거, 이젠 알 수 있다. 근데 말야, 너 꼭 그 딴식으로밖에 표현이 안 되나?

헉! 그러고 보니 성아가 헛소리를 했었지. 이 녀석도 나와 같은 생각일 거라니, 그런 말도 안 되는……. 서로 상대방을 생각한다고? 아마 성아가 잘못 알았으리라. 내 존재 가치는 앞에서 열거했듯이 이 악마 녀석에게는 필요악이니까. 어쩔 수 없이 필요한 악이니까.

길게 한숨을 내쉰다. 심호흡을 가다듬는다. 내 손목의 맥박이 숨겨

야 하는 내 마음을 환이의 손에 모조리 전해 버릴까 봐 불안하다. 안정적인 생각을 하려 노력했다. 차가운 공기를 들이키며, 다시 내뱉으려고 앞을 바라본 순간! 쿨럭! 쿨럭! 당장 돌아서 다른 곳으로 사라져 버리고 싶었다. 온몸에 다시금 더러운 느낌이 스멀거리며 다가왔다. 둔한 내게 민감한 반응이 일어났다. 승하… 가 만취해서 친구들에게 기대어 다가오고 있었기에……. 취기에 풀린 승하의 눈이 나를 직시하고 있다. 빌어먹을! 승하는 언제나 바라보기만 해도 떨리던 상대였는데, 추억 속의 행복한 사랑이었는데……. 지금 나는 그를 보자마자 낮에 있었던 일에 대한 두려움이 엄습하여 떨린다. 무던히 떨지 않으려고 애썼지만, 말장 도루묵이었나 보다. 왜냐하면… 내 손목을 잡고 있던 환이의 손에 힘이 더 가해지고 있었기에. 아파!! 나도 모르게 우뚝 그 자리에 서버렸고, 환이도 윤우도 그 자리에 서버렸다. 제발… 승하야, 모든 거 다 잊어줄게. 너에 대한 거, 그리고 오늘 있었던 너에 대한 실망감, 다 잊을 테니… 그냥 지나쳐 줘.

하지만 내 간절한 바람을 하늘은 무참히 밟았다. 젠장! 승하가 점점 비틀거리는 몸으로 우리에게 다가왔다. 물론 뒤에 있던 승하의 친구군단도 함께. 피해야 한다는 생각이 엄습한다. 환이 녀석, 날 자기 비품 정도로 생각하기에 아무 데나 던지고 구르게 하지만, 비품도 자기 소유라고, 한때 누가 날 건드리기라도 하면 지랄지랄을 했었다. 필히 오늘도 뻔한 일이 일어날 것 같다. 난 그 딴 거 바라지 않는다. 이젠 정말 싫어진 승하지만… 그가 맞기를 원하는 건 아니다. 그런데 그보다도 더 싫은 건, 더 두려운 건 내가 환이를 좋아하는 것을 승하가 알고 있다면… 그래서 승하가 환이에게 지금 폭로해 버린다면…
다… 다 끝이다! 아무리 날 구박하고 때리고 괴롭혀도 좋기만 한 이
녀석을 내 눈으로 지켜볼 수 있는 작은 축복마저 빼앗겨 버리는 상황
이 온다면… 정말 다 끝이다. 제발 내 눈으로 볼 수만 있게 해달라
고… 그렇게만 해달라고… 나 지금 그것만을 간절히 바라고 빌며 기
도한다. 빌어먹을, 그럼에도 불구하고 하늘은 내 간절한 소원을 짓밟
고 있단 말이다.

"여어~ 이게 누구야?"

차라리 눈을 감아버렸다. 내 시선에 불안한 예감이 모두 드러날 것
같아서 차라리 두 눈을 감아버렸다.

"뒈지고 싶냐?"

허거덩! 환이가 나를 뒤로 끌어당기고 승하를 노려보며 한마디 던
진다. 젠장,이렇게 된 거라면 이젠 어쩔 수가 없다! 환아! 그 자식 아
무 말 못하게 주둥이를 묶어버렷! 하지만… 왜 이렇게 내 마음대로
되는 게 없는지. 승하의 입술이 나불나불거리며 내뱉는 말들이 환이
뒤에 숨어 있는 내 귓속으로 파고든다.

"훗, 넌 뭐야? 오~라, 그 대단한 동생이시군. 정말 대단한 남매야.
아, 남매가 아닌가?"

제기랄. 정말 실망이다, 이승하. 기어코 그렇게 내게서 다 빼앗아
야겠니? 또다시 나에게 시린 상처를 주어야 하는 거야? 제발 입 다물
어! 제발!! 나의 간절한 염원을 뒤로하고 어느새 나가떨어져 널브러
진 승하의 자태를 감상해야 했다. 언제 때렸는지 환이가 씩씩거리며

뻗었던 주먹을 거두고 있었다. 승하는 깩 소리도 못하고 그 허허벌판 넓은 도로 위를 뒹굴거리고 있었다. 케케케! 고소하다, 이눔아!! 순식간에 승하의 친구군단이 달려와 승하를 일으키고 있었다. 우루루 뭉탱이로 몰려왔지만 우리의 장한 악마, 도대체 쫄은 기세가 없다. 윤우는 아까부터 식은땀만 흘리고 있지만, 그래도 왠지 든든해 보인다. 지, 진짜다. 파이팅이다, 얘들아!!

"씨발! 너지, 더러운 손 놀린 거? 오늘 너 죽여 버린다!"

진심인 듯한 환이의 말과 표정에 조금 움찔하던 승하와 친구군단. 그러나 이내 다시 굉장히 열받은 얼굴로 우리에게 다가왔다. 젠장, 오늘 북어 되겠네.

"뭐야, 이 자식! 야, 네가 뭔데 사람을 쳐? 너 깡패야?"

환이의 어깨를 툭툭 치며 건들거리는 네놈이 더 깡패다! 다리가 떨려서 나는 꼼짝도 못하고 환이의 뒤에 숨어 있을 수밖에 없었다. 난 힘이 없다우~

"넌 저리 가 있어."

환이가 날 밀치며 악당과 마주 선다. 왜 그가 악당이냐고 묻는다면, 난 늘 정의의 편이니깐. 음하하하~ 캑캑! 아무튼 윤우도 나를 어느 가게 앞에 세워두고 마구 달려가 환이 곁에 선다. 큰일났다. 정말 한판 붙을 작정인가 본데? 근데 너무하잖아! 8:2라니!! 승하는 조금 물러나 있고, 악당들이 비웃음을 흘리며 환이를 계속 밀어대고 있었다. 그만 하라고 중얼거리기만 하는 내 모습이 싫다. 너무 무서워서 크게 말할 수 없다.

그때! 그 재수없는 녀석이 환이의 주먹에 날아갔다. 그 뒤는 말 안 해도 뻔한 모습이다. 난 소리만 꽥꽥거리고 주저앉아 울었다. 도저히 다리가 떨려서 서 있을 수가 없었다. 완전히 패싸움이다. 주위 사람들도 그저 한 번씩 힐끔거리고 갈 뿐, 아무도 8:2란 싸움을 말리지 않았다. 처음에는 이리저리 잘 치고 방어도 잘하던 윤우가 먼저 쓰러졌다.

"꺄!! 윤우야!"

내가 왜 그랬는지… 겁도 없이 뛰어들었다. 윤우를 밟으려 하는 것을 달려가서 막았다.

"너무하잖아. 그만 해. 그만 하라구!"

"아씨, 이건 또 뭐야?"

정말 무시무시하게 생긴 녀석이 주황색 가로등 조명을 뒤로하고 내게 주먹질을 하려 했다. 젠장! 너무 무서워서 눈을 꼭 감았는데… 아무 일이 없다. 뭐지? 놀라서 눈을 뜬 나는 숨이 막혀 그 자리에서 죽을 것 같았다. 환이가 그 나쁜 녀석의 머리를 당겨 다른 곳에 처박긴 했는데, 그랬는데… 어떻게 해! 환이의 입술이 다 찢겨 피가 철철철 흐르고 있었던 것이다. 환아, 피나잖아! 우리 도망가자.

무리한 싸움이었다. 윤우마저 쓰러지고 싸움은 더 이상 진전이 없었다. 보나마나 뻔한 결과가 뒤따를 것이었다. 쓰러진 윤우를 제쳐두고 여섯 명이 한꺼번에 몰려와 환이를 마구잡이로 밟으려 했다. 건들지 마! 제발 환이 다치게 하지 말란 말야. 눈을 질끈 감고 그들 속으로 뛰어들려 했다.

“이 새끼, 독한 거 봐. 끽 소리 안 하네. 네놈 주둥이에서 죄송하다
는 말이 나올 때까지 밟아주마.”

섬뜩한 소리를 듣고도 내 몸이 앞으로 나가지지 않는다. 눈물이 앞
을 가렸다. 재빨리 돌아본 곳에… 빌어먹을!! 널 평생 저주할 거야!
승하가 날 잡고 놓아주지 않았다.

“그렇게 쳐다보지 마.”

나쁜 새끼야! 너 같으면 웃으면서 쳐다보겠냐?!

“네 친구들 그만 하라고 해. 당장!!”

“싫어!”

이, 이런 나쁜 자식!! 지금 뭐라는 거야? 싫다니, 네가 인간이야?!

“나도 예전에 저것만큼 맞았어. 당한 만큼 갚는 거야.”

이놈 완전히 돌았나 보다. 더 이상 시간을 끌었다가는 환이가 더
많이 다칠 거라는 생각에 몸을 돌렸다. 젠장, 너 같은 자식을 조금이
라도 사랑했던 내가 미친년이다! 풀썩 승하의 앞에 두 무릎을 꿇었
다. 줄줄 흐르는 내 눈물을 닦으며 애원했다.

“승하야, 제발 그만 하라고 해줘. 환이 저러다가 죽는단 말야. 퇴
원한 지 하루도 안 지났어. 제발… 제발…….”

내 우는 모습이 처량했는지, 아니면 기분이 나빴는지… 승하가 내
팔에서 자기 다리를 홱 빼낸다. 당장 저 녀석의 다리를 물어뜯어 버
리고 싶지만 어쩔 수가 없다.

“제발…….”

“너 저 자식 좋아하냐?”

딸꾹!

"씨, 역시. 그래서 나 따위는 이제 필요없어진 거냐?"

"너한테 그런 거 말할 이유 없어. 당장 환이 놔줘. 네 친구들 데리고 꺼지라고! 너를 알았다는 것 자체가 재수없어서 날 죽이고 싶으니까, 당장 꺼지란 말야!"

내 고함 소리가 컸었나 보다. 아궁! 민망해라. 발길질 소리가 멈추고 승하도 가만히 날 쳐다보고만 있었다. 돌아보니 퉁퉁 부은 환이가 구석에 처박혀져 있다. 이런 상황에서 울 수밖에 없는 내가 너무 한심해서 돌아버릴 것 같다. 갑자기 환이가 조금 움직이더니 고개를 숙였다.

"쿨럭!"

기침 소리와 함께 피를 울컥 토해낸다. 눈앞이 캄캄해지고 이젠 정말 승하의 목을 조르고 싶은 살기가 온몸을 엄습한다. 하지만 우선 환이에게 가야 했다.

"환아… 흑! 어떡해! 괜찮아? 환아!"

길을 비켜주는 악당 자식들을 밀치고 환이에게 달려갔다. 더러운 자식들… 치사하고 비열한 것들! 여덟 명이 한 명을 이렇게 만들어놓다니! 너희들이 그러고도 사람이야? 그러고도 밥 처먹고 사냐구!!

"씨발."

환이는 그 아픔 속에서도 많이 분했던지 주위에 빙 둘러서 있는 악당 놈들을 쏘아보며 욕을 내뱉었다.

"아씨, 저 새끼! 어디서 눈을 부라려? 죽여 버릴라!"

한 녀석이 환이를 욕한다. 다가오려 하길래 바로 환이를 감싸 안으며 노려봤다.

"이건 뭐야?"

쳇! 환이한테 맞아서 툭 불거진 눈으로 네놈이 날 노려보면 어쩔 거야? 괴물같이 생긴 게. 눈물이 흐르는 눈으로 노려봤는데, 별 효과가 없다.

"비겁한 놈들, 너희가 그러고도 남자야? 여덟 명이 한 사람을 이렇게 만드냐? 왜? 맞짱 뜨면 맞아 죽을 것 같아서 겁났나 보지, 병신들아!!"

정말 모르겠다, 어디서 그런 용기가 났는지. 웅… 죽이지만 말아줘요. 끼악! 기가 막힌지 다들 웃어대는 통에 그들은 속삭이는 환이의 목소리를 듣지 못했다.

"대헌이 집… 알지? 길 터줄 테니까 바로 달려가서 이곳을 알려."

"어떻게 널 두고… 안 돼. 못 가."

"아씨, 가! 안 그러면 저 새끼들 오늘 안에 다 못 죽여. 알겠어?"

정말 아픈 얼굴로 환이가 내게 낮게 말하고, 나는 그저 울며 고개를 주억거렸다. 내 고갯짓을 보자마자 바로 환이가 그 망가진 몸을 일으켰고, 순식간에 몇 놈에게 몸을 날렸다. 그리고 내게 소리 질렀다.

"가!!"

정말 나는 악마 녀석의 비품인가 보다. 녀석의 한마디에 정말 쏜살같이 달려서 피비린내가 진동하는 그 골목을 벗어났다.

환아!! 죽지 말고 기다려. 죽으면 안 돼! 내가 얼른 대헌이 데리고 올게. 흑흑!! 차가운 바람이 얼굴을 에이지만, 그 딴 거 하나도 시리지 않았다. 내 머리 속은 온통 환이가 다시 그 악당 놈들한테 밟히고 있지는 않을까 하는 생각 뿐이었다. 정말 난생처음으로 그렇게 쏜살같이 달렸다.

흐르는 눈물을 닦을 시간도 없이 달리고 또 달려서 대헌이 집으로 뛰어들었다. 대헌이랑 악마 녀석의 친구군단이 술판을 벌이려는지 왁자지껄 둘러앉아 있었다. 내 등장에 놀랐는지 모두들 멍한 눈으로 나에게 시선을 모은다. 이것들… 사람 첨 보나? 뻘쭘하게 뭘 봐! 그도 그럴 것이 얼굴 전체가 눈물로 흥건하게 젖었으니 놀랄 만도 하다. 젠장, 숨이 차고 밀려오는 설움과 두려움에 말도 제대로 안 나온다.

"흑… 얘, 얘들아……."

"누나, 왜 그래요?"

대헌이가 놀라서 먼저 물어왔고 나는 애타는 눈빛으로 계속 대헌이를 바라봤다.

"누나!"

"화, 환이가 죽어!!"

컥! 무지하게 급했다. 그래도 그게 잘 먹혀들었다

"네? 죽다뇨?"

"흑! 윤우랑 저기… 이상한 것들이……."

더 이상 들을 가치가 없다는 듯이 악마군단이 흥분을 해서는 모조리 자리를 박차고 일어섰다. 꾼들이어서 그런지 대충 내 말에 짐작이

갔나 보다. 똑똑하긴!

"어디예요?"

대헌이도 어느새 옷을 입고 나갈 준비를 마쳤다.

"XX 건물 뒷길…….."

정말 순식간이었다. 내 말이 떨어지기도 전에 모두들 일어나서 밖에 세워진 오토바이에 탔고, 대헌이도 나를 자기 뒤에 태우고 급하게 출발했다. 추위나 경찰 따위는 문제가 되지 않았다. 오토바이는 빨랐고, 어느새 그 건물 뒤로 악마군단의 오토바이가 달려들었다. 부앙~ 오빠 달려!! 헉! 흐, 흥분했다. 아무튼 떼거지로 달려든 오토바이와 시동 소리, 밝은 라이트에 그곳에 있던 썩을 악당 놈들은 놀란 기색을 감추지 못했다. 이승하!! 역전이다!! 폴짝 대헌이 뒤에서 뛰어내렸다. 환이가 아까보다 피를 더 많이 흘리며 주저앉아 있다. 얼마나 더 맞은 건지 달려가서 봤더니 얼굴과 눈, 안 부은 곳이 없을 정도다. 어떡해!

"환아!!"

내가 환이를 부르고 달려들자 악마군단들도 재빠르게 환이 쪽으로 모여들었다. 윤우도 겨우 움직여 환이 옆에 털썩 주저앉았다. 가만히 환이를 붙잡고 울고 있는데 내 뒤에서 대헌이의 무시무시한 목소리가 들린다.

"저 새끼들이 이랬냐?"

완전히 살인날 듯한 분위기. 윤우가 말없이 고개를 끄덕였고, 일순간 환이와 윤우만을 남겨둔 악마군단이 모두 벌떡 일어났다. 대헌이가 주먹이 꽉 쥐고 나가려는데 환이 녀석이 찢어진 입술로 무슨 말을 하려고 한다. 야! 더 찢어져. 가만히 있어!

"대헌아, 저기 니트 입은 새끼는 건들지 마. 내 몫이다."

돌아보던 대헌이가 씩 웃어 보이고 고개를 까딱한다. 살벌하게 생긴 놈은 웃어도 살 떨리게 겁난다. 가만… 니트라……. 헉! 그건 바로 승하였다. 너 이런 몸으로 승하를 상대하겠다고? 컥컥! 승하가 그렇게 만만한 애였다니……. 어째 기분이 묘하다. 순식간에 욕설이 난무하는 싸움판이 벌어졌다. 역시! 악마군단들은… 깡패였다. 승하군단이 하나둘씩 도망가려 하자, 길 막음부터 단단히 하는 악마군단 녀석들. 패고 밟고, 영화 속의 한 장면을 보는 듯한 기분이 들었다. 결국 환이를 무참히 밟던 놈들은 땅바닥에 헤딩을 해대며 쓰러져 갔다. 대헌이도 맞은 곳을 잡고 소리쳤다.

"이 양아치 새끼들!! 오늘 완전 박살 내버린다!"

헉! 대헌이 역시 생긴 대로 노는 녀석이다. 몇몇 녀석들은 죽을힘을 다해 도망가 버렸고, 승하는 악마군단의 손에 이끌려 피를 닦고 있는 환이 앞에 놓여졌다. 열심히 피를 닦아주던 내 손을 치우며 환이가 겨우 일어나 승하 앞으로 간다.

"내 경고를 무시한 벌이다."

그러고는 냅다 승하의 배를 걷어찬다. 나뒹구는 승하를 보니 마음이 아프다. 굳이 이렇게까지 되는 것을 바라지는 않았는데…….

"내가 분명히 잔디 건들지 말랬지?"

저게… 잔디? 죽고 싶어?! 누나 이름을 막 부르다니! 콱!!

“욱! 젠장, 네놈 것도 아닌데 웬 참견이야?”

쿨럭! 승하의 간댕이가 술로 인하여 어지간히 불어 터졌나 보다. 이 상황에서 저 겁쟁이가 반항을 하다니……. 갑자기 환이의 부은 얼굴이 실룩거린다. 크힛! 웃긴다. 아, 이게 아니지? 흠흠. 환이는 더 험악하게 얼굴을 일그러뜨리며 다시 한 번 발길질을 한다. 환이의 발은 아주 정확하게 승하의 얼굴 앞면을 강타해 순식간에 툭… 하고 피를 터뜨렸다.

“악!!”

끔찍했다. 내 비명 뒤로 승하가 바닥에 쓰러져 있다. 너무 미운 놈이지만, 환이를 때린 놈이지만, 이래서는 안 된다는 생각에 환이를 막아섰다. 나도 참, 미치지 않고서는 그럴 수 없었다!

“그만 해!”

내가 승하를 막아서고 소리치자 환이와 악마군단 녀석들이 돌았냐고 묻는 듯한 표정으로 날 쳐다본다.

“비켜!”

“싫어. 그만 해. 이젠 됐어. 그만 하라구!”

“씨발, 넌 그런 일 당하고도 그 자식을 감싸주고 싶냐?”

“그런 일 안 당했어! 그저 당할 뻔한 거지.”

“씨, 어쨌거나 저리 비켜!”

“싫어. 그만 해. 죽일 작정이야?”

“나 맞은 거 안 보여? 그 새끼 몇 대 맞는 게 그렇게 가슴 아프냐? 지랄, 엿 같은 짓 하고 있네!”

컥! 뭐시라? 저게 말하는 꼬락서니 좀 봐라! 쯧쯧쯧.

"물론 승하도 잘못했지만……."

"씨, 닥쳐! 눈물나게 감동적이다. 네가 천사냐? 그래, 많이 감싸줘라. 젠장!! 이제 다시는 그런 꼴로 내 앞에 오지 마! 그렇게 결국 다 감싸줄 거면서 왜 날 찾아와서 혼란스럽게 하냐고! 씨발! 엿 같아서 못해먹겠다고!!"

순식간에 쫄아서 아무 말도 못하고, 가만히 환이를 올려다봤다. 정말… 너무너무 화가 난 얼굴로 내게 쏟아붓듯 외치고 뒤돌아 버렸다.

"가자!"

"환아, 누나 데리고 가야지."

윤우가 환이를 부르는 소리가 들렸지만, 환이는 훌쩍 가버리면서 냉정하게 내뱉는다.

"자기 마음대로 하라고 해! 저 새끼한테 당하든 말든 난 이제 몰라. 자기 인생, 자기 마음대로 살라고 하라고!!"

"환아……."

"씨발! 닥치고 빨리 오라니까!"

정말 화난 얼굴이다. 순식간에 모두들 환이를 따라 자리를 뜨기 시작했고, 어느새 그곳에는 넋을 잃은 나와 피를 흘리고 있는 승하만 남았다. 그런 게 아닌데……. 환아, 그런 게 아닌데 왜 그렇게 화내고 가버리는 거야? 눈물만 날 뿐이다. 다… 다 승하 때문인 거 같아. 그래! 다 네놈 때문이야!! 승하를 차갑게 쏘아보았다. 아까 맞을 때까지만 해도 너무 불쌍하기만 했던 놈이었건만, 이젠 괜히 환이의 미움만 더 사버린 듯해서… 승하가 더 밉다.

"이제 다시는 내 앞에 나타나지 마. 이제 이것으로 너란 사람과의 인연이 끝났으면 좋겠어."

환이처럼 한 대 갈겨주고 싶지만 그냥 돌아섰다. 똑같은 인간이 되기 싫으니까…….

"…왜 날 막아준 건데?"

"그게 왜 궁금해?"

"너 저 자식 좋아하잖아. 근데 왜 내 편들어줬냐고? 그러니까… 그러니까 내가 더 포기 못하겠잖아."

이건 또 뭔 소리야? 정신 차려, 이 양반아!

"무슨 말이야?"

"아직도 몰라? 너 정말 좋아한다고! 진심이야. 그래서 저 자식 어떤 놈인지 알면서도 무모하게 싸움 걸었어. 널 좋아하니까. 더 해? 왜 미움받을 짓 하면서 내 편들어준 거야? 이러면 나 너한테 계속 미련 남는단 말야!"

그래, 진심이었다니 고맙다. 근데 어쩌니? 이젠 네 진심 따위에 감동이 느껴지지가 않아. 지금은 그냥 슬퍼. 이제 정말 환이가 나한테 질려 버린 것 같아서… 너무 슬퍼. 내 뒤치다꺼리하는 거 늘 귀찮다고 해도, 마지막이라고 경고해도, 하나도 믿기지 않고 우스웠는데……. 이젠… 이젠 말야, 정말 마지막일 것 같아서… 나란 사람 정말 미워하게 되어버린 것 같아서 너무 슬퍼. 후… 그래, 나 같아도 그럴 거야. 어쩌지? 너무너무 머리가 아프고 고민이 되지만, 너에게 해

줄 말만은 정확하게 떠오른다. 이승하, 내 첫사랑.

"다른 이유 없어. 그냥 네가 불쌍했던 것뿐이야. 인간으로서 거지 동냥하듯 불쌍했던 것뿐이야."

내 말에 기가 찬 듯 승하가 나를 쳐다본다. 멀리서 오토바이 소리가 들려오는 듯하다. 젠장, 아까 그 오토바이 위에서만 해도 이런 아픔은 없었는데……. 괜히, 나 정말… 괜히 나서서 이렇게 미움 자초한 것 같아.

"윤잔디 너 어차피 그 자식이랑은 안 되는 거잖아. 돌려. 마음 돌려보라구."

대답할 가치를 느끼지 못해 그냥 걸었다. 다시 들리는 승하의 어리석은 외침.

"젠장! 나 기다린다! 너 그 자식 좋아하다가 지치면 언제든지 연락해. 다른 녀석한테 가지 말고 꼭 나한테 오라고. 듣고 있어? 오늘 너한테 한 잘못 다 용서 빌 테니까, 제발… 윤잔디, 알겠어?"

저렇게 애절했다면… 그랬던 거라면 날 왜 그리도 쉽게 떠났던 거지? 나만큼 승하도 바보인가 보다. 눈물이 나려고 한다.

"아니, 기다리지 마. 절대 너한테는 안 가. 아프고 힘들고… 결국에 나 혼자 남겨지더라도 나 계속 환이만 좋아할 거야. 환이가 날 누나로만 보고, 여자로는 보지 않더라도… 내 마음 하나도 몰라줘서 나 너무 아파지더라도… 그래도 이제 환이만 생각할래. 환이는 너처럼 날 떠나진 않을 거잖아. 곁에서, 평생 곁에서 지켜볼래. 사랑하는 것도, 결혼하는 모습도 행복하게 지내는 모습도 다 곁에서 지켜볼래.

오늘 더 많이 깨달은 건데 말야, 너무너무 좋아져 버려서 나 이제 환이한테서 벗어날 수 없을 거 같아. 모두가 동생 좋아하는 날 미쳤다며 손가락질한다고 해도, 그래도 나 이제 정말 그만둘 자신이 없어.”

벗어날 수가 없어라… 캬!! 내가 말했지만 너무 애절하다. 나 영화 속 주인공 같다. 이루어질 수 없는 사랑 아니야? 캑캑! 나 정말 미쳤다. 만족하며 눈물 흘리고 있는데, 승하의 얼굴이 아주 이상하게 변한다. 그렇게 충격이었냐? 내가 환이를 좋아한다고 속 시원히 이야기하자 무척이나 놀랐나 보다. 저 녀석 얼굴이… 뭐라고 해야 하나? 아무튼 멍한 표정이기도 하고, 놀란 표정이기도 하고, 오묘하도다!! 잘 알아들었겠지? 그럼 진짜 바이바이다, 내 첫사랑이여~

나는 냉정하게 뒤돌아섰다. 헉!! 나… 죽고 싶다. 이젠… 이젠 정말 끝이다. 뒤돌아선 곳에 오토바이를 곁에 끼고 서 있는… 환이가 있었기에……. 승하 놈, 눈치라도 좀 줄 것이지!!

우리 셋은 그렇게 한참 동안 엇갈린 시선으로 시간을 흘려보냈다. 도대체 다들 무슨 생각 속에 잠겨서 저렇게 꼼짝도 하지 않는 건지 모르겠다. 나는 지금 쥐구멍이라도 있다면 파고들고 싶다. 부끄럽기도 하고… 화가 나기도 하고… 그래도 절망적인 느낌이 컸는지 결국엔 눈물이 흘러버릴 것 같아 고개를 치켜들었다. 젠장! 하늘에 별이 너무 많다. 너무 예쁜 겨울 밤하늘이 내 눈물샘을 더 자극하려 한다. 아니라고… 변명이라도 해볼까? 오해라고 웃어볼까? 하지만… 너무 가까이 서 있던 환이였는데… 못 들었을 리가 없을 텐데……. 저렇게 당황한 표정의 환이를 보니 훗, 다 끝이다. 눈에 눈물이 너무 많이 고여서 시력에 맞지 않는 안경을 쓰기라도 한 듯 어지러워진다. 눈앞이 너무 일렁거린다. 그리고 착시 현상이 일어난다. 환이가 살짝 웃으며 내 쪽으로 다가오는 모습. 훗, 그 환상 같은 웃음이 내 가슴 한가운데를 꾹 하고 아프게 찌르는 느낌에 설움이 밀려 올라온다. 일순간… 강하게 밀려오는 아픔과 설움을 순식간에 덮어버리는 느낌이 든다. 내 손목에… 너무 따스하고 익숙한 체온이 아픔보다 더 깊숙이 밀려 들었다. 가만히 내 손목을 쥐고 있는 손을 내려다봤다. 환이 손인데… 이 예쁜 손과 따뜻한 체온은 환이 것이 분명한데……. 고개를 들어 환이인지 확인하고 싶지만… 너무 그리워서, 너무 애절해서 만들어진 환상일까 봐… 바라보면 사라져 버릴까 봐 너무 겁이 난다. 심하게 흔들리는 내 눈동자의 움직임.

"집에 가자."

눈물이 이제 한 치의 망설임도 없이 주륵 흘러내린다. 여기저기 아직 핏자국이 있는 환이의 얼굴이 흐릿한 내 시야에 들어왔다. 처음으로 내게 웃어 보이는 환이가 환상이 아니었기에 이런저런 모든 느낌들이 순식간에 폭발하여 나를 서럽게 떨게 했다. 그런 나를 환이가 가볍게 안아준다. 그래, 환아. 넌 그렇게 나쁜 애가 아니였어. 지금 나를 위로하는 거지? 잊어달라고 정중하게 내게 말하려고 하는 거지? 그러면 나 아무리 슬퍼도, 아파도, 아무렇지 않은 척 너에게 웃으며 그러겠다고 대답할게. 그럴 거라고……. 그렇지 않으면 너 힘겨워서 날 떠날 테니까, 보이지 않는 곳으로 가려 할 거니까…….

환이의 넓은 등에 얼굴을 기대고 도로를 달리는 동안, 이대로 시간이 멈췄으면 하고 수도 없이 기도했다. 따뜻한 환이의 등이 좋은 이유도 있었지만, 마음을 정리하라는 환이의 말을 들으면 괴로울 것 같아서이다. 생각하기 싫어… 고개를 흔들어 버렸다. 젠장! 왜 이리도 오늘따라 집이 가까운지……. 여기서 내리면… 내가 먼저 말해야겠다.

오토바이가 세워지고, 아직 몸이 좀 아픈 듯한 환이가 내가 내릴 때까지 기다렸다. 아쉽게 손과 얼굴을 환이에게서 떼어내고 천천히 내려섰다. 이뤄질 수 없어도 이 순간만은 내 평생에 아름다운 추억으로 기억하고 싶다. 그런 마음이 깊고 간절할수록 내 몸이 더욱 천천히 움직여졌다. 환이에게 말을 하려는데 날 응시하는 환이의 눈을 마주하니까… 아무 말도 나오지 않는다. 왜 그렇게 빤히 바라보는지… 마음 아프게…….

그냥 돌아서 버렸다. 그리고 성큼성큼 대문 쪽으로 향했다.

"야!"

환이의 부름에 싸늘한 전율이 피를 타고 온몸을 휘젓는다. 이를 악하고 다물었다. 그리고 돌아서서 억지로 웃었다. 웃을 수 없었을 텐데……. 내가 무슨 표정을 하고 있는지 알 수 없지만, 그 딴 거 신경 쓸 수가 없었다.

"그 말 신경 쓰지 마. 그렇게 심각한 거 아니야. 그냥… 그냥… 그래, 빨리 잊을 수 있는 감정이야. 진지한 거 아니었어. 그냥… 호기심 같은 거였어. 그래… 그런 거였어."

악을 다해서 온몸의 기를 다 뿜어서 소리를 내고 있다. 왜… 환이 녀석은 얄밉게 빙글거리며 웃고 있는지… 나쁜 놈!

"죽어도 못 잊을 것 같단 표정인데?"

저 시키가!! 아예 날 가지고 놀려는구만!

"아니야. 다 잊을 수 있어. 난 원래 슬픈 마지막은 싫어하거든. 그래서 시작도 안 해. 너무 가슴이 아파서 그런 거 못해. 그러니까 걱정마. 어차피 너에게 껌으로도 보이지 않던 나잖아. 그냥 평소처럼 아무렇지 않게 지내면 돼. 오늘 말은 못 들은 걸로 하고……."

울컥거리는 울음을 겨우 삼키며 거짓말을 쏟아내고 뒤돌아서 대문을 잡았다.

"못 잊을 거 같아. 네가 아니라… 내가 못 잊을 거 같다."

꼼짝없이 얼어붙을 수밖에 없었다. 이게… 이게 도대체 무슨 말이야? 놀란 얼굴로 뒤돌아선다. 여전히 날 놀리며 웃고 있을 것 같던 녀석이 사뭇 진지해져 있다. 정말… 처음 보는 모습이다.

"나 놀리지 마."

"놀린 적 없어."

"거짓말. 왜? 누나라는 사람은 못 먹어볼 껌인데 덥석 손에 쥐어지니까 재미있을 것 같니? 너, 나 만만하게 보지 마! 내가 바보야?"

"너 껌으로 본 적 없어! 지금도 그런 마음 없고."

"웃기지 마, 너! 그렇지 않고서는 정화도 있으면서 어떻게 그런 소릴 해? 윤우가 그랬어. 네가 정화 사랑한다고!"

"병신."

우씨, 저게 지금 누구더러!! 내게 한마디 내뱉고 환이 녀석은 갑자기 오토바이를 밀어버리듯 아슬하게 세우고 터벅거리며 내 쪽으로 다가왔다. 어리둥절… 하나도 모르겠는데… 단지 아는 것 한 가지는 다시 내 손에 따뜻한 체온이 느껴진다는 것뿐이다.

"나 지금… 쓰러질 것 같으니까 내일 다시 이야기하자. 피곤해."

환이의 처진 어깨를 보니 얼마나 피곤한지 알 수 있었지만, 이 상태로 이야기를 끝내기에는… 난 너무 믿을 수 없는 일을 직면한 상태이다. 그래서 귀찮아할 거란 걸 알고, 화를 낼 수도 있다는 걸 알면서도 앙칼지게 쏘아붙였다.

"못 잊는다니? 그럼… 너도 그렇단 말야?"

하지만 환이는 그저 피곤한 듯 관자놀이를 한 번 짚을 뿐이었다. 이쉑! 매번 날 무시하고도 나랑 같은 마음인 척하다니!!

"웃기지 마. 내가 널 어떻게 믿어? 뭘 보고 믿냐구. 나 가지고 장난치는 거 이제 그만 해. 장난은 오늘로 끝내. 내일은……."

내가 계속 종알대니까 드디어 악마 녀석의 얼굴이 일그러지기 시작한다. 무섭게 날 끌고 가더니 내 방문을 열어 확 던져 넣는다. 아프당~ 어두운 공간 속에서 내가 보이기라도 하는 듯이 가만히 문 앞에 서서 방 안을 들여다보고 있다. 길게 한숨을 내쉬는 소리가 들린다.

"너한테 장난치고 싶은 마음 없어. 내가 미친놈이냐? 이렇게 힘들고 지루한 장난을 5년 동안이나 하고 있게! 피곤하다. 나 그만 가봐도 되지?"

그렇게 환이는 내 머리를 슬쩍 때리고는, 아니, 때렸다기보다는 쓰다듬었다고 해주지. 아무튼 그리고는 천천히 뒤돌아 나갔다.

장난이 아니라면 좀 더 확실하게 말해 주고 가지. 하긴… 믿기지도 않아서 내가 계속 말꼬리 물기를 했겠지만. 그래도… 그래도 왠지 오늘밤에는 피곤하더라도 나와 함께 있었으면 좋겠는데… 그래야 내일 아침에 일어났을 때 이 믿기지 않는 일이 꿈이 아님을 알 수 있을 텐데 말야.

　찔찔이가 정화란 기집애를 별로 좋아하지 않나 보다. 나도 싫다고 맞장구를 쳐줬더니 좋아서 난리다. 그리고 절대로 그 애는 껌으로 씹지 말라고 침까지 튀기면서 말한다. 도대체 찔찔이는 내 껌들의 수준을 뭘로 보고 그 딴 소리를 하는지… 씁!

　얼마 있지 않아서 엄마랑 아버지가 여행을 가셨다. 큭! 다시금 내가 찔찔이를 마음 놓고 괴롭힐 수 있는 시간이 돌아온 것이다. 실로 오랜만에 온 시간인데… 젠장, 친구를 만나러 나간다고 한다. 가긴 어딜 가! 약속 시간 두 시간 후인 거, 내가 어제 통화하는 거 들어서 다 아는데! 병신. 곧 이래저래 뽈뽈거리더니 휑하니 챙겨서 나가 버린다. 그런 찔찔이의 뒤를 조용히 따르는 게 버릇이 되어버린 거 같다. 그 승하라는 개자식이 다시 붙는 것을 막기 위해 4년 전부터 몰래 찔찔이의 뒤를 밟아왔다. 제길. 너 아냐, 찔찔아? 난 너의 앞모습보다 뒷모습이 더 익숙하다는 거. 그거 정말 짜증나는 사실인데 말야. 후~ 그렇게 나는 둔한 찔찔이의 뒤를 따랐다. 이리저리 어찌나 뽈뽈거리고 다니는지 다리 아파 뒈지겠다! 가는 도중에 이상한 것들이 말을 걸려고 하길래 살짝 노려봐 줬다. 쳇! 멍청한 것들. 눈빛 하나에 쫄 거면서 어딜 넘봐?

찔찔이가 한참을 CD 가게에서 서성인다. 할 일도 없으면서 일찍 나서더니… 그러고 싶냐?

한심해서 가만히 쳐다보기를 몇 분. 엇! 저 자식은 그 개자식 아닌가? 따라다닌 보람이 있군. 너 오늘 걸리면 죽었스!! 그렇게 찔찔이가 승하라는 놈을 보지 못하기를 바라고 있는데, 누가 병신 아니랄까 봐 찔찔이가 그 자식을 바라본다. 그 자식은 못 본 모양인데……. 제기랄, 저 새끼의 본모습을 일찍 말해 줬어야 하는 건데. 빌어먹을, 병신이 기어코 따라가더니 승하라는 놈이 다른 기집애를 만나는 것까지 보고서야 돌아선다. 저딴 멍청한 새끼가 그렇게도 안 잊혀지는 건가? 또 울려고 한다. 아무래도 내가 잘못 생각한 걸까? 저렇게 아파할 줄 알았으면, 더러운 자식이더라도 버릇을 고쳐서 옆에 잡아다 놔줄 걸 그랬었나. 나답지 않은 후회다. 그만 하자.

술집을 향하는 찔찔이를 보고 바로 윤우에게 전화를 했다. 빌어먹을! 계속 한곳만을 본다는 건 아주 힘든 일인 것 같다. 정작 본인은 알아채지도 못하지만… 아니, 저 찔찔이가 둔한 건가? 오자마자 윤우 자식이 내게 지랄한다.

"얼~ 왜? 잔디 누나가 또 술 마시고 행패 부릴까 봐 걱정돼서 따라 나서셨나? 킥킥! 야야, 그만 앓고 고백이나 한번 해보지 그래?"

"닥칠래, 맞을래?"

"닥칠게. 들어가자."

아니나 다를까 또 벌컥벌컥 술을 처마시는 것이 오늘도 뻗을 폼이다. 도대체 뭘 믿고 저렇게 막무가내인지……. 골 때린다, 윤잔디! 슬쩍 뒷 테이블에 자리를 잡았다. 역시… 승하 자식의 얘기를 꺼내며 내 욕을 하고 있었다. 병신아! 알려면 똑바로 알아라. 젠장!

"…아직까지 보기만 해도 이렇게… 이렇게 울음만 나오는데… 흑!"

마음 아프게 해서 미안하다. 젠장. 엇! 그런데 갑자기 말이 멈춘다. 벌써 뻗은 거야? 벌떡 일어나서 가려니까 윤우 자식이 갑자기 잡는다.

"야, 앉아. 어쩌려고?"

"아씨, 놔봐!"

홧김에 일어나서 잔디가 있는 테이블로 갔다. 전에 본 듯한 기집애랑 재수없는 기생오래비 같은 놈이 놀란 눈으로 나를 이상하게 쳐다본다. 아니나 다를까 찔찔이는 벌써 뻗어 있다. 확 그냥, 저걸.

"아!! 잔디 동생!!"

조용히 해! 찔찔이 취한 상태에서 깨면 데리고 가기 더 힘들단 말야.

“윤우야, 이리 와봐. 이거 들고 가자.”

나를 아니꼽게 노려보고 있는 여자애를 내려다봤다. 불만이 많이 보이길래 예의상 한마디 해줬다.

“내가 데리고 가도 되지?”

예의상 한 소리니 대답이 필요없어서 그냥 들쳐 매고 나와 버렸다. 젠장! 찔찔이, 그새 더 무거워졌다. 찔찔이를 이 상태 그대로 데리고 가면 아버지한테 엄청 욕먹을 것 같다. 할 수 없이 윤우네 집으로 갔다. 근데 이게 내려놓고 외투를 벗기자마자 괴물 같은 소리를 낸다.

“으우욱! 승하… 아… 속 아파. 우웩!!”

컥! 이, 이게 뭐 하는 짓이야!! 씨발, 그 새끼 이름 부른 걸로도 모자라서 내 옷에 다 토해 버리다니! 너 깨어나면 최소 사망이다! 빌어먹을.

나는 윤우랑 밖으로만 돌아다녔다. 근데 갑자기 나타난 정화 기집애란 것이 언제 봤다고 달려와서는 착 앵긴다. 근데 가까이서 보니까 애 화장 진짜 두껍다. 야! 긁어봐도 되냐? 달라붙어 있는 기집애를 보니까, 갑자기 이 애가 싫다고 질겁하던 찔찔이가 생각난다.

“떨어져.”

한마디 했더니 더 앵기는데… 어라? 이것 봐라? 이거 거머리잖아! 근데 왜 이상하게 오기가 생기는지. 내 성격이 정말 지랄 같다는 생각이 든다. 이 기집애랑 놀아나면 찔찔이가 열 좀 받으려나? 웃긴 생각이지만, 내가 웃긴 놈 되는 게 하루 이틀도 아니고. 킥킥! 완전히 놀던 기집애다. 안 봐도 비디오다. 술이 은근히 취하자 바로 본론으로 들어가는데? 젠장! 이런 것들 제일 짜증난다. 짜증나서 밀쳐 버리고 집에 가고 싶은데, 승하 새끼의 이름이나 불러대는 찔찔이란 것이 날 괴롭혔다. 찔찔아, 정신 못 차리고 내 속 다 태우는 그 기분… 내가 저 기집애랑 뒹군 거 알면 너도 조금은 알까? 너도 같은 생각이 들까? 찔찔아, 너도 병신이지만, 오늘 정화 기집애를 그 딴 이유로 잡고 있는 나를 보니… 나도 병신이다.

"야, 저 새끼 혹시……."

윤우가 가리킨 곳에는 젠장맞게도 또 승하란 자식과 잔디가 함께 서 있다. 도대체 저 둘은 전생에 무슨 인연이어서 저리도 질기단 말인가. 씨, 가뜩이나 정화 기집애 때문에 스팀받는데, 왜 이른 아침부터 이렇게 속 뒤틀리는 일이 생기는지… 미치겠다. 그런데… 그런데 잔디가 하는 말이 가관이다. 눈이 안 좋아서 눈물이 난단다. 너무나 그리워서 우는 거면서, 병신. 진짜 너 같은 변명이다. 차라리 네 친구가 찌른 옆구리가 아프다고 하지 그러냐? 씨발. 성큼성큼 그 새끼가 날 발견하길 바라면서 소리 내어 지나갔지만, 그것들은 자기들의 세계에 푹 빠져서 날 보지 못한다. 내 화를 이겨낼 수가 없다. 도대체… 도대체 뭘 하자는 건지. 오늘은 이대로 못 넘어가겠다. 저 새끼, 요즘 들어 계속 잔디 주위를 알짱대는 것이 불안하다. 불안해 죽을 지경이다!

"너 왜 그러냐?"

“안 되겠다. 말해야겠어.”

“뭐? 고백할 거라고?”

“미친놈. 저 승하란 새끼 옛날에 어떤 놈이었는지 말해 줄 거라고!”

“쯧쯧, 차라리 잔디 누나한테 고백을 하지 그러냐? 그게 무슨 유치한 질투냐? 네가 병신이다.”

안다, 내가 병신인 거……. 나도 하루에 수십 번, 아니, 수백 번씩 잔디의 뒷모습을 보고 중얼거려. 나 좀 봐달라고. 널 만난 순간부터 너란 사람 이외에는 그 누구도 볼 수 없게 되어버린 날 좀 봐달라고. 이렇게 아무 곳도 바라보지 못하고, 네 웃음에만 날 묶어둬 버렸잖아. 그러니까 그렇게 나 몰라라 하고, 다른 놈만 보고, 다른 놈 때문에 울고 웃고… 그러지 말아줘, 제발. 내가 너만을 바라보듯이 너도… 너도 그렇게 해줘. 그 수많은 중얼거림을 때로는 화난 표정으로, 때로는 애원하는 눈빛으로 너에게 외쳐 보지만, 돌아보지도 않는 너… 영원히 내 것이 될 수 없을 것 같아서… 너무 슬프다. 한 번만 돌아봐 주면, 그러면 절대 울지 않고… 절대 슬프지 않고… 평생 그렇게 너만 사랑하면서 살 수 있을 것 같은데. 바보 같은 윤잔디, 너는 왜 날 동생으로만 보는 거냐? 왜 한 걸음 다가서면 한 걸음 물러나 버리는 거냐? 너의 웃는 얼굴이 내게는 얼마나 상처가 되는지 아무것도 모르는 거냐? 훗, 가질 수 없는 너의 웃음인데… 영원히 내게 오지 못할 너인데… 그런데도 포기하지 못하는 내가 더 우습다. 그래서… 그래서 내가 너보다 백 배, 아니, 천 배, 만 배 더 병신이다. 그치? 그렇지? 잔디… 누. 나.

"부딪쳐 봐, 이환! 영원히 그렇게 가슴앓이만 하다가 끝낼 거야?"

"부딪쳐서? 더 이상 날 보지 않으려고 하면? 그런 거 싫어. 차라리… 지금처럼 미움이라도 받는 게 나아."

"어머~ 그게 무슨 소리야?"

젠장. 윤우 놈이랑 이야기에 빠져 잠시 인기척을 무시했더니 재수 없는 정화 기집애가 정말 짜증나는 비웃음을 선사하며 등장했다.

"쿡쿡! 이환이 그런 가슴앓이를 하는 줄 누가 알았겠어? 누가 알았겠냐고?"

"정화, 너! 무슨 짓이야? 남의 이야기를 엿듣고…….."

"어머, 윤우 너 무슨 착각을 하는 거니? 훗~ 나는 우연찮게 들었을 뿐이야. 그리고 지금 그렇게 큰소리칠 입장이 아닌 것 같은데? 내가 들은 이야기가 다 진짜라면 말이야. 안 그래, 환아?"

"……."

"어머, 내가 들은 게 진짜인가 보구나."

"하고 싶은 말이 뭐야?"

"그럼 어제 나랑 같이 그랬던 건 뭐야? 가지고 논 거야?"

"이환, 너 설마 저딴 기집애를?"

"말 좀 가려서 해줄래, 윤우야? 기분이 상당히 나빠지려고 하거든?"

"뭘 원하는데?"

"쿡쿡~ 역시 환이는 머리도 좋은 거 같아. 그럼 그렇게 물을 필요도 없잖아? 내가 원하는 게 뭔지 잘 알면서…….”

내 인생에 너란 사람은 더 이상 존재해서는 안 되나 보다, 잔디야. 그래, 너와 난 어차피 사랑해서는 안 되는 사이니까. 어차피 너 아니라면 아무 의미 없는 감정이니까. 너일 수 없다면 다른 누구든 상관없으니까. 잔디야, 이젠 네가 웃으며 반기던 동생이란 지랄 같은 노릇… 기꺼이 해주마.

“좋아.”

“훗, 역시 우리 환이는 너무 영리한 것 같아. 참, 또 있어. 내가 방금 생각한 건데 말야. 쿡, 조건이 있어. 또 다른 두 가지 조건!!”

“네 마음대로 해.”

정화 기집애의 두 번째 조건, 정말 유치찬란하다. 다른 여자들과의 관계를 모두 정리하는 것. 그래서 나는 가볍게 정리해 줬다. 다만 슬희가 조금 걱정이다. 상처를 잘 받는 애라서 혹시나 하고 걱정이 앞선다.

폰이 울린다. 얼마 전 윤우네 집에 갔다가 처음 들어본 노래. 그 노래의 제목이 나를 무척이나 짜증나게 했었지. 그렇게 짜증나던 노래가 왜 그렇게도 가슴에 와 닿던지. 그 자리에서 내 폰 멜로디로 바꿔 버렸다. 가질 수 없는 너. 지금 그 벨소리가 울린다. 아마 슬희일 것이다. 일부러 받지 않고, 그 음악만 계속해서 들었다. 정화의 첫 번째 조건으로 잔디를 멀리해야 한다. 정말 그 노래의 가사대로 되어가는 듯하다.

아니나 다를까 집으로 돌아갈 시간이 다 되었을 무렵, 슬희가 울며 달려오는 것이 시선에 잡힌다. 하지만 난 저 애에게 아무것도 해줄 수 없는 것이 명백하다. 정화의 조건이 아니었더라도 언젠가는 슬희를 외면했을 것이다. 오히려 정화에게 덜미를 잡힌 것이 다행이라 느껴진다. 아마도 이렇게 정화와 나가 버리고 나면, 잔디가 슬희를 위로하겠지? 잔디야, 안 봐도 네가 할 행동들은 이미 내 머리 속에 다 떠오른다. 술 많이 마시지 말고 일찍 들어와. 알기나 해? 저 바보 녀석, 내가 자기를 매일 따라다닌 거 알기나 할까?

"집에 들어갈 거야?"

정화 기집애가 집에 가지 않고, 쫄쫄거리며 윤우랑 나에게 따라붙는다. 그 덕에 잔디가 어디로 들어가는지 확인만 해야 했다. 그리고 이리저리 배회했다.

"조금 있다 갈게. 너 먼저 들어가."

"싫어. 나도 더 있다가 들어갈래."

"가자. 데려다 줄게. 윤우야, 다른 애들이랑 가 있어."

"싫어~ 나도 가고 싶어. 나 데리고 가. 응?"

어울리지도 않는 그런 흉칙한 얼굴로 애교 떨지 마라. 한 대 쥐어 박고 싶으니깐.

"안 돼. 친구들끼리 모이는 거야. 다음에 데리고 갈게. 가자."

"치! 그럼 다음에는 꼭 데려가야 해. 응?"

도대체 무슨 배짱으로다가 저렇게 흉칙한 애교를 떠는지…….

가지 않겠다고 우겨대는 것을 집 앞에 데려다 주고, 다시 그 술집을 향해 가고 있었다. 또 나를 화나게 하는 벨소리가 울린다.

"여보세요?"

[환아, 어디야? 큰일 났어. 잔디 누나 지금 싸움 붙었어!]

"뭐? 알았어. 끊어."

젠장. 이 바보 같은 게 또 뭔 일을 저지른 거야? 진짜 미치게 한다. 가게 안으로 뛰어들어 갔다. 실로 굉장했다. 갑자기 잔디가 소리를 막 지르면서 맥주병을 들더니, 어느 험악한 놈의 머리를 때려 버리는 것이 아닌가. 캑! 내가 애 버려놨네.

"으악!!"

"헉! 뭐, 뭐야?"

"이 기집애가 돌았나? 야! 취했으면 곱게 취할 것이지, 이게 그냥!"

튼튼하기도 하지. 병에 맞고도 끄떡없이 손모가지를 놀리는 놈. 나는 낮은 음성으로 그놈에게 말했다.

"씨발, 손모가지 부러뜨리기 전에 그 손 내려라."

"이건 또 뭐야?"

"어? 환아, 왔어?"

"그 손 내리라고 했다."

"헛! 이년 서방이라도 되냐? 그럼 네가 대신 맞을래?"

저 새끼가 누구한테 욕질이야! 저런 것들은 다 죽여 버려야 돼! 이성적인 판단은 끝이다. 그렇게 미친 듯이 놈을 패고 있는데 누군가 내 어깨를 잡고 소리친다.

“이봐, 그만 못 둬?”

헉헉! 젠장, 짭새 언제 떴냐? 쳇. 순식간에 몰려든 경찰들이 우리를 잡기 시작했고, 난 재빨리 찔찔이를 찾았다. 젠장.

“이봐요, 걔는 내가 데려가요.”

“뭐야, 넌? 네가 주범이면서 어딜…….”

“씨발, 다 필요없어. 누가 도망간대? 어디든지 갈 테니까 그 애 건들지 마. 내가 데리고 간다고!”

쯧쯧, 신참인 모양이다. 내 말에 순순히 잔디를 내어준다. 뭐 덕분에 편하게 됐지만. 근데… 엄마, 아빠를 뵐 면목이 없군. 정신 못 차리는 찔찔이를 들쳐 업고 난생처음으로 경찰차를 탔다. 젠장, 네 덕분에 별 짓 다 하고 별것 다 타본다. 깨어나기만 해봐라!

“집 전화번호 대.”

“…….”

시끄럽게 소리를 질러대는 놈에게 집 전화번호를 불러주고, 다시 축 처져서 정신없이 자고 있는 찔찔이 옆에 가서 앉았다. 이 속 편한 사람아, 지금 잠이 오냐? 후, 그래도 안 맞아서 다행이다.

“맞구나.”

“넌 상관없잖아. 집에 가봐.”

슬희가 언제 왔는지 잔디를 부축하고 있는 내게 말을 건다.

“내 생각이 맞는데, 왜 그 여자애랑 사귀는 거야?”

“상관하지 마. 쿡, 아님 너도 이제 알았으니까 그 기집애처럼 나한테 협박할래?”

“협… 박당한 거야? 잔디 언니한테 다 말해 버린다고 협박한 거야?”

“상관 마. 너도 이제 나 같은 거 만나지 마라.”

“저기… 나 물어보고 싶은 게 있는데……”

“뭔데?”

“아냐, 잘 지내. 그래, 네 말대로 나 다시는 너 같은 애… 안 만날 거야.”

그래, 다행이다. 네가 잔디를 조금이라도 닮아서… 그래서 내가 널 안아보지 않아서… 그래서 이렇게 널 보내야 하는 순간에 미안함이 적어서… 다행이다.

“으응, 추워……”

잔디야, 이렇게라도 너를 지켜주려면 내가 동생으로 남아야 하는 거구나. 그래… 그래, 추울 때 이렇게 옷이라도 벗어주고 싶다면, 지랄 같은 내 마음… 역시 숨겨야 하는 거겠지? 조심해. 바보같이 나 없을 때 위험하면 어떡해? 내가 아니라도 널 지켜줄 녀석이 생기기 전까지는 바보같이 그렇게 다 쑤시고 다니지 말란 말야. 우습다. 짜증 나는 그 노래처럼 네 곁에 내가 이렇게 제일 가까이 있는데… 가질 수가… 없네.

아버지가 잔뜩 화가 나셨다. 젠장, 5년간 쌓아온 내 신뢰가 다 무너지는 거 아냐? 가만히 찔찔이를 침대에 눕혔다. 너 내일 깨어나면 죽었다, 임마. 큭큭! 술 좀 그만 마셔. 속 좀 그만 썩혀. 걱정 좀 그만 시켜. 사고 좀 치지 마. 네가 정신을 잃어 아무것도 못 보는 상황이 아니었다면, 나도 노골적으로 화를 낼 수 없었을 거야. 잔디야, 내일 네가 깨어나면… 마법이 풀려 버리겠지? 그리고 난 너를 지켜주는 남자… 가 아니라 동생이 되어야겠지? 그 마법이 풀려 버린 후, 내가 얼마나 쓸쓸해하는지 너는 알까? 한참을 더 방황해야… 아무렇지 않게 네 곁에 다시 올 수 있을 거라는 거, 넌 모를 거야.

그 일이 있은 후 찔찔이 걱정은 좀 덜었다. 통금 시간이 정해졌기 때문이다. 큭큭! 고소하다. 혼자 심심하려나? 뒤풀이에 가고 싶어하는 게 눈에 훤히 보인다. 불쌍하다. 오늘 내가 일찍 가서 놀아주마.

"나 몸이 별로 안 좋아. 먼저 가볼게."

"엇, 환아!!"

기어오는 건지, 먼저 출발해 놓고 나보다 훨씬 늦게 들어온다. 어이! 다리 짧은 거 티 내지 마라.

"어! 너 동아리 뒤풀이 안 간 거야?"

"귀찮아."

뭔가 내게 총기를 띤 눈빛을 보이더니 갑자기 후닥닥 옷을 갈아입고 내려온다. 저렇게 묻고 싶은 게 많다는 표정을 짓다니… 훗, 너답다.

"저기, 환아, 너 진짜 정화랑만 만나는 거야?"

"…응."

내가 누구 때문에 그 짓인데… 바보같이 그런 걸 묻냐?

"그럼 이제 다른 여자애들은 안 만나는 거야?"

"어."

“너… 정화 좋아해?”

“…….”

뭐라고 해야 하나? 젠장, 응, 좋아해라고 해야 하는 건가? 그런데 그건… 죽어도 하기 싫은 말인데. 너 이외의 사람에게는 그 딴 소리 절대… 죽어도… 하기 싫다.

“왜?”

“아, 아니, 그냥 궁금해서 물어본 거야.”

뭐라고 해야 할지. 저 바보는 왜 그 딴 걸 묻는지. 누가 병신 아니랄까 봐서. 쳇! 척척 타이밍도 잘 맞게 때마침 전화가 온다. 그런데 멜로디가… 저 둔탱이 눈치 채면 안 되는데……. 젠장, 하긴… 저게 뭘 알겠냐만은. 멜로디만 듣고 눈치 챘다면, 지금 너랑 내가 이렇게 됐겠냐? 큭큭!

“여보세요?”

[환아, 어디 아파? 많이 아픈 거야?]

젠장. 기집애 목소리 정말 크네, 이거.

“아니. 지금은 괜찮아.”

[훗~ 그래? 그럼 나와. 나도 뒤풀이 안 갔어. XX로…….]

재빠르게 통화음을 줄였다.

“알았어.”

이 자리를 피하려면 귀찮더라도 나가봐야겠다는 생각에 그냥 알겠다고 하고 빨리 끊어버렸다. 찔찔이가 계속 날 보고 있다. 후… 그렇게 쓸데없는 대답이 듣고 싶은 거냐? 넌 내 염장 지르는 데 타고났다.

소질있어! 병신!

"대답 됐지?"

대답됐지… 라. 저 둔탱이, 좋아한다는 말로 이해했겠지?! 혼자 멋대로 상상하지 마. 나… 너 아니면 누구에게도 그런 감정 가질 생각 없으니까. 아니, 못 가질 테니까.

"김윤우!!"

이런, 잠깐 공원에 나와 보니 윤우 자식이 찔찔이에게 멋대로 지껄이고 있다.

"아, 화, 환아."

젠장, 저 새끼 누구 돌아버리는 꼴 보고 싶어서 저러는 거야?

"여기서 뭐 하는 거야? 좀 일찍 일찍 못 다녀?"

괜스레 아무것도 모르는 찔찔이에게 소리를 질러 버렸다. 그렇게 찔찔이를 밀쳐 버리고, 윤우 새끼를 끌고 갔다. 죽여 버리려다가 그래도 이제까지 쌓아온 정을 생각해서 적당히 두어 대 치고 말았다. 새끼, 불쌍하게 손으로 문질러서 피를 닦냐? 쳇!

"받아."

"어, 고마워."

던져진 휴지로 피를 닦아내는 놈을 그냥 보내기가 찜찜하다. 어찌 됐든 저 녀석도 내가 안쓰러워서 그랬던 거니까.

"가자."

"어딜?"

“…….”

아무 말 않는 나를 따라오는 저 녀석. 솔직히 고맙다는 말로도 저 녀석을 향한 내 마음을 다 전할 수 없는데 이게 뭐 하는 짓인지……. 미안하다.

“마셔.”

공터에 둘이 나란히 앉아 소주를 마셨다. 씨, 정말 쓰구나. 오늘따라 왜 이렇게 쓰고 속이 따가운 걸까?

“왜 그랬냐?”

“…….”

“왜 그런 개소리 지껄였냐고. 나 미치는 거 보고 싶었던 거냐?”

“불쌍해서…….”

“큭! 내가 그렇게 불쌍해 보이냐? 뭐, 어차피 상관없다. 여자란 거 다 거기서 거긴데 뭘…….”

“너도 불쌍하지만, 너로 인해 상처받는 사람들이 더 불쌍해.”

“큭큭! 그런가? 그래서 결국에는 뭣 같은 여자한테 정착했잖냐. 봐 주라.”

어라? 근데 그 다음이 생각나지 않는다. 쳇, 더럽게 소주가 쓰더니 집에 어떻게 왔는지도 모르겠다. 젖은 내 옷이 방바닥에 굴러다니고 나는 어제와 다른 옷으로 갈아입혀져 있었다. 취해도 할 짓은 다 하고 잤나 보군. 후~ 근데 왜 잠깐잠깐 떠오르는 기억에 찔찔이가 내 방에 왔었던 것 같은 느낌이 들지? 아, 모르겠다. 씨… 더럽게 머리가 아프구만. 왜 이러지? 감기가 오려나?!

하루 종일 머리가 산만하게 어지럽다. 게다가 정화 기집애가 옆에서 더럽게 땍땍거린다. 이 기집애는 사귀는 시간이 길어져도 절대 적응이 안 되는 하이톤의 목소리다. 젠장, 시끄러워. 안 그래도 머리 아픈데 너 때문에 머리가 더 울리는 것 같다.

"야, 너 어디 아파?"

"아냐."

윤우 자식이 아까부터 아프냐고 묻는데, 이것도 귀찮아 죽을 지경이다.

"집에 가자."

정화 기집애가 계속 같이 어디를 가야 한다는 둥 지껄이는데 몸이 귀찮으니까 아무도 상대하기 싫다. 그런데 왜 이렇게 메스껍지?

"환아~ 우리 연극 보러 가자~!"

네 옷에 토해도 된다면 가주마. 무시하고 나갔더니 따라온다. 보도블록들이 내 얼굴로 튀어오르는 듯하다. 어지럽다. 그때 어디선가 잔디의 울음소리가 들리는 것 같다. 아무것도 보이지 않고 윙윙대는데 그 혼란함 속에서도 계속 잔디의 우는 소리만 들린다. 울지 마. 빌어먹을, 앞이 안 보이니까 어디 있는지도 모르겠다. 왜 울고 그래? 울지 마. 온몸이 타는 듯하다. 그래도 네가 우는 소리가 들리니까… 씨발, 다 타버려도 좋으니 제발 눈이라도 떠졌으면 좋겠다. 도대체 왜 우는 건지 알 수가 없잖아. 젠장!

정신을 잃었었나 보다. 쪽팔려라. 천천히 눈을 뜨자 찔찔이가 내 침대 옆에 앉아서 울고 있는 게 보인다. 쳇, 정말 울고 있었구나.

“또 찔찔거리냐?”

열받아 소리라도 지르려고 온몸에 힘을 모아서 말하려 하는데, 힘들다. 찔찔이, 이 바보 같은 게 또 울먹거린다. 이런!

“또 우냐? 시끄러워서 잠을… 못 자겠잖아.”

“우… 으… 흑! 아, 알았어. 안 울게… 흑! 자… 어서… 자.”

다독거려 줘야 하는데, 한없이 몸이 밑으로 빠져드는 것 같다. 젠장, 울지 마. 울지 말라고.

“울지 마. 괜찮아.”

겨우 한마디 내뱉었는데, 바보 같은 게 뛰쳐나간다. 병신, 너 나가서 더 울 거면, 차라리 여기서 울지. 나 빨리 깰 테니까 가지 말고… 있어.

“뭐야?”

겨우 잠들었는데, 기집애들이 하도 떠들어서 깼다. 움직이기도 편하고 아까 같은 어지러움도 없다. 후, 살 것 같네. 눈뜨자마자 정화 기집애를 봐야 하는 괴로움. 댁들도 겪어봤으면 좋겠다. 킥킥! 매우 걱정하는 찔찔이를 정화 기집애 때문에 가라고 했다. 쳇! 짜증나는군. 내 팔자야. 그런데 저렇게 나가 버리는 걸 보니 찔찔이가 많이 섭섭한 모양이다. 찔찔한데 다시 부를까?

정화 기집애도 보기 싫고, 사람들 왔다 갔다 하는 것도 귀찮고 해서 그냥 하루 종일 자버렸다. 흠, 일어나니 아무도 없더군. 퇴원해야겠다. 쳇! 음, 너무 많이 잤더니 이젠 잠도 안 오는군. 혼자 이래저래 눈만 굴리고 있는데, 갑자기 쾅당 하고 거칠게 문을 열고 누군가가 들이닥쳤다. 간 떨어질 뻔했다. 젠장! 누구야? 병원에서 무식하게……. 뭐, 뭐야? 잔디가 머리가 잔뜩 흐트러져서 찢긴 옷의 앞섶을 부여잡고 울먹이며 서 있다.

"뭐, 뭐야. 너 그 옷, 어떻게 된 거야? 야!!"

"으, 으흑! 환아!!"

울음을 터뜨리며 다짜고짜 내게로 달려든다. 젠장, 머리에 스팀이 다시 오르는 것 같다. 뭐야!

"젠장, 왜 우는 거야? 뭐야? 무슨 일 있었어? 어떤 새끼야!!"

물어보나마나겠지? 그 씹… 내가 네놈을 안 죽이면 내 성을 간다! 한사코 눕지 않으려는 잔디를 내가 누웠던 침대에 억지로 눕혔다. 다시 승하 자식의 짓임을 확인했다. 찔찔이가 아니라고 정색을 하면, 저렇게 거짓말인 게 다 티가 난다. 찔찔이의 거짓말은 금세 탄로가 난다. 연기를 가르쳐야겠다. 저래가지고 세상 살겠냐? 쯧쯧.

안 눕겠다고 그렇게 난리를 치더니, 쿡! 금세 잠이 들었다. 빌어먹을! 찢긴 앞섶이 왜 이렇게 눈에 거슬리냐? 아, 또 스팀받네. 지금 당장 달려가서 패주고 싶지만, 찔찔이가 나를 찾을까 봐 못 가겠어. 미안해, 병원에 처박혀 있어서. 옆에 있었어야 했는데……. 무서웠지? 그런데 잔디야, 고맙다. 이런 순간에 나한테 제일 먼저 달려와 줘서……. 당연하다는 듯 망설임없이 내 품에 달려와서… 내 앞에서 울어줘서 너무 고마워. 화가 나서 미칠 것 같은데, 이렇게 잠든 널 보고 있으니까… 내 눈에, 내 시선 안에 네가 있으니까… 행복하다. 아직도 옷을 꼭 부여잡고 움직일 줄 모르는 네 손을 보면 마음이 아프지만… 하지만, 그래도 그 손… 내가 지금 이렇게 잡고 있을 수 있어서 너무 다행이다. 근데… 젠장, 저 찢어진 입술이 상당히 눈에 거슬리는군. 약이 어디 있을 텐데……. 약을 바르려고 하는 찰나 많이 울어대서 부어버린 눈이 안쓰럽게 떠진다.

"일어났어?"

멀뚱히 나를 보는 눈이 꼭 붕어 같다. 쳇! 누가 입술을 이렇게 찢기랬냐? 약을 바르려니까 또 지랄한다. 내가 너 잡아먹냐? 젠장.

"내 짐들 다 싸놨으니까 저거 들고 집에 먼저 들어가."

"뭐? 너 퇴원해도 되는 거야?"

"아프지도 않아."

"안 돼. 네가 의사야, 마음대로 하게? 절대 안 돼!"

"시끄럽게 굴지 말고 시키는 대로 가져가. 그리고 이거 입고 있어."

옷이 찢긴 것도 모르고 저렇게 벌떡 일어나서 난리를 치다니. 너 내 인내심의 한계를 측정하는 거냐? 근데 내 옷을 입은 찔찔이… 난쟁이 같다. 파란 물감만 칠하면 완전 스머프다. 큭큭큭.

택시를 태워 찔찔이를 먼저 보냈다. 아무래도 이대로 그 새끼를 살려두자니 억울하다 이거다!! 죽여 버린다!

"여보세요? 어, 나다. 대헌이 집으로 애들 다 모이라고 해. 어, 퇴원했어. 아니, 퇴원 축하가 아니라 어떤 새끼 죽을 만큼 패주고 싶어서."

윤우가 제일 먼저 달려왔다. 네놈에게 이래서 미안하다는 거다. 놈과 둘이서 간단하게 한잔하고 그쪽으로 향해 가는데… 이상하게 아까부터 익숙한 찔찔거리는 소리가 들린다. 젠장! 저건 집에 가 있으랬더니, 왜 또 여기 처박혀 울고 있는 거야!! 전화기를 부여잡은 잔디가 하루 종일 울고 또 울고 있다. 또 뭐냐? 너란 애, 이렇게 불안해서야, 후…….

"너 여기서 뭐 하나?"

놀라서 더듬거리는 찔찔이를 앞세워 걸었다. 젠장, 아무래도 오늘 승하라는 새끼를 처리하기는 틀린 것 같군. 같이 집에나 가야겠다.

그렇게 얼마를 걸었을까? 저 새끼! 뻔뻔한 낯짝을 잘도 들고 나타났다. 그 더러운 목구멍으로 술을 잘도 처먹었나 보다. 시뻘겋게 더러운 돼지 피부를 해서 어디서 저렇게 쳐다봐! 제 발로 찾아오다니… 내가 오늘 널 못 죽이면 네놈 동생이다! 근데 열받게 저 새끼 정신 못 차리고 하는 말 꼬락서니 봐라. 뭐 어쩌고 어째?

"여어~ 이게 누구야?"

네 눈에는 내가 뭘로 보이길래 그렇게 겁을 상실했냐? 덜덜 떨리는 찔찔이의 움직임이 느껴진다. 젠장, 이 새끼가 확실하다! 찔찔이가 내 앞에서 다른 놈에게 두려움을 느끼다니!

"뒈지고 싶냐?"

"훗, 넌 뭐야? 오~라, 그 대단한 동생이시군. 정말 대단한 남매야. 아, 남매가 아닌가?"

잔디의 미세한 떨림이 뚝 끊어지고… 비아냥거리던 놈의 얼굴이 확 제껴져서 바닥에 뒹굴고 있다. 모든 인내심을 다 털어 꽉 쥐었던 주먹의 근육과 뼈들이 따끔거린다. 뒹굴고 있는 새끼에게 온몸을 날려 놈을 부숴 버리고 싶었다. 저런 새끼에게 친구가 있다는 게 신기하다. 둘러싸는 놈들을 보고 수적으로 불리하다는 생각 따위는 할 시간이 없었다.

"씨발. 너지, 더러운 손 놀린 거! 오늘 너 죽여 버린다!"

역시 끼리끼리 논다고 재수없는 자식들, 한꺼번에 몰려 덤비기 시작한다. 젠장! 얼마나 때렸는지, 맞았는지 아무것도 기억나지 않는다. 다만 찔찔이가 보이고 그 뒤에 재수없는 자식들의 손이 닿으려 한다. 저리 가 있으라고 그렇게 말했는데, 정말 말 안 듣기는……. 웃기지 않냐, 윤잔디? 찢기고 피가 흐르는데도 내 몸이 아픈 것마저 모르는 이 상황에서 왜… 왜 이렇게 네 모습만은 또렷하게 보이는지……. 이대로 질질 끌려가 짓밟혀도, 저기 울고 있는 너를 보이는 것만으로도… 이까짓것 다 견딜 수 있는 이런 기분은 도대체 어떻게 설명해야 하나? 나보다 너를 본능적으로 지키고 싶은 마음. 이젠 정말이지 더 이상 부정할 수 없는 널 향한… 널… 향한… 젠장! 청승맞게 무작정 맞고만 있으려니 정말 짜증난다! 우리 여기서 빠져나가면 그땐 좀 더 솔직해지자. 네가 날 떠나 버린다고 해도, 그래도 조금 더 솔직해지자. 내가 너에게 솔직해지는 만큼, 너도 그래야 한다. 꼭…….

쿨럭! 이런, 붉은 선혈이……. 훗, 아무래도 너와 나 이루어질 수 없다고 나한테 못 박는 듯하다. 이렇게 날려드는 주먹질과 발길질이 그렇게 말하는 듯하다. 잔디야, 나 잡고 울지 마. 그러니까 꼭 날 떠

나면서 미안하다고 우는 거 같잖아. 그럼 너 엄청 재수없게 쳐다봐
줄 거야. 그러니까 그만 해.

"환아… 흑! 어떡해! 괜찮아? 환아!"

"씨발."

그만 울라니깐. 저 더러운 승하 새끼보다 내가 더 많이 널 울린 것
같잖아. 짜증나.

"대헌이 집… 알지? 길 터줄 테니까 바로 달려가서 이곳을 알려."

"어떻게 널 두고… 안 돼. 못 가."

"아씨, 가! 안 그러면 저 새끼들 오늘 안에 다 못 죽여. 알겠어?"

우는 꼬라지 보기 싫어서 보내려 했더니 어지간히 버티는군. 바보.
터준 길로 달려가는 찔찔이 뒷모습이 보인다. 쳇! 그 속도로 뛰어가
다가는 나 죽은 후에 올 거다.

얼마나 맞았을까? 젠장, 더럽게 한곳만 쳐대는군. 희미하게 바이
크의 울림이 들리는 듯하다. 눈을 떠야 하는데 부어올라 잘 떠지지
않는다. 가만히… 실눈을 뜨고 있자니 쿡! 뭐가 저리도 신이 났는지
찔찔이 얼굴이 밤인데도 환하게 피어 있다. 대헌이의 얼굴을 보니
훗, 어지간히 열받았나 보군. 그래도 상황 파악 못하는 저 승하 자식
만은 내가 죽인다.

"대헌아, 저기 니트 입은 새끼는 건들지 마. 내 몫이다."

정말 죽여 버릴 거니까 그놈은 건들지 마. 내 말을 알아들었다는
대헌이의 웃음을 보자 마음이 좀 놓인다. 온몸이 칼자국을 내놓은 것
처럼 쑤시고 아프지만, 내 주먹이 으스러질 때까지 네놈의 몸을 으깨

주마. 좀 타격이 컸는지 온몸이 아려온다. 이런, 한껏 울상을 지으며 달려온 찔찔이가 바보 같은 면상을 들이밀면서 흘러내리는 피를 열심히 닦는다. 그런 찔찔이가 안쓰러워서 그냥 가만히 있어줬다. 그런 그녀의 모습 뒤로 벌써 일을 수습하고 승하 새끼를 끌고 오는 모습이 보인다. 조금 수그러들었던 마음이 열이 퍼지듯 다시 확 치밀고 오른다. 찔찔이를 화 밀쳐 버리고 일어났다. 망할 자식, 뻔뻔한 낯짝을 들고 짜증나게 굴 때는 언제고 이젠 이렇게 나약한 모습을 보인다. 장난하냐, 너!!

"내 경고를 무시한 벌이다."

정말… 온몸에 힘이 다 빠진 듯해서 발로 냅다 걷어차 줬다.

"내가 분명히 잔디 건들지 말랬지?"

고꾸라지는 놈에게 버럭 소리를 질렀다. 근데… 이 자식 말하는 꼬라지 봐라.

"욱! 젠장, 네놈 것도 아닌데 웬 참견이야?"

이 자식이 지금 뭐라고 나불거리는 거야!! 이젠 몸이 힘들어 살짝이고 뭐고 없다. 그대로 다시 한 번 얼굴을 발로 내리찍었다. 그리고 소리쳐 주고 싶었다. 한 번도… 그런 소리 입 밖으로 편하고 시원하게 해본 적 없다고… 그래서 나도 그렇게 하고 싶다고… 그런 내 마음을 알기나 하고 그런 소리를 하는 거냐고……. 따져 묻듯 소리치고 싶었지만 그냥 입을 다물고 있을 수밖에 없었다.

정말 어이없게도 지금 내 앞을 잔디가 막아서고 있다. 왜… 도대체 왜 이러는 건데? 그 자식이 그렇게 소중한 놈이었냐? 순식간에 내 눈

앞에 검은 장막이 덮이듯 숨막히는 어둠이 몰려왔다.

"비켜!"

"싫어. 그만 해. 이젠 됐어. 그만 하라구!"

"씨발, 넌 그런 일 당하고도 그 자식을 감싸주고 싶냐?"

"그런 일 안 당했어! 그저 당할 뻔한 거지."

"씨, 어쨌거나 저리 비켜!"

"싫어. 그만 해. 죽일 작정이야?"

"나 맞은 거 안 보여? 그 새끼 몇 대 맞는 게 그렇게 가슴 아프냐? 지랄, 엿 같은 짓 하고 있네!"

"물론 승하도 잘못했지만……."

"씨, 닥쳐! 눈물나게 감동적이다. 네가 천사냐? 그래, 많이 감싸줘라. 젠장!! 이제 다시는 그런 꼴로 내 앞에 오지 마! 그렇게 결국 다 감싸줄 거면서 왜 날 찾아와서 혼란스럽게 하냐고! 씨발! 엿 같아서 못해먹겠다고!!"

순간이지만, 찔찔이가 이토록 미운 적은 없었다. 왜, 도대체 무엇 때문에 저 자식에게서 저렇게 못 헤어나오는 거야! 더 이상 하고 싶은 말도 없었고, 보기도 싫어 돌아서 버렸다.

"가자!"

"환아, 누나 데리고 가야지."

"자기 마음대로 하라고 해! 저 새끼한테 당하든 말든 난 이제 몰라. 자기 인생, 자기 마음대로 살라고 하라고!!"

"환아……."

“씨발! 닥치고 빨리 오라니까!”

그렇게 내 속 다 태우고도 그 녀석 편들었으면 됐지, 왜 또 울고 있는 건지… 정말이지 알다가도 모를 애다, 너. 널 보고 있다가 내가 미치지 않으면 사람이 아닐 거다.

어쩔 수 없이 따라오는 윤우와 친구 녀석들을 돌아보지 않고 앞만 보며 걸었다. 오토바이 뒤에 타라는 대헌이 녀석의 말을 무시하고, 계속 울고 있을 찔찔이 녀석을 상상해 봤다. 이제 다시는 상관 안 할 거라고 방금 전까지 다짐하고, 모두가 보는 앞에서 버럭 화까지 냈는데… 훗! 웃기게도 돌아서서 한 걸음 내딛는 순간, 왜 모든 화가 다 풀려 버린 채 네가 걱정이 되고, 보고 싶은 건지……. 나 정말 너한테 미쳤나 보다. 한 걸음, 한 걸음을 떼어내기가 너무 힘들다.

“야, 정말 안 타?”

“…….”

“환아.”

윤우 자식의 목소리가 말해 주는 듯하다. 참을 수 없을 만큼 내 표정에 한계가 드러났나 보다.

“내려.”

“응?”

“내리라고!”

“뭔 소리야?”

“젠장, 나 오토바이 좀 빌리자. 아무래도… 얼른!”

내 말이 무슨 소리인지 알아들었는지 눈치 빠른 자식이 씩 웃더니 선뜻 내어준다. 망설일 시간적 여유가 없었다. 그 더러운 자식이 또 무슨 짓을 할지 모르니까.

"윤우야, 대헌아, 나중에 신세 갚으마. 미안하다."

"씨, 됐어! 자식아, 이제 똑바로 좀 하고 다녀. 형님들께 보고해라!!"

웃어대는 애늙은이 자식들에게 멋쩍게 손을 들어 보이고 재빨리 걸어왔던 길을 되돌아 달렸다. 바이크 소리가 꽤나 컸을 텐데 잔디는 뭘 하는지 돌아보지도 않는다. 재수없게 눈을 땡그랗게 뜨고 있는 승하 자식이 날 보고 있다. 야~ 나 왔다라고 우는 찔찔이에게 장난스레 말을 건네려는데……. 이런, 내 귀를 의심하게 하는… 꿈속에서나 들을 것 같은 말소리가 들려온다.

"아니, 기다리지 마. 절대 너한테는 안 가. 아프고 힘들고… 결국에 나 혼자 남겨지더라도 나 계속 환이만 좋아할 거야. 환이가 날 누나로만 보고, 여자로는 보지 않더라도… 내 마음 하나도 몰라줘서 나 너무 아파지더라도… 그래도 이제 환이만 생각할래. 환이는 너처럼 날 떠나진 않을 거잖아. 곁에서, 평생 곁에서 지켜볼래. 사랑하는 것도, 결혼하는 모습도 행복하게 지내는 모습도 다 곁에서 지켜볼래. 오늘 더 많이 깨달은 건데 말야, 너무너무 좋아져 버려서 나 이제 환이한테서 벗어날 수 없을 거 같아. 모두가 동생 좋아하는 날 미쳤다고 손가락질한다고 해도, 그래도 나 이제 정말 그만둘 자신이 없어."

이거… 꿈이면 어떻게 하지? 꿈이라면 다시는… 다시는 깨지 말았으면 좋겠다. 살짝 웃어도 깨지 않는 걸 보면… 네 손을 이렇게 잡고 체온을 느낄 수 있는 걸 보면 꿈이 아니라는 거겠지! 미칠 듯이 기쁜 내 심장을, 내 마음을 어떻게 너에게 다 보여줄지……. 아니, 무엇부터 내보여야 할지……. 잔디야, 내 안에서 행복한 고민이 시작된 것 같아.

우습다. 방금 전까지는 한 대 쥐어박고 싶을 정도로 네가 미웠었는데… 너 나를 진짜 웃긴 놈으로 만들었어, 알아? 이렇게 너에게 오게 하다니… 나 혼자 쇼를 하게 하다니… 그래도 웃음밖에 나오지 않는다. 목청 다 놓고 웃어버리고 싶어. 우선 재수없는 자식에게서 벗어나야겠다는 생각에 무작정 찔찔이를 잡아끌었다. 그리고 미친 듯이 뛰는 내 심장을 진정시켰다. 집이 보일 때쯤 어디서부터 시작해야 할지 모르는 이야기를 꺼내려 조심스레… 5년이란 시간만큼 조심스레 입을 열었다. 홋!

"야!"

"그 말 신경 쓰지 마. 그렇게 심각한 거 아니야. 그냥… 그냥… 그래, 빨리 잊을 수 있는 감정이야. 진지한 거 아니였어. 그냥… 호기심 같은 거였어. 그래… 그런 거였어."

잔뜩 긴장해서 붉어진 표정으로 안쓰럽게 말하는 모습이 왠지 너무 귀여워 보인다.

"죽어도 못 잊을 것 같단 표정인데?"

"아니야. 다 잊을 수 있어. 난 원래 슬픈 마지막은 싫어하거든. 그래서 시작도 안 해. 너무 가슴이 아파서 그런 거 못해. 그러니까 걱정 마. 어차피 너에게 껌으로도 보이지 않던 나잖아. 그냥 평소처럼 아무릏지 않게 지내면 돼. 오늘 말은 못 들은 걸로 하고……."

더 붉으락푸르락해진 얼굴. 쿡쿡~ 찔질이답다. 뒤돌아서는 너에게 무슨 말을 어떻게 해줘야 할까?

"못 잊을 거 같아. 네가 아니라… 내가 못 잊을 거 같다."

이렇게 피곤하고 졸음이 몰려오는데도, 날 믿지 못하겠다는 네 표정 보니까 꼭 안고 자고 싶어지잖아. 조금만 기다려. 이제부터 네가 다 믿을 수 있게 하나하나 다 고백할게. 그런데 지금은 너무 떨리고… 지치고… 꿈만 같아서 무슨 말부터 시작을 해야 할지…….

윤잔디! 단 한 마디면 안 되려나? 지난 5년간 단 한 순간도 바보 같고, 멍청하고, 병신 같은… 뭐 가끔 귀엽긴 해도… 아무튼 그런 너를, 너란 사람을 사랑하지 않은 순간이 없었다고… 그 한마디면 다 설명할 수 없으려나?

젠장. 젠장. 젠장. 젠장! 결국 한숨도 못 잤다. 눈이 마구 아려온다. 수면 부족으로 나 쓰러지면 어째? 아웅~! 그래도 우선 잠들지 않았으니, 어제의 일이 꿈이 아니라는 것은 확실하다. 헉! 그런데 환이 얼굴을 어떻게 봐야 할지. 부끄럽잖아. 우으응~

드디어 해가 떴다. 쿠후후후후. 이제… 어제 하지 못한 말들을 모조리 해야 하는 시간이 온 것이다. 일어나서 얼른 수건을 들고 씻으러 가려는데, 헉! 환이가 방문을 열고 나오는 소리가 들린다. 이런, 나갈 수가 없잖아. 부끄럽잖아. 그, 그래 우선 일보 후퇴닷! 나는 다시 침대 속으로 들어가서 환이의 움직임에 귀를 기울였다. 곧 욕실 문이 닫히고 물 흐르는 소리가 들려온다. 쏴아~ 기분 좋게 흐르는 물소리. 후후~ 내 기분까지 씻기는 듯했다. 음, 좋아. 그런데 갑자기 내 코끝으로 상큼한 비누 냄새가 밀려온다. 뭐지? 뭔가 몸이 추워지는 듯하기도 한데? 귀찮아서 눈도 뜨지 않고 허공을 마구 손으로 저어댔다. 이눔의 이불은 도대체 어디로 간 건지, 아무리 찾아도 이불이 없다. 뭐시냐, 이거? 어디로 간 거야!!

귀찮고 무거운 눈꺼풀을 뜬 순간! 나는 굳어버렸다. 밝아야 하는 밖은 어느새 어둠이 짙게 깔려 있었다. 어두운 내 방 안에 환이가 있었다. 침대 밑으로 떨어진 이불을 주워 내게 덮어주려다가 나와 눈이 마주쳤나 보다. 아주 아니꼽게 나를 내려다보고 있었다.

"깼냐?"

"어, 어떻게 된 거야?"

"뭐가?"

굉장히 골이 난 듯한 표정이 그 어둠 속에서도 적나라하게 보였고, 말투도 엄청 빈정댔다. 뭐냐? 내가 뭘 잘못했다고 또 심통이냐, 이눔아?!

"지금 몇 시야?"

"8시. 오후 8시다. 아예 영원히 자지 그러냐?"

쿨럭! 이눔, 아무래도 내가 이야기하자고 해놓고 자버려서 심통이 났나 보다. 나도 미쳤지. 그새 자버리다니……. 아마 규칙적인 샤워기의 물소리에 나도 모르게 잠이 들었었나 보다.

"미안."

"됐어. 자!"

됐다는 놈이 왜 그리도 이불을 거칠게 던지는지. 속 좁은 벤댕이 자식! 그리고 또 자라니? 내가 개구락지냐? 동면하듯 잠만 퍼질러 자게!! 그래도 내가 지은 죄가 있으니… 흠흠!

"화, 환아."

나가려던 환이가 돌아보며 아니꼽게 대답한다.

"왜?"

왜, 왜긴? 이눔아, 얘기하기로 했잖아.

"저, 저기… 어제 하려던 얘기……."

"네가 자빠져 잤잖아. 누가 자래?"

"미안."

쓰불! 내가 누구 땜에 어제 잠도 못 자고 새벽에야 잠들었던 건데! 내게 빽 소리 지르고 밖으로 나가던 놈이 열려 있던 방문을 닫고는 다시 침대로 돌아왔다. 그리고는 털썩 내 침대 아래에 자리 잡고 앉는다.

"다 잤냐?"

끄덕끄덕! 최대한 신속하고 귀엽게 고갯짓을 해줬다. 므흐흐~

"무슨 얘기 하고 싶은데? 너 물어보고 싶은 게 있을 거 아니야?"

"어제 했던 말, 진심이야?"

"무슨 말?"

헉! 이 자식이 지금 날 가지고 놀아? 살짝 고개를 들어 놈을 봤더니… 오, 갓!! 역시나 나를 보고 빙글거리며 웃는 놈의 얼굴에 장난기가 덕지덕지 붙어 있다 못해 스멀스멀 기어다니고 있었다.

"아… 그, 그거 있잖아. 못… 잊는단 거…….."

"뭘?"

"나 좋아하기는 하는 거냐?"

"응."

헉! 열불나서 홧김에 물었는데, 그렇게 당당하게 대답해 버리면 어케! 도대체 부끄러움이라고는 티끌만큼도 없는 녀석이다. 그, 그래도 좋아한다지 않냐? 클클클~

"그, 그럼 정화는 왜 사귀는 건데? 나 좋아한다면서 왜 정화랑 사귀어?"

"웃긴 녀석, 그럼 너는 나 좋아한다면서 왜 숨기려 했는데?"

헉! 그, 그거야, 너랑 나는 남매니까. 그리고 네가 날 안 좋아하는 줄 알았으니까. 내가 그런 말 하면 어디로 달아나 버릴까 봐서… 떠나 버릴까 봐서……. 대답을 못하고 우물거리는 나를 보며 환이가 선수쳐서 말을 꺼낸다.

"말 못했던 이유들 너랑 같아. 그리고 정화와 사귄 것도 그것 때문이었어. 젠장, 빌어먹을 기집애가 내가 너 좋아한단 거 가지고 치사하게 협박하는데 안 사귀고 어쩌냐? 확 죽여 버릴 수도 없고… 다 너 때문이야!"

"그, 그게 왜 나 때문이야? 네가 나 좋아하는 거 덜미 잡힌 네 탓이지. 허술한 놈!!"

"병신. 그 새끼 때문에 네가 그날 울었잖아! 그게 무슨 청승이냐?"

"으잉? 그게 무슨 소리야?"

모를 소리를 지껄여 대는 환이에게 되려 큰소리를 쳤고, 그렇게 환이가 정화와 사귀게 된 열받는 사연을 들었다.

기억들하는가?! 내가 승하와 승하의 여자 친구를 마주친 때를……. 나도 모르게 눈물 흘린 사건. 제기랄, 나도 미쳤지. 그런 자식 때문에 울다니……. 눈물이 아깝다! 그때 환이가 나를 봤었단다. 그리고 윤우와 티격태격하다가 정화 기집애에게 정통으로 걸렸단다. 웃긴 녀석, 누가 그걸 걸리래냐? 다 네 탓이지, 악마 놈아! 쳇, 투덜투덜… 가만… 헉! 그, 그런데…

"뭐? 윤우가 알아?"

"어."

"언제부터?"

"너 그 자식 못 잊는다고 지랄할 때부터."

"그, 그럼 그때 사랑하는 사람 생겼다는 게… 정화가 아니라! 그래서 윤우를 그렇게 팼냐?"

"누가 패? 그냥 한 대 쥐어박아 준 거지."

"한 대 쥐어박았는데 얼굴 여기저기에 멍이 드냐?"

"아, 몰라."

수줍은 듯 고개를 돌려 버리는 악마의 모습을 보고 있으려니 괜스레 웃음이 난다.

"그럼 이제 정화랑 헤어질 거야?"

"당연하지."

당연하지… 그래, 거기까지는 너무 기분 좋은 말들이었다. 하지만

그 뒤로 해결해야 할 문제들은 우리 둘 모두를 아프게 하는 문제들이
다.

"그럼… 우리 어떻게 되는 거야?"

아주 조심스레 물었다. 왜냐하면 우리는 서로 사랑해서는 안 되는
사이니까… 평범한 연인들처럼 그렇게 사랑을 나누면 안 되는 사이
니까… 서로에 대한 애끓는 마음 모르고 지나쳐야 덜 힘들었을 사이
니까 말이다.

"어쩔까?"

어쩔까라… 훗, 실망스러움이 거침없이 밀려든다. 환이는 세상을
싫어하는 사람 중 하나다. 그래서 어쩌면 세상 따위… 그곳에 사는
사람들 이목 따위… 모두 상관 않고 그냥 밀어붙이면서 내게 아무 걱
정 말라고 해줄 줄 알았는데……. 어쩔까라는 미묘한 대답은 괜스레
내 마음을 아프게 한다.

"훗, 글쎄……. 그냥 모른 척할까? 그냥 너 슬희처럼 괜찮은 애 만
나고, 나도……."

"그러니까 널더러 병신이라고 하는 거야."

그래, 나 병신이다. 그래도 어떻게 할 방법이 없잖아.

"너 정화나 학교 애들한테 뭣 같은 소리 들어도 참을 수 있어?"

"응?"

"견딜 수 있냐고. 저희 마음대로 나불거리는 말들 다 무시하고, 지
금 네 마음 안 변할 정도로 강해질 수 있냐고."

너무 힘들 거야. 친구들이 날 돌았다고… 우리 관계 지저분하고 더

럽다고… 날 떠나 버릴 수도 있고, 미쳤다고 손가락질할 수도 있겠지? 그래도 있잖아, 세상을 다 등진다고 해도 나 지금 이렇게 네가 내 곁에서 조용히 속삭이는 게 너무 행복한걸…….

"…응."

모두를 적으로 만드는 듯한 생각에 나도 모르게 눈물이 나려고 한다.

"또 우냐? 그만 좀 울어라. 후…"

어느새 가까이 다가온 환이가 가만히 목을 끌어당겨 안아준다. 다시금 느껴지는 환이의 심장 박동에 나도 모르게 안도감이 흘러든다. 그런데 너 갑자기 이렇게 다정하게 대하면 적응이 안 되잖아! 그, 그래도 좋긴 하다. 흐흐~ 죽지만 말아다오! 엉뚱한 생각으로 가득한 내 머리 위로 환이의 차분한 목소리가 들려온다.

"그것만 견뎌. 지금 부모님은 해외로 나가시는 거 고려 중이시니까, 아마 둘이 지내게 될 거야. 당분간 부모님 걱정은 안 해도 될 거야. 네가 학교에서만 잘 견디면 돼. 많이 힘들겠지만, 내가 할 수 있는 데까지는 아프지 않게 도와줄게."

힘있는 환이의 팔을 거두어내고, 가만히 환이를 쳐다봤다. 진지한 게 이때까지 보아온 장난 심하고 무뚝뚝하기만 하던 그런 환이가 아니었다. 괜히 투정을 부리고 싶어지는 믿음직스러운 모습, 그런 모습 앞에서 그저 가만히 고개를 끄덕여 줬다.

"뒷일… 우리 뒷일은 나중에 생각하자. 젠장, 지랄같이 머리 아파지겠지만, 엿 같은 놈들 때문에 너 우는 거 보는 것보단 이게 나을 것 같으니까.”

　장대한 고백이 아니어도 좋다. 이렇게 지금만 생각하는 그라도 좋다. 내가 슬픈 걸 무엇보다 싫어한다면, 네가 날 떠나면 내가 죽도록 슬퍼할 것도 알 테니……. 절대로 나를 떠나지 않을 거잖아. 그걸로… 그 말로 충분해. 그런데 엄마, 아빠가 외국에 가신다고? 저, 저기 그럼 우리 위험하지 않을까? 크훗!

　그렇게 우리의 비밀스런 사이는 시작이 되었다. 크흐흐. 스릴있어 좋다! 아침에 난 무장에 또 무장을 해야 했다. 지금은 내가 환이의 기에 눌려서 이렇게 어리버리 어영부영 바보가 되었지만, 나도 한때 잘나가던 시절, 싸가지의 절정을 누릴 때가 있었다 이거야!! 각오해라, 정화 기집애!!

　당당한 발걸음으로 집을 나서자 환이와 윤우가 서 있었다. 후후. 그래, 다시 돌아온 거다. 환이 악마와 악마군단 사이에 말이다.

　“여어~ 잔디 누나! 하루 사이에 더 이뻐지신 거 같아요~”

　역시 맘에 드는 윤우 자식! 그런데 능글거리며 환이와 나를 번갈아 보는 것이 어째… 부끄럽다. 그렇게 우리는 무척이나 오랜만에 나란히 등교를 했다. 활짝 핀 얼굴로 과방에 들어서자 정화 기집애가 앉아 있었다. 우리를 쳐다보는 시선이 까무러칠 정도로 놀란 듯했고, 단단히 뿔이 난 것 같았다. 쳇! 네가 그렇게 째려보면 어쩔 건데, 응? 쿠헤헤! 덤벼! 덤벼!

　“나랑 얘기 좀 해.”

　아니나 다를까, 환이에게 달려와서는 으르렁거린다. 저러고 싶을까? 협박까지 해서 싫다는 사람과 사귀다니……. 쯧쯧, 안타깝다.

환이가 기다렸다는 듯이 일어서길래 나도 덩달아 일어나려 했지만, 환이의 왼손이 지그시 나의 어깨를 눌렀다. 짧게 고개를 흔들어 혼자 가기를 원했다. 무장을 하고 온 터라 조금 아쉽기는 했지만, 그래도 이번 일은 환이에게 맡겨두는 게 좋을 듯싶어서 그냥 윤우와 과방에 남기로 했다.

모두들 둘이 사귀는 사이니 함께 나가는 것을 대수롭지 않게 여겼다. 하지만 약 30분 정도 후, 옆 강의실에서 들려오는 찢어지는 고함 소리에 놀라 서로의 얼굴을 마주 보기 시작했다.

"어머, 이게 무슨 소리야?"

"정화 목소리 아니야?"

윤미와 친구들이 그 소리에 놀라서 웅성거리며 일어나려 했다. 하지만 윤우와 나는 그 자리에 못 박힌 듯 앉아 책상만 멀뚱히 바라볼 뿐이었다.

"잔디야, 어서 가보자. 뭔 일이 났나 봐."

윤미가 나를 재촉했지만, 가고 싶지 않았다. 곧 내 친구들과 정화의 친구들이 과방을 나섰고 계속 울부짖는 정화의 목소리가 내 귀에서 맴돌았다. 환이에게 욕을 퍼붓고 있었다. 내 이름도 간혹 들려오는데… 아직은 여기까지 그 소리가 적나라하게 들려오지 않는다. 당장 여기를 벗어나고 싶다. 저들이 없는 곳으로 가고 싶다. 어제까지만 해도 이렇게 심각한 기분이 들지는 않았는데……. 아무래도 내가 너무 쉽게 생각한 거 같다. 벌써부터 두려워 눈물이 날 것만 같은데…….

그때 과방으로 환이가 들어왔다.

"나가자."

"…환아."

"벌써부터 그러면 어쩌려고 그래? 일어나. 나가자. 윤우야, 우리 다음 강의 빠진다."

"그래. 어서 가봐요, 누나."

후들거리는 다리. 이제 곧 내 친구들마저 나를 외면하리라는 생각에 두 다리에 힘이 들어가지 않는다. 하지만 옆에서 날 일으키는 환이를 봐서 힘을 내야겠지? 겨우 환이의 손을 잡고 과방을 나선다.

"누나, 전 누나랑 환이 편인 거 알죠?"

선한 웃음을 내게 보여주며 한마디 해주는 윤우가 얼마나 고맙던지……. 하지만 고맙다는 말조차 할 수 없었다. 당장 울음이 복받쳐 오를 것 같아서……. 몇 걸음 옮기던 환이가 갑자기 멈춰선다.

"귀 막아."

정화가 있는 강의실이 가까워 오자 친구들의 웅성거림이 커졌다. 그러자 환이가 걱정스런 얼굴로 내게 말한다.

"아니, 됐어. 막고 가린다고, 들리지 않고 보이지 않는 게 아니잖아."

"괜찮아?"

"…응."

벌써부터 걱정만 시켜서 미안해. 환이가 잡았던 내 손에 더 꽉 힘을 준다. 열린 문으로 정화가 주저앉아 우는 모습이 보이고, 그 주위에 빙 둘러싼 내 친구들… 아니, 내 친구였던 애들이 있다. 나와 환이를 발견한 정화의 친구들이 거칠게 내뱉는다.

"미친 것들!"

"불결해!"

"불결은 무슨! 지저분의 극치지. 쟤들 뭐니? 학교에서도 저러고 싶대?"

"정화야, 미친개한테 물렸다고 생각해."

"그래, 같은 집에 산다면 볼장 다 본 거 아니겠어? 그동안 저 기집애도 호박씨 깐 거지. 저 새끼도 저 기집애한테 그 짓거리 배운 거 아니겠니?"

온몸이 부들부들 떨려온다. 서로를 조심스레 사랑한다는 걸 이제 막 알았는데, 저런… 저런 소리를 들어야 한다니……. 피 한 방울 섞이지 않은 남자와 여자가 서로 사랑하는 것뿐인데 왜 더럽다는 말을 들어야 하고, 왜 하지도 않은 짓을 오해받고, 더러운 행위로 욕먹어야 하냔 말야. 단지 호적이란 종이 때문에… 인간이 만든 턱없이 불완전한 법이란 둘레 때문에 왜… 왜 이렇게 구애받고 괴로워해야 하는 거야! 나도 모르게 눈물이 마구 흘러내렸나 보다. 나를 끌고 건물을 나가는 환이의 걸음이 빨라졌다. 이렇게 울리려고 한 게 아닌데……. 벌써부터 환이를 힘들게 하는 것 같아서 마음이 너무 아프다.

조용한 음악이 깔린 카페로 들어왔다. 환이는 칸막이가 높은 구석

자리로 나를 끌고 가 앉힌다. 그제야 크게 숨을 내뱉은 환이가 털썩 내 옆에 주저앉아 가만히 내 손을 쥐어준다. 따뜻한데… 이렇게 따뜻한 손인데… 왜 이렇게 마음이 시린지……. 울음을 그치지 못하고 내가 계속해서 눈물을 흘리자 환이가 주문을 서둘렀다. 그리고 고소한 차 향이 날 때쯤, 너무 다정하게 내게 묻는다.

"안아줄까?"

너무 따뜻한 손과 말에 나는 그저 연신 고개를 끄덕였고, 환이는 아무 거리낌 없이 나를 안고 아기를 다독이듯 내 등을 가만히 쓸어주었다.

"울지 마. 너 이렇게 울리려고 좋아한 거 아니야. 네가 계속 우니까 내가 너 울리는 나쁜 놈 돼버리잖아."

아냐, 아냐! 너 나쁜 놈 아니야!! 그 와중에도 나는 바보처럼 연신 고개를 절레절레 흔들어댄다. 내가 생각해도 어이없다. 이건… 절대 환이 탓이 아니니까. 엄마, 아빠의 탓도 아니고, 그렇다고 친구들의 탓도… 그 누구의 탓도 아니다. 우리가 서로 사랑하게 된 것이 잘못일까? 그럼… 우리 탓인 건가? 그것도 아니라면 도대체 누구 탓이야? 누구 탓이길래 …누구의 잘못이기에 우리가 이렇게 힘들어야 하는 거야? 환아, 너랑 나 아무래도 전생에 너무 나쁜 사람이었나 봐. 그치? 그러니까 이렇게 사랑하는 것조차 허락받지 못하는 그런 인연이 되었지. 훗, 이럴 줄 알았더라면… 이곳에서 널 만나 이렇게 사랑하게 될 줄 알았더라면… 나 전생에 조금 더 착하게 살 것을… 널 만날 줄 알았더라면 그럴 것을……. 사랑하면 누구나 시인이 된다고 한다. 이런, 윤잔디! 평생 못해볼 시인 노릇도 해보는구나. 영~ 쑥스럽구만.

"넌 그런 말 들으면 속 안 상해?"

환이의 품에서 눈물을 닦으며 조심스레 나오면서 물었다. 그랬더니 환이의 표정이 갑자기 딱딱하게 굳는다. 그리고 아주 살벌하게 기가 막힌 대답을 한다.

"젠장, 당연히 열받지! 그것들이 뚫린 주둥이라고 함부로 나불거려! 죽었어! 제길, 아무것도 모르는 너 가르치려니 막막한데 뭐가 어째? 누가 누구한테 배워? 다음에 걸리면 그것들 가만히 안 둬!!"

이, 이봐, 학생. 도대체 뭘 가지고 열을 내고 있는 거야? 열받은 이유가 왜 그 딴 거야? 그리고 날 가르친다고? 쩌비쩌비! 오늘부터 방문 단속할 테닷! 내 표정의 의미를 알기라도 한 듯 가만히 머리를 쓸어주던 환이가 조심스레 말을 잇는다.

"서로 사랑하는 게… 얼마나 어려운 줄 알아?"

"얼마만큼?"

"우주에서 실 하나를 떨어뜨려서 그 실이 땅에 있는 바늘구멍에 끼워지는 것만큼 어려운 일이래."

"객! 그렇게 치면 세상에 사랑하는 사람 하나도 없겠다."

조금 기운이 난 듯한 목소리로 대꾸하는 나를 보며 오랜만에 환이가 따뜻하게 웃는다.

"그래, 그만큼 힘든 일을 우리가 해낸 거야. 그러니까 오늘 있었던 일들도 다 별거 아닌 거야. 다 이겨낼 수 있는 거라고."

끄덕거리며 수긍할 수밖에 없었다. 이눔, 다 컸구나! 장하다, 환아!

"너 시간표 줘봐."

"응? 그건 왜?"

"너 이제부터 친구 없을 거 아냐. 밥은 혼자 먹을 작정이야?"

자, 자상하긴. 흑!

"음, 나랑 같이 듣는 강의는 상관없고, 같은 수업 아닌 날이 꽤 되는데 어쩌지?"

내 시간표를 한참 들여다보며 머리를 열심히 굴리는 환이를 보고 있자니 이 심각한 분위기에 웃음이 나기도 하고, 너무 행복해지기도 한다. 미쳤다고 손가락질할지 모르지만… 겪어봐라! 사랑하는 사람이 나를 위해 저렇게 열심히 고민해 주는 모습을 보고 어찌 행복하지 않을 건지……. 행복해서 미치겠다!

"야! 넌 남이 이렇게 심각하게 고민하고 있는데, 바보같이 실실거릴래?"

"아, 괜찮아. 혼자 들으면 되지. 그리고 수업 마치자마자 너한테 가면 되잖아."

"너 혼자 들을 수 있어?"

"야! 내가 애냐? 강의 하나 혼자 못 듣게?"

"킥~ 너 애잖아. 툭하면 찔찔 짜는 못생긴 애. 아냐?"

이 쉑!

"야!!"

"큭큭. 농담이고 나 수업 있는데 너 없으면 그때는 뭐 할 건데?"

"지, 집에나 가지 뭐."

"거 봐. 대책없긴."

"쳇! 혼자 있어도 된다 뭐!"

이거 완전히 애 취급이네.

"안 돼. 그 엿 같은 것들이 와서 지랄할 거 아냐!"

"그, 그럴 수도 있겠다. 근데 넌 뭐가 그리 엿 같은 게 많아? 엿 안 같은 사람이 있긴 하냐?"

"너."

오, 오매. 갑자기 온몸에 닭살이 쫘~악 휘감기는데… 기분은 좋다. 큭큭!

"넌 병신이잖아. 킥킥킥."

매번 느끼는 거지만 참 정들기 힘든 놈이다. 잘생긴 거 아니면 진작에 때려치웠다. 쿨럭! 절대 진심 아니다! 진짜 아니라니깐!

"에이씨, 안 되겠다. 그냥 너 공강 시간에는 나 따라서 내 수업 들어와라."

"미쳤어? 작년에 들었던 걸 또 들으라고? 게다가 교수들도 내 얼굴 다 안단 말이야."

"어쩔 수 없잖아. 재수강한다고 거짓말하고 그냥 들어와."

"안 돼! 내 이름 특이해서 다 안단 말야. 흑!"

"젠장, 그러게 누가 잡초 이름 따위는 지으랬어?"

자, 잡초! 이보게 젊은이, 잡초라니! 어엿한 잔디를……. 크흑~ 너 진짜 얼굴만 아니었음 진작에 관뒀다! 결국 우리는 뾰족한 해결책을

찾지 못하고, 그저 모락모락 김이 피어오르는 커피 잔만 바라보고 있
었다. 그때 다급하게 환이의 폰이 울린다.

"여보세요?"

"응. 알았어. 그래… 그래, 갈게."

전화를 받는 중이나 끊고 난 후의 모습 모두… 우울해 보인다.

"왜? 누군데?"

"윤우. 두 번째 강의 빠지지 말고 들어오라고. 어쩔래?"

"어쩌긴. 이제 들어가 봐야지."

"이번 시간은 너랑 나 다른 수업이야. 혼자 들을 수 있겠어?"

"훗, 나 애 아니라고 했잖아."

솔직히 불안하다. 혼자 앉아서 강의를 듣는 거야 뭐가 무섭겠냐만
은… 내가 들어서자마자 웅성거릴 강의실 하며, 내 친구들의 따가운
눈총, 정화와 그 친구들의 욕설. 남의 이목 따위는 두려워한 적이 없
었건만 오늘따라 왜 이렇게 불안하고 두렵기만 한지……. 그들의 눈
빛만큼이나 두려운 건, 내가 버티지 못하고 울며 뛰쳐나오지나 않을
까… 하는 것이다. 견딜 수 있을까? 후…….

학교로 다시 향하는 내 모습이 무척 표나게 상기되어 있었나 보다.
갑자기 환이가 나를 잡고 그 자리에 선다.

"왜?"

"그렇게 도살장에 끌려가는 표정 지으려면 나랑 그냥 집에 가자."

"……."

정말… 정말 나도 그러고 싶어. 하지만 이러다간 나 학교 포기해

버릴 것 같아. 그러면 안 되잖아. 무조건 피한다고 오늘 두려워하는 일이 내일 두려워지지 않는 것도 아니고.

"아니… 갈래. 그것들 까불면 머리통을 깨버리지 뭐!"

전적이 있으니… 흐흐흐~ 억지스럽게 보이니? 환아, 난 네가 없는 강의실에서도 지금처럼 당당하게 있을 수 있을지 걱정이야. 네가 없는 곳에서는 기죽어 버려. 언제가 내 옆에서 네가 지켜줬으면 좋겠어. 나도 모르게 내 손에 힘이 들어갔고 그런 내 손을 더 세게 쥐어주는 환이에게 웃어 보였다. 그리고 아무렇지 않게, 아니, 아무렇지 않은 척하며 강의실로 향했다. 강의실 앞에 도착하자 아까보다 더 심하게 떨려온다.

"괜찮아?"

"응. 어서 가. 곧 강의 시작해. 수업 마치고 기다려!"

걱정하는 환이를 뒤로하고 당당하게 강의실 문을 활짝 열었다. 아니나 다를까, 순식간에 모든 이들의 시선이 집중되었다. 약간 시끄럽던 강의실이 일순간 침묵하더니… 곧 쏘아보는 시선이 나에게 꽂히고 자기들끼리 웅성거리기 시작했다. 저 끝에서 내 친구였던 그녀들이 나를 냉정하게 쳐다보고 있다. 순간 머리 속이 백지처럼 하얗고 멍해진다. 지금 나가 버리면 환이가 있을까? 환이한테 가버릴까? 복잡한 심정에 떨리는 몸. 하지만 이대로 나갈 수는 없다. 나는 아무 잘못이 없기에… 저런 눈총을 받을 잘못을 하지 않았기에… 여기서 죄인처럼 도망갈 이유가 없다. 나를 추슬러 천천히 구석 자리로 가서 홀로 앉았다. 훗, 대학이라는 곳에서 왕따라니… 너무 웃긴다, 윤잔디.

일 분이 한 시간처럼 느껴지는 듯한 가시 방석에서 강의를 들었다. 제기랄! 두 시간 연강의 시간인데……. 평소에 잘 쉬지도 않던 교수가 오늘은 저렇게 지껄인다. 미워!

"아, 날도 차고 모두들 피곤해 보이는데 한 십 분 쉬었다가 할까?"

지룰하고 있군! 쉬긴 뭘 쉬어! 젠장. 다들 기지개를 켜고 일어서지만, 나는 그냥 그 자리에 앉아 있었다. 역시… 정화 패거리 애들이 하나둘씩 내가 앉은 뒷문 쪽으로 오고 있었다. 망할 것들아, 에비~ 저리 가!

"어머, 뻔뻔한 거 봐."

"신성한 교실에 저건 뭐냐?"

"미개인 아냐? 나이는 22개나 먹어가지고 기본적인 법도 모르나 봐."

"안 봐도 뻔하지 뭐. 쟤네 집안이 그 모양 그 꼴이니 오죽하겠어?"

"맞다. 쟤 엄마 없이 자랐지? 쿡쿡! 역시 비정상저인 가정은 뭐가 문제든 문제라니까!"

저것들이 뭐라고 지껄이는 거야? 왜… 왜 죽은 엄마까지 들먹이는 거야? 처음이다. 난 가정에 대해 이렇게 수치스런 욕을 들은 적이 없다. 엄마 없는 딸이라고 헛보이지 않으려 엄하셨던 아빠만큼 나도 열심히 생활했다. 사랑이라는 걸 하는 게 뭐가 그리 큰 죄라고 죽은 엄마까지 저렇게 들먹이나… 씨발, 엿 같아. 환아, 진짜 엿 같아! 젠장!

터질 듯한 눈물을 참으려고 입술을 세게 깨물었다. 나도 욕하고 뛰어나갈 거야. 이딴 곳에 더러워서… 더러워서 못 있겠어.

"씨발, 옛 같네. 어디서 개들이 짖고 지랄이야!!"

"……."

내 마음 속에 있던 말들이 누군가의 입에서 대신 나오고, 눈물이 흐르려고 하는데 내 머리 위로 익숙한 향기의 외투 하나가 자리한다. 눈물로 가득 차버린 눈을 들어 돌아보니 언제 왔는지 환이가 잔뜩 화난 얼굴로 기집애들을 노려보며 엄포를 놓고 있었다. 순식간에 움츠러든 그 애들을 향해 내 다른 옆 자리에서 누군가 또 소리친다.

"여기 개판이네! 왜 이렇게 멍멍거려? 머리에 든 것도 하나 없는 것들이 짖을 줄만 알면 다야?"

윤우다. 평소에 서글서글 착하던 녀석이 인상 쓰며 엄포를 놓으니까 환이보다 더 무섭다. 기집애들이 마구 노려보더니 끽 소리도 못하고 가버린다. 내 책 위로 뚝뚝 눈물이 떨어지자 따뜻한 환이의 손길이 내 머리로 전해진다.

"내 이럴 줄 알았다니까. 그러니까 집에 가지고 했잖아."

눈물 때문에 대답도 못하고 그냥 고개만 냅다 저었다. 마음으로만 간절히 부르고 있었는데, 어느새 내 옆에 달려왔다. 그것도 내가 해주고 싶던 말들을 겁없이 던져 준 환이가 당장 껴안아주고 싶을 정도로 고맙지만… 그랬다가는 수습할 수 없을 정도로 분위기가 살벌해질 것 같기에 그것은 차후로 미루기로 했다.

"누나, 울지 마요. 이제 방학도 얼마 안 남았으니까 조금만 참아요. 네?"

“응. 고마워, 윤우야.”

그렇게 환이와 윤우는 내 양쪽에서 교수님이 들어오실 때까지 보호하듯 있어주다가 갔다. 한두 살 먹은 애도 아니고, 나 진짜 초라하군.

그렇게 강의가 끝났다. 나는 서두르지 않고 천천히 일어날 준비를 했다. 젠장, 이젠 친구였던 애들의 공격이 오려나 보다. 갑자기 다들 일어서더니 나갈 생각은 않고 내 주위에 몰린다. 그래, 할 테면 다 해. 다 하라고!

“너… 너무 한 거 아냐?”

윤미가 내 옆에 멀뚱히 서며 한마디 던진다. 한마디 대꾸도 못하고 그냥 책을 주섬주섬 가방 속으로 집어넣었다. 어서 환이가 와주길 바라면서…….

“이젠 말도 씹을 거야? 야, 윤잔디!”

버럭 고함치는 윤미의 소리에 이런, 쪽팔리게 움찔했다.

“무슨 말이 듣고 싶은데? 뭐가 너무하다는 건데? 왜? 너희도 내가 더러우면 모른 척해. 아니면 같이 욕을 하든지. 비켜줄래? 나 나가야 해서…….”

나는 쪽팔림을 만회하려는 듯 자리를 박차고 일어나 윤미와 친구였던 그녀들을 당당하게 노려봤다. 하지만 속은 무지하게 떨리기도 하고, 설움이 올라와서 목이 메인다. 한때 친구라고 생각했던 애들이 왜 이러는 건지 하는 생각에 내가 더 비참해져만 간다. 환이에게 배운 싸가지로 윤미를 밀치고 나갔다.

"야, 윤잔디! 너 우리를 친구로 생각하기는 한 거야? 그렇게 환이 뒤에 숨으려고만 하지 말고, 뭔가 우리에게 의논이란 거 할 수 없었어? 우리는 그런 힘든 일에 대해 의논 상대도 안 되는 그런 애들이었냐? 우리를 그렇게 나쁜 친구로 만들지 마! 그럼 너 진짜 나쁜 기집애야!"

흑! 유, 윤미야…….

"어떻게 우리한테 한마디도 없이 그렇게 앙큼한 짓을 저질러?"

"그래, 그래. 조금 얄미워서 노려봤더니 쫄아가지고 혼자서 여기 앉은 거 봐. 야, 윤잔디! 너 우리를 그렇게 속없는 년들로 본 거야? 실망이다!"

흑! 우앙~ 애들아!!

"기집애, 또 울려고 하는 거봐."

"어휴, 환이도 눈이 삐었지. 야, 너 복 터진 줄 알아. 환이가 그래도 네 동생이었으니 널 좋아해 주는 거지, 아니었으면 넌 환이 시선도 못 받았을 거야!"

흑! 뭐라고 해도 좋아. 맘껏 욕해, 애들아!!

"으이구, 기집애."

순식간에 나는 내… 내 친구군단! 그녀들에게 둘러싸였다. 생각지도 못한 감격에 울어대는 내 머리를 신나게 두들기던 그 기집애들은 때리고 나서 미안한지 다들 달려들어 안아준다. 정말… 괜찮은 기집애들인데 내가 미리 겁먹고 그녀들을 외면했나 보다. 미안… 미안해, 친구들아! 우엥~ 흐흐흐. 부럽냐? 그럼 댁들도 학교 생활 잘해라.

그렇게 또 청승맞게 울며 친구들에게 둘러싸여 나오는 나를 언제 왔는지 환이가 이쁘게 웃으며 기다리고 있었다. 헤헤~ 그런 이쁜 놈에게 최대한 귀여운 표정을 살려서 겸손의 V를 날려줬더니, 어이없어하며 웃는 환이와 윤우가 보인다. 그래, 지금… 정말 딱 지금만큼만 앞으로도 우리 행복했으면 좋겠는데… 그치, 환아?

며칠 동안 우리는 여러 사람들에게 눈총도 받고, 부러움도 받으며 조금씩 연인으로 인정받아 가고 있었다. 이젠 환이도 전처럼 재수없게 땍땍거리고 싸가지없게 굴지 않는다. 음하하!

"뭐 해?"

주말이 좋은 이유는… 약속을 잡고 어디 나가서 방황하지 않고도 이렇게 좋아하는 사람과 한 공간에 있을 수 있기 때문이다. 후후~

"응. 다음 주까지 낼 리포트 자료 좀 찾아보고 있어."

내가 컴퓨터 앞에 자리를 잡은 지 한 시간쯤 후에 환이가 찾아왔다.

"다 찾았어?"

슬슬 다가와 내 등 뒤에 서서 고개를 숙이며 모니터를 보는 환이. 가, 갑자기 그렇게 가까이 오면 기, 긴장되잖아! 방금 세수라도 하고 나온 것인지 우리 집 우유 비누 향이 내 긴장된 코끝을 야릇하게 자극한다. 커헉~ 나 코피나려고 해! 내가 한참 변태적인 생각에 가득 차서 옴짝달싹못하는데 환이는 아무렇지 않은 듯 말한다.

"아! 나 이거 전에 자료 찾아놓은 거 있는데, 줄까?"

아, 아쉽다. 뭐 괜히 비누 향에 자극받아서 혼자 쇼했지. 그, 그래도 전에 네 녀석이 나에게 가르칠 게 많다고 해서 잔뜩 기대… 아, 아니, 긴장했단 말야. 젠장.

"어. 그, 그래?"

눈치없는 놈. 환이가 먼저 나가고 나는 뽑아놓은 자료를 들고 환이의 방으로 갔다. 닫힌 문 앞에서 갑자기 어색해지는 이유는 뭘까? 나 정말 욕구 불만인가? 갑자기 긴장돼서 들어가기가 부끄럽다. 그래서 가볍게 노크해 줬다.

똑똑!

"들어와."

문을 열고 들어갔더니 어이없어하는 환이가 책상에 앉아서 물끄러미 나를 쳐다본다. 어머, 쪽팔린 것. 뭔가 물을 듯한 얼굴이더니 금세 야시꾸리한 미소를 짓는 놈!

"자, 몇 장 되는데 잘 추려서 써."

쳇! 아무것도 없이 자료 모아놓은 파일을 내 쪽으로 내민다. 나 욕구 불만이 분명한가 보다. 하긴, 그럴 만도 한 것이 이 혈기 왕성한 나이에 저 악마 같은 녀석의 질투와 감시 때문에 남자와 손 잡아본 지도 어언 몇 년이더냐? 네 녀석이야 이 껌 저 껌 골라가며 씹었을 테니 이런 느낌은 평생 가도 모를 거야. 크흐흑~ 내 딴에는 아쉬워하는 표정을 필사적으로 감추며 파일을 들고 어색하게 웃어줬다.

"고마워."

이 녀석이! 놈이 준다던 파일을 꼭 잡고 또 아까 같은 야시꾸리한 웃음을 내게 던지고 있다. 이눔아, 너무 쉑쉬한 웃음 던지지 마. 확

덮쳐 버리는 수가 있으니까. 난 굶주렸어. 흐흐흐~ 헛! 정신 차리자, 윤잔디! 뭐 하는 짓이야!!

"…야, 뭐야?"

"공짜로 가져가게?"

씨익 웃는 게 예전의 악마 녀석 같다. 그렇게 웃지 마!

"엥? 그게 무슨 말이야? 그럼……."

"킥! 나 이 자료 구할 때 엄청 고생했어. 그냥 주기는 아깝지."

도, 돈이라도 달란 말이냐?

"야~ 그런 게 어디 있어? 너랑 내 사이에 무슨……."

"원래 가까운 사이일수록 계산은 정확히 하라고 했어."

매정한 놈. 실망이야!

"어, 얼마를 원해?"

"뭐 굳이 돈을 원하는 건 아니고… 네가 해줄 수 있는 아주 쉬운 거면 되는데……."

헉! 하느님. 제 소원을 들어주셨군요. 킬킬킬. 그런데 난 여기서 또 한 가지 난관에 봉착해야만 한다. 난 여자다. 어찌 냄름 좋다고 고갤 까닥이며… 므흐흐~ 그러겠나? 우리 고등학교 국어 선생님께서 그러셨다. 남자가 100번 집적거리면 100번 팅기라고! 북어는 패야 맛나고 여자는 팅겨줘야 더 사랑스럽다고 하셨다. 튀, 팅길까? 그, 그랬다가 다시 기회가 안 올지도 모르는데……. 저 악마 녀석은 워낙 비싸서 그럴 수도 있는데……. 아, 고민되네. 어쩔까?

그래! 결심했어!! 난 안 팅기는 게 아니라 그저 이 빡빡한 리, 리포트 때문이다. 진짜다. 심리 시간에 배운 인간의 자기 방어 중 하나인 합리화가 여기서 나올 줄이야. 크흑! 슬프도다.

"너, 너무하잖아. 그 리포트 엄청 어~엄청 중요하단 말야. 어쩔 수 없는 거야. 딴생각하지 마~"

취소하기 없기! 자고로 남아일언중천금이랬다구. 멋지게 밀어붙여!! 큭큭! 내가 표정 관리를 너무 못했는지 환이의 표정이 장난 아니게 어리벙벙이다. 낭패로다~ 거짓말한거 들통났나?

"뭐 좋아, 선불이다."

당연하지. 뭐든 선불인 게 누이 좋고 매부 좋고, 님도 보고 뽕도 따고, 아, 아무튼 좋은 게 좋다 이거지. 흐흐~ 혼자 속으로 생쇼를 하는데, 무지하게 능숙한 녀석의 손놀림으로 이미 내 몸은 의자에 걸터앉은 환이의 앞에 놓여 있었다. 자, 잘 부탁해요~ 너, 너무 오랜만이라서……. 어쩔 줄을 몰라서 눈을 질끈 감고 입술을 쭉~ 내밀었다. 순식간에 정적이 감돌고… 흐미, 떨리는 것. 너무 조용해서 쿵쾅거리는 내 심장 소리밖에 들리는 게 없다. 너무 커서 환이에게도 들릴 텐데… 아웅, 쪽팔려. 심장이 터져 나갈 듯이 온몸이 짜릿하게 울린다. 승하랑 할 때도 이렇지는 않았는데. 어째 기절해 버릴 것같이 어지러워진다. 너무 굶었나 봐! 흑!

그런데… 그런데 왜 아직도 느낌이 없지? 한참을 그렇게 눈을 감고 있었던 것 같은데 어째 촉촉한 느낌도 없고, 닿는 느낌도 없다. 뭔가… 이상한데? 의심스러움에 가득 차서 용기 내서 실눈을 쬐~끔 떴다. 큭!! 눈을 뜨자 나를 쳐다보며 겨우겨우 웃음을 참고 있는 환이가… 거의 울상을 짓고 있었다. 너 지금 나 가지고 놀았냐? 눈물을 찔끔거리며 끅끅 웃음을 참던 놈이 내가 눈뜬 걸 봤는지 한마디 한다.

"킥킥! 너… 큭큭! 표정 정말 엽기야."

이, 이 녀석 이제 보니 변태러스한 내 속을 다 들여다보고 가지고 놀았던 거다. 오매~ 망신살 뻗쳐!

"푸하하하하하!"

이젠 아예 대놓고 웃어대는 이 자식의 면상을 한 대 갈겨 버릴까?

"비켜! 나 갈 거얏!"

놈의 손모가지를 강하게 치워 버리고 재빠르게 뒤돌아서 문을 나서려 했다. 그때 아래층에서 엄마의 목소리가 들린다.

"얘들아, 이리 내려와 보렴."

엄마! 일찍 좀 부르시지. 이게 뭐야? 망신 다 당하구. 흑흑! 그때 갑자기 내 어깨에 익숙한 무게가 실리고, 고개를 들자 환이가 능글맞게 이죽거리고 있다. 너! 웃지마!!

"너 진짜 웃긴다."

그, 그래, 나 원래 이런 애였어. 뭘 바래? 거의 죽을상을 하고 놈의 팔 안에서 나오려는 순간! 뿌리칠 수 없는 강한 힘이 내 몸을 돌려놓는다. 그리고 순식간에, 정말 순식간에 환이의 입술이 내 널따란 이마를 스치고 지나간다.

멍해진 나를 두고 아래층으로 내려가 버리는 녀석. 나는 한참 후에야 그 느낌에서 벗어나 아래층으로 내려올 수 있었다. 그리고 아래층에서 아직도 웃어대고 있는, 재수없지만 사랑스러운 환이 놈을 보아야 했다. 입술도 있는데, 왜 하필 이마냐? 그, 그래도 좋기는 하드라만. 이제 막 우리 사이가 정말로 시작된 듯한 느낌. 사랑을 느끼지 못한 채 애정 행각을 하는 건 정말 스트레스 쌓이는 일이었다. 좋아한다는 감정은 대단한 건가 보다. 이렇게 작은 입술의 스침 하나만으로도 온세상의 행복을 다 얻은 듯한 기분에 싸여 버리다니……. 만족한다. 내가 쑥스러움에 앉지도 못하고 빙빙 거실을 맴돌자 환이 녀석, 내 손을 꼭 잡아 옆에 앉힌다. 아구, 부끄러버라~ 작은 소파에 둘이 앉으니 딱 붙는 느낌이 내 온몸의 신경 세포들을 바짝 긴장하게 한다.

"잔디야, 환아, 아빠, 엄마가 너희들한테 할 말이 있단다."

아빠의 말문이 열리고 나는 귀를 쫑긋 세우려 하는데, 갑자기 환이의 따뜻한 손이 내 손을 꽉 잡더니 엄마, 아빠의 시선을 교묘하게 피해 어색하지 않은 포즈로 숨긴다. 들킬까 불안하긴 했지만 그, 그래도 이렇게 부모님 앞에서 손을 꼭 잡고 있자니… 왠지 우리 두 사람 인정받은 사이인 듯해서 색다른 행복감이 스민다. 환이도 그런지 표정이 밝다. 헤헤~ 너무 행복하다. 시간이 아주 천천히~ 움직여 줬으면 좋겠다.

"아빠가 이번에 영국으로 발령이 났구나."

헉! 이게 전에 환이가 말했던 일인가 보다. 아빠의 말과 동시에 내 손을 잡고 있던 환이의 손가락이 내 손가락 사이사이로 애교있게 파고든다. 그러더니 자리를 잡고 힘주어 깍지를 낀다. 근데 너무 신기한 게, 흐흐… 환이의 손가락 하나 사이에 내 손가락이 두 개나 들어간다. 헤헤~ 부럽냐? 댁들도 해라. 크헤헤헤. 내 심장이 다시금 콩콩 뜀박질을 시작한다. 이렇게 따뜻하고 큰 환이의 손이 너무 좋아서, 너무 믿음직스러워서 나는 지금 부모님이 어디로 떠나신다고 해도 하나도 두렵지 않나 보다.

"잔디야."

내가 한눈을 파는 듯하자, 아빠가 근엄하게 한 번 부르신다. 죄송해요.

"네?"

"너무 갑작스러운 일인 거 안다. 하지만 어쩌겠니? 환이한테는 우리가 미리 귀띔을 했지만, 넌 너무 갑작스럽지?"

갑작스럽긴요, 저도 알고 있었답니다. 그리고요, 어여 가세요~ 쿠헥! 아빠, 불효녀를 용서하시옵소서!

"잔디야, 그렇게 싫으면 너도 같이 가련?"

쿨럭! 내 표정을 단단히 오해하시곤 가련한 표정을 선사하시는 우리 아빠. 환이가 잡고 있던 손을 아프게 꽉 누른다. 아얏! 이눔아, 내가 그렇게 좋으냐? 쿠헤헤헤. 미쳐 가는 거 같다. 캑캑.

"아, 아니에요, 아빠. 한국에 있을래요. 학교도 다녀야 하고, 유학에는 관심도 없구요."

애써 변명하며 환이를 힐끔 쳐다봤더니 녀석은 으르렁거리는 눈빛으로 나를 한 번 노려본다. 미안, 미안하다구! 내가 잠시 표정 관리가 안 되서리. 흑흑!

"그럴래? 환이랑 둘이 잘 있을 수 있겠니?"

엄마가 잔뜩 걱정스런 표정으로 우리 둘을 번갈아 쳐다본다. 둘이 있는 게 행복해 죽겠다는 표정은 차마 못 짓고, 울상을 지어드렸더랬다. 근데 환이 이 녀석, 뻔뻔한 무표정으로 한다는 말이,

"우리가 무슨 애야? 걱정하지 마. 아버지랑 엄마랑 신혼도 못 즐겼으니까 두 분 오붓하게 지내요. 우린 우리가 알아서 할게."

대견해하는 아빠와 엄마. 속지 마세요! 저 녀석의 시커먼 속은 낼름 날 잡아드시는… 헉!! 그, 그리고 보니 정말 나 잡아먹히는 거 아니야? 꺄!! 좋아라. 캑캑! 농담이고, 살풋 걱정은 되지만 그래도 좋은 게 좋은 거니까. 나 변녀 아닌데… 요즘 내 컨셉이 엉망이다. 이미지 회복 좀 해야겠다.

만족스러운 웃음을 보이는 아빠와 행복에 눈물을 찔끔거리시는 감수성 풍부한 엄마를 보고 있으려니, 마음 한구석이 안됐다. 우리 가족… 이렇게 단란하고 오붓하게 행복할 수 없으니까. 그럴 시간이 점점 줄어가니까. 환아, 어쩌지? 나 엄마랑 아빠를 보니까 마음이 아파. 엄마가 울면서 내게 그러지 말라고, 너 사랑하는 거 관두라고 하면… 나 너를 보내 버릴 것 같아. 그럴 것 같아서 겁나. 우리… 우리 어디로 도망갈까? 어디로 멀리 사라져서 방해받지 않는 곳에서 살까? 후……. 그렇게 우리 가족의 단란한 하루는 끝을 냈다.

얼마 후에 아빠와 엄마는 모든 것을 준비해 영국이라는 먼 곳으로 가셨다. 이제 정말 환이와 나, 단둘이 된 것이다. 흠… 음… 쿠헤헤!

오늘은 환이가 약속이 있다고 먼저 나갔고, 나는 하루 종일 집을 굴러다녔다. 딩굴딩굴! 홋! 오늘 둘만 남은 기념으로 멋진 저녁을 차

려볼까? 남녀가 단둘이 살게 되면 신혼 놀이라는 유치한 것이 하고 싶은가 보다. 나 지금… 그거 굉장히 하고 싶다. 유치해도 어쩔 수 없다. 오늘은 환이가 좋아하는 해물탕을 해보리라. 쿠헤헤~ 아줌마 소리 듣는 게 너무 싫어서 물고기 파는 곳에는 절대 안 가던 나지만, 지금 그런 거 따질 때냐?! 신혼 놀이라는 멋진 놀이를 위해서 내 한 몸 불사르리라!! 쿠헥! 나는 나를 아줌마 혹은 새댁이라고 부르는 분들에게서 여러 가지 해물을 사서 룰루랄라~ 집으로 향했다. 콧노래도 흥얼흥얼~ 헤헤헤~

어라? 저 앞에 보이는 남자는 분명 윤우인데……. 윤우가 누군가에게 세게 뺨을 맞고 있었다. 헉!! 누가 우리 귀여운 윤우를 때리는 것이야! 정의의 이름으로 용서하지 않겠다! 헉! 저건… 놀라움의 연속타를 맞고 다시 인상을 찡그리며 여자애를 봤다. 내 기억이 틀리지 않다면, 그리고 내 눈이 나쁘지 않다면 저건 분명… 슬희다! 슬희… 나랑 배 터지게 술을 마신 뒤 한 번도 나타나지 않던 환이의 특별한 껌. 미, 미안, 슬희야. 근데 왜 슬희가 윤우를 때리고 있지? 아니, 왜 슬희와 윤우가 같이 있는 거지? 뭐야? 도대체 왜 그래? 아웅, 머리 아파!

혼자 고민의 수렁에 빠져 무거운 줄도 모르고 시장 바구니를 들고 있었다.

"누, 누나."

때마침 맞은 뺨에 가만히 손을 대고 있던 윤우가 돌아서 나를 먼저 발견했다. 나만큼이나 무척 놀란 듯하다. 내가 아무 말도 못하고 가

만히 서 있자 윤우가 달려와 내 손에 들린 짐을 받아 들고 어색하게
웃는다.

　"누나, 와~ 뭘 하려고 이렇게 많이 샀어요? 집에 갈 거죠? 무거운
데 들어다 줄게요."

　도대체 이렇게 이쁜 녀석이 왜 슬희에게 맞은 거지? 한참 가다가
도둑이 제 발 저렸는지 윤우가 먼저 이야기를 꺼낸다.

　"누나, 저기……."

　"응?"

　"봤어요?"

　"응."

　"누나, 나 맞은 거, 아니, 슬희 만난 거 비밀로 해줘요. 환이 녀석
한테는 절대로 말하지 마요."

　애절한 눈으로 나를 바라보며 윤우가 애원한다. 정말 심각해 보였
다.

　"그거야… 어려운 문제가 아니지만, 너 왜 맞은 거야? 내가 알면
안 돼?"

　"미안해요."

　윤우는 절대 말할 수 없다는 표정으로 나를 외면하고 앞서 걸었다.
뭔지는 모르겠지만 매우 심각한 일임이 틀림없다. 저렇게 힘든 표정
을 숨기지 못하는 걸 보니…….

　윤우의 일은 뒷전으로 하고 집으로 들어섰다. 저녁 먹고 가라는 것
을 굳이 마다하는 윤우를 보내고 해물탕을 끓이기 시작했다.

뽀글뽀글 짝짝~ 지글지글 짝짝~ 뽀글 짝~ 지글 짝~ 뽀글지글 짝짝~! 유후~

그저 요리를 한다고 생각해라. 뭘 그리 고민하면서 리듬에 맞춰 읽냐? 쯧쯧. 훈훈한 가스 불에 해물탕이 끓기 시작했고, 곧 문 열리는 소리와 함께 내가 좋아하는 목소리가 들린다.

"오~ 이거 무슨 맛있는 냄새야?"

얼른 돌아보자 어느새 부엌으로 들어온 환이가 국자를 들고 있는 내 모습을 쳐다보고 만족스레 웃고 있다. 좋냐? 크흐흐~ 놈도 내가 하려는 신혼 놀이가 마음에 드나 보다. 좋았어! 레츠 고!!

"맛볼래?"

숟가락에 국물을 떠서 내밀자 이 녀석 강아지처럼 낼름 받아먹는다. 귀여워~

"맛있다!"

의외라는 표정이 조금 재수없지만 너무 귀엽잖아. 어떡해~ 깨물어주고 싶어! 어느 CF의 한 구절이 새록 떠오르는구나. 크훗!

단둘이 오랜만에… 앗, 처음인가? 아무튼 그렇게 우리는 서로 마주 보고 앉아 저녁을 먹었다. 하루 종일 행복하다. 깨끗한 기분으로 샤워를 끝내고 나오자 환이가 어두운 거실에서 TV를 보고 있었다. 흐흐흐~ TV의 파란 조명이 환이의 깨끗한 얼굴을 비추니까 쓰읍, 더 섹쉬해 보이는군. 내가 넋 놓고 바라보자 환이가 엄청 애매한 표정으로 날 쳐다본다.

"뭐 하는 거야? 내 얼굴 감상하냐?"

쿨럭! 이봐, 제, 제발 왕자병만은 걸리지 말아줘!

"아, 아냐."

"바보같이 입 벌리고 그러고 있지 말고, 이리 와서 앉아."

환이 녀석, 자기 옆 자리를 탁탁 치며 오랜다. 그, 그래. 가는 거야 뭐 그리 어렵겠누? 그런데… 그런데 이거 좀 요상하지 않니, 환아? 어두운 거실에 단둘만 있는 집! 게다가 우리는 서로 불타오르게 사랑하는 사이인걸. 푸홋~ 피 끓는 청춘 단둘이 있음 사고친단 말야! 내 표정의 의미도 모르고 녀석은 어서 와서 앉으라고 난리다. 괜스레 목에 걸린 수건만 매만지며 조금 멀리 떨어져 자리를 잡았다. 젠장, 더 어색해져 버렸다. 시선이 마주치면 끝장이다. 나, 난 아직 마음의 준비가 안 됐단 말야!

찌를 듯한 환이의 눈빛을 피해 시퍼렇게 번쩍거리는 시끄러운 TV에 계속 시선을 집중했다. 그러면서도 곁눈질로 환이의 움직임을 살피는 것을 절대 잊지 않았다. 쿠흐흐~ 가만히 내 쪽으로 몸을 돌린 녀석은 도무지 내게서 시선을 거둘 생각을 않는다. 빌어먹을, 네 녀석은 내가 그렇게도 좋냐? 하지만 내가 냅다 TV에만 정신을 파는 뛰어난! 연기를 해 보이자 갑자기 이 녀석, 한쪽 다리를 소파로 올리고 이만큼 내 옆으로 쑥~ 밀고 들어온다. 젠장! 엄청 떨리고 놀라서 하마터면 녀석의 얼굴을 정면으로 쳐다볼 뻔했다. 유, 유혹하지 마, 악마야! 난 의지의 한국인! 절대 그런 환이를 쳐다보지 않고 꿋꿋하게 TV에 시선을 고정한다.

그렇지만 내 몸은 점점 더 코너로 몰리기 시작했다. 계속 조금씩 환이의 몸을 피해서 가다가… 쿨럭! 이게 무엇이더냐? 살짝 곁눈질로 내려보자 소파의 끝에 붙어 있는 팔걸이가 보인다. 쿠헥~ 그때 바로 내 귓불에 아주 싸하고 짜릿짜릿한 저음이 비웃듯이 들려온다.

“저런~ 더 갈 데가 없나 봐~”

순간 갑자기 환이의 오른손이 앞으로 휙~ 뻗어 나왔고, 나는 반사적으로 온몸을 움츠리며 방어 태세로 돌변해야 했다. 나도 모르게 동물적인 본능이 작용한 거라고 볼 수 있지. 흠흠.

하지만 내게 달려들 줄 알았던 녀석의 오른손은 엉뚱하게 유유히 리모콘을 누르며 그나마 소리를 내던 TV를 꺼버린다. 이젠 진짜… 거실에 있는 거라고는 창으로 새어 들어오는 약한 가로등 빛, 그리고 적막, 너와 나, 둘뿐이다. 훗~ 아니, 하나 더 있다고 치자면 바로 이 소리… 콩닥콩닥거리는 내 심장 소리. 어두운 거실에서 내가 할 수 있는 것은 빨라진 내 심장 소리를 듣는 것과 가만히 두 눈을 감고 앉아 있는 것밖에 없다. 꽉 쥐어진 긴장한 내 두 주먹을 부드러운 환이의 손이 따뜻하게 감싸 풀어준다. 가만히… 꼭 감았던 눈이 부드럽게 풀리고, 내 손이 환이의 손에 한껏 감싸진다. 아까보다 훨씬 덜하긴 하지만 이놈의 심장은 기차 화통을 삶아 먹었는지 더 심하게 뛴다. 환이의 잘 뻗은 콧날이 내 목 살갗 위에서 춤추듯 내 솜털들을 간지럽히고, 내 온몸의 신경을 일으켜 세우고 있었다. 따뜻하고 짜릿한 긴장감 속에서 내 목에 환이의 감미로운 목소리와 뜨거운 숨결이 쏟아져 나와 부딪쳐 살결 속 내 핏줄을 타고 흘러내린다.

“좋은… 냄새가 나.”

내 목에서 얼굴을 떼어낼 생각을 않는 환이가 애교있게 킁킁거린다. 나… 도, 도대체 이 상황에서 무슨 말을 해야 할까? 쿨럭!

"도, 도브야. 너, 너도 줄까?"

딱딱하게 굳어서 샤워코롱을 권하는 나. 너무 한심한가? 하지만 내 대답 따위는 바라지도 않았다는 듯 환이 녀석, 이젠 내 귓불 가까이에서 내 솜털들을 괴롭힌다. 젠장! 차라리 살에 닿기나 하면 아찔 아찔하게 간지러운 느낌이라도 없지. 딱 환장하겠다! 어떤 느낌이냐고? 그 왜… 모기 물린 데 못 긁게 반창고 붙여놔서 괴로운 느낌. 컥! 무, 물론 그것보다는 훨씬~ 백 배, 아니, 천 배는 산뜻하고 좋은 느낌이다. 다만 내 표현력의 한계다. 이해해라.

환이의 입김이 내 입술 위에서 노닐 때쯤에는 나는 완전히… 황홀경에 빠져 버려 이젠 될 대로 되라는 식으로 눈을 감아버리고 가만히 있었다. 아니나 다를까, 곧 내 목에 메어진 수건을 조심스레 풀어내며, 환이의 입술이 내 윗입술을 가볍게 살짝… 끌어당긴다. 쿨럭! 쿨럭! 너, 너무 적나라한가? 컥! 그래도 좀 참아라. 정말 저절로… 입술이 부드럽게 열리고, 그렇게 환이의 따뜻한 체온이… 그리고 따뜻한 숨결이 내 작은 입술 안으로 밀려들어 온다. 이 순간 너와 내 사이가 무너지고, 현실이 모두 서서히 녹아내린다. 이젠 환이와 나… 누나와 남동생이 아니다. 단 하나의 숨결로만 호흡을 하듯… 부드럽게 서로가 서로의 입술을 오랫동안 천천히 탐닉한다.

겨우… 환이의 입술이 아쉬운 듯 내 입술을 벗어났을 때 벅찬 가슴에 숨이 차 올랐다. 하나되어 쉬어진 숨으로 인해 이젠 같이 쉬지 않으면 살아갈 수 없을 듯해 호흡이 가빠졌다. 사랑하는 사람과의 애절한 입맞춤을 한다는 것이 이런 것일까? 닿아서 서로에게 한없이 부드러움을 주지만, 떨어져 버리면 강한 중독성만을 남겨 버리는 너무도 자극적이고, 치명적인 느낌. 나는 너무도 갈구하는 심정으로 감겨진 눈을 뜨고, 다시 한 번 환이가 다가오기를 바라고 있다. 이렇게 따뜻하고 달콤한 것이 입맞춤이었다면 왜 이제까지 참고 있었는지, 내 자신이 한심스러울 정도다.

어느 순간 어둠에 익숙해진 내 눈동자가 나만큼이나 긴장하고 행복해 보이는 환이의 눈과 마주쳤다. 역시 나의 바람대로 다시 한 번 환이의 부드러운 입술이 내게 와 닿는다. 이젠 아까 여운으로 남았던… 긴장감마저 벗어던져 버리고 그대로 그의 숨결을 받아들여 본다. 더 깊이… 더 깊이 파고드는 환이를 받아들이며… 행복에 빠지려는 순간, 이, 이게 어찌 된 일인지? 갑자기 내 목 언저리에서 내 수건을 감싸쥐고 있던 환이의 손이 어느새 내 허리를 감싸고 은근한 힘을 주고 있는 것이 아닌가! 그러더니…

쑥!!

내 몸이 그대로 평평하게 소파에 뉘어졌다. 쿨럭! 내, 내 위에 뭐가 있게? 그렇다! 환이 녀석이 너무너무 진지한 눈으로 나를 덮칠 듯 내려다보고 있었다. 너무 당황스럽기도 하고, 무안하기도 했지만 이 익숙한 자식은 아무렇지도 않게… 내 입술을 벗어나 찬찬히 목 언저리에서 놀아대고 있었다. 그 순간, 정말 아무 생각도 들지 않는다. 그저 멍했을 뿐. 승하가 덮쳤을 때와는 사뭇 다른 듯하지만… 환이의 손이 가만히 내 몸을 훑어 내려가자 온몸에 신경들이 꼿꼿하게 일어나면서 승하 때와 비슷한 두려움이 내 뇌를 엄습하기 시작했다.

그만… 그만 해! 놀란 내 입술은 움직일 줄 몰랐다. 그러나 부드럽지만 나를 두렵게 하는 환이의 익숙한 손놀림은 계속되었다. 내 손의 떨림이 시작되고 기어이 내 눈에서 눈물이 터져 나왔다. 내 웃옷을 서서히 벗기려던 환이가 소리도 지르지 못한 채 떨고 있는 나를 보았나 보다. 갑자기 멈춘 환이가 느껴지지만, 나오는 눈물 때문에 아무것도 볼 수가 없었다.

"잔디야."

놀란 환이의 목소리가 귀에 들려온다. 많이 놀랐나 보다, 지금의 나만큼이나. 그제야 멈춰진 환이의 손길에 내 몸은 참았던 떨림과 막혔던 울음이 터져 나오기 시작했다.

"흐… 으! 으으… 윽!"

내가 내 손으로 입을 틀어막았다. 환이가 미워서가 아니라 사랑하는 사람의 손길에서도 두려움을 느꼈다는 것이 너무 미안해서……. 이렇게 울어버리면… 소리조차 지르지 못할 정도로 떨리고 두려웠다고, 그럴 정도로 싫었다고 말해 버리는 듯해서 내 주먹을 깨물어 가면서 울음을 참았다. 그러자 갑자기 환이가 그런 내 손을 입에서 떼어냈다. 이러지 마, 환아. 나 정말 서럽게 울 것 같단 말야. 너한테 너무 미안해질 것 같단 말야. 놔! 하지 마! 어떻게 해… 너… 너무 무서웠단 말야.

"잔디야."

움직이지 않으려는 나를 가만히 내려다보던 환이가 내 이름을 그 어느 때보다도 따뜻하게 불러준다. 그리고는 아직도 입을 틀어막고 있는 내 몸을 일으켜 따뜻한 자신의 품에 꼭 안아준다.

"손… 아프잖아. 울어도 돼. 미안해. 내가… 내가 너무 나쁜 놈이다. 미안해. 내가 잠시 미쳤었나 봐. 다시는 안 그럴게. 그러니까 그렇게 참지 말고 울어. 무서웠다고, 미친놈이라고, 나쁜 새끼라고 욕하면서 울어. 응?"

우는 이를 달래면 더 서러워지는 법이다. 안 그래도 터져 나올 것 같던 울음이… 환이의 따뜻한 음성에 거침없이 튀어나오기 시작했다.

"으… 으… 으앙!!"

드디어 내 울음이 터지고, 환이의 목소리가 다시 들린다.

"그래, 미안… 미안해."

계속해서 미안하다고 반복하는 환이의 음성이… 내 어깨의 떨림이 심해질수록… 더 따뜻하고 편안하게 나를 꼭 끌어안아 주었다.

얼마나 울었는지 모르겠다. 한참 울었을 것이다. 맹맹거리는 내 콧소리를 환이가 바보라고 놀리는 것으로 마지막을 장식했다. 가로등 불빛이 옅게 비치고, 그 작은 빛에 기댄 채 나는 환이를 조심스레 쳐다보았다. 내가 안정을 찾자 환이가 아주 길게… 한숨을 쉬고는 담배를 꺼내 문다. 왜 이렇게 죄책감이 드는 걸까? 환이의 한숨쉬는 모습이 심장을 찔러오는 듯 아프게 느껴진다.

"뭐? 그래서… 그래서 너 그냥 그렇게 환이 두고 올라가서 잤다구?"

쿨럭! 오랜만에 성아를 만나서 이제까지의 경과를 보고하다가 얼마 전에 있었던 일을 이야기했다. 그런데 문제는…

"그럼 어떡해? 너무 무서웠단 말야. 힝~"

"무섭다니, 너 도대체 무슨 소리야? 널 때리기라도 한대냐? 뭐가 무서워?"

"그, 글쎄? 갑자기 너무 무서웠어."

"바보. 그런데?"

"그런데 요, 요즘은 내가 아쉬워지더라궁. 헤헤~"

"미친 것! 진짜 박자 못 맞춘다. 그래서 지금 나한테 왜 그런 소리를 하는 거야?"

기집애! 다 알면서 부끄럽게 뭘 묻냐? 그렇다. 내가 거부한 이래로 환이는 내 몸에 손끝도 안 댄다. 그, 그래, 입만 댄다. 쿠헤헤헤~

"아, 아니. 뭘 바라는 건 아니구. 그냥……."

"쯧쯧, 그렇다고 네가 좋다고 달려들 수도 없으니……. 그냥 말해. 이제 마음의 준비가 됐다고. 안아도 달라고 하고 이리저리 부대껴 봐."

"야~ 그런 걸 어떻게 해!!"

"쯧쯧. 진짜 너 골고루 한다. 그럼 너무너무 사랑스러워서 안아주지 않고는 못 견디게 하는 거야. 어때? 쿡쿡~"

"어머~ 그런 방법도 있어?"

"기집애, 눈 땡그래지는 것 좀 봐. 네가 어지간히 굶주렸구나."

“그 딴 소리는 집어치우고 어서 얘기나 해!!”

그렇게 나는 환이가 나를 사랑스러워 못 견디게 하는 묘안을 성아에게 전수받았다. 크흐흐~

즐거움에 가득 찬 발걸음으로 집에 거의 도착했다. 그런데 누군가 우리 집 앞을 서성이고 있는 게 보인다!

“…슬희?”

“언니.”

슬희였다. 며칠 전 윤우를 때리고 빠르게 택시에 오르던 그녀가 지금 울상을 짓고 아주 불쌍하게 우리 집 앞에서 떨고 있었다.

“어머, 네가 여기는 웬일이야?”

“저기… 언니 할 말이…….”

갑자기 나타난 그녀. 도대체 무슨 말을 하려고? 혹시… 환이를 돌려달라거나 뭐 그런 말을 하려고 찾아온 건 아니겠지? 그래, 아닐 거야. 슬희는 정화 기집애 같은 애가 아니잖아. 이제 방학인데. 그래서 너무 행복해지려는데. 왜 갑자기 슬희가 저렇게 불쌍한 표정으로 날 찾아온 거지? 기분 나쁜 예감이… 자꾸 내게 밀려든다.

“그래? 그럼 집으로 들어와.”

먼저 대문으로 들어서려는데 슬희가 내 옷자락을 세게 잡는다.

“언니, 저기…….”

“응?”

“우리 나가서 얘기해요. 집에서 얘기하기가…….”

“괜찮아. 우리 집에 아무도 없어.”

하지만 내 말에도 불구하고 슬희의 표정은 무언가를 들킬까 봐 조바심을 내고 있었고, 나는 어쩔 수 없이 슬희의 뒤를 따라야만 했다. 에이, 젠장. 오늘 사랑스러워 안아주지 않고는 못 배기는 법을 알아 왔는데… 계속 착오다!

우리는 어디를 가는지 말도 없이 마구 걸었다. 역시 슬희는 아주 불안해 보였고, 나 역시 그런 그녀를 바라보며 불안해해야 했다.

"김슬희!!"

헉! 갑작스런 소리에 놀란 나와 더 놀란 듯 보이는 슬희가 뒤돌아 봤다. 그곳에는 화가 잔뜩 나 있는 윤우가 가쁜 숨을 몰아쉬고 있었다.

"윤우야."

내가 윤우를 불렀지만, 윤우의 화난 시선은 슬희에게 고정되어 움직이지 않았다. 그런 윤우를 슬희는 애써 외면하고 있었다. 뭐, 뭐야, 이거? 어떻게 돌아가는 거야?

"너 진짜 왜 이러니? 누나 끌어들인다고 해결될 거 아니잖아. 너 이렇게 못된 애였어? 실망이다."

실망이라고 말하는 윤우의 표정이 너무 씁쓸하고 힘겹게 느껴졌다. 하지만 윤우의 표정을 다 살피기도 전, 나는 내 귀를 의심할 소리에 넋을 잃어버렸다.

"그래, 나 이런 애야. 어차피 잔디 언니랑 환이는 안 되는 사이잖아. 서로 좋아해 봤자 힘들기만 할 사이잖아. 언니한테 다 말하고 환이 찾을래. 나… 나 내 뱃속에 있는 아이… 낳고 싶어. 낳고 싶다구!!"

미친 듯이 질러대는 소리. 뱃속에 있는 아이라니? 윙윙대며 신경을 긁어대는 소음, 그리고 슬희의 뺨을 후려치는 윤우의 손바닥 마찰음. 나는 지금 꿈을 꾸고 있는 것이다. 그것도 지독한 악몽을……. 그럴 거야. 이건… 이건 말도 안 돼. 슬희가 임신이라니, 말도 안 돼!

"누나! 누나! 잔디 누나!"

나도 모르게 주저앉았나 보다. 윤우가 급하게 나를 일으켰고, 슬희는 차갑게 고개를 돌리고 서 있었다.

"스, 슬희야."

내 부름에도 슬희는 고개를 돌린 채 나를 돌아보지 않았다. 내가 겨우 일어섰을 때 이미 슬희는 달아나듯 사라져 버리고 없었다.

"누나."

"윤우야, 내가 들은 말… 사실이야? 너… 너 알고 있잖아."

"……."

"대답해. 괜찮아. 괜찮으니까 말해. 너 그날 맞은 것도 이 일이랑 연관된 거야?"

"누나, 미안해요."

"나… 아무것도 못 들었어. 아무것도 못 봤다구. 나 집에 갈래. 집에 가야겠어."

믿을 수 없는 일이 닥치면 사람이란 먼저 회피라는 것을… 도망이라는 것을 가려 하나 보다. 나는 날 잡는 윤우를 거세게 뿌리치고 집으로 달려들어 왔다.

방에 박혀서 얼마 동안 멍하니… 허공만을 바라봤다. 해가 조금씩 기울어가고 있었다. 눈물도 나지 않고 말도 안 되는 이 상황에 대처하는 법을… 나는 알지 못한다. 문을 열고 들어오는 환이를 쳐다보지도 않고, 그대로… 얼어버린 듯 침대 귀퉁이에 걸터앉아만 있었다.

"잔디야, 왜 그래? 무슨 일 있었어?"

환이가 가까이 다가왔다. 난 허공만을 쳐다보며 너무 미운 이 녀석의 얼굴을 피하고 있다. 그렇게 환이에게서 내 눈을 닫아버렸지만… 내게 다가온 환이의 향기며, 체온이 그를 느끼게 한다. 왜 이렇게 힘든 일들만 계속 생기는 건지……. 욕심 내면 낼수록 너를 가질 수 없다는 걸 더 확실히 알려주기라도 하듯이 왜 이런 일만 생기니? 환아, 나 너무 힘들어. 우리 이제 어떡해. 세상도… 운도… 우리 편이 아닌가 봐.

"아냐, 그냥 속상해서……."

"밖에서 무슨 일 있었던 거야?"

"환아."

"응?"

"너… 눈부처가 뭔 줄 알아?"

"눈부처? 글쎄, 모르겠는데……."

"…너야."

"응?"

"내 눈부처는 너를 사랑하기 시작했을 때부터… 영원히… 죽었다가 다시 태어나더라도 이환 단 한 사람뿐이야."

"눈부처가 무슨 뜻인데?"

"훗, 그런 게 있어. 너무 많이 알면 다쳐. 그냥 이것만 알아둬. 난 그렇게 영원히 너만 내 눈에 담을 거니까, 너 이외에 그 누구도 내 눈부처가 될 수 없으니까, 그거 꼭 기억하고 있어. 응? 알겠지?"

"뭔데? 말해 봐."

"으이구~ 무드없긴. 사랑 고백 좀 근사하게 했다고 생각해! 헤헤~"

"훗~ 그런 거야?"

"…환아, 오늘 윤우 만났어?"

"아, 그리고 보니 요즘 윤우 자식 만나기가 어려워. 참나, 자기가 언제부터 그렇게 바빴다고. 근데 윤우는 갑자기 왜?"

"응? 아니, 그냥. 네 말대로 윤우가 요즘 안 보여서."

"그래, 알았어. 연락되면 집에 데리고 올게. 그것보다 어서 밥부터 먹자. 나 배고파."

"응, 그래."

환이를 바라보고 있자니 예전의 아픔이 느껴진다. 폐가 아파오고… 옆구리가 결리고… 가슴 한구석이 텅 빈 듯한 느낌. 환이… 나의 눈부처… 나 이제 너 한 사람만 바라보고 평생 사랑하며 살 자신 있어. 그렇게 너의 사랑스러운 눈부처가 되고 싶어. 이제 준비 다 됐어. 슬희나 다른 여자들 안아주듯 나도… 나도 안아달라고… 수줍게 널 꼬셔보려고 성아까지 끌어들여 준비한 멘트가 눈부처였어. 훗, 네가 떠나 나 혼자 남게 되더라도 널 사랑할 거란… 멍청한 사랑 고백이 되어버릴 줄이야. 꼭… 꼭 기억해야 돼. 너 그렇게 슬희에게 가버려도… 나 너만 바라보고 있다는 거, 내 눈부처는 이환 아니면 그 누구도 될 수 없다는 거. 환아, 우리 어차피 많이 힘들 거였으니까, 잘된 일이라고 생각하자. 여러 사람 아프고 힘들게 말고 우리 둘만 아프자. 네 눈부처가 비록 내가 되지 못하더라도… 나 많이 아파하지 않을게. 힘낼게. 그러나… 슬희에게 가기 전까지는 나만 봐줘. 그 시간 동안은 나 절대 다른 사람에게 양보 안 해. 안 해! 환이의 뒷모습을 바라보며 하염없이 속삭였다.

"잔디야, 우리 내일 어디 놀러갈까?"

무뚝뚝한 환이의 입에서 청유형의 말이 나오다니… 훗! 친절하게 물어오는 환이의 얼굴이 발그레해진 듯하다. 귓불도 덩달아 불그레하다. 그런 환이 모습이 눈물이 날 것 같은 내 눈에 비춰진다. 요즘 들어 점점 더 다정한 말을 연구해 내게 해주는 환이. 많이 쑥스러워한다는 걸 잘 알고 있다. 그래서 이 순간이 너무 행복하고… 너무 아프다.

"응."

가만히 환이의 등에 손을 가져다 대고 울음을 삼키며, 아주 밝게 대답했다. 환이의 체온이 내 손에 전해온다. 내 억지스런 대답을 모른 채 그저 내가 좋아하는 줄 알고… 행복하게 웃음 짓고 있는 환이의 미소까지 그대로 전해온다. 환아, 우리 함게 있을 수 있는 시간만이라도 실컷 사랑하자. 그런데 있잖아, 그 시간이 내 사랑을 다 주기에는 턱없이 부족하다는 거, 너도 알까?

"압사시키기 전에 일어나시지!"

어젯밤에 나름대로 열심히 고민하다가 겨우 잠들었다. 환이 녀석, 아무것도 모르고 아침부터 날 깨우기 시작한다.

"으응… 조금만 더 자자. 조금만…….."

너무 졸려서 이불을 파고들 때쯤… 갑작스레 환이 녀석이 내 위에 올라타기 시작한다.

"으… 으… 무, 무거워!!"

"압사시킨다고 했잖아. 왜 말을 안 들어?"

"도, 도대체 너란 녀석은… 알았어. 일어날게, 일어나! 흑흑!"

"큭큭! 진작에 그럴 것이지."

놈의 무게를 이기지 못하고 나는 울상을 지으며 일어났다. 함께 씻으러 들어가서는… 아, 잠깐! 댁들 오해하려나 본데, 나는 욕조에 걸터앉아 열심히 양치질을 했을 뿐이고, 녀석은 세면대에서 세수를 했을 뿐이다. 혹 샤워를 상상한 분들이 있다면 깊은 반성을 하기 바란다!! 뽀골뽀골 내 입에 거품들이 가득 차기 시작했다. 나는 칫솔질을 멈추고 열심히 비누칠을 하고 있는 환이의 뒷모습을 멍하니 바라보았다. 새삼 이런 광경이 너무 따뜻하고 소중하게 다가오는 이유는 뭘까? 다시 어젯밤의 고민들이 내 머리 속을 뒤죽박죽 몰려오자, 나는 냉큼 몸을 일으켰다. 그리고 있는 힘껏! 비누 거품으로 범벅이 된 환이 녀석을 밀쳐 냈드랬다.

"앗! 야! 뭐 하는 거야?!"

"으아, 이아에 매따 마랴!"

참고로 입 안이 맵다고 소리치는 거다. 내 엽기적인 표정이 무척이나 거슬렸는지, 녀석은 비누칠한 얼굴을 구기며 슬쩍 비켜주었다. 클클클~ 네 녀석이 안 비켜주면 어쩔 것이냐? 나는 평소보다 2배가량 긴 시간 동안 세면대를 점령했고, 환이는 거의 말라가는 비누 거품들을 얼굴에 그대로 방치한 채 나를 노려보고 있었다.

“너 일부러 늦게 꼬물거리면 죽는다!”

오, 오랜만에 악마 시절의 말투가 나왔군.

“내가 왜 일부러 그래? 다, 다 했어.”

방실방실 미안한 척하는 미소를 지으며 놈에게 세면대를 내줬다. 눈이 따갑다고 투덜거리며 허리를 숙이는 환이. 음… 뭐랄까? 음… 에잇, 관두자. 나 이러니까 꼭 시한부 인생을 사는 사람 같잖아. 청승맞다, 윤잔디! 관두자, 관둬.

먼저 나가 있으라는 환이의 말에 나는 얼른 대문 밖으로 나섰다. 그런데 갑자기 옆 골목에서 작은 다툼 소리가 들려온다. 호기심이란 것이 내게도 있었나 보다. 나는 얼른 몸을 숨기고 엉거주춤한 자세로 옆 골목을 훔쳐봤다. 우, 울랄라~ 저것은… 오늘도 다투고 있는 슬희와 윤우였다. 윤우에게 미안하다. 이렇게 환이와 나를 위해서 홀로 애쓰는 윤우가 오늘따라 너무 고맙고 안쓰러워진다.

“그만 하자, 그만 해. 제발!”

“도대체 뭘 그만 하자는 거야? 윤우 네가 상관할 일이 아니잖아.”

“그래, 내 일은 아니지……..”

“그럼 상관하지 마.”

"만약 환이가 네게 온다고 해서 전처럼 너를 특별하게 대해줄 것 같아? 환이가 정화라는 애 대하는 거 봤지? 그렇게 무시당하면서도 환이랑 사귀고 싶은 거야?"

"그 애랑 난 달라. 나를 그런 애랑 비교하지 말아줘."

"너 바보야? 환이가 널 조금이나마 특별하게 대해준 건, 잔인하게 들릴지 모르지만 네가 잔디 누나를 많이 닮았기 때문이야. 너도 알잖아!"

나, 나를 닮아서? 그, 그래서 슬희를…….

"아, 아니야."

"아니라고? 후… 환이가 너한테 그 얘기를 했는데도, 네가 괜찮다고 했다고 들었는데? 환이가 거짓말한 건가?"

"……."

"이제 잔디 누나가 왔으니 닮은 너는 필요없다는 거 잘 알잖아."

"그렇게 잔인하게 말하지 말아줘. 나도… 나도 알아. 잔디 언니가 환이 곁에 있으니 모든 게 끝난 거라고. 이렇게 되면 우리 사이 역시 끝날 거란 것도 미리 알고 있었어."

"잘 알고 있으면서 이러는 이유는 뭔데?"

"알잖아, 나… 이 아이 포기할 수 없어."

아기… 윤우도 상당히 힘겨워 보인다. 슬희도 지쳐 보인다. 그리고 이 모든 것을 알게 된다면 가장 힘들고 아프고 슬퍼할 사람은 아빠 그리고 엄마. 환아, 우리 둘만 슬퍼할 것을 왜 이렇게 다들 아프게 만들었는지……. 나 정말 나쁜 애인가 봐.

“아기 지우지 마!”

가만히 침묵을 지키던 윤우가 뭔가 한참을 생각하더니 슬희에게 내뱉었다. 솔직히 내게는 충격적인 말이다. 그래, 윤우가… 침착한 윤우가 저렇게 말을 했으니, 나도 이제 환이를 놓아주어야겠지.

“환이 대신 내가 할게.”

윤우의 말이 큰 충격으로 다가온다. 미친 거다. 윤우는 미친 거다. 도대체 무엇 때문에 저렇게 우리 사이를 보호하려는지……. 환이와 아무리 친하다고 하더라도 저렇게 자신을 희생하면서까지… 말도 안 돼!

“잔디야, 시동 걸어놔!”

갑자기 집 안에서 환이의 커다란 목소리가 들려오자 우리 셋은 놀라서 모두 담 넘어를 동시에 바라봤다. 그리고 윤우와 슬희의 시선이… 자신들을 훔쳐보고 있던 내게로 향했다. 상당히 기분이 나쁜 듯이 뒤돌아 가버리는 슬희. 그리고 잠시 슬픈 눈빛으로 나를 보던 윤우가 슬희 뒤를 쫓는다.

“뭐야? 시동도 안 걸고. 안 추워?”

아무것도 모르는 가장 속 편한 자식. 환이가 얼른 내게 자신의 외투를 덮어준다. 그런 모습을 행여나 슬희가 볼까 겁나서 나는 얼른 환이를 차 안으로 잡아끌었다.

“자, 어디 갈까?”

“아무 데나…….”

“왜 그래? 딱딱하게 굳어서는…….”

"너무 추웠나 봐."

"그래? 그럼 실내로 가자."

환이는 차를 몰아 분위기 좋은 카페로 갔다. 오래된 나무로 둘러싸여 겨울 분위기가 물씬 풍기는 찻집이었다.

"우와~ 멋지다."

"그래? 진작 데려올 걸 그랬나? 어서 앉자."

나무 테이블 위에 작은 촛불이 흔들거리고 있다.

"환아."

"응?"

"슬희랑… 나랑 닮았어?"

차를 들이키던 녀석이 갑자기 콜록거리며 당황하기 시작했다. 대답을 들을 필요도 없군. 흠, 내가 퀸으로 뽑힌 애랑 닮았다니… 영광이군.

"쿨럭! 누, 누가 그래?"

"아니… 그냥. 윤미가 그러더라구, 닮은 것 같다고……."

"맞아."

"응?"

"너랑 닮았어. 생긴 건 슬희가 더 나은데……."

뭐시라? 이놈아!

"근데 웃는 모습이나 그런 건 네가 훨씬 이뻐. 바보같이 배시시 웃는 게 닮았는데 네가 더 바보 같아서 원조 같거든. 킥킥! 옆에 있어 주지 않으면 배시시 웃던 게 금방 찔찔거릴 것 같아서 불안해."

하, 한마디로 내가 더 바보같이 웃어서 더 좋단 말이야? 압! 정리가 안 되는군.

"있는 그대로 받아들이고 있지, 너?"

끄덕이는 나를 보며 혀를 차는 환이의 말이 이어진다.

"멍청하긴. 농담이야. 슬희, 처음 만났을 때 울고 있었거든. 술 취해서 어찌나 청승맞게 울고 있던지… 누가 생각나더라. 눈 아프게 막 비벼대는 모습이나, 코랑 눈 주위가 붉게 부어 있는 모습이나, 어쩜 저렇게 닮았을까 그렇게 생각했었어."

나랑 닮았다는 얘긴가? 나… 저 녀석 앞에서는 바락바락 소리 지르면서 운 적밖에 없는 거 같은데…….

"그렇게 찔찔거리며 울던 것이 나랑 눈이 마주치자마자 배시시 웃더라. 다른 녀석들은 미친 것 같다고 했지만, 나는 그럴 수도 있단 생각이 들더라. 또 우연치 않게 자주 만나게 되고, 너처럼… 너처럼 슬희도 먼저 내게 인사를 건넸었어. 물론 무시했지만. 킥킥!"

앗! 그러고 보니 우리가 처음 만났을 때를 말하나 보다. 하긴… 나도 저 녀석에게 악수를 거절당한 적이 있었지.

"슬희… 좋아했어?"

처음 만남까지 기억하는 널 보니까… 마음이 이상해. 너 원래 사소한 거 신경 안 쓰는 녀석이잖아. 그런데 왜 슬희 모습은 하나하나 다 기억하고 있는 거야? 그러지 마. 나 속상해지려고 해.

"너 무슨 말이 하고 싶은 건데?"

내 물음이 거슬렸는지 환이의 얼굴이 굳어진다.

“아, 아니야. 그냥 물어보는 거야. 너 원래 무신경인데, 모두 다 기억하고 있길래.”

“윤잔디!”

“응?”

저 자식, 손가락을 까닥까닥하면서 자기 쪽으로 오라고 하는데… 왜 저렇게 아니꼬울까? 저 악마 근성은 끝내 버리지 못하려나 보다. 버릇없는 자식 같으니! 그런데 어쩌겠냐? 내가 힘이 있나 뭐? 나는 환이의 옆 자리로 조심스레 옮겨갔다. 다시 평소처럼 부드러워진 환이의 표정이 나를 반기며 따뜻하게 나를 감싸준다.

“내 손 따뜻하지?”

컥! 그런 표정 짓지 말아줘. 너무 귀여우면 내가 물어뜯을 수도 있단다. 흐흐~ 고개를 까딱거리자 녀석은 시선을 찻잔으로 옮긴다. 그리고 아주 부끄럽게 말을 잇는다. 너에게 이런 면이 있을 줄이야… 의외다!

“알고는 있었지만 너 정말 둔하다 못해 미련스럽다. 내가 슬희에 대한 일을 다 기억하는 건, 너랑 나랑 처음 만났을 때하고 너무 비슷하기 때문이었어. 그 이상도, 그 이하도 아니야.”

“그럼… 슬희가 너무 불쌍하잖아.”

“웬 착한 척? 훗~ 내가 널 닮은 사람을 어떻게 함부로 대해? 슬희는 조금 특별했어. 특별한 껌이라고 하면 이해가 쉬우려나?”

봐라. 내가 처음에 말했지? 저 녀석은 여자를 껌으로 본다고!!

“큭큭! 너 껌이라는 말 무지하게 싫어했지? 아무튼 슬희는 내게 동생같이 아껴주고 싶은 애였어.”

네 녀석은 동생 같은 애를 임신하게 만드냐? 쳇! 네 녀석 말, 하나도 안 믿긴다. 그런데 왜 이렇게 슬퍼지지? 환아, 이렇게 네가 솔직히 다 말해 주는데도 나 왜 이렇게 슬퍼지지? 너 나쁜 녀석인데… 악마 같아서 너무 미워하던 녀석이었는데… 그렇게 나쁜 널 내가 왜 사랑하게 되어버린 거지?

“그래서 다른 애들이랑 다르게 그 애는 무시하지도 않고 건드리지도 않았어. 훗~ 왠지 너랑 비슷하니까 함부로 대해지지가 않더라구. 그 애 마음에 답 못해준 건 미안하지만……”

그래, 나랑 비슷하다고 안 건드… 엥? 이, 이게 무슨 소리야? 안 건드렸다니!!

“뭐? 건들지 않았다구?”

“왜, 왜 그렇게 놀라?”

“빨리 다시 말해 봐. 정말… 정말 하늘에 맹세코 슬희 안 건드렸단 말야?”

“이게, 사람 말을 뭘로 듣냐? 그래! 건들기는커녕 손도 안 잡아봤다.”

그, 그럼 이게 어찌 된 일이야? 슬희가 그럼… 나랑 윤우에게 거짓말이라도 했다는 거야?

“술김에 실수하거나 그러지도 않았어?”

“참나, 아예 소설을 쓰지 그러냐?”

이럴 수가! 그럼 어떻게 된 거야? 정말 슬희가 나와 윤우를 속인 거란 말야? 이런 괜씸한!

　"야! 너 뭐야? 슬희랑 뭔가 있었던 거야?"

　환이는 버럭 소리를 지르며 맥없이 꺽이는 내 어깨를 다잡아 마주 본다.

　"아, 아니야. 뭐가 있어, 있기는……."

　아니라고 마구 고개를 내저었지만, 이 녀석 눈치가 백 단이다. 날 노려보는 저 사나운 눈을 봐라. 말 안 하면 한 대 치겠다는 기세다.

　"뭐야? 말해. 슬희가 너 찾아와서 뭐라고 했어?"

　도리도리를 하는 나에게 다시 환이가 협박을 한다.

　"그런데 왜 갑자기 넋이 나가? 얼른 말해. 아니, 내가 슬희한테 전화해 볼까?"

　"악! 안 돼! 하지 마! 하지 마! 하지 마!"

　아니… 해야 하는 건가? 아, 모르겠다. 폰을 드는 환이를 다급히 말렸다. 사뭇 오랜만에 나도 진지하게 변신했다. 왜냐하면 난 환이가 최소한의 양심이 있는 남자이기를 바라기 때문이다. 아무리 사랑에 눈이 멀어 애정 행각을 벌였더라도, 자신의 아이까지 부정하며 슬희를 외면하는 그런 파렴치한에 속하지 않았으면 한다. 차라리… 환이가 모든 것을 시인하고 날 떠나게 되는 게 현실이라 하더라도 말이다. 사랑하는 사람의 파렴치함까지 사랑할 수는 있지만, 바라건데 환이가 자신에게 떳떳할 수 있는 삶을 살았으면 한다. 자신을 속이지 않기를 바라니까.

　"왜? 말할 거야? 아니면 내가 전화 걸어보고."

“환아.”

“뭐야? 심각한 거야?”

“응. 너… 나한테 솔직한 거지? 정말 하나의 숨김도 없는 거지?”

내 모습이 꽤나 심각해 보였는지, 늘 귀찮은 듯 툴툴거리는 녀석이 내 표정에 동참해 준다. 그리고는 내게 믿음을 심어주기라도 하듯, 고개를 강하게 그리고 천천히 끄덕거려 준다. 환이의 묵직한 끄덕임 하나가 어찌 그리도 내 마음을 따뜻하게 안정시키던지……. 나는 많이 안심한 얼굴로 천천히 이야기를 꺼냈다.

“실은… 얼마 전에 윤우랑 슬희를 봤어.”

“윤우랑 슬희를? 같이 있었어?”

“응. 둘이 굉장히 다툰 것 같더라구. 그런데 얼마 후 슬희가 날 찾아왔었어. 할 말이 있다고. 그래서 장소를 옮기려는데 다시 윤우가 나타나서 또 슬희와 다투는 거야.”

“그것들이 왜?”

“그게… 슬희가 임신… 했대, 네 아이를…….”

꺼림칙하지만 다시 주워담을 수 없으니… 나는 조심스레 고자질 아닌 고자질을 시작했다. 훗, 슬희가 이렇게 모두들 속이면서까지 환이를 원했다면, 나 지금 굉장히 이기적인 짓을 하고 있는 것이리라. 환이의 표정이 나를 놀라게 한다. 순식간에 사색이 된 환이의 얼굴에 이제는 미세한 떨림까지 보인다.

“계속해!”

환이가 굉장히 화가 났음을 알리는 저 소름 끼치는 목소리. 도대체 너 무엇 때문에 그렇게 화를 내는 거야?

"환아."

"그래, 그래서 윤우는 뭐래?"

"윤우가 너하고 나에게 못 알리게 하려고 꽤나 노력하더라. 매일 슬희 따라다니면서… 극단적인 말도 했어."

"뭐?"

"너에게 알리지 말고, 아기 지우지도 말고, 자기가 다 책임지겠다고……."

내 말이 끝났지만, 환이는 작은 미동도 하지 않는다. 무언가 굉장히 짜증나고 화가 난 듯했다. 미간을 잔뜩 찌푸린 채로 한참을 가만히 있다. 그리고 나를 한 번 쓱 보더니 피식… 입술 사이로 웃음을 뱉어낸다. 이렇게 심각한 상황에도 저렇게 피식거리다니… 정말 네 녀석의 속은 알다가도 모르겠다. 그런 내 표정을 이해라도 한 듯이 환이가 갑자기 내 머리를 쓱 쓰다듬어 준다.

"너 그 얘기 듣고 또 엉뚱한 상상 많이 했겠다."

그, 그럼 너 같으면 그냥 그러려니 하고 넘어가겠냐?

"아니야."

"아니긴 뭐가 아니야? 네 얼굴에 써 있어. 이 녀석을 보내줘야 하는 건가하고 말야."

"……."

"병신."

이 녀석의 버르장머리를 당장 고치든지 해야지!

“너 또 그 소리 하면 가만히 안 둘 거야!!”

“큭큭! 아무튼 한 번만 더 내 말 아닌 말들 듣고 혼자 이상한 생각 하면 진짜 병신 만들어 버릴 거야. 각오해!”

헉! 이건 뭐라고 해석해야 하나? 그럼… 그럼 정말 네 아이 아닌 거야?

“그러면… 아니야?”

차마 다시 임신 소리를 입에 올릴 수 없어 대충 얼버무려 물었더니 환이가 귀찮은 듯 폰을 꺼내어 들며 내 머리를 가볍게 안고 묻는다.

“너 나 못 믿어?”

내가 세차게 고개를 흔들자 환이가 흐뭇하게 웃으며 다시 한 번 힘 주어 말한다.

“그럼 믿고 있어. 지금 네가 걱정하는 일 따위는 없을 테니까.”

근데 표정은 왜 아직도 어두운 거야?

“여보세요? 어, 대헌이냐? 나 환이다. 응, 그래. 다른 게 아니라 한 삼사 일 후에 슬희 데리고 거기로 와라.”

환아, 알고 있니? 내가 널 잃을까 봐 얼마나 조바심을 냈는지…….
알고 있는 거야? 이렇게 따뜻한 손으로 나를 안심시키는 너를 잃게 될까 봐 웃음 짓기가 너무 힘들었다는 거, 다 아는 거야? 너 이렇게 사랑하게 된 마음… 말 안 해도 정말… 정말 다 아는 거야?

“후…….”

전화를 끊는 환이를 한참 바라보았다. 그러자 환이가 멋쩍게 웃으며 내게 묻는다.

“왜?”

“아니, 그냥… 널 본다는 게 너무 좋은 거 같아서. 그냥 이렇게 네 얼굴, 네 손 보고 있는 건데 그것만으로도 너무 좋아서…….”

너무 느끼했나? 캑캑! 환이가 그런 나를 또 가만히 내려다보고 있다. 그러더니 다급한 듯 벌떡 일어나 내게 외투를 덮어주며 경쾌하게 한마디 한다.

“일어나. 우리 여행 가자!!”

“뭐, 뭐? 여행? 갑자기 웬 여행이야? 그리고 슬희…….”

“됐어. 넌 아무 생각 말고 여행만 가면 돼. 가서 내가 믿을 만한 놈인 거 확실히 인식시켜 줘야겠다. 일어나. 어서 가자. 오늘 출발하려면 서둘러야 해.”

서두르는 녀석의 손에 이끌려 집으로 향했고, 대충 옷 몇 벌과 여비를 챙겨서 목적지도 없이 여행길에 나섰다.

운전하는 환이의 모습은 밝지 못했다. 환이에게도 어느 정도 정리의 시간이 필요했을 테니까……. 그래, 이해해. 가자. 여행 가서 여기서 있었던 일, 그리고 너와 나의 관계, 다 잊어버리고 서로만 실컷 바라보다가 돌아오자.

바다가 보고 싶었다. 그런데 이 녀석 이상한 호숫가로 차를 몰았다.

“내려. 다 왔어.”

“여기가 어디야?”

어둠이 깔린 후라서 야맹증이 있는 나는 바로 앞조차 분간할 수 없었다. 차에서 짐을 내려 챙겨든 환이가 내 손을 잡고 어디론가 이끈다. 멀리 보이던 희미한 불빛 앞으로 성큼거리며 간다. 여관이라고 하기에는 별장에 가까웠고, 별장이라고 하기에는 너무 초라했다.

"여기서… 자?"

"응. 들어와."

삐걱대는 문을 열고 들어간 곳. 그곳에는 할머니 한 분이 계셨다. 할머니는 우리의 등장에 시큰둥한 표정을 보이더니 환이를 보자 갑자기 눈이 둥그레지시며 반기신다. 이, 이 녀석은 노인들에게도 인기가 있나? 아~ 열등감!

"어서 와! 아니 이게……."

"훗! 할머니 잘 계셨어요? 놀러왔어요."

"그래, 그래. 어서 와."

으잉? 아는 사이인가? 할머니는 환이의 손을 놓을 줄 모르시며 우리를 방으로 안내하신다. 여관의 허름한 방만을 상상했는데… 의외로 너무 아늑하고 예쁜 곳이었다. 다닥다닥 나무 장작이 타고 있는 벽난로가 있는 방이었다. 포근해 보이는 긴 소파, 밟는 것만으로도 편안함과 포근함을 느끼게 해주는 카펫, 하얀 시트의 큰 침대. 너무 아기자기하고 따뜻한 방이었다.

"둘이 한 방 쓸 게야?"

내가 잠시 넋이 나가서 입을 다물지 못하고 있자, 할머니가 날 이상한 눈빛으로 훑으면서 환이에게 묻는다.

“아, 네. 제 누나예요, 할머니.”

“아, 그래? 그렇구나. 오냐, 쉬거라.”

“네, 할머니도 쉬세요.”

할머니는 무지하게 아쉬운 발걸음을 돌리듯 느적느적 방을 나섰다. 쳇! 나도 할머니 별로 맘에 안 들어요 뭐~!

“좋지?”

“응. 그런데 넌 여기 어떻게 안 거야?”

“훗. 여기, 그리고 저 할머니, 다 네 덕분에 만난 거야.”

“응? 그게 뭔 소리야? 난 저 할머니 몰라. 나 엄청 못마땅해하시는 거 못 봤어?”

내 말에 킥킥대던 환이가 피곤하다는 듯 옷을 벗으며 익숙하게 소파에 앉는다. 그리고 나를 끌어당겨 꼬옥 안아 앉히고 다시 말을 잇는다.

“기억나? 왜 네가 그 승한가 뭔가 하는 놈하고 나 때문에 떨어졌다고 거의 발광했었잖아.”

“앗! 그, 그랬던가?”

“그래. 그때 나 한 달 넘게 집 나가 있었잖아.”

“아, 그럼 그때 이곳에 있었던 거야?”

“응. 마음도 그렇고 해서 무작정 버스를 탔는데 이 별장이 보이더라. 와보니 할머니, 할아버지가 살고 계시더라고.”

“할아버지? 아까는 안 보이시던데?”

“응. 내가 여기서 한 달간 일 도와드릴 때 돌아가셨어. 내가 이리저리 도와드렸더니 할머니께서 고마우셨나 봐. 이렇게 반기시며 좋은 방도 내어주시는 거 보니……."

"아, 그랬구나."

"여기 있으면서 그 생각 했어. 저 할머니, 할아버지처럼 평생… 사랑하는 사람이랑 같이 이런 곳에서 살면 얼마나 행복할까……."

환이 같지 않은 모습. 행복감에 싸여 무언가를 갈구하고 상상하는 모습. 벽난로의 붉은 불길에 비추어지는 환이의 미소가 왜 이리도 사랑스러운지…….

"그 병신 같은 게 누나만 아니라면… 그래서 이곳에서 나랑 같이 평생 살 수 있다면 얼마나 좋을까… 한 달 내내 그 생각 하다 올라갔어."

그랬구나. 그때부터 넌 나를 생각해 주었던 거구나. 그렇게 날 좋아해 준 너를 난 조금만 힘들어도 떠나려고 했었지? 미안해.

"내일은 여기 호수 주변 구경시켜 줄게."

"응!"

믿어. 이젠 네 말을 가장 먼저 믿을게. 미안해.

어제까지만 해도 난 환이를 믿지 못한 것에 대해 무척이나 미안하게 여겼다. 하지만! 지금 나는 다시금 저 악마 녀석이 믿기지 않고 얄미워서 죽을 지경이다. 아침에 난 침대에서 그리고 녀석은 소파에서 일어날 때만 해도 저 악마 녀석의 얼굴이 어여쁜 천사로 보였건만… 다정스레 나란히 앉은 아침상 앞에서 내 기분은 최상에서 최하로 떨어지고 말았다. 물론 늦잠을 잤다는 이유로 나에게만 잔소리를 해대는 주인 할머니 때문도 있었지만, 결정적으로 천사로 보이던 녀석이 다시 악마가 된 이유는!! 잔소리를 피해 살짝 돌린 내 시선에 환이… 아니, 악마 녀석의 손에 끼워져 있는 커플링! 그것 때문이었다. 굉장히 거슬리면서 반짝거리는 저 촌스러운 반지!! 왜 내가 저 반지의 존재를 잊고 있었지? 아니, 그보다 저 녀석 자기를 믿으라고 그렇게 당당하게 입을 나불거려 놓고 저 반지를 저토록 당당하게 내밀고 있다니! 젠장, 나를 물로 보는 거냐? 이 악마 녀석아! 싫은데도 억지로 사귀었던 정화에게 미련이 남은 것도 아닐 테고, 도대체 무슨 심보로 저 반지를 태연하게 지금까지 끼고 있는 거야? 내가 노려보는 시선이 느껴졌는지 악마 녀석이 나를 쳐다본다. 뭣 모르고 씩 웃으며 말한다.

"왜?"

젠장, 빛나지 마라. 열받다가도 용서되려고 하잖아! 안 돼, 윤잔디! 흠… 왜라니. 네 녀석은 내 눈길이 그 촌시러운 반지를 향하고 있는데도 시치미를 떼겠단 심사인가 본데… 정녕 네 눈에는 그 촌스러움의 극치인 반지가 뵈지 않는단 말이냐?!

"아냐."

놈을 다시 한 번 노려보고는 먹는 데 열중했다. 그래, 지금은 식사 중이니까 나중에 보자구. 쳇!

하지만 내 계획에는 차질이 생겼다. 그 요상한 할머니가 계속해서 나를 손님이 아니라 얹혀 사는 사람 취급을 했기에 나는 하루의 반나절을… 여행의 묘미를 느낀 게 아니라 여관 청소부 아줌마로 일해야

했다. 반지 사건으로도 열받는 참에 그 녀석… 그 악마 녀석은 태연
하게 호숫가에서 낚시를 즐기더란 말이다! 겨우 심술떼기 할머니의
손아귀에서 벗어나 어슬렁거리며 호숫가로 다가갔다. 젠장, 어젯밤
에 호수 주변을 거닐자고 하지 않았던가? 그렇게 다정하게 굴어놓
고, 도와주기는커녕 내 속에 염장이나 지르는 네 녀석. 당장 달려들
어 네놈을 호수의 깊은 바닥으로 영원히 잠수시켜 버리고 싶지만…
그랬다가는 네놈이 물귀신이 되어 날 괴롭힐 것 같아서 그 생각은 접
으마.

나는 조용히 놈의 등을 노려보며 다가갔다.

"놀래키려고 그러는 거면 그냥 와서 앉아."

호수 한가운데만을 바라보던 환, 아니, 악마 녀석이 내 발소리를
들었는지 말을 내뱉었다. 쳇! 눈치 빠른 녀석. 이왕이면 그 반지도 눈
치 채지 그러냐? 심술로 퉁퉁 부은 내 얼굴을 숨기고 싶지 않았다. 오
히려 알아주길 바랬다. 보기 싫은 그 반지 따위, 빼어내서 저 호수 깊
은 곳으로 던져 버리고 싶다. 하지만 그런 내 마음을 무시하듯 환이
는 계속 호수만 바라보고 있었다.

몇 분이 지나고… 한 시간이 지나도… 환이는 가만히 호수에서 눈
을 뗄 줄 모르고 있었다. 지루함에 심술 부리고 싶은 마음마저 다 달
아나 버린 나는 나도 모르게 환이가 쳐다보고 있는 곳을 눈으로 쫓았
다. 호수의 한가운데가 붉은 물감을 쏟아놓은 듯 천천히 매혹적인 붉
은빛으로 물들어가고 있었다. 석양…. 천천히 지는 빛을 잃은 태양이
호수에 비추이고 있는 것이다. 넋을 잃은 것마냥 나는 가만히 호수를

응시했다. 조금씩, 조금씩 어둠이 붉은 태양을 삼키고 있었고, 그런 어둠을 향해 마지막으로 꽃이라도 피우듯 붉게 빛을 내는 태양은…

"슬프다."

슬펐다. 어느새 이유없이 내 눈가에 눈물이 고이고 있었고, 그런 내 어깨를 따뜻한 환이의 손이 포근하게 감싸주고 있었다. 그렁거리는 눈물을 닦지 않고, 환이를 쳐다봤다. 여전히 그곳을 바라보는 환이가 내 어깨에 올려놓은 손으로 내 머리카락을 삐죽 당기며 장난스럽게 말한다.

"우리… 어디로 도망갈까? 아무도 모르는 곳으로……."

환아, 뭘 생각하고 있었던 거야? 엄마… 생각했던 거야? 내 심각한 표정이 걱정스러웠는지 드디어 호수에서 눈을 떼어낸 환이가 나를 본다. 그리고 그 호수의 지고 있는 태양만큼이나 슬프게 웃어 보인다.

"그렇게 심각하게 보지 마. 농담한 거야. 석양… 이쁘지? 너한테 이거 보여주고 싶었어."

아무렇지 않은 듯 말하고 있는 네가 왜 더욱 슬프게 느껴지는지… 참았던 눈물이 나도 모르게 주룩 흘러 버렸다.

"으이구~ 이 울보, 또 우냐?"

나쁜 녀석, 네놈이 울려놓고. 쳇! 그때 내 눈물을 닦아주려던 환이의 손… 이런! 갑자기 잊어버렸던 내 심술이 다시 발동한다.

"야!! 이환!!"

이렇게 가슴 아픈 대목에서 이런 사소한 것에 심술이 나는 건… 내가 단순해서일까? 나는 어느새 환이의 작은 물건까지 자꾸 신경 쓰는 사람이 되었나 보다. 환아, 어쩔 수 없어. 네가 날 이렇게 만들어 버렸으니까.

"왜 그래, 갑자기?"

"너, 그 반지 안 뺄 거야?"

내 말에 무척이나 당황한 환이의 표정. 켈켈~ 좋아, 좋아. 당황할 때 밀어붙여야지.

"뭐야? 정화 기집애 싫다고 그럴 때는 언제고, 아직까지 그 커플링 안 빼는 건 무슨 심보야?"

멍하니 나를 쳐다보는 환이의 눈에는 이제 당황함 대신 의아함이 가득하다. 하지만 밀어붙이기로 다짐한 윤잔디! 여기서 물러설 수 없다.

"당장 그거 빼서 호수에 던져 버리지 않으면, 나 지금 서울로 올라가 버릴 거야!"

너무 강하게 나갔나? 환이의 얼굴이 이상하게 일그러진다. 헉! 사과를 해야 할까?

"풋… 하하하하하!"

갑자기 박장대소를 터뜨리는 녀석. 뭐야, 실성했냐?

"킥킥~ 미안. 너 이 반지가 커플링인 줄 알았단 말야?"

"아! 그, 그럼 아냐?"

"큭큭! 너란 애 상상력은 도대체 어디가 끝인지……. 너답다, 윤잔디."

웃음을 멈출 줄 모르는 녀석. 쳇! 그, 그럼 뭐야. 괜히 혼자 생쇼한
거야?

"그럼 그거 뭐야?"

화끈화끈 얼굴에 열이 달아올라 두 볼을 손으로 가린 채 다시 물었
다. 그랬더니 이 녀석 여전히 어이없다는 웃음을 지으며 가만히 반지
를 빼낸다. 여전히 실실거린다. 이 녀석, 요즘 몸이 허한가? 보약이
라도 먹여야 할 것 같군. 그러던 녀석이 반지를 내게 들이밀었다. 묵
직한 반지를 내 손바닥에 올려놓더니, 다시 호수로 시선을 돌려 버렸
다. 폼 잡는 게냐?

"우리 엄마랑 처음 결혼한 사람이 끼던 반지야."

이런… 지금 나 뭔가 굉장한 실수를 한 거 같은데……. 지금까지
환이는 자신의 아버지를 무척이나 싫어하는 것 같았다.

"엄마가 그러더라. 나쁜 추억도 시간이 지나고 보면 그리워진다
고. 추억이 담긴 물건은 함부로 버리면 안 된다고……."

어두워지고 있는 주위처럼 환이의 목소리도 많이 가라앉아 있었
다. 내 엉뚱한 생각이 떠올리기 싫은 과거를 떠올리게 한 것 같아. 미
안해.

"미안해."

"뭐가?"

"아, 그게 저……."

반지를 손바닥 위에 올리고 어쩔 줄 몰라 하는 나에게 환이가 심술
궂게 말한다.

"네가 혼자 마음대로 상상하는 게 어디 이것뿐이냐? 그리고 그 반지, 엄마 말처럼 싫은 기억이라도 간직하고 싶은 거 절대 아냐. 내 지랄 같은 성격에 그게 가능할 거 같아?"

하긴… 절대 불가능하지.

"엄마의 부탁도 있고 해서… 그 반지 안쪽을 봐."

지랄 같은 성격의 소유자 환이의 말에 따라 나는 얼른 반지를 세워 이리저리 돌리며 안을 살폈다. 굵고, 무겁고, 촌스러운 반지… 진짜 금이더군. 아, 이게 아니라… 그 반지의 안쪽에는 낯익은 두 글자가 새겨져 있었다. 안 그래도 달아오른 두 볼이 부담스러운데… 감격스러움일까? 아니면 부끄러움일까? 아무튼 규정 지을 수 없는 느낌이 내 볼을 더 달아오르게 한다. 나도 모르게 고개를 푹 숙이고 말았다. 그때 환이의 목소리가 작게 들린다.

"나쁜 추억 따위 기억 안 하게 하는 주문으로는 그게 제일 잘 먹히거든."

네 나쁜 기억을 모두 지울 수 있는 게 내 이름이라는 사실이, 나를 이토록 행복감에 휩싸이게 한다는 거… 너도 알 수 있었으면 좋겠어. 난 행복한 부끄러움에 고개를 들지 못했고, 그런 내 마음을 늘 잘 알아주는 환이도 그저 묵묵히 옆에 앉아 있었다.

여행 온 거, 정말 잘한 것 같아. 이렇게 마음에 있는 말도 할 수 있는 기회도 생기고. 아… 근데… 그런데 말이야, 이거 물어봐도 될까? 이제 너 믿을 수 있긴 한데, 생명이 관련된 일이니까……

"환아."

겨우 고개를 든 나를 쳐다보며 씩 웃는 녀석. 쳇! 껄끄러운 것 물어보기가 힘들잖아.

"저기… 슬희 임신 이야기, 짐작되는 거라도 있어?"

역시 내 물음에 표정이 확 변한 환이가 다시 고개를 돌려 버린다. 한참의 침묵을 깨고 환이가 입을 열었다.

"슬희가 거짓말할 애는 아니야. 짚히는 데가 있긴 해. 그런데 지금은 말할 수 없어. 모든 게 확실해지기 전까지는 함부로 이렇다 저렇다 단정 지을 상대가 아니라서… 그리고 내가 지금 생각하는 게 틀리길 간절히 바라기도 해서……. 젠장, 아니어야 하는데… 그런데……."

말끝을 흐리는 환이의 얼굴이 상당히 화가 난 표정 이외에 너무 힘든 표정도 함께인 듯하다. 뭐가 어떻게 돌아가는지 확실하게 알 수 없지만, 환이의 잘못이 아닌 듯해서 기쁘게만 느껴진다. 이러면 안 되는 건데… 그럼 나 정말 나만 아는 나쁜 애가 되는 건데… 그런데도 왜 이렇게 애 같은 생각만 드는지……. 이 순간에는 슬희에게 가지 않아도 되는 환이가 너무 사랑스러워 보일 뿐이다. 슬희의 임신 따위는 내 머리 속을 다 떠나 버린 듯하다.

환이가 이것저것 챙겨서 들어갈 채비를 하고 있었다.

"들어가게?"

"그럼. 내일 돌아가야 할 것 같아. 오늘 일찍 자야지."

왠지 여기를 떠난다는 게 겁이 난다. 여길 나서고 나면 우리가 틀렸다는 걸 증명해 줄 것들이 너무 많으니까…….

"그래."

여전히 장작들이 타며 따뜻한 분위기를 품고 있었다. 여기서 보내는 마지막 저녁 시간, 같이 TV도 보고 할머니와 담소도 나누며 시간을 보냈다. 깨끗하게 샤워를 마치고 커다란 침대 위에 혼자 누워 있었다.

탁탁탁.

다른 방에서 씻고 오는 환이의 발소리일 것이다.

끼익~

방문이 열렸다. 장작불의 빛도 없고 창밖에서 새어 들어오는 희미한 달빛에 환이의 실루엣이 비춰진다. 목에 수건을 걸치고 머리를 털며 들어오는 환이가 어둠에 적응하느라 잠시 걸음을 주춤거리고 있었다. 흠… 섹쉬하군. 실루엣이란 참… 사람을 오묘하게 흥분시킨다. 상대의 얼굴을 굳이 확인하지 않고도 실루엣 자체에서 풍겨지는 이미지, 분위기… 그런 것들이 상대를 알려준다는 것이 두근거림을 더 강하게 하고 있었다.

"자?"

행동을 멈추고 누워 있는데, 아직 어둠에 익숙해지지 않은 환이가 소파로 발걸음을 옮기며 낮게 묻는다. 난 왜 이 상황에서 대답을 해야 하나, 말아야 하나를 고민하는 것일까? 아무튼 나는 환이를 바라보며 그저 묵묵하게 입을 다물고 있었다. 크게 기지개를 켜고 소파 위의 이불을 들척거리는 환이를 보고 있었다. 내가 무슨 용기가 나서일까? 갑작스레 내가 말했다.

"여기서 자."

이, 이런! 환이의 놀란 표정이 어둠 속에서도 확연히 드러난다. 젠장, 이 상황을 어찌 수습해야 할지. 조금 몸을 일으켜 세워 나는 다시 더듬거렸다.

"아… 아, 그러니까 소파에서 자면, 그러니까… 불편하잖아."

뭐가 그리 우스운지 환이 녀석, 버릇처럼 킥킥대더니 그냥 소파에 누우려고 한다. 저놈이! 용기 내서 쪽팔림 무릅쓰고 한 말을 씹어버리다니!

"여기 와서 자래도!"

어이없는 용기로 나는 이불을 홱~ 걷어내며 버럭 소리를 질렀드랬다. 저, 절대 환이를 꼬옥 안고 자고 싶어서 땡깡 부린 거 아니다. 진짜 아니라니깐! 이에 환이가 어이없는 표정을 연속으로 내뿜으며…

"그냥 자라, 자. 저게 저녁을 잘못 먹었나?"

"그럼 내가 거기서 잘래. 너 다리도 제대로 못 펴잖아."

무슨 깡이냐고 물으신다면… 할 말 없다. 하지만 정말 막무가내로 왠지 깡을 부려대고 싶었다. 벌떡 일어나서 환이가 누워 있는 소파로 뚜벅거리며 다가갔드랬지. 환이가 정말 어이없다는 표정으로 누워서 날 쳐다본다.

한참을 그렇게 서로를 쳐다보고 있었던 것 같다. 갑자기 벌떡 일어난 환이가 앉아서 나를 보며 말한다.

"갑자기 왜 난리야?"

머리가 아픈 듯 이마를 짚더니, 소파에서 몸을 일으킨다. 헉! 내가 여기서 자야 하는 건가? 괜스레 땡깡 부린 게 후회되는 순간이군. 힝! 일어서서 천천히 침대로 몸을 돌리던 환이가 내 손을 잡아끈다. 그래, 역시!! 넌 악마가 아니야. 천사인 것이야. 큭큭큭! 나를 쭉~ 끌고 가서는 내가 아까 누워 있던 자리를 툭툭 치며 누우랜다. 갑자기 이 어색해지는 분위기는 뭘까? 에궁~

나는 착한 어린이가 된 마냥 가만히 다시 누웠다. 환이도 그런 내 옆에 자리를 잡고 누웠다. 이불 속으로 살며시 따뜻한 환이의 손이 잡혔다. 손의 맥박이 너무 심하게 뛰어서 지금 이 상황을 무척이나 설레어하는 내 마음을 알까 조바심이 난다. 두근… 두근… 두근… 아무 미동도 소리도 없는 그 상황에서 너무 큰 내 심장 소리가 걱정이 된다. 하지만 다행히도 어둠이 모든 걸 다 삼켜 버리고 침묵만이 방 안을 가득 채우고 있었다. 옅게 비춰지는 달빛, 따뜻한 침대 속, 사랑하는 사람의 체온… 더 이상 바랄 것이 없는 이 시간. 영원히 이대로 멈춰 버렸으면 하고 바래본다. 환아, 우리 도망가면… 이렇게 아무 걱정 없이 행복할 수 있을까?

일정한 초침 소리가 점점 더 멀어지고 있다. 잠이 들었나 보다. 아주… 잠깐. 이불이 들썩여지며 시원한 바람 때문에 잠시 꿈결처럼 깨어났다. 슬쩍 눈을 뜨자 환이가 침대를 빠져나가고 있었다. 꿈이라고 생각해서일까? 그래서 용기가 났던 것일까? 나도 모르게 손을 쭉 뻗어서 일어나려는 환이의 옷깃을 잡아끌었다. 희뿌연 시야 속에서도 놀란 표정의 환이가 보였고, 그런 환이에게 잠에 푹 잠긴 목소리로 속삭였다.

"어디 가?"

한숨을 내쉬는 환이가 힘겹게 말한다.

"깼어? 잠깐 밖에 나갈 거야. 더 자. 아직 아침 되려면 멀었어."

"싫어. 나도 갈래."

눈이 번뜩 뜨이며, 굳이 환이를 따라 나가야겠다는 생각들로 가득 찼다. 내가 살짝 상체를 일으키자 환이가 어쩔 수 없다는 듯이 외투 하나를 던진다. 그리고 먼저 그 방을 나가 버렸다. 혼자 있고 싶었 나? 왜 저렇게 나가 버리는 거야. 온몸에 기운이 쫙 빠져 내리는 듯하 다. 조금은… 눈물이 날 듯도…….

옷을 여며 입고 조심스레 건물을 나섰다. 호수 가까이에서 담배 연 기를 뿜어내고 있는 환이의 실루엣이 다시 한 번 비춰진다. 그런 그 의 실루엣은 아까 보았던 설레임 가득한 모습이 아니다. 가슴을 에이 는 차가운 겨울 바람만큼이나 시리다. 뭔가 잔뜩 가슴에 품고 풀지 않는 듯한 환이의 모습. 다시 한 번 그가 멀어지는 듯한 느낌이다. 다 가가고 싶지만, 한 걸음도 움직이기가 힘들다. 나오고 보니 이곳에 처음 도착했을 때처럼 숨 막히는 어둠밖에 없다. 환이의 하얀 담배 연기와 그의 실루엣은 볼 수 있건만… 지금 당장 내려가야 할 계단이 잘 보이는 않는다.

환아! 내가 속으로 외친 소리를 들은 걸까, 아니면 내가 바스락거 리는 소리를 들은 걸까? 갑자기 휙 돌아보는 환이의 움직임이 보인 다. 급히 다가오는 모습. 어느새 가까이 와서 내 손을 잡아준다. 아까의 조금 섭섭하고 외로웠던 마음이 녹는 듯하다. 내가 밤눈이 어두운 걸 기억해 주었단 사실에 앞전의 설움과 섭섭함을 모두 정리해 버리는 거… 너무 단순한 건가?

"잔디야?"

"응?"

돌아본 환이의 얼굴이 역시 어둠에 묻혀 잘 보이지 않았다. 환이의 발걸음이 다시 호숫가로 향했다. 환이는 커다란 바위에 걸터앉았다. 호수를 마주하고 앉은 탓인지, 아니면 내가 어둠에 조금 익숙해진 탓인지 그제야 환이의 얼굴이 보인다. 내가 머뭇거리고 있자 환이가 심술궂게 웃으며 와보라고 손짓한다. 저것이 지금 야맹증이라고 나를 놀리는 행각이지! 그래, 간다, 가. 내가 가고 만다. 약이 잔뜩 올라서 뒤뚱거리며 다가갔다. 가까이 다가섰을 때, 조금 넓게 자리를 잡고 앉은 환이가 자신의 앞쪽에 가장 편안해 보이는 곳에 나를 끌어 앉혀 준다. 쳇! 병 주고 약 주냐? 나쁜 자식! 괜스레 미워서 내 몸을 따뜻하게 감싸고 있는 녀석의 팔을 꼬집어 주고픈 충동이 일어나는데, 환이가 조심스레 말을 시작한다.

"잠퉁이가 잠이나 자지. 뒤뚱거리며 왜 따라온다고 난리야? 위험한데……."

다시 한 번 저 아랫배에서부터 울컥울컥 뭔가가 치솟아오른다. 앙다문 입술과 나름대로 날카로운 시선으로 한참 환이를 노려보았다. 그런데 갑자기 이 녀석, 분위기 파악도 못하고 대뜸 내 입술을 덮치는 게 아닌가! 쳇! 내가 그리 호락호락한 줄 알아? 웃기시네~ 죽어도 열지 않으리라!! 아까와 같이 앙 다문 입술의 자세를 고수하고 있었다. 그, 그런데 이 녀석, 굴하지 않고 너무 애교있게 할짝대며 내 입술을 파고든다. 젠장. 우흑~ 입술의 언어가 있는 듯하다. 지금 그 입술의 언어가… 심술에 쌓인 내 입술의 문을 두드리는 듯하다. 간절한 애정으로 가득한 입술의 말들을 외면해 버리기엔… 너무 달콤하다. 호수의 물이 물가로 밀려오듯이… 내 입속으로 훈훈한 그의 숨결이 찾아든다. 그의 따뜻한 체온이 편안하게 내 숨결 위에 나란해진다. 나도 가만히… 추위에 노출된 그의 차가운 살결을 감싸주었다.

마주한 숨결… 점점 그 시간을 오래할수록 입술의 언어에는 한계가 있다. 질식할 듯한 행복한 숨결을 이젠 조금 밀어내고 그의 입술을 벗어난다. 아쉽게 떨어지는 체온을 느끼며 입술 언어의 한계에 아쉬움을 느낄 때… 아쉬움 따위 다 없애줄 커다란 그의 애정이 다시 밀려온다. 이렇게 입술의 언어에 중독되는 것일까? 그의 가슴에 가득 차버린 내 향기… 더 따뜻해진 그의 시선… 다음을 기약하는 부드러운 입술의 짧은 터치… 새근새근 내 숨결 위로 성스러운 의식을 하듯 짧은 입맞춤을 하고 나면… 나는 그의 따뜻한 품속으로 끌어당겨져 편안한 숨결로 돌아간다. 환이의 행동이 다른 날보다 훨씬 더 조심스러움을 느낄 수 있었다. 날 안은 그가 신중하게 말했다.

"잔디야, 우리… 떳떳해지자. 내가 널 아끼는 만큼 세상에 떳떳하고 싶어."

"무슨 뜻이야?"

"말 그대로야. 우리 둘 사이… 부모님께 말씀드리자."

"뭐, 뭐라고? 말도 안 돼! 그럼 두, 두 분……."

"그래, 당연히 반대하시겠지. 아마 우리 둘 떨어뜨려 놓으려고 하실 거야. 하지만 난 누구보다도 네가 우리 엄마에게 인정받았으면 좋겠어. 아버지의 축복도 함께 말야. 나도 마찬가지이고."

"말도 안 되는 거 알잖아. 두 분은 사랑하는 분들이셔."

"그래, 알아. 하지만… 언제까지나 숨길 수 있다고 생각하는 거 아니잖아. 언젠가는 아시게 될 거야. 배신감도 드시겠지. 이해해 주실 때까지 기다릴 거야."

과연… 이해하실 수 있을까? 이대로 우리 영영 이별하게 되어버리는 건 아닐까? 아니면 아빠, 엄마마저 이별해야 하는 최악의 상황이 올지도 몰라. 모든 게… 겁이 나!

"너무 겁 내지 마. 그 자리에만 있으면 돼. 변하는 건 없어. 힘겨운 시선 따위에 변할 거였으면, 이런 결심하지도 않았으니까."

환이의 결심에 나를 많이 사랑하고 있음이 느껴졌다. 환이는 엄마를 사랑하니까… 사랑하는 엄마의 마음에 상처를 주어야만 하는 상황에… 가장 힘겨운 건 너일 테니까… 훗, 그건 나도 마찬가지인가? 아빠, 미안해요. 하지만 너무 사랑하는걸요. 늘 그림자처럼 내 주위를 맴돌던 환이… 이제 환이 없이 전 견딜 수 없어요. 아빠도 엄마를 그렇게 생각하시겠죠? 아빠와 저, 둘 다 사랑하는 것뿐인데 왜 이래야 하는 건지……. 앞으로 쏟아져 나올 슬픔과 힘겨운 시간들… 누구를 원망해야 할지…….

늦게 잠들었음에도 불구하고, 이른 아침에 눈이 떠졌다. 환이와 나, 둘 다 어젯밤 잠자리가 불편했나 보다. 어쨌든 환이의 결심에 따르기로 하고, 우리는 할머니께 인사를 드리러 나섰다.

"그래, 잘들 가. 이봐."

환이가 먼저 차에 오르자 할머니가 나를 다시 부르신다. 뭐, 뭐지? 아직도 야단치실 게 남으셨나? 긴장되요, 할머니~

"네?"

"세상사 다 순리가 있어. 그 순리 따라서 너희들도 움직이는 거고. 그 순리에서 벗어나려거든, 저기… 저 우리 영감 가 있는 하늘을 울려 버릴 만큼 간절한 마음으로 서로 애껴줘. 그게 아니면 더 많은 사람 상처 주지 말라고."

늘 심술궂게 보이던 할머니께서 진지하게 충고를 하신다. 그리고 언제 그랬냐는 듯이 환이에게 웃어 보이며 손을 흔들어주고 있다.

"잔디야, 어서 타."

"아, 응. 그럼 할머니, 안녕히 계세요."

다급히 인사를 하고 차에 올랐다. 왜… 나에게만 그런 소리를 들려주신 거지?

"왜? 할머니가 뭐라고 하셔?"

"응?"

"얼굴 표정이 별로여서."

"아, 아냐. 다음에 또 같이 놀러오라고."

"쿡! 설마~ 저 할머니 처음 보는 사람한테 얼마나 심술 궂으신데, 그런 소리 했을 리 없어. 그래도 본심은 좋으신 분이셔."

“응, 나도 알아.”

환이와의 짧은 여행을 마치고 집으로 향했다. 한숨 자고 일어났더니 어느새 높은 건물 사이를 달리고 있었다.

“어? 벌써 온 거야?”

“깼어? 잘 잔다. 나도 졸려서 죽을 뻔했어.”

투덜대는 환이에게 미안하다고 미소 한 방 날려주고 창가로 고개를 돌렸다. 그런데 창가로 친숙한 모습이 보인다. 현실로 돌아왔다는 걸 알리기라도 하듯 그들이 등장했다.

“차 세워, 환아.”

“왜?”

“저기 슬희랑 애들 있어.”

슬희란 말에 환이도 다급히 내가 바라보던 쪽을 바라보더니, 급히 유턴을 했다. 갑자기 유턴을 하자, 다들 놀라서 우리를 바라본다. 나와 환이가 내려서 다가가자 점점 슬희와 윤우의 얼굴이 굳기 시작한다.

“어, 왔냐? 누나 오셨어요?”

우릴 반기는 사람이라고는 대헌이뿐이었다.

“왜 여기들 있는 거야?”

“지나가다가 너희가 있길래 멈춘 것뿐이야.”

대헌이가 윤우와 슬희를 바라봤다. 환이도 서서히 굳어진 표정으로 윤우와 슬희를 바라보고 있다. 환이가 짐작하면서도 아니길 바라는 일이… 아마도 맞아떨어진 듯하다. 왜냐하면 지금 환이의 표정이 그러니까. 화가 난 듯하면서도 괴로운 표정. 그런 표정으로 윤우를 바라보고 있다. 그런 환이의 표정을 외면하는 윤우는 침통한 얼굴을 감추지 못하고 있었다.

"김윤우, 너 그런 자식이었냐?"

말릴 사이도 없이 환이는 윤우의 멱살을 잡고 있었다.

"왜 이래, 환아! 놓고 얘기해, 응?"

윤우를 어딘가로 던져 버릴 듯한 기세에 너무 놀라 대헌이가 달려들어 환이와 윤우를 떨어뜨려 놓았다. 얼마나 화가 났는지 환이의 숨소리가 더욱 거칠어지고 있었고, 저만치 밀려 나간 윤우는 그저 나와 환이, 그리고 모두의 시선을 외면하고 있었다.

"환아, 진정해. 너희들 싸웠냐?"

대헌이가 말을 이었고, 환이는 그런 대헌이의 말에 아무런 대꾸도 없이 슬희에게 시선을 옮겼다.

"너한테 다시 모진 말 하게 돼서 정말 미안하다. 슬희… 너."

슬희의 표정이 점점 일그러지기 시작했고, 환이는 더욱 매몰차게 말하기 시작했다. 뭐가 어떻게 돌아가는지 잘 모르겠지만, 지금 환이의 표정으로 봐서는 분명 슬희에게 큰 상처 줄 말을 내뱉을 것 같다. 말려야… 하나?

"그만 해! 다 내 잘 못이야. 슬희는 아무 잘못 없잖아. 그런 소리 들을 이유 없잖아."

나 대신 윤우가 환이의 말을 자르며 우리를 바라보고 있다. 여전히 냉랭한 눈의 환이가 비웃음을 띠고 있다.

“환아.”

나는 오싹해지는 환이의 비웃음을 조금이나마 누그러뜨리고자 환이를 불렀다. 그러나 조금도 화를 삭힐 표정이 아니었다.

“그래? 그럼 어디 말해 봐. 그날 무슨 일이 있었던 거야? 잘난 입으로 말해 보라고. 아니지, 나 말고 슬희한테 말해 보라고.”

서, 설마… 아니야, 아닐 거야. 윤우는 누구보다 착하고 진실한 애인데…….

“이환! 너 도대체 무슨 소리를 하는 거야? 지금…….”

드디어 슬희가 앙칼지게 소리치기 시작했다. 대헌이가 다시 그들 사이로 끼어들었다.

“차분하게 한 명이 이야기해 봐. 뭐야?”

잠시 침묵이 흘렀고, 그 침묵을 먼저 깬 것은 슬희였다. 눈물이 그렁거리는 눈으로 환이에게 달려들어서 환이의 옷깃을 붙잡고 따지듯이 물어댔다. 이젠 내가 상상하고 있는 것이 사실로 맞아떨어지고 있는 것 같다.

“말도 안 돼! 이환, 똑바로 말해. 날 보고 똑바로 말하라고. 지금 덮어씌우는 거지? 나 떼어내 버리려고 그러는 거지?”

어느새 거리가 조금씩 혼잡해지고 있었다. 사람들이 우리들을 힐끔거리며 지나가고 있었다. 소리 지르며 환이의 옷깃을 흔들어대는 슬희를 바라보고 있자니, 나도 모르게 눈물이 난다. 왜… 이렇게 되어야만 하는 건지. 이젠 지친 듯 눈물을 흘리는 슬희가 애원하는 목소리로 환이에게 말한다.

"제발… 그런 거짓말이라면 하지 말아줘. 잔디 언니랑 너… 떼어 놓으려 하지 않을게. 그냥… 나 혼자서라도 아기랑 어디 숨어서 살 테니까… 그러니까 제발… 그러지 말아줘. 응?"

드디어 아기의 소리를 들은 대헌이가 무언가를 눈치 챈 듯 윤우를 쳐다보았다. 윤우가 슬퍼하고 있었다. 뭔가 너무도 많이 엇갈린 듯하다. 아마도 환이와 내가 더 많은 사람들을 상처 속에서 울게 하고 있었나 보다. 점점… 자신이 없어진다. 슬희를 다독여 주는 환이의 모습을 바라보는 윤우의 눈빛이 무척이나 아프고 쓰려 보인다. 아마도 윤우는 환이가 모르는 아픔을 가지고 있는지도 모른다.

드디어 윤우가 입을 열었다. 서로가 서로에게 뜻하지 않은 상처를 주는 순간…

"슬희야, 미안해. 나야. 그날 취한 너와 함께 있었던 건 환이가 아니라… 나야."

슬희의 울음이 멈추어 버렸다. 조금 눈치를 채고 있던 대헌이도 이내 그 모습을 보기 힘겨웠는지 뒤돌아서 버렸다.

"…슬희야."

예민해진 슬희의 눈빛이 이제 윤우를 노려보고 있었고… 그런 그녀를 불러봤지만, 슬희의 선했던 웃음이나 시선은 사라진 지 오래인 듯 했다.

"김윤우! 널 평생… 아니, 영원히……."

부들부들 떨리는 슬희의 목소리가 윤우의 얼굴을 더 어둡게 만들었다. 미친 듯이… 환이의 손을 뿌리치고 돌아서서 달리는 슬희. 고개 숙인 그들을 한 번 돌아보고 다시 고개를 돌렸다.

"슬희야!!"

미친 듯이 내달리는 그녀는 차도로 향하고 있었고, 내 부름도 못 들은 듯하다. 저기 달려오는 차가 곧 그녀를 향할 텐데… 어쩌지? 어쩌지, 환아? 슬희한테는 슬희를 저렇게 아프게 사랑하는 윤우와 아이가 있는데…….

"잔디야!! 안 돼!!"

환이의 목소리가 들린다. 그리고 브레이크 소리가 내 고막을 찢을 듯 들려온다. 순간… 새 하얗게 세상이 변해 버린다.

눈을 뜨고 싶은데 너무 힘겹다. 주위가 소란스럽기까지 하다.

"악! 어, 언니! 눈 좀 떠봐요. 언니!!"

아마… 나도 모르게 슬희의 뒤를 따라 뛰었나 보다. 아픈 곳도 없는데 왜 이렇게 눈이 떠지지 않는 건지……. 이게… 정말 마지막이라면 환이의 얼굴… 한 번이라도 더 보고 싶은데……. 어쩌지? 환아… 어디 있어? 따뜻한 체온이 목덜미 뒤로 느껴진다. 아늑한 어둠 속으로 빨려들어 가는 듯하다.

너무 아픈 통증에 지루하고 지루하던 잠에서 깨어났다. 눈을 떠야 하는데 너무 힘겨워 뜰 수가 없다. 온몸이 무거운 무언가에 짓눌린 듯… 정말이지 손가락 하나 까닥하기 힘겨웠고, 만약 움직일 수 있다고 해도 그러고 싶지 않았다. 머리끝에서 발끝까지 꾹꾹 쑤셔대는 아픔 때문에… 다시 잠들어 버렸으면 하는 간절함만이 계속 내 머리 속을 맴돌았다.

“잔디야…….”

누군가 내 이름을 부른 듯한데… 누군지 생각하는 것조차 귀찮아져 버린다. 그냥… 그냥 이대로 아무것도 생각하지 않고 잠들어 버리면 좋으련만… 너무 소란스럽다.

“잔디야! 흑! 너란 애는 도대체 뭘 하는 거야? 어떻게 된 거냐고?”

앙칼지게 누군가 소리를 지르자 왼쪽 관자놀이 부분에 긴 바늘이 쑥 찔린 듯 숨 막히는 아픔이 다시 한 번 밀려온다. 그만… 조용히 좀 해줘. 쉬고 싶어. 쉬고 싶어…….

“죄송해요.”

무겁고 아픈 목소리. 눈을 떠야 한다는 생각이 밀려왔지만, 다시 한 번 온몸이 벌집 쑤시듯 쑤셔대는 고통에 그만 쉬고 싶다는 생각이 다시 나를 엄습한다. 모든 게 다 귀찮고 싫을 뿐이다.

얼마를 더 잠들어 있었을까? 또 한 번의 어둠과 함께 깨었던 듯. 하지만 여전히 무거운 몸은 그대로였고, 기억을 한다거나 뭔가를 알고 싶다는 생각은 없었다. 또다시 찾아올 아픔이 걱정이 되자 그냥 다시 잠들어 버리고 싶은 마음뿐이었다. 그때 뭔가 내 손을 잡는 듯한 느낌이 든다. 따뜻한데… 익숙한 느낌의 손인데… 뭘까? 다시 한 번 관자놀이가 미친 듯이 아파온다. 관두자. 난 그냥 이대로 쉬고 싶을 뿐이야. 점점… 다시 잠에 빠져드는가 싶은데… 다시 한 번 무겁고 젖은 목소리가 들려온다. 울음을 참는 듯한 메인… 낮은 목소리. 관자놀이를 매섭게 찌르는 아픔이 서서히 멀어져 가면서 들려온다.

“눈부처란 말… 알고 있었어. 평생 네 눈부처가 될 수 있는 사람은… 나뿐이라고 해놓고… 그렇게 눈 감고 있으면 안 되잖아. 그날 나도 말해 주고 싶었어. 잔디… 너도 내 눈부처라고… 세상에 단 하나 가지고 싶은 내 눈부처. 하… 그날 왜 말하지 못해서 이렇게… 이렇게 후회하는지. 너 기뻐하는 모습 보고 싶은데……. 잔디야, 깨어나거든 너무 방황하지 마. 네가 나를 볼 수 없더라도, 난 내 눈부처인 널 항상 바라보고 있으니까… 내 눈에는 항상 네가 있을 거니까… 보이지 않더라도… 혹시 그렇게 된다고 해도 너무 힘들어하지 마.”

무슨… 소리를 하는 거지? 뭐야? 네가 환이라는 것도… 우리가 사랑해서는 안 될 사이지만, 너무 원한다는 것도… 다 알겠는데… 이제 다 알겠는데… 그건 무슨 소리야? 네 눈에 내가 비춰져도 나는 내 눈부처를 볼 수 없다니… 하… 거, 거짓말이야. 나 너무 아픈데 왜 농담하고 그래? 그렇게 목이 메어서 아픈 듯 울먹거리지 마. 졸려. 환아, 너무 졸려. 일어나면, 나 일어나면 아니라고… 아니라고 꼭 다시… 말해… 줘.

시원한 바람이 내 볼을 스친다. 또 얼마를 더 잠들었던 걸까? 이렇게 잠만 자면 안 되는데……. 콧등이 간지러워 온다. 뭔가 있는 것 같은데? 손가락이 이제야 조금씩 움직이기 시작했다. 그때 익숙한 소리가 들린다.

“그럼 등록을 해야 하는 건가요?”

“우선은 그렇게 해놔야지. 그래야 이식받을 수 있을 거야. 하지만 기증하는 사람이 극히 소수인 건 당신도 잘 알지?”

“그래도 할 수 있는 데까지는 해봐야죠. 평생을 저렇게 살아가게 할 수는 없어요.”

“그래, 노력해야지.”

흐느끼는 엄마. 아빠의 침체된 목소리. 그, 그럼 환이가 거짓말을 한 게 아니란 말야? 나… 나 정말 볼 수 없게 되어버린 거야?! 천근 같은 무게로 눌린 것 같은 눈꺼풀을 떠보려고 안간힘을 다했다. 떴는지 감았는지, 아무 감각도 없는 상황에서 가만히 왼손을 눈에 대봤다. 손끝에 닿는 감촉은 내 피부가 아니다. 거칠한… 거칠한 붕대가 만져진다.

“자, 잔디야!”

급히 내게로 달려오는 둔탁한 발소리가 위협적으로 들린다. 꼭 나를 짓밟고 지나갈 듯 두렵게 내 귀를 파고들고 있다.

“오, 오지 마.”

쩍쩍 갈라진 내 목소리가 들린다. 붕대를 매만지는 손끝에… 축축한 이물질이 느껴진다. 흑! 웃기네, 정말……. 볼 수 없게 되어버린 눈에서도… 눈물은 흐르나 보다.

“잔디야, 진정해! 진정해!”

“의사 선생님을 불러올게요.”

움직여지지 않는 몸으로 아빠의 발걸음을 저지할 순 없었다. 그냥 멍하니 누워서 눈물만 뚝뚝 흘릴 수밖에……. 급하게 문이 열리고 다 급히 들어오는 발소리들. 다 싫어!! 미친 듯이 발악하듯 꿈틀거렸다. 그런 내 모습이 안쓰러웠는지… 주사 바늘을 찔러 넣는다.

“환자의 진정을 위해서 모두들 잠시 나가주세요.”

나긋한 간호사의 목소리가 들렸다. 소독약 냄새가 진동하는 손이 잠시 내 눈 주위에서 무언가 한다. 뭐라고 내게 말을 건넸지만, 나는 몰려오는 설움과 절망으로 대꾸하고 싶지 않다. 그래서 침묵으로 일관한 채 그들을 거부했다. 잃어보지 않은 사람들이 뭘 알아서 저렇게 지껄여 대는지… 이 암흑 같은 어둠을 겪어나보고 저딴 진정하란 강요를 하는 것일까? 사랑하는 사람을 보지 못하는 이 고통을 알기나 하냔 말야! 다들 사라져! 없어지라고! 내 눈앞에서 없어… 훗! 윤잔디, 너 웃긴다. 보이지도 않는 주제에… 쿡! 후후… 뭐, 뭐야? 도대체 이게 뭐냐고… 이 꼴이 뭐냐고! 순간 세게 열리는 문소리가 들린다. 그리고… 그리고 들려오는 목소리.

"잔디야!!"

누군가가 전했겠지? 윤잔디가 깨어났다고… 그래서 우리 환이가 저토록 다급하게 달려왔겠지? 미안… 미안해. 나 너를 볼 면목이 없어. 미안, 환아.

"이러지 마세요. 나가세요. 들어오시면 안 된다니까요."

"아, 좀 비켜봐요. 아씨, 젠장! 잠깐이면 된다니까!!"

"모두 나가줘, 제발… 나가… 달라고."

갈라져 나오는 내 목소리를 듣고 환이의 횡포가 멈춘 듯하다.

"나중… 에 올게."

어떻게 된 건지 모르겠지만 오랫동안 나… 모든 게 무료하고 귀찮아서 그냥 눈 감고 있는 게 좋았어. 그런데… 그 와중에도 일어나면 환이… 환이 네가 제일 보고 싶었는데… 이젠 볼 수 없잖아. 깨지 않을래. 그냥 이대로 잠들어 버릴래.

약 기운 때문일까? 금세 난 다시 잠이 들었던 것 같다. 다시 깨어 났을 때, 엄마의 목소리가 들려왔다.

"잔디야, 깨어났니?"

"……."

"어디 아픈 데는 없니?"

"저 얼마 만에 일어난 거예요?"

"삼 일. 삼 일 동안 의식이 없었어. 이제 깨어났으니까 금방 괜찮 아질 거야."

안심시키려는 엄마의 목소리. 보지 않아도 엄마의 걱정스런 억지 미소가 그려진다. 너무 오래 누워 있었던 탓인지 일어나 앉고 싶었 다. 무언가 잡으려고 손을 뻗었다. 한결 움직이기가 수월한데…….

"아야!"

감각이 무뎌져서인지 크게 손을 내저었나 보다. 침대 모서리에 날 카롭게 손등이 긁혀 나갔다.

"괜찮니? 앉으려고? 엄마한테 말하지 그랬어. 아직은 혼자 움직이 면 안 돼."

달려온 엄마가 조심스레 나를 일으켰다. 혼자 전혀 움직일 수도 없 다니… 이제는 사람이 아니라 귀찮은 짐이군. 훗…….

"언제 오셨어요?"

"환이에게 네 사고 소식 듣고 바로 달려왔어."

"걱정 끼쳐서 죄송해요."

“그런 말 말거라. 엄마는 네가 더 많이 다치지 않은 것에 감사해.”

더 많이 다치지 않았다라……. 가만히 손을 올려 내 눈을 더듬었다. 역시… 천 조각이 내 눈을 덮고 있었다.

“이, 이곳 말고 어디가 또 쓸모없게 됐죠?”

“잔디야! 쓸모가 없다니!”

“아… 제가 말을 잘못했나 보네요. 어디가… 병신이 되어버린 거죠라고 해야 하나? 훗!”

“잔디, 제발 그러지 말아라. 병신이라니. 아냐, 넌 다시 볼 수 있어. 내 눈이라도 빼서 널 볼 수 있게 할 거야. 흑! 잔디야, 그러니 아파하지 말거라. 마음까지 아파하면 안 돼. 응?”

엄마, 그러지 마요. 그러지 마. 난 엄마 자식도 아니잖아요. 그리고… 눈떠봤자 엄마에게 상처 주는 일만 하게 될 게 뻔한걸요. 훗, 아마도 하느님이 벌을 주시나 봐요. 이렇게 소중하고 착한 엄마를 생각하지 않고, 사랑에 눈이 멀어버린 저에게… 못된 저에게 벌을 주시는 건가 봐요. 이렇게 좋은 엄마에게 비수 꽂을 생각을 하다니… 엄마, 미안해요. 다시는 그런 생각 안 할게요. 다시는 환이… 내 사람이 될 수 없는 사람… 욕심 내지 않을게요. 다행이에요. 이렇게 되어버린 나… 다행이에요.

엄마를 붙잡고 퍽도 많이 울었다. 그리고 나는 다시 진정제를 맞고 잠에 빠져들었다. 내 안정을 위해서 면회도 금지되었다. 훗… 나는 내가 그렇게 예민한 사람인 줄 몰랐는데……. 의사가 말하더군. 환자가 예민한 관계로 면회 시간을 정해놓고 적은 접촉만 있도록 해야겠다고. 그렇게… 보이지 않는다는 것이 나를 많이 바꿔놓았나 보다.

왔구나…….

이런저런 생각으로 누워 있는데 익숙한 걸음 소리가 들려온다.

"자?"

세 번째 면회. 엄마 이외에는 아무도 들이지 않았던 병실에 환이가 세 번째 면회를 온 것이다. 두 번의 면회와 같이… 나는 다시 자는 척을 해야 했다. 그때마다 환이는 시간이 다 갈 때까지 가만히 내 손을 잡고 앉아 있다가 나가곤 했다. 그리고 난 터질 듯한 눈물을 모두 참아내느라… 목이 따가울 정도로 아프곤 했다.

"나랑 말하기 싫은 건가?"

"……!!"

"그럼 듣기만 해. 계속 그렇게 자는 척하는 거, 안 힘들어?"

환이는 다 알고 있었나 보다.

"슬희가 많이 울고 있어. 미안하다고… 자기 때문이라고… 한 번 오고 싶다고 했는데, 너 아직 면회가 안 되니까 그렇다고 얘기 했어."

"……."

"잔디야. 언제까지 그러고 있을 거야? 이식받으면 볼 수 있다잖아. 왜 평생 아무것도 못 볼 사람처럼 구냐고!!"

화난 환이의 목소리가 내 귀를 아프게 한다.

"미안. 속상해서 나도 모르게 소리를 질렀어. 피하지 마. 이렇게 날 피하기만 하니까 미치겠어. 돌아버리겠다고……."

나도… 나도 환아, 미칠 거 같아. 당장 일어나서 속상해하는 네 모습 위로하고, 환하게 웃는 모습 너무너무 보고 싶은데… 내 마음이 움직이지 않아. 너에게 짐이 되긴 싫어. 언제 이식받을지도 모르는 눈으로 너에게 짐이 되기는 싫어. 그리고 네 엄마… 내 엄마에게 더 이상 아픔을 드릴 수는 없어. 날 위해 두 눈을 다 내어줄 듯… 저렇게 나를 사랑해 주시는 엄마를 더 아프게 할 수가 없어.

애원하는 환이의 목소리가 갑자기 뚝 끊어졌다. 불안한 마음에 다급히 손을 내저었다. 가버린 걸까? 조, 조금만 더 있다가 가지. 함께 있는 시간… 이렇게 아프면서도 따뜻한데……. 아! 순간 내 손을 따뜻하게 잡아주는 환이의 체온이 느껴진다.

"나 여기 있어. 아무 데도 안 가. 계속 네 옆에 있을 테니까… 그러니까 잔디야, 불안해하지 마."

미칠 것 같아. 어쩌지? 이렇게 너 없으면 아파지는 나인데… 어떻게 너에게 다시 동생이 되어달라는 말을 하지? 환아… 환아, 너무… 너무 보고 싶어.

"어휴… 찔찔이, 또 우는 거야? 그만 좀 울어. 잠시 보이지 않는다고 해서 변하는 건 하나도 없어. 왜 이렇게 혼자 불안해하는 거야."

흘러내리는 눈물을 닦아주는 환이의 손이 나를 더 슬프게 한다.

"바보 같이… 왜 그렇게 겁도 없이 달려든 거야."

순간 그날이 다시 떠오른다.

"아, 아기는?"

갑자기 슬희의 임신 생각이 났고, 긴 잠에서 깨어난 후 처음으로 환이에게 말을 건넸다.

"걱정 마. 네 덕분에 둘 다 다치지 않았어."

"그래, 다행이다. 윤우는?"

"사라졌어."

"……!"

나만큼이나 아플 사람인데… 환이는 아직 윤우의 마음을 모르나 보다.

"다른 걱정은 말고 푹 쉬어. 또 올게."

떨어지는 손이 너무 아쉬운 건… 아마도 너에 대한 나의 마음을 정리해야겠다는 생각 때문이겠지? 이젠… 볼 수 없는 눈부처… 생각하지 않을래.

살며시 문을 닫고 나가는 환이의 발소리가 사라져 들리지 않을 때까지 가만히 귀를 기울였다. 잘 가.

오후쯤 되었을까? 의사와 간호사들이 드디어 내 눈에 친친 감겨 있는 붕대를 풀어주었다. 눈을 뜰 용기가 생기지 않는다. 아무것도 보이지 않는 것을 인정하기 싫었나 보다. 의사가 뭐라고 지껄이든 말든 모른 척 그냥 가만히 눈을 감고 있었다.

한참 후, 모두가 나가고 엄마도 병실을 비운 사이… 나는 뛰는 심장과 두려움으로 천천히… 내 눈꺼풀을 들어 올렸다. …뭘 바랐던 걸까? 기적이라도 일어나서 내 눈을 훤히 트여주길 바란 걸까?

"잔디야."

갑작스런 소리에… 볼 수 있는 사람처럼 눈을 뜬 채로… 소리가 나는 방향으로 고개를 돌렸다. 성아… 인데…….

"잔디야! 흑!!"

어느새 내 옆으로 걸어 들어온 그녀가 초점없는 내 눈을 보고 울음을 터뜨렸나 보다. 울지 마. 오랜만에 보는… 아니, 오랜만에 만난 건데 울기부터 하면 어떻게 해?

"왔어?"

아무렇지 않은 표정을 지어 보이며, 손을 뻗어 그녀를 잡았다. 얼마나 아프게 흐느끼는지 온몸이 떨리는 성아.

"울지 마. 나 괜찮아."

"바보야, 흑!! 대체… 대체 왜 뛰어든 거야? 흑!!"

모든 이야기를 들은 듯한 성아의 울먹임. 어쩌면 내가 다른 이들에게 하고 싶은 원망일지도 몰라. 그래, 네 말대로 무슨 착한 짓을 하느라 거기에 뛰어든 건지…….

"벌받은 거지 뭐. 홋……."

"흑!! 잔디야."

덥석 나를 안아버리는 성아의 품에서 씁쓸하게 울었다.

"보고 싶었어. 그날 널 그렇게 본 게 마지막이라는 걸 알았다면, 더 이쁘게 봐둘 걸 그랬어. 헤헤……."

"바보야, 그런 말이 어디 있어? 흑!! 그런 소리 하지 마."

그렇게 한참 동안 서로 부둥켜안고 있었다.

성아가 안정을 찾은 듯, 가만히 내 손을 붙잡는다.

"환이는 어디 갔어?"

“성아야.”

“응?”

“후… 나 한꺼번에 너무 많은 일들이 일어나서… 지금 너무 혼란스러워.”

“그래, 네 마음 알 것 같아.”

“응. 승하 일도… 환이도… 그리고 부모님께 죽을 만큼 죄송스러운 일… 그것들만으로도 너무너무 복잡하고 힘들었는데… 슬희 일에… 윤우 일도 겹치고, 이렇게 눈까지 보이지 않으니까… 너무 힘들어. 이런 괴로움을 겪을 바에 차라리… 죽고 싶어.”

“잔디야!!”

“미안… 근데 성아야, 그거 알아? 하루아침에 아무것도 볼 수 없게 된 고통… 너무 아프고 두려워. 겪어보지 못한 사람은 알지 못할 거야. 얼마나 무서운 아픔인지…….”

정리된 내 마음을 속 시원히 털어놓는데 갑자기 큰 소리를 내며 누군가 병실로 들어온다.

“잔디야! 이게… 이게 무슨 소리냐?”

놀란 엄마의 목소리에 이어 들리는 환이의 소리.

“엄마! 잔디는 아직 안정이 필요하다구요.”

“놔라! 이게… 이게 무슨 소리야! 너희… 너희는 남매야!”

경악에 찬 엄마의 목소리가 내 가슴을 꾹 파고든다.

“아주머니… 환아…….”

성아도 무척이나 놀란 듯 내 손을 놓았다. 지금 내가 느낄 수 있는 건… 어둠과 사랑하는 사람들의 아픈 목소리들뿐이다. 그래, 정리하는 거야. 나답게… 늘 보이던 밝은 웃음으로… 그렇게 말야.

"엄마."

기절할 듯한 목소리를 내던 엄마의 목소리도… 성아의 놀라움도… 환이의 안타까운 목소리도… 모두 잠잠해졌다. 보이지 않지만 숨결이 느껴진다. 그중 가장 거칠게 숨을 쉬고 있는 곳을 향해 최대한 밝게 웃어 보이며 두 팔을 뻗었다.

"엄마."

다시 한 번… 목이 메인 듯 엄마를 부르자 따뜻한 엄마의 음성이 체온과 함께 밀려왔다.

"그, 그래. 잔디야, 엄마 여기 있어."

엄마의 따뜻한 손이 내 손에 잡혀지고, 난 천천히 엄마의 몸을 쓸어 올라가 목을 가볍게 안았다.

"엄마, 걱정 마요. 그런 일 없어. 환이랑 난 엄마와 아빠가 맺어준 남매인걸. 그런 일 없어요. 걱정하지 마요, 엄마."

보이지 않아 두려운 만큼 엄마를 꼭 안았다.

"그래…그래, 우리 착한 딸."

보이지 않아서 다행이다. 지금 환이의 얼굴이 보이지 않아서… 다행이다. 찢길 듯 아픈 네 표정… 볼 수 없다는 현실이 이처럼 다행스러울 일은 없을 거야. 얼마 동안 엄마의 흐느낌과 내 흐느낌 이외에는 아무것도 느낄 수 없었다.

쾅당—!!

엄청난 파괴음이 들리고는 문이 닫힌다. 훗… 아마 내 동생 환이가 골이 났나 보다. 다시… 누나라고 부르라며 엉터리 소리를 지껄이는 나에게… 퍽이나 많이 골이 났나 보다. 흑…….

"잔디야, 아빠에게는 아무 말 말자꾸나."

"네."

"그래, 엄마는 환이 녀석 좀 보고 올 테니… 친구랑 쉬고 있어."

아빠에게는 우리의 사이가 묵인되는 것이다. 다시 한 번 문이 열렸다 닫히고 그제야 성아의 목소리가 들린다.

"너… 뭐야?"

"뭐가?"

"지금 이렇게 끝낼 거란 말야?"

"서로를 위해서 좋은 일이야. 우리는 어차피 행복해질 수 없는 관계였어."

"그래, 잘 아는군. 그렇게 똑똑한 네가 왜 환이 마음을 받아줬던 거야?"

"성아야……."

"집어치워! 눈이 안 보인다고 사랑도 안 보이는 거야? 눈을 잃을 때 마음도 같이 내팽개쳤냐고!"

"그만 해."

"그렇게 환이 가슴에 못을 박아야겠어? 안 그래도 힘겨운데 너에게 힘이 되려고 아주머니께 어렵게 말 꺼낸 건데… 넌… 넌 도대체 뭐야? 환이를 뭘로 만든 거냐구!!"

“그만… 그만, 그만 해.”

“그래, 그만 하지. 하지만 이건 알아둬. 윤잔디 네가 아무리 친엄마처럼 여긴다고 해도, 저분을 상처 입힌 아픔은 환이가 훨씬 더 클 거라는 거.”

다시 한 번 문이 덜컹 열리고 한참 후에 닫히는 소리가 들린다.

“나도 알아. 하지만… 어떻게 해야 할지 모르겠는걸. 다만 내가 알고 있는 건 내가… 내가 모두를 아프게 한다는 거야. 아빠도… 엄마도… 슬희도… 그녀를 사랑하는 윤우도… 승하도… 그리고 얄미웠던 정화마저도 모두… 모두 나 때문에 아파하잖아. 무엇보다… 무엇보다도 이런 바보 같은 모습으로 방황하는 나를… 가장 아프게 바라보는 환이를 생각하면 나 견딜 수가 없어. 견딜 수가 없다구…….”

혼자… 울고 또 울었다. 그리고 다시 아늑해지는 정신으로 깊은 잠에 들었다. 깨어나고… 다시 울다 지쳐 잠들고… 또 깨어 그리운 이들을 그리며 내 운명을 저주하고……. 하지만 그 시간 동안 환이는 한 번도 내 병실에 오지 않았다. 아니, 오지 않는 것 같았다. 늘 엄마와 성아, 재희만 병실을 찾았다.

“다 챙겼다. 가자, 잔디야.”

드디어 기다리던 퇴원 날이다. 이제는 내게 안구를 기증할 사람이 나타날 때까지… 기다리는 시간만 남은 것이다. 또 얼마나… 오랜 기다림으로 지쳐야 할지.

“엄마, 환이는?”

“아… 그, 글쎄. 요즘 바쁜가 보더라. 새 학기 준비도 하고 말야.”

“응.”

오지 않을 그를 찾는 내 바보스러움에 씁쓸하게 웃음 지었다. 사람들의 부축을 받으며 병원 건물을 나섰다.

“기다리거라. 아빠가 차 가지고 오마.”

이제는 제법 따뜻해진 봄 날씨가 느껴진다. 훗… 사람이란 적응이 빠른 동물이다. 눈이 어두워지자 피부의 촉감이 이리도 예민해진 걸 보면 말이다. 날 부축하며 움직이시던 엄마가 갑자기 걸음을 멈추신다.

“엄마?”

“누구시죠? 저희를 아시나요?”

뭐지? 누군가 우리의 앞길을 막은 듯한데…….

“잔디… 맞지?”

어딘가 딱딱한 목소리이긴 했지만… 이상하게 가슴을 두근거리게 하는 여자의 목소리.

“제가 잔디이긴 한데… 누구시죠?”

“저희 애에게 무슨 볼일이라도 있으신가요?”

그 사람은 대답을 하지 않았다.

“죄송하지만 지나갈 수 있게 비켜주시겠어요?”

계속 말이 없자 엄마가 내 팔을 조금 당기며 그 사람에게 말했다.

“눈이… 보이지 않는다는 말이 사실이군요.”

다시 말을 꺼낸 그녀. 목소리가 살풋 흔들리는 듯했다.

“누구시죠?”

다시 다그쳐 묻는 엄마.

"안녕하세요? 잔디 새엄마이신가요?"

뭔가를 찌르기라도 할 듯한 새엄마라는 소리. 보이지 않지만 곱지 않은 눈길로 엄마를 바라보고 있을 듯하다. 새엄마라……

"초면인데 상당히 무례하시네요. 네, 전 잔디의 어미 되는 사람입니다."

"불쾌하셨다면 죄송합니다. 이렇게 뵙게 되다니 저도 유감입니다. 전… 잔디의 생모입니다."

무, 무슨 소리를 하는 거야, 이 사람? 내 생모라니? 미친 거 아니야? 너무 답답하다. 이 순간, 보이지 않는다는 것이 너무 괴롭다. 다리가 후들거려 제대로 균형을 잡기가 힘들다. 나를 붙들고 있는 엄마도 많이 놀라신 듯하다. 날 잡고 있는 두 손이 여리게 떨려오는 게 느껴졌다.

"뭐, 뭔가 오해가 있으신 모양인데… 잔디의 생모는 잔디를 낳으면서……."

"죽었다고요?"

굉장히 사무적인 어투가 망설이시는 엄마의 말을 말끔히 자른다. 머리가 욱신거린다. 갑자기 나타나… 내 생모라니……

"둘 다 믿을 수 없다는 표정인데… 아, 저기 내 존재를 확인시켜 줄 사람이 오는군요."

"여, 여보."

엄마가 부른 사람은… 다름 아닌 아빠였다. 냉기가 흐르는 분위기.

“오랜만이네요.”

여전히 사무적인 딱딱한 어조. 그런 여자의 말에 대답 대신 아빠는 나를 끌어당기기 시작했다.

“잔디야, 타거라.”

조금 갈라지며 나오는 목소리가 불안하게 들려온다.

“아빠!”

“타, 어서! 그리고 당신도 타 있어.”

“아뇨. 전 이 상황을 알아야겠어요. 저 여자가 잔디의 생모라는데, 이게 도대체 무슨 소리죠?”

“…….”

아빠는 아무 말도 하지 못하셨다. 그, 그럼 지금 내 앞에 서 있는 여자가… 정말 내 친엄마라는 말인가?

“저도 여기서 이렇게 말하고 싶지는 않으니까, 우선 댁으로 가죠.”

당당하면서도 차가운 말투. 거기에 대꾸하는 아빠의 목소리는 매우 흐렸다.

“무슨 할 이야기가 남은 거지?”

“여기서 이야기하고 싶지 않다고요.”

곧 나는 차에 태워졌고, 잠시 후 안정을 되찾은 아빠가 차를 몰기 시작했다.

“아빠.”

“정리 좀 하자꾸나. 아무것도 묻지 말아주면 고맙겠다.”

엉망으로 꼬여 버린 생각들을 가지고 한마디 대화 없이 우리는 집으로 향했다. 22년간 아빠가 나와 엄마를 속이고 있었다는 말인가? 하지만 저 사람이 정말 내 엄마라면, 왜 단 한 번도 날 찾아오지 않은 거지? 자식에 대한 사랑이 있다면… 이렇게 한 번도 찾지 않았을 리가 없잖아. 그리고 내 엄마라고 해도 이제 와서 날 찾아온 이유가 뭐야. 여러 생각들이 얽히고설켜 머리를 지끈거리게 했다.

집에 도착해서 날 업고 들어가는 아빠의 등 뒤로 다른 차가 도착했음을 알리는 차 소리가 들린다. 2층으로 오르려는 아빠에게 나는 단호하게 말했다.

"아빠, 어찌 된 영문인지 저도 꼭 알아야겠어요. 내려주세요."

한참 망설이시던 아빠는 어쩔 수 없다는 듯이 날 거실 소파에 내려주셨다. 그리고 곧 다시 한 번 현관문 열리는 소리가 들렸다.

"실례하겠습니다."

다부진 목소리. 한 번 들으면 잘 잊혀지지 않을 것 같은 목소리가 가까이 오는 듯하다. 어디에 앉았는지는 알 수 없지만, 서로 눈빛을 부딪치면서 굉장한 신경전을 벌이고 있는 것 같았다.

"왜… 나타난 거지?"

아빠가 먼저 말문을 여셨다.

"잔디… 데리고 가겠어요."

"무슨 소리야?"

"들으신 대로요. 앞을 못 보게 되었다는 말을 듣고 부리나케 달려온 거예요."

"20여 년 동안 얼굴 한 번 안 비추더니 지금 와서 왜 이러는 거지?"

“네, 20년 동안 저도 속앓이 많이 했어요! 큰 소리 내고 싶지 않아요. 우선 잔디랑 인사부터 나누게 해주세요.”

“…….”

“싫으시다면 제가 하죠.”

자리를 고쳐 잡는지 소파의 움직임이 느껴진다. 손에서 땀이 난다. 왠지 모를 긴장감.

“잔디야, 이쁘게 잘 컸구나. 엄마가 너무 늦게 왔지? 진작에 널 데리러 왔더라면 네가 이런 꼴을 당하지는 않았을 텐데… 미안하다.”

“당신이 생모라는 걸 어떻게 믿죠?”

“그래, 이제부터 이야기해 줄게. 널 저 사람에게 맡기고 죽은 엄마가 되었던 이유를…….”

이야기가 시작되려는 순간, 다시 한 번 문소리가 들린다. 거실이 조용해졌다.

“환아, 어디 갔다 오는 거니?”

“환아.”

환이가 돌아온 모양이다.

“이리 와서 앉거라.”

하지만 환이의 대답은 들리지 않는다. 대신 아주 둔탁한 걸음 소리가 난 후 순식간에 내 몸이 위로 휙 올려졌다.

“환아!!”

찢어질 듯한 엄마의 고함 소리와 그리고… 그리고 낯설지 않은 빠른 듯 규칙적인 심장 박동 소리가 들린다. 환이가 나를 안아 들고 어디로 가는 듯하다.

"환⋯⋯."

"조용히 해."

뛰고 있어서 그런지 숨이 차 오른 듯한 환이가 단호하게 내 말을 막아버렸다. 뒤에서 환이와 나를 부르는 소리를 외면하며 급하게 나를 차로 옮겼다. 차가 급하게 출발하며 내 몸이 앞으로 쏠린다. 도대체 왜 이러니? 너와 나, 이렇게 시간을 끌수록 상처받는다는 거 너도 잘 알잖아. 이러지 마. 잊을 수 있을 거야. 다 잊을 수 있을 거야.

금세 부드럽게 차가 멈춘다. 뭐지? 어딜 온 거지? 내 얼굴로 환이의 팔이 다가온다. 그리고 무척이나 미안한 듯한 그의 목소리.

"아, 벨트를 깜박했어. 미안."

너란 애에게⋯ 사랑받을 여자는 언제나 이렇게 행복하겠지? 훗. 그게 지금은 나인데⋯ 그런데⋯ 나와 넌 인연이 아닌가 봐. 행복해야 할 네 행동에⋯ 나 너무 아프잖아. 나 이렇게 아프면 안 되는 거잖아. 나 행복하게 해. 그럼 나 행복해지도록⋯ 놔줘. 죽을 만큼 노력할게. 너마저 힘들어지는 거⋯ 원하지 않아.

다시 출발한 차는 한참을 더 가서야 멈추어 선다.

"보이지 않는 거 때문이야?"

시작되었나 보다. 짐이 될 수는 없으니까⋯ 아니, 되기 싫으니까. 네가 나라도 그랬을 거잖아.

"아니야."

"그럼 뭐 때문인데?"

“그냥… 나 때문에 여러 사람 힘든 게 싫어졌어.”

“다 예상했던 거잖아.”

응, 예상했어. 하지만 나로 인해서 네가 힘들어지는 건 싫어.

“예상은 했어. 힘들거라 예상은 했었어. 그런데…….”

“겪어보니까 아픈 게 생각했던 것보다 더하더라… 이 말이야?”

이따위 아픔쯤이야… 널 잃고 앓는 아픔에 비할 수 있을까?

“엄마가 날 그렇게 사랑하시는 줄 미처 깨닫지 못했어. 그렇게 아파하실 거라고는 생각도 못했다고.”

“그래? 그럼 우리… 여기서 끝인 거네.”

훗, 왜 잡아주길 바란 걸까? 나 이렇게 욕심 내면 안 되는데… 그런데… 그렇다고 대답할 수가 없어.

“환아…….”

“난… 네가 눈 때문에… 보이지 않는 거 때문에 잠시 방황한다고 생각했어. 하… 내가 잘못 생각한 거구나. 완전히 혼자 쇼한 거잖아.”

보이지 않는다는 건 많은 걸 생각하게 해. 나와 함께하려고 평생 엄마, 아빠 아프게 할 바에야… 날 잊고 다른 사람에게 가.

“환아…….”

“미안, 미안. 난 또… 내가 너에게 미쳤듯이 너도… 너도 그럴 거라고 착각했어. 날 바라보시던 엄마의 눈마저 외면해 버린 나처럼, 너도 날 사랑한다고 오해하고 있었나 보다.”

아냐, 아냐. 아니라고……. 미쳐 있어. 너 없으면 살아갈 수 없도록 미쳐 있어. 그만큼 널 사랑하니까 네가 행복하길 바라는 거야. 우리

는 안 되니까. 널 미칠 만큼 소중하게 여기니까 네가 행복하기만을
바라는 거야. 너의… 누나라는 이름으로……

"흑… 환아… 아니야."

"미안하다. 멋대로 생각하고, 멋대로 행동하고, 멋대로 지껄여서.
그래, 그러고 보니 넌 날 참 싫어했는데 말야. 하… 하하하……."

"아니야… 그런 게… 그런 게 아니라고……."

아… 내가 여기서 아니라고 하면 안 되는 거구나. 정말 그의 행복
을 바라며… 사랑하는 내 이 감정도, 이 진심도 다 위선이었다고 속
여야 하는 거구나. 그래, 마음대로 생각해. 내 고백 따위는 다 잊어버
려. 지금 흘리는 내 눈물은 그저 동정의 눈물이라고 마음껏 오해해
줘.

그때 갑자기 내 목으로 환이의 팔이 닿아온다. 쓱 잡아당기는 손에
이끌려 그의 품에 꽉 안겨졌다. 흐느끼고 있었다. 떨리고 있었다 .

"울지 마… 됐어. 잔디야, 넌 착하니까… 착해서 그런 거니까… 미
안해. 불쌍한 나란 놈을 위해서 영원한 눈부처가 되어주겠다는 착한
네 위로… 내가 잘못 이해한 거니까… 하지만 다시는 그런 말 함부로
하지 마."

미안해. 하지만 환아, 널 볼 순 없지만 그래도 넌 나의 영원한 눈부
처야. 환이는 아쉬움만 가득 남긴 채 미련없이 안고 있던 날 놓아버
린다.

다시 차가 움직일 때쯤 큰 시동 소리와 함께 들릴 듯 말 듯한 환이
의 말이 나를 울린다.

"그런 말이 나를 죽을 만큼 힘들게 하니까."

환이가 다시 어디론가 거칠게 차를 몰아가는 동안 그 순간 그냥 함께 죽어버리고 싶다는 생각을 얼마나 많이 했었는지 환이는 알 수 있을까? 보이지도 않는 창밖의 풍경을 계속 바라본 채 얼마나 울었던지. 집으로 돌아가는 길이 너무도 길게만 느껴진다.

드디어 차가 섰고, 손을 더듬어 벨트를 풀었다. 계속해서 심하게 더듬거리며 문을 열려고 하자 어느새 밖으로 나온 그인지 문이 열린다.

"어서 내리거라."

다들 우리가 걱정돼서 밖으로 나와 있었나 보다. 엄마가 급하게 문을 열며 나의 손을 끌어낸다. 무슨 일인지 영문도 모르시는 아빠는 내가 그만 주저앉아 버리자 놀라셨던지 얼른 나를 잡고 업으려 하셨고, 그런 우리들 뒤로 엄마는 환이에게 계속 소리를 지르고 계셨다.

"내려라. 어딜 가려는 거야?"

"……."

"환아, 왜 이러니? 제발 내려서 엄마랑 이야기 좀 하자! 응?"

"……."

계속되는 환이의 침묵에 엄마의 목소리는 거의 실신 지경에 이르는 듯하다. 아무것도 하지 않았는데… 그냥 이렇게 주저앉아 울기만 한 것뿐인데도 머리가 어지럽고 현기증이 난다.

"잔디야!"

"어서 업으세요. 잔디 어머니, 잔디 좀 보살펴 주시겠어요?"

그 사람 아직 가지 않았나 보다. 바닥이 내 온몸의 힘을 다 빼앗아 가는 느낌. 그 와중에도 왜 이렇게 주위의 소리들은 적나라하게도 들려오는지. 급하게 내 몸이 다시 위로 떴고, 생모라는 여자의 목소리가 들린다. 그런데… 왜?

"잠시만요, 환이 군. 나랑 이야기 좀 할 수 있을까요?"

여전히 여유로운 목소리. 의식이 점점 멀어져 감에도 계속 나를 괴롭히는 생각들. 왜 저 사람이 환이에게……

"언니."

의식이 깨인 듯해서 조금 움찔했더니 익숙지 않은 목소리가 들린다.

"……."

"저… 슬희예요."

아, 그래. 슬희.

"언니, 미안해요. 정말 미안해요."

휴~ 요즘 내 귓가에는 슬프게 우는 소리밖에 들리지 않는 것 같군.

"울지 마, 슬희야."

"정말 너무 미안해요, 언니. 제가 그때 바보같이……."

"됐어. 내가 한 일인데 뭘. 네 탓 아니야. 울지 마."

꽤 오래 잠이 들었다가 깨어서인지 머리 속이 텅 빈 듯한 느낌이 든다.

"아, 아기는?"

"언니 덕분에 괜찮아요."

"그래. 낳을 거지? 내가 구한 아기야. 잘 낳아야 해."

"네. 안 그래도 그것 때문에 학교도 그만둘 생각이에요."

"아, 그렇구나. 근데 윤우는 아직도 연락이 없는 거야?"

"네."

"후… 내가 이런 말 할 처지는 아니지만 슬희야, 윤우… 내가 마지막으로 본 윤우 말이야. 너무 안타까워 보였어. 그런 윤우 마음 조금 이해해 줬으면 해."

"네, 알고 있어요. 엉뚱하게 환이를 걸고 넘어져서 죄송해요."

"아냐."

순간 다시 기억이 되살아나는 듯 기억이 떠오른다. 그 사람이 분명히 환이에게 말을 걸었던 것 같은데…….

"저기… 슬희야, 내 부탁 좀 들어줄래?"

"네, 뭐든 말하세요. 언니가 원하는 거라면 뭐든지 할게요."

"아니, 그러지 마. 부담스럽잖아. 다름이 아니라, 환이 어긋나지 않게 네가 좀 챙겨줘."

"그게 무슨 말이에요? 언니 설마…….”

"응. 우리는 남매잖아. 너도 그랬지? 어차피 우리는 안 되는 사이라고…….”

"언니, 그때는 제가 너무 제 욕심만…….”

"아냐, 나도 내 욕심만 차렸지 뭐. 그래서 벌받은 거고…….”

“언니.”

“괜찮아. 환이가 나라도 그렇게 나를 보내려 할 거야.”

“언니, 언니가 환이라면 그렇게 떠나보내려는 언니를 쉽게 떠나지 않을 거예요.”

“그래, 그래. 그래서 이렇게 부탁하는 거야. 나 더 이상 환이 안 만날 거야. 그러니까 방황하지 않게 네가 옆에서 잘 챙겨줬으면 해.”

“말도 안 돼요. 그러지 말고 어디로든 도망가 버려요. 아무도 모르는 곳에서 살아도…….”

“행복할 수 없을 거야. 지칠 거야. 그 후로는 의무감으로 서로를 바라보겠지. 싫어. 차라리 이렇게 헤어져 서로의 가슴에 사랑이었다고 아프게라도 남는 게 나아.”

그냥… 이렇게 마음 닫아버릴래. 이젠 기억으로 남은 너의 밝은 웃음이 영원하길 빌게. 나 없이도 행복하길 빌게.

바보야, 나 없어야 네가 행복해진다는 걸 왜 모르고 있니. 날 잊어줘. 두 번 다시 돌아보지 마. 부탁이야. 나를 그냥 가게 내버려 둬. 내 곁에 잠시 머물렀던 기억으로 살아갈 수 있도록.

—신승훈 8집 널 위한 이별 中

나 없이… 행복할 수 없기를… 당장이라도 문을 박차고 울며 뛰어와 내 품에 안겨… 그제야 울기를 바라는 건… 내가 나쁜 놈이라는 걸까?

"잠시만요, 환이 군. 나랑 이야기 좀 할 수 있을까?"

뭐지?

도도한 얼굴의 30대 후반 여성이 가만히 앉아 있는 나를 쳐다보며 웃는다. 누굴… 닮은 거 같은데…….

"누구시죠?"

"훗, 타도 될까요?"

어째 당당한 모습이 거부할 수가 없다. 젠장, 지금은 혼자 있고 싶은데……. 옆에 앉은 그 여자는 여전히 얼굴에 여유만만한 웃음을 짓고 내 쪽으로 몸을 완전히 돌려 손을 내밀었다.

"반가워요. 잔디의 생모라고 소개해야 하나? 훗, 그러고 보니 이러고 앉아 있기 껄끄러운 사이겠네요."

전혀 껄끄럽지 않다는 말투로 내게 손을 내민 이 사람이 잔디의 생모?

"네, 반갑습니다. 그런데……."

"아! 알아요. 제가 죽었다고 들으셨겠죠? 어디로 갈까요? 여기서 이렇게 이야기하기에는 얘기가 조금 긴데……."

대답없이 차를 몰았다. 머리 속이 어지럽다. 안 그래도 복잡한 지경에 이젠 죽었다는 잔디의 생모까지 나타나다니……. 아, 그럼 잔디도 알고 있겠군. 그 바보, 또 얼마나 혼자 고민할까? 후… 그만 하자.

갑자기 문득 잔디와 갔던 교외의 카페가 떠올린다. 다시 한 번 가볼까? 조금 멀리 가는 듯하는 내 모습을 보고도, 그 잔디의 엄마란 사람은 아무 말도 않고 의미심장한 웃음만을 머금고 있다. 도착하자마자 먼저 성큼 내리더니 활짝 웃으며 카페를 본다.

"어머! 너무 이쁘네요. 이런 곳도 알고 있고……."

앞서 걸으려 돌아서는 저 사람. 그래, 잔디랑 닮았군. 웃는 모습이 완전 빼다 박았군. 그 녀석 봤으면 놀라… 볼 수가 없지? 씁쓸한 웃음이 입가를 계속 맴도는 것 같다. 들어가니 어느새 자리를 차지하고 외투를 벗고 있는 그녀의 생모가 보인다.

"앉아. 아, 말 놔서 기분 나쁜가? 말 놔도 되지?"

스스럼없는 행동과 말이 정말 잔디를 연상하게 하는군.

"이야기하실 게 뭔가요?"

"홋, 급하긴. 좋아. 오늘은 늦었으니 빨리 말할게. 단도직입적으로 먼저 물을게. 환이… 우리 잔디 좋아하지?"

뭐, 뭐야, 이 사람?

"왜 제가 그런 걸 당신에게 말해야 하는 거죠?"

"흠, 그렇게 뻣뻣하게 굴 필요 없어. 그냥 확인하고 싶은 게 있어서 그래."

"확인하고 싶은 걸 먼저 말씀하시죠."

"우리 딸 마음이 너랑 같은지 그게 궁금해서 말야."

여전히 웃으며 저렇게 이야기를 하는 얼굴. 분명 잔디를 연상시키긴 하지만 왠지 강한 거부감이 밀려온다. 우리 딸이라니……. 5년간 엄마의 자리를 완전히 무너뜨려 버리는 듯한 거슬리는 단어.

"제가 좋아하는 겁니다."

"그렇다면 아까 왜 그렇게 우리 잔디가 아프게 울었을까?"

"착해 빠졌으니까요. 잔디랑 같이 살아보지 않으셔서 모르지 않으신가요? 자기 아픔보다 남의 아픔에 더 많이 눈물 흘리는 게 잔디예요."

알지도 못하는 주제에 저렇게 자신의 딸이란 것을 내세우며 당당하다면 꺾어주지! 낳아서 팽개쳐 놓고 어머니란 자리를 그렇게 쉽게 돌려 받지는 못해. 말하지는 않았지만 그 바보 찔찔이도 엄마가 무척이나 그리웠을 테니까. 순간 여유있던 웃음이 조금 사라지는 듯, 인상이 흔들린다. 하지만 다시금 중심을 잡아가며 웃어 보인다.

"뭔가 내게 아주 거리감을 느끼는 모양인데 너무 그러지 마. 네게
는 내가 구세주가 될 수도 있는 사람이니까. 후후~"

묘한 뉘앙스를 풍기는 웃음까지. 순간 약간 어두운 조명 아래 그
사람의 모습이 슬퍼 보인다. 뭔가 이상한 기분이다.

"날 봐. 잔디를 낳았다기에는 너무 젊지 않아?"

"그렇군요."

"훗, 나 지금 마흔이야. 정확히 마흔. 놀랄 거 없어. 18살에 잔디를
낳았으니까 올해로 딱 들어맞지. 안 그래? 쿡!"

마흔이라고 보기에는 너무 젊은 얼굴이다. 팽팽하고 곱게 한 화장.
아주 부유한 집안의 사람 같은데 왜 18살에 잔디를…….

"남자들 드라마 보나? 왜 있지, 흔한 러브 스토리. 너무너무 사랑
하는 두 사람이 있지. 죽고 못 사는……. 하지만 그 여자 주인공이 남
자와 너무도 차이가 나는 그런 집안의 사람인 거야. 둘은 늘 그렇듯
이 도망을 쳐. 결국은 잡혀 오게 되지만. 그리곤 영영 이별……."

잠시 말이 멈췄다. 근데 잔디 아버지의 나이는 거의 50이 다 되어
가는데……. 그분의 목소리가 감상으로 가득 젖어버리며 얼굴마저
흐려지면서 이야기는 다시 시작되었다.

"9살 많은 사람이었어, 잔디 아빠. 바로 지금의 네 새아버지 말야.
고등학교 입학하며 새로 사귄 친구네 집에서 하숙하던 사람이었지.
훗, 너도 느꼈다면 알겠지만 그 사람, 지나치게 따뜻해. 한 사람을 사
랑하면 모든 걸 다 감싸주는 그런 사람이지. 그러니 난 당연히 그 사

람을 사랑하게 되어버렸어.”

“왜 저에게 그런 이야기를 하시는 거죠?”

“쉿! 이건 꼭 필요한 이야기의 서막이야. 그래야 내 본론을 쉽게 이야기할 수가 있거든. 너무 감상적이더라도 이해해 주길 바래. 요즘 늙어서 그런지 그때가 그립거든. 간단하게 이야기할게. 우린 사랑했어. 젊은 한때 열정을 태우듯 불꽃 같은 뜨거운 감정이었어. 하지만 역시나 우리 집안에서 꼴 같지 않은 삼류 드라마처럼 반대를 하더군. 도망까지 친 나를 잡아 왔어도 내가 임신을 하자 드디어 우리 집은 두 손 들고 나를 놔버렸어. 무남독녀여서 굉장한 기대를 한 몸에 받았지만, 이미 한 남자의 아이까지 가져 버렸는데 그들이 뭘 더하겠어?”

어깨를 으쓱해 보이는 그녀는 요즘 젊은 여자 같았다.

“내 부모님의 동의 하에 난 학교를 그만두고 혼인 신고를 했어. 잔디를 낳고 우리는 너무 행복했었어.”

그분의 눈에 갑작스레 눈물이 아른거린다.

“그 사람만 있다면 세상에 두려울 것이 없었어. 공부 따위는 그 사람과 견줄 게 못 되었고 밥을 굶더라도 함께하고 싶었으니 문제될 게 없었지. 하지만… 그런 환경은 나를 사랑이란 감정으로 잡아두기에는 너무 힘겨운 것이었어. 잔디는 기억하지 못하겠지만 우린 2년 정도를 함께 살았어. 하지만 내가 지쳐 갔지. 지금 생각하면 왜 그렇게 어리석었나 하는 생각밖에 없지만 말야.”

“다시 집으로 돌아간 건가요?”

"그래. 도저히 견딜 수가 없었어. 그 당시에 그렇게 안정적이지 못하고 낮은 보수로 일하는 그 사람에게 맞춰 산다는 게 너무 힘겨웠어. 난 너무 어렸고, 생활하던 환경이 너무 달랐으니까."

"그래서 딸과 사랑하는 사람을 다 버리고 다시 그 좋은 환경이라는 곳으로 가셨나 보죠?"

"네가 나를 그렇게 보는 것에 대해 반박할 수 없어. 그래도 이건 알아주렴. 당시 나는 사랑만 있으면 살 수 있을 줄 알았던 철없는 계집아이였던 걸. 세상 물정이니 뭐니 아무것도 모른 채 그 사람이 무조건 다 감싸줄 거라고 기대만 하고 있었던 거지. 하지만 현실은 달랐어. 점점 자신이 없어지고 가끔 마주치는 학창시절 친구들을 보면서 내 꼴이 우습게 보이기 시작했어."

앞에 놓인 차를 한 모금 마시는 그분의 모습은 정말이지 후회의 빛이 역력했다. 하지만 그렇게 사랑하던 사람과 자식을 버린 것은 변할 수 없는 사실이다.

"많이 울었어. 갈등했었지. 저 둘을 두고 다시 집으로 들어간다는 게 그렇게 쉬운 결정은 아니었으니까. 헌데 결정적으로 너무 추운 겨울 날, 그 사람과 사소한 말다툼으로 싸워 버린 거지. 훗, 어찌 보면 한계에 다한 내가 트집을 잡은 걸 수도 있어. 그렇게 도망치듯 집으로 달아나 버렸어. 집에서는 얼씨구나 했고 날 공부라도 시켜서 집안을 이어가게 할 생각으로 가득 찼지. 사는 게… 그렇게 힘든 건지 몰랐었어. 이해를 바라지는 않아."

이해를 바라지는 않는다. 초점없는 저 사람은 이미 나에게 심경을 털어놓는 것이 아닌 듯하다. 아마도 나를 잔디로 여기고 저렇게 눈물 지으며 말하고 있는 거겠지.

"돌아가서도 그렇게 속 편하고 행복한 생활은 아니었어. 울어대는 잔디의 환청과 악몽에 얼마나 시달렸는지. 그렇게 나는 집으로 돌아와서 반년을 보냈고 참다못한 그 사람이 나를 찾아왔어. 그리고 이혼 서류를 내밀었지. 놓아주겠다고, 이젠 다 잊어버리고 편안하게 살으라면서. 순간 내가 할 수 있는 일은 우는 것밖에 없었어. 미안하다고 용서를 빌면서, 잔디를 달라고 했지."

"너무 많은 걸 그분에게서 빼앗으려고 하셨군요."

"훗, 그래. 그랬었어. 너무 잔인했지. 하지만 그때 생각으로는 그에게 잔디가 짐이 될 거라는 생각을 했어. 네 말대로 그는 그렇게 생각하며 내 말에 굉장히 화를 냈었어. 그 사람은 가난했어. 어떻게 되겠니? 그런 상황에서 양육권에 대한 싸움이 일어난다면 말야."

"뻔하게 당신이 승소하겠지요."

"그래. 하지만 그렇게 하지 않았어."

"왜 잔디를 데려가지 않았죠? 갑자기 귀찮은 짐처럼 느껴졌나요? 아니면 새로운 사람이 생겨서?"

버렸다. 이 사람도 사랑하던 사람과 자식을 버렸다!! 그 남자와… 그 작자와 똑같아!

"그럴 리가 있겠니? 난 잔디와 그 사람을 지금도 사랑해."

"됐습니다. 지금 이 말을 왜 듣고 있는지 모르겠네요."

"기다려. 이제 본론이 있으니까……."

"왜요? 저더러 잔디에게 가서 그런 게 아니라고 말이라도 해달라는 겁니까? 사랑하는 사람이 말하면 잘 이해라도 하고 용서라도 해줄 줄 아냐고요!"

갑자기 속에서 부글거리는 감정이 주체할 수 없이 터져 나왔다.

"난 그때 잔디를 그냥 두는 걸로 얻어낸 협상을 후회하지 않아."

"그렇겠죠. 당신의 삶을 위해서인데 무슨 후회가 있겠어요?"

"모르는 소리 말아! 난 잔디를 위해서 지금 내가 그랬었나 보다라고 생각하고 있어!"

"그게 무슨 잔디를 위한 삶이라는 거죠? 나와 잔디를 보라고요! 당신들의 장난 같은 사랑으로 우리는 피 한 방울 섞이지 않고도 사랑을 표현할 수 없어요. 피눈물을 흘리며 서로에게 상처 주며 이별해야 한다고요!! 평생을 아파하며 서로 지켜보아야만 한다고요!"

잔디야, 정말 엿 같은 세상이다!

"얘기를 끝까지 들어줘. 내가 양육권을 포기하는 대가로 받은 건 다름 아닌 잔디의 엄마 자리였어."

"그, 그게 또 무슨 소리예요?"

"잔디가 결혼할 때까지 이혼하지 않는 거. 한마디로 별거지. 아, 하지만 오해는 하지 마. 네 엄마와 결혼할 때, 네 새아버지가 날 찾아와서 이혼해 달라고 했어. 너도 내게 그토록 당당했던 그 사람의 모습을 봤다면, 그 사람이 네 엄마를 무시해서 이 사실을 숨긴 게 결코 아니란 걸 믿게 될 거야. 그 사람이 네 엄마를 정말로 사랑하고 있다는 사실은 오해 말기 바란다. 난 이혼의 대가로 잔디를 달라고 했지.

그래서 우리 협상은 이루어지지 않았어. 네 새아버지는 잔디를 끝까지 포기하지 않았으니까."

뭐야? 정리가 되지 않아. 그, 그럼······.

"그래. 이제야 내 말을 좀 이해했나 보군. 내가 지금 이혼하지 않은 이상··· 법적으로 자네와 우리 딸 잔디는 아무런 연관이 없는 남남이야."

"남남이라고요?"

"그래. 서류를 떼어다 보면 더 확실하게 알 수 있을 거야."

"그럼 저희 어머니는······."

"이야기했잖아, 네 새아버지는 네 엄마를 사랑하지 않아서 그런 게 아니라고. 내가 제시한 조건 때문이었어. 새 처를 얻으려고 딸을 버릴 사람은 아니니까. 아마 너희들 입장도 이해해 주실 거야."

"······."

"아, 그리고 너와 한 가지 거래를 하고 싶어."

"거래··· 라고요?"

"그래, 이번 일 내가 적극적으로 협조해 줄게. 이렇게 너에게 진실을 알린 것도 너희를 위한 일이었으니까 말야. 대신 너는 우리 잔디, 내게 오도록 도와주렴."

"······."

무엇을 먼저 해야 할지, 어떤 생각을 먼저 떠올려야 할지, 아무것도 알지 못하겠다. 그냥··· 그냥 그 녀석이 보고 싶었다. 이 방문 건너

편에 새근거리며 잠들어 있을 네가 너무 보고 싶었다. 조용히 문을 열고 안으로 들어섰다. 하루 종일 내 앞에서 그렇게 울고도 또 흘릴 눈물이 남았는지… 베개를 적신 눈물 자국이 이렇게 어두운 곳에서도 선명하게 보인다. 울다 지쳐 잠이 들었는지… 미간에 아픈 듯 잔뜩 주름이 잡혀 있다. 바보같이… 이렇게 혼자 울 거면서 왜 그렇게 나를 쉽게 놓으려고 했던 건지……. 슬프게 처진 듯 감긴 눈을 조용히 쓰다듬었다. 순간 움찔하던 잔디가 얼굴을 살짝 뒤로 빼며 일어난다.

"엄마?"

"나야."

만감이 교차하는 저 표정. 또 무슨 말로 나를 밀어낼 건지…….

"환이?"

"응."

"무슨 할 말이라도 남은 거야?"

무슨 말을 해줄까? 우리 이제 아무 사이 아니라고… 다시는 헤어지지 말자고… 꼭 안아주고 싶어. 하지만 넌 분명히 믿지 않을 거지? 무슨 소리냐고 내게 핀잔을 줄 거야. 훗.

"우리… 우리 만약에 남매가 아니었다면, 너… 나를 좋아했을까? 내가 널 느끼는 만큼 날 좋아하고 아껴줬을까?"

웅얼거리는 입 모양, 어정쩡하게 앉은 자세, 뒤엉킨 머리칼, 뭐 하나를 봐도 이렇게 사랑스러울 만큼… 너도 나를 그렇게 사랑하고 있을까?

“아마도…….”

“그래? 그럼 눈이 멀어 짐만 된다는 생각 말고, 너 없으면 내가 살수 없다고… 네가 사라지면… 네가 떠나면 나는 죽을 사람이라고… 그렇게 생각할 수 있었을까? 우리가 만약… 남매가 아니라면 말야.”

“응.”

그래.

“그래, 자라. 깨워서 미안.”

“…….”

잔디 네 아버지도 아마 몇 년 전에 이런 마음이셨겠지? 내 엄마를 놓을 수도 없고, 널 포기할 수도 없으셨을 테니……. 내가… 내가 지금 그래. 널 절대로 놓을 수도 없으면서, 이 사실에 갈 길을 잃어버린 엄마를 생각하면 가슴이 미어진다. 이래서는 안 되는데…….

“환아, 미안해.”

근데 그렇게 구석에서 무서운 듯 떨고 있는… 흐느끼는 네 그런 목소리가 말야, 미안하다는 한마디가 말이야. 왜 아무것도 할 수 없게 만들까? 네가 그렇게 슬픈 듯 울면 내 온몸이 떨린다는 거 알고 있니?

“잔디야.”

“응?”

“내일은 다른 거 다 잊어줄래? 다른 거 다 잊어버리고, 내가 널 죽도록 사랑한다는 것만 기억해 줄래?”

“화, 환아.”

"미안해. 일이 이딴식으로 되어버린 후에야 이 말을 하게 되네."

돌아볼 수가 없어서 그냥 날 보지도 못하는 너를 외면하며 말해. 내 이런 표정을 볼 수 있을 리가 없는데도… 그런데도 네 맑은 눈에 비치면 정말 날 보고 있는 듯해서…….

"응. 그렇게 할게."

눈물 흘리면서 내게 웃어주려고 안간힘을 쓰는 네 모습을 보면 당장 달려가 널 안고 아니라고, 우리는 힘들어할 사이 아니라고, 다른 사람이 다 무어냐고, 우리 둘만 행복해지자고, 엄마와 새아버지는 더 이상 생각하지 말자고 널 다그칠 것 같아서… 그래서 이젠 돌아보지 못하겠다.

"환아, 나… 너무 행복했어. 앞으로도 그 기억들로 행복할 거야."

"자라. 간다."

더 이상 지체해서는 안 될 거 같다. 살짝 문을 닫고 나왔다. 가만히 문에 기대어 있는 나에게 그녀의 꿈같은 속삭임이 희미하게 들려온다.

"사랑한다는 것만 기억해 달라는 말… 고마워. 나 죽을 때까지 그것만 기억하고 있을게. 대신 너도… 너도 그것만 기억해야 해. 듣지도 못하는데 기억할 수 있을까? 나가 버린 뒤에도 이렇게 소리 죽여 말하는데 너 알 수 있을까? 그래도 환아, 나 너 많이 사랑해. 이제야 말해서 미안해… 미안해."

빨리 뜨인 눈. 아래층에서 바삐 신문을 뒤적거리는 소리가 들린다. 학교 따위를 생각할 겨를이 없다. 주섬주섬 옷을 챙겨 입고 아래층으로 내려갔다. 2층에서 아래를 내려다보는 풍경. 신문을 보시는 새아버지, 부엌에서 들리는 엄마의 분주한 움직임 소리, 그리고 저렇게 초점 잃은 눈만 아니면 행복하게 웃고 있을 너. 변한 건 없는데 이제 이 시간 이후로 이런 모습은 힘들어지겠지?

"일어났니?"

이런, 오늘따라 더 다정한 네 아버지는 날 더 힘들게 할 거 같아.

"환아, 어제 들어왔었구나. 어서 내려오렴. 오랜만에 가족이 아침 식사를 함께 하겠구나."

활기차게 인사를 건네는 엄마도 함께.

"드릴 말씀이 있어요."

다시 한 번 세 사람의 얼굴에 불안한 표정이 감돈다.

"나에게만 말이니?"

"네, 따로 말씀드리고……."

"그래, 알겠다. 들어오너라."

서재로 들어선 채 뭐라고 서두를 꺼내야 할지 고민이 되어왔다. 젠장, 도대체 무슨 깡으로 무작정 할 말이 있다고 해버린 걸까? 잔디라도 데리고 들어올 것을 그랬나? 이런.

"무슨 심각한 일이니?"

"아, 네. 저기……."

그래, 어차피 터져야 할 일이라면 부딪치고 보자.

"어제 잔디 누… 잔디의 친어머니를 만났습니다."

역시나 예상대로 인자하던 웃음이 얼굴에서 싹 달아나 버린다. 예상은 했지만 갑자기 다시 말문이 막혀 버린다. 저렇게 굳어져 버린 얼굴을 하고 있으시니…….

"그 여자가 널 보자고 하더냐?"

그 여자… 훗!

"그분 사랑하지 않으셨나요?"

"……."

"이런 말 웃기지만, 처음으로 실망스런 마음이 드네요."

"그건 또 무슨 말이냐?"

"사랑했던 사람이… 시간과 함께 그 여자로 전락되다니 말예요."

젠장. 지금 내가 무슨 소리를 지껄이고 있는 거지? 이게 요점이 아니잖아! 이환, 정신 차리자.

"하고 싶었던 말이 그거냐?"

"아니요, 아닙니다. 그분께 지금 상황의 모든 이야기 들었습니다."

다시 한 번 움츠리는 모습을 보니 아까의 흥분이 조금은 사라지는 듯하다.

"아, 그건… 걱정 마라. 내 곧 그 일은 해결을 보마. 너나 엄마가 걱정할 건 없어."

"아니요. 해결을 원하지 않습니다."

이미 당신의 딸을 사랑해 버린 저는 도저히 당신을 아버지라 부를 수가 없네요. 죄송합니다. 따뜻한 웃음으로 저를 맞이해 주신 분인데 이렇게 은혜를 독으로 갚아서 정말…….

"아, 아니 그게 무슨 소리냐? 해결을 원하지 않는……."

“저랑 잔디, 남매가 될 수 없습니다.”

“너… 그게 무슨 소리냐?”

놀란 눈을 피해 그 자리에 두 무릎을 굽혔다.

“죄송합니다. 정말 뵐 면목이 없습니다. 하지만 이건 알아주십시오. 포기하려고도 했었습니다. 저 하나만 보며 살아오신 제 어머니, 드디어 따뜻한 분 만나서, 정말 사랑하시는 분 만나서 행복한 거니까 내가 그러면 안 된다. 미치도록 저를 다그치고 자학했지만 할 수가 없었습니다. 저희 어머니를 사랑하신다면 알 수 있으시죠? 사랑하는 사람을 잊을 수 없다는 거… 그렇게 포기할 수 없다는 거……. 잔디 누나, 아니, 잔디에 대한 제 마음이 그렇습니다.”

“환아!!”

돌아보지 않아도 엄마가 놀란 눈으로, 아니, 어쩌면 마음이 아파 눈물이 넘치는 눈으로 나와 사랑하는 분을 바라보고 계실 거다. 엄마, 미안해요. 엄마 결혼식 때 너무 예뻤는데… 너무 행복해 보였는데… 그래서 영원히 그대로 두 분 행복하기만을 바랐는데……. 그런데 두 분의 사랑을 약속하는 자리에서 그녀를 만나 버렸어요. 훌쩍이면서 웃을 띤, 평생을 지켜주고 싶은 잔디를 만났습니다. 나 혼자만의 헛된 꿈이었다면 그냥 포기했을 거예요. 평생을 그리운 사람으로 가슴에 묻고 잔디의 행복만을 빌며, 행복한 엄마의 생활에 만족하며 그랬을 거예요. 하지만 엄마, 잔디가 저처럼 아파합니다. 저 같은 녀석을 사랑해서 아파하고 있어요. 이제는 눈마저 잃어버리고 어둠 속에서 방황하며 혼자 울고 있어요. 죄송해요, 엄마. 그녀를 두고 돌아

설 수가 없네요. 있어줄래요. 사랑하는 엄마를 등지게 되더라도… 세상의 비난을 받고 죽일 놈이 되더라도… 다 달게 받을게요. 저렇게 어깨를 떨어대며 슬프게 흐느끼는 잔디를 위해서요. 그리고 나를 위해서요. 미안해요, 엄마.

"잔디와 함께하고 싶습니다. 보이지 않는다면 제가 눈이 되어줄 겁니다. 아버지는 누구보다 따님을 지키려고 하셨지요. 딸을 잃지 않기 위해서 제 어머니와의 혼인 신고도 미루었고요. 그렇게 사랑하는 잔디를 위해 말씀드리는 겁니다. 평생 잔디를 지키기에는 두 분보다 제가 더 나을 거라고 생각합니다. 그래서… 그래서 전 그분과의 이혼을 원하지 않습니다. 아니… 더 정확하게 말하면 저희 어머니와의 혼인 신고를 원하지 않습니다!"

죄송합니다.

"이, 이게 무슨 소리야? 여보? 이혼이라니? 혼인 신고라뇨? 이게 다 무슨 소리죠?"

거의 실신 지경인 엄마를 부축하려 일어났지만, 엄마는 매몰차게 내 손을 뿌리치시고 그분에게로 달려가 소리치신다. 지끈거리는 편두통이 일어나셨는지 관자놀이를 짚고 한참을 서 계시던 잔디의 아버지가 거실로 발걸음을 옮기셨다. 뒤따라 나온 곳에는 혼자 고개를 푹 꺼뜨린 채 울고 있는 잔디가 있다. 오늘까지만 하자. 이렇게 힘든 거, 나쁜 거, 악마 역할 모두 내가 할 테니 조금만 슬퍼하고 있어. 금방… 금방 끝날 거야.

살짝 잔디의 옆으로 가서 자리를 잡았다. 부들부들 떨리는 하염없이 가녀린 손을 있는 힘껏 꼭 쥐어보았다. 떨쳐 내어질 것 같아 망설였는데 이 숨 막히게 고통스런 상황을 너무나 잘 이해한다는 듯한 잔디의 손길이 내 손을 부드럽게 파고든다. 고마워, 힘이 되어줘서…….

무슨 소린지… 도대체 하나도 알아듣지 못하겠지만, 단 하나 알 수 있는 것은 환이가 저렇게 아파하면서 아빠에게 나와의 관계를 이야기한 듯하다. 저렇게 떨리는 목소리로 성아가 이야기했듯이 누구보다 아파하면서도 나 하나를 위해서, 나란 바보 같은 계집애 하나를 위해서, 저렇게 사랑하는 엄마를 외면하려고 하다니……. 어쩌지? 네가 그렇게 모든 걸 희생하며 내게 걸어오니까 나 너에게 가고 싶어지잖아. 안 보여? 짐뿐인 나를… 너 평생 엄마에게 죄인이 되게 할 나를… 너에게 다 맡기고 싶어지잖아. 그러지 마, 환아. 그냥 다 거짓말이라고 해버려. 힘든 길 가려고 하지 마.

목이 꽉꽉 메여오며 숨이 찬다. 침묵이 이어지고 놓아줘 버린 환이가 다시 내 곁에 다가와 앉는다. 밀려드는 익숙한 체온. 내가 세상에서 가장 좋아하는 손. 그 손이 지금 심하게 떨고 있다. 심하게 아파하고 괴로워하고 있다. 왜 몰랐지? 난 이 손이 세상에서 제일 좋은데 왜 놓아버리려고 했을까? 힘들어하는데… 이렇게 아파하는데… 놓아버리고 왜 혼자 달아나려 했을까? 미안해, 환아. 혼자 아파하지 마. 이젠 네가 죄인이 되면 나도 함께 죄인이 될게. 더 이상 너 혼자 걸어가게 하지 않을게. 미안해. 내게 남은 힘을 다 부어내기라도 하듯 마주 잡아본다.

곧 잔디의 아버지 이야기가 시작되었다.

"그래서 난 아직 이혼하지 못한 상태다. 미안해. 그리고 잔디의 결혼 때까지 그 관계를 계속하기로 했었어. 하지만 내가 당신을 사랑하지 않아서 그랬던 건 아니란 거 이해해 주었으면 해. 후… 헌데 이런 문제까지 겹치다니…….."

묵직한 어투에 엄마는 거의 실신 직전까지 가셨고 다시 잠깐의 침묵이 이어졌다. 꽉 잡은 나와 잔디의 손을 물끄러미 바라보시더니 이윽고 입을 여신다.

"잔디야, 너도… 환이와 같은 마음인 거니?"

"……."

꼬물거리는 입술. 한없이 착한 너에게 이런 말을 내뱉게 해서 정말 미안해.

"아빠, 죄송해요."

"잔디야, 너… 엄마와…….."

"엄마, 미안해요. 저도… 저도 엄마 너무 사랑해서 그러지 않으려고 했는데… 흑!"

끝내 울음으로 맺어버리자 엄마도 더 이상의 재촉할 의욕을 잃으시고 가만히 눈물을 흘리신다.

"후… 이건 누구를 탓할 수도 없는 상황이구나. 우선 내게 생각할 시간을 좀 주겠니? 네 엄마와도 이야기를 해야 할 것이 많구나."

“네. 이렇게 당돌하게 제 입장만을 강요해서 죄송합니다.”

“흠… 아니야. 우리도 우리 입장만을 내세우면서 어쩌면 지금까지 너희들을 괴롭히고 있었던 걸 수도 있으니……. 서로에게 미안하다는 말은 차후로 미루기로 하자.”

“엄마.”

아무 말 없이 일어나 방으로 들어가 버리시는 내 엄마. 그리고 그 뒤를 따라 들어가시는 네 아버지. 우리 엄마, 지난 그 남자에게 버림받은 상처도 아직 다 아물지 않았는데……. 그 작자처럼 엄마에게서 행복을 빼앗아서 미안해요. 난 안 닮으려고 했는데… 그 작자의 아들이란 거 너무 싫은데… 엄마, 미안해요.

“멋대로 해서 미안해.”

“아니… 아니야.”

두 분께 너무 죄송한데, 그래서 너무 괴로운데, 그래도 지금은 이렇게 다시 날 위해 곁에서 힘이 되어주고 있는 네가 있다는 게 행복하다. 이러면 안 되는데… 그치?

“환아, 힘내.”

“응.”

어색한 오후가 지났다.

“저기, 환아.”

“어? 부르지 그랬어. 그럼 내가 갔을 텐데.”

“아냐. 움직이는 버릇 해야지. 근데 방금 엄마한테 전화가 왔는데, 나한테 나오라고 하시네. 데려다 줄래?”

가만히 내 어깨 언저리를 바라보던 잔디가 씁쓸하게 웃으며 말한다.

"그래. 어디로 오라고 하셨어?"

"XX로. 그런데 엄마 술 드신 거……."

"혼자 계신대?"

"그러신 듯했어."

"그래, 가자."

이런, 엄마가 다시 술을……. 급한 마음에 얼른 잔디를 데리고 차에 올랐다.

"내 탓이니까 네가 너무 속상해하지 마. 알겠지?"

다 도착했을 때쯤 못을 박아두듯 말을 꺼냈다. 가만히 고개를 끄덕이는 잔디의 안전 벨트를 풀어주고 가게 안으로 함께 들어섰다.

"어디 계신지 보여?"

마침 잔디의 말이 끝나자마자 어디선가 잔뜩 취해 버린 엄마의 목소리가 크게 들려온다.

"오~ 우리 아들, 딸 왔구나. 여기야, 여기……."

빨갛게 달아오른 엄마의 얼굴과 몸을 가누지 못하는 자세가 마음을 아프게 한다.

"엄마, 왜 이렇게 많이 드셨어요?"

"엄마, 괜찮으세요?"

"물론 괜찮아. 엄마는 괜찮아. 난 아직 취하지 않았어. 그렇지, 환아? 엄마 주량이 얼마나 센데……."

다시 술잔을 들이키는 엄마의 손을 재빨리 잡았다.

"왜? 걱정되니, 환아?"

"그만 하세요. 지금도 과하셨어요."

"왜? 내가 술이라도 취해서 너와 나를 버린 그 남자에게 했듯이 잔디에게 그렇게 할까 봐 겁나니? 너희들 내가 떼어놓으려고 할까 봐 걱정되냐고."

심하게 떨리고 갈라지는 소리로 지난 이야기까지 하며 나를 노려보는 엄마의 눈가에는 어느새 눈물이 가득 차 있다.

"……."

고인 눈물을 애써 없애려 하시며 목소리를 가다듬으신다.

"잔디야."

"네, 엄마."

"난 널 만나서 지금까지 단 한 번도 내 딸이 아니라고 생각한 적 없었다."

"네, 알고 있어요."

"환이의 친아빠가 무척이나 엉망인 사람이었고, 그런 사람에게서 버려졌을 때, 네 아빠가 나를 그렇게 사랑으로 감싸줘서 그래서 그 딸조차 너무 사랑스러웠어. 하지만 그 감정 외에도 넌 정말… 내게 착한 딸이었어. 내가 불편할까 봐 늘 웃어주고… 말썽쟁이인 이 녀석 걱정에 잠 못 들면 네가 대신 챙긴다며 늘 날 먼저 재우곤 했었지."

"……."

"환이만큼 널 사랑했다. 네가 눈을 잃어 아무것도 보지 못한다는 사실에 내 눈이 어두워진 것처럼 아프고 괴로웠어.”

“죄송해요. 엄마, 너무 죄송해요.”

“아니. 네가 죄송할 게 아니지. 내 생각만으로 가득 차서 너희 둘
이 피 한 방울 섞이지 않은 남녀라는 걸 잊은 탓이니까…….”

“엄마.”

“환아, 너도 참 착했어. 누구보다 날 위하려고 했었어. 네 아빠란
사람이 날 무시하고 때릴 때도 네가 대신 맞기도 하고 죽고 싶은 나
를 위로했어.”

가만히 말을 멈추시던 엄마는 손을 벌려 잔디와 내 손을 꽉 움켜쥐
셨다.

“너희들은 내 인생에 어떤 것과도 바꿀 수 없는 그런 존재였어. 너
무도… 너무도 착한 너희들이 있어서 내 인생이 너무 행복했었고…
그런 너희들이 이제는 행복해지려고 하는데 내가 어떻게 막을 수 있
겠니? 우리 이렇게 모든 것이 다 끝나 버리더라도… 너희들은 누가
뭐라고 해도 내 아들이고 내 딸인 거야. 알지?”

“엄마.”

“그래, 잔디야. 나는 네가 날 그렇게 부르면 세상을 다 얻은 것 같
았어. 활짝 웃으며 엄마라고 부르면 그것보다 즐거운 일은 없었다.
난 딸이 너무 갖고 싶었거든. 널 처음 봤을 때가 생각나는구나. 너무
이뻐서 이런 아이가 내 딸이 된다는 게 믿어지지 않았었어. 이런 천
사 같은 여자 아이를 그냥 순순히 갖게 되다니……. 잃을까 두려웠는
데… 역시나 쉽게 주어진 건… 내가 딸을 가졌더라면 너와 이런 이별

을 하지는 않았겠지? 후… 잔디야, 우리 예쁜 딸 잔디야, 내가 잠시라도 네 엄마였단 거 잊어버리면 안 돼.”

“엄마, 그게 무슨 말씀이세요? 엄마…….”

어느새 내 시야마저 흐릿하게 만들어 버리는 젖은 엄마의 목소리. 그리고 그런 엄마를 더듬어 어렵게 손을 잡은 잔디가 울고 있었다.

“세상은 자신이 원하는 모든 것을 다 가질 수는 없는 건가 보다. 그리고 부모라는 사람은 자식의 가슴에 지워지지 않을 상처를 남기게 둘 수 없는 그런 사람들이고. 너희 둘 가슴에 그렇게 아픈 상처를 주고 너희들 엄마라고 거들먹거린다는 건 있을 수가 없어. 엄마는 너희들이 누구보다 행복했으면 좋겠어. 예전처럼 그렇게 환하게 웃었으면 좋겠어. 결혼을 실패했던 나로서는 그런 아픔을 너희들은 겪지 않았으면 좋겠어. 대신 잔디야, 환아… 엄마, 아빠의 몫까지 더 많이… 아주 많이… 행복해야 한다.”

두 손으로 얼굴을 감싸고 있는 잔디가 테이블 위로 쓰러져 흐느끼고 있다. 그런 잔디를 웃으시며 안아 다독이시는 엄마. 가슴 한구석이 아려온다. 눈시울이 뜨거워 눈이 아프고 목이 너무 메어서 견딜 수가 없다.

“엄마.”

“그래, 그래. 우리 아들.”

그렇게 웃지 마세요. 차라리 화를 내세요. 바보같이 못된 아들이 울고 있다고 그렇게 다정하게 안으시며 다독이지 마세요. 결국은 엄마를 불행하게 만들고 있잖아요. 그렇게 따뜻하게 다독이지 마세요.

평생… 저 평생 용서하지 마세요. 엄마, 미안해요.

"환아, 엄마도 너를 사랑한단다."

오랜만에 안긴 엄마의 가슴은 울고 있었다. 심하게 떨리시는 온몸으로도 엄마는 울음을 잃지 않으시려는 듯이 그렇게 잔디와 날 안으시고 웃고 계셨다. 울고 계셨다.

"잔디야! 내려와 봐~"

"응? 왜?"

"우리 씨 뿌려놓은 거 싹 텄어. 얼른, 얼른!"

"그래? 기다려~"

더듬거리며 2층 기둥을 잡고 내려오는 잔디. 이제는 제법 익숙해진 모습이지만 여전히 우스운 포즈다.

"웃지 말고 나 잡아줘~"

"싫어. 네가 혼자 내려와. 애냐, 그것도 못 오고?"

"쳇! 예전에는 혼자 내려가겠다고 해도 자기가 번쩍 안아서 내리더니… 됐어!"

큭큭! 투덜대면서도 엉금엉금 포즈라니… 웃겨! 맨 아래칸에 다다른 잔디를 그제야 잡아서 현관 밖의 작은 정원으로 데리고 갔다.

"많이 텄어?"

"잠깐 기다려 봐."

설레임으로 가득한 얼굴의 잔디 손을 가만히 잡아서 새싹이 난 곳에 가져다 줬다. 조심스레 새싹을 더듬어 만져 보는 잔디의 얼굴에

서서히 웃음이 피어난다.

"어머~ 진짜다. 너무 부드러워~"

"그래, 근데 너 이거 무슨 새싹인 줄은 알고 있어?"

"쳇! 누굴 바보로 아냐? 이거 강낭콩이잖아."

"얼~ 기억하는데~"

"당연하지. 내가 먹는 것도 싹 나냐며 해보자고 한 거잖아."

"그래, 기억 못하는 게 바보지."

"너 자꾸 그럴 거야?"

"미안."

"어? 근데 지금 몇 시야? 너 학교 안 가?"

"아~ 오늘 새싹도 텄겠다 간만에 너랑 놀아주려고~ 킥킥!"

"웃기시네! 자기가 귀찮아서 안 가는 거면서……."

투덜대며 다시 익숙하게 손잡이를 더듬거리며 안으로 들어가는 잔디의 뒤를 따랐다. 아직까지 병원에서 연락이 없다. 그녀는 앞을 볼 수 없다. 하지만 이제는 바보같이 울거나 헤어지자는 소리는 하지 않는다. 하긴 했다가는 요절을 내겠지만…….

그렇게 두 달이 금방 지났다.

방으로 들어서자 언제 가지고 있었는지, 빗을 마구 휘두르며 내게 소리 지르는 잔디가 있다.

"얼른!! 머리!!"

내 저걸 내다 팔아버리든지 해야지. 요 근래에 자기 머리를 나더러

빗겨 달랜다. 젠장! 확 잘라 버리든지 하지. 귀찮아 죽겠어! 내가 소파에 앉은 걸 확인한 후, 낼름 내 앞으로 미끄러져 앉는다. 어쭈! 이제 자세가 잡히네, 잡혀.

"많이 엉켰어. 빨리 빗어."

"잔디야, 그냥 잘라. 이거 길러서 뭐 해?"

"싫어!"

"진짜 옹고집이다. 무슨 배짱이냐? 관리도 제대로 못하면서!"

"네가 해주면 되잖아!"

배시시 얄밉게 웃으며 나를 한 번 돌아보는 잔디. 확 그냥! 성질 같아서는 머리카락을 잡아당겨 버리고 싶지만, 뒷일이 두려우니 참자. 이리저리 둘러보며 뭐가 그리도 재미있고 우스운지 마냥 웃어대는 잔디의 눈. 정말 나를 바라본다는 착각이 든다.

"잔디야. 나 봐봐."

"응? 쳇! 보면 뭘 해? 보이지도 않는데……."

투덜대는 모습도 예전과는 많이 다른 밝은 모습이다. 그래서인지 가끔 착각이 든다. 네가… 나를 볼 수 있다는 착각.

"이리 올라와 앉아."

끌어 올려 내 앞에 앉혔다. 가만히 손에 무언가를 들고 앞만 바라보던 잔디가 갑자기 자기를 쳐다보는 내 쪽으로 고개를 팩 돌린다. 놀라서 움찔거리며 약간 뒤로 물러섰더니 갑자기 버럭 외치듯 말한다.

"너… 나 보고 있었지?"

“어떻게 알았어? 보여? 보이는 거야?”

“무, 무슨 헛소리야? 보일 리가 있냐?”

“쳇! 괜히 놀래키지 마! 근데 어떻게 알았어?”

“그냥 그런 느낌이 들어서. 네가 쳐다볼 때마다 가끔 그런 느낌이 들어. 네가 쳐다보는 볼이 따뜻하게 되는 그런 느낌.”

부끄러운 듯 무릎을 올려 가만히 얼굴을 묻는다. 귀찮아 죽겠지만 가끔 저렇게 혼자 쑥스러워하며 귀여운 척하면 내가 어쩔 줄 몰라 하는 걸 아는지……. 무릎을 안고 있는 두 손을 풀어 가만히 끌어다 안아본다.

“왜 그래?”

“볼 수 있을 거야. 꼭 다시 보게 될 거야.”

“응. 다시 보고 싶은 사람이 너무 많아. 나도 꼭 볼 수 있었으면 좋겠어.”

그러면서 내 목에 두른 팔에 힘을 주어 꼭 안긴다. 그래, 다시 봐. 내가 지금 얼마나 행복한 모습을 하고 있는지 꼭 다시 봐줘야 해! 가만히 끌어안고 있노라면 이상스레 이 녀석이 사랑스럽다. 긴 머리카락에서 풍기는 느낌도. 오랜만에 무드 완성! 살짝 입술 언저리로 접근하는데…….

띠리리리리~

씁!! 내 저 전화기를 부숴 버리던가 해야지!!

“여보세요?”

꼼지락대는 잔디를 그대로 안은 채로 투덜대며 전화를 받은 곳에서는 예상하지 못했던 목소리가 들린다.

　[환아, 윤우… 찾았어!]

　"뭐? 그 새끼 어디 있어?"

　[…….]

　"말버릇 하고는… 쯧쯧, 대헌이야?"

　"응."

　"그럼 윤우를 찾았다는 소리야?"

　"어. 나 나갔다 올게."

　"나도 갈래!"

　"안 돼. 좀 멀리 갈 거 같단 말야. 힘들어."

　"아냐, 갈래. 그래도 갈 거야. 할 말도 있단 말야."

　"그래, 알았어. 그럼 조금만 기다려."

억지 부리는 것만 늘어가지곤. 오늘 꿈자리가 사납더니 그 자식이 나타나려고 그런 건가? 웃긴 새끼, 숨어 있던 곳이 겨우 거기냐? 병신!

정신없이 달린 것 같다. 어디쯤 왔다는 것도 모른 채 차를 몰고 있을 때쯤…

　"저기… 환아, 윤우 만나면 너무 다그치지 마."

　"……."

　"윤우도 힘들었을 거야. 무슨 일인지는 나도 모르겠지만… 그래도 하여튼."

　"힘들다고 도망가냐? 병신 자식, 도망가려면 어디 해외로 튀든지."

"가고 싶지 않았을 거야. 너무 멀리는 가기 싫었을 거야. 도망칠 때는 누군가가 자기를 잡아주길 바라는 마음도 있을 테니까……."

"됐어. 너무 신경 쓰지 마."

"응. 너 윤우 많이 이해해 줄 거라고 믿어."

젠장, 믿지 마. 오늘 그 자식 만나면 죽여놓을 거니까!

"너무 좋아해서… 너무 아끼는 사람이어서 실망감도 크게 오는 거야."

아니, 어쩌면 네 눈마저도 그 자식 탓을 하고 싶어. 그런 것도 너무 좋아해서 밀려오는 실망감 때문이라고 할 수 있어라고 너한테 소리치고 싶은데… 아마 너 그러면 아니라고 그 자식 변명하느라 바쁘겠지. 윤우 자식의 얼굴을 생각하며 솟구쳐 오르는 화를 꾹 눌러야만 했다.

그렇게 한두 시간을 달렸을까? 고등학교란 곳을 들어간 후, 늘 우리 노는 놈들이 자주 가던 윤우 놈의 외가댁이 시야에 들어오기 시작했다. 농장을 하던 집이어서 이곳에 곧잘 와서 놀곤 했는데……. 급경사를 타고 올라가 아직 봄이라 싹이 작은 들판을 지나서 언덕에 다다라 차를 세웠다. 낯선 차의 등장에 여기저기 돌아다니시던 어른 한 분이 내리는 나를 쳐다보신다. 윤우 삼촌인가?

"잔디야, 잠시만 기다려. 여기 길이 안 좋아서 내가 윤우 어디 있는지 알아보고 올게."

"응, 알았어."

다가가 넙죽 인사부터 하고 여쭈었다.

“저기… 윤우 여기 있습니까? 저 윤우 고등학교 친구인데 기억 안 나시나 보네요. 그때 자주 놀러왔었는데…….”

“아~ 그 멀대 같은 놈들 중에 하난가 보네.”

“아, 아뇨. 거기서 제일 작은 탓에 삼촌께서 사내가 왜 이렇게 작냐고 그러셨었는데…….”

내가 왜 이딴 이야기까지 하는 건지…….

“엥? 그럼 그 쪼그맣던 놈이 이렇게 컸단 말야?”

“아하하, 네.”

쪼, 쪼그맣던 놈.

“허이구, 세월 빠르네. 어찌 이리 키가 훤칠하게 컸어?”

“그, 그러게 말예요.”

“아, 그래. 윤우 그노무 자식! 윗집에 있어. 근데 그노무 자식 왜 그러냐?”

“네?”

“아, 글쎄, 한 몇 달 전부터 여그 와 가지고는 집에 갈 생각도 안 해. 학교도 가야 할 건데 그만두고 농장 일을 하겠다고 하지 않나, 미친눔!”

“아, 그래요?”

“미친눔! 아무튼 네가 잘 구슬려서 데리고 가그라. 어이 올라가자.”

“아, 네. 그 집이라면 알겠어요. 제가 지금 같이 온 사람이 있어서요. 금방 올라가겠습니다.”

“아, 그래? 처자로구먼. 애인인가벼?”

“아, 네. 저기 근데 윤우한테는 저 찾아왔다고 말씀 마시고요. 제가 가서 직접 만나겠습니다.”

“응? 그래, 그려라.”

네 녀석이 또 도망가 버리면 곤란하니까 말야. 재빨리 차로 돌아가서 잔디를 안아 들었다.

“있대?”

“응. 저기 위에 집이 있는데 거기 있대.”

“여기 어디야?”

“윤우네 외가댁.”

변함없는 곳. 정말 예쁘게 가꾸어진 정원도 있는데. 가끔 여기 올 때는 항상 생각했어. 너한테 이 정원이랑 저기 연못이랑 꼭 보여주고 싶다고. 그런데 이제야 데리고 와서 미안해.

“우와~ 새소리 진짜 많이 들려. 좋다!”

“그래? 난 시끄러워 죽겠는데.”

“쯧쯧, 넌 자연 속에서 살 자격이 없어!”

“그러게 너나 살…….”

“왜 그래? 환아?”

가만히 안긴 잔디를 내려놓았다. 정원에서 몸을 쭉 뻗고 자빠져 누워 있는 윤우 새끼가 눈에 포착되었기 때문에. 달려가서 밟아버리고 싶은 충동을 애써 눌렀다.

“윤우 저기 있어.”

“아, 그래?”

“여기부터는 잔디밭이야. 킥킥!”

“웃지 마.”

“그래. 여기부터는 평지야. 그래도 잘 걸어.”

전혀 웃어지지 않는 얼굴 근육이지만 걱정할 잔디를 위해서 웃는 시늉을 하며 천천히 다가갔다.

“김윤우!”

놀라며 벌떡 일어나는 녀석.

“너…….”

“겨우 숨은 곳이 여기냐? 미친 새끼.”

심하게 야윈 얼굴. 정리도 하지 않은 모양새가 정말 봐줄 만하다. 야외 의자에 잔디를 앉혔다. 잔디가 잡고 있지만 않았더라면, 저 자식에게 주먹을 날렸어도 몇 번을 날렸을 거다. 비리비리한 놈이 담배를 물고 한숨을 내쉬는 꼴 하며… 정말 속에서 끓어오르는 열 때문에 확 돌아버릴 것 같다.

“누나, 오랜만이네요.”

“응. 윤우 잘 지냈지?”

“…….”

“소식도 못 들었냐? 미친놈!”

“누나, 설마…….”

당황하는 빛이 역력한 윤우 자식의 탄성에 잔디가 배시시 웃는다. 둘 다 똑같아, 진짜. 어휴~

“괜찮아. 이젠 많이 익숙해졌어. 그 덕에 환이랑 이렇게 더 붙어다 닐 수도 있고.”

“다 제 잘못이에요. 미안해요, 누나.”

“아냐, 윤우야. 괜찮다니까. 정말이야. 그리고 뛰어든 내 잘못이지 왜 네가 미안하다고 하냐.”

마구 일그러지는 윤우 자식의 얼굴이 아래로 숙여지고, 그런 윤우 를 보지 못하는 잔디가 방긋 웃으며 윤우에게 말을 다시 건넨다.

“윤우야, 많이 보고 싶었어. 환이도 보고 싶어했었어.”

“미쳤어? 내가 언제!!”

“훗~ 환이 원래 저러는 거 알지? 환아, 윤우 어떻게 변했는지 설 명해 줄래?”

“저런 놈은 생각하지도 마.”

“머리 많이 길었어? 살은 좀 쪘고?”

“그럴 리가 있냐? 자기가 지은 죄가 얼만데……. 비쩍 말라서 수염 정리도 안 하고 지저분해서 꼴도 보기 싫어!”

“훗! 윤우야.”

“네?”

“환이. 네가 너무 고생한 흔적이 많아서 속상해서 저러는 거 알 지?”

“누나.”

아무리 찔찔이라지만 이럴 때는 한 대 때려주고 싶다.

“됐어. 서론 다 자르고 본론으로 들어간다. 계속 여기서 살 거야?”

“…….”

“그냥 죽어버리지 그래? 왜 사냐?”

“윤우야, 환이 말은 다 무시해 버려!”

저게 지금 뭐라는 거야? 확 그냥!!

“죽고 싶었다.”

“죽어버리라니까! 누가 말리든? 미친놈! 네가 인간이냐?”

“그만 해. 나 마지막으로 본 윤우 얼굴 확실하게 기억해! 힘들었지? 슬희는 아기 낳을 거래.”

“……!”

“돌아가자. 슬희 도와줘야지. 누가 뭐라고 해도 슬희 뱃속의 아기는 네 아기이기도 하잖아.”

“슬희가 인정하지 않을 거예요.”

“인정하고 안 하고를 떠나서 용서를 빌어야지. 이렇게 숨어 있는다고 해결되는 건 아니잖아. 슬희가 용서할 때까지 빌어. 그게 네가 할 수 있는 최선이야.”

한참의 침묵이 흘렀다. 난 아예 말도 못하게 꽉 잡고 있는 잔디 때문에 더 이상 뭐라고 소리 지르지도 못하겠다.

“누나는 환이랑 행복한가 봐요. 다행이에요.”

“아냐. 우리도 힘들었어. 그치, 환아?”

“그 딴 소리는 하지 마.”

“성질 하고는, 쯧쯧. 그동안 일이 좀 있었어. 내 생모가 나타났거든.”

그렇게 웃으면서 이야기하지 마. 속은 썩어 들어가면서, 겉으로는 아닌 척하는 거 이제는 그만 해. 바보같이 둘 다 왜 그 모양이냐!

"새, 생모요?"

"응. 우리 아빠가 이혼을 하지 않은 상태에서 환이 어머니랑 결혼을 추진하신 모양이야. 환이하고 엄마한테 너무 미안해. 그래도 우리는 서로 용서를 빌었어. 내가 할 수 있는 최선을 다했고. 아빠가 할 수 있는 최선… 그리고 환이가 할 수 있는 최선을 다한 거야. 그리고… 엄마가 모두를 용서하신 거고."

"그런 일이… 그럼 지금 상황은요?"

더 쓸쓸해지는 잔디의 얼굴. 내 시선에 말을 멈추는 윤우였지만, 잔디는 기어코 그 지루하고 외면하고 싶은 이야기를 다시 할 모양이다.

"응, 지금 아빠랑 엄마는 떨어져서 사셔. 아빠는 해외로 나가셨고, 엄마는 환이 외가댁에서 조그만 가게를 하나 차리셨어. 얼마 안 됐어. 그리고 집에서는 환이랑 나만 살고 있고. 윤우야, 엄마가 그러셨어. 아, 이제는 엄마가 아니지만. 그렇게 불러도 된다고 하셨어. 헤헤~ 아무튼 모든 괴로움 다 가지시고도 웃으시면서 그러시더라. 용서받지 못하는 사람보다 용서를 하지 못하는 사람이 더 불행하고 불쌍한 사람이라고 말야. 엄마… 그렇게 아빠를 용서하시고 자신은 행복한 사람이라고 생각하시기로 하셨대. 그리고 우리를 위해서 기꺼이 엄마 자리를 내놓으셨어. 너도 슬희를 세상에서 가장 불쌍한 사람으로 만들지 마. 용서할 수 있게 네가 기회를 줘야지. 그리고 엄마가 우리를 인정해 주셨듯이 지금까지 네 속에서 슬희를 사랑하는 마음…
인정해 줘. 네 마음도 그만 괴롭혀. 이미 일어난 일을 되돌릴 순 없잖
아.”

“잔디야, 먼저 타.”
차에 앉힌 후 문을 닫았다. 그리고 윤우 자식에게로 걸어갔다.
“미안하… 윽!!”
뼈밖에 남지 않은 자식의 복부를 살짝… 지~인짜 살짝 때려줬다.
“혼자 지랄한 못이다. 단 한 마디도 내게 하지 않다니… 너무 한
거 아니냐? 내가 잔디 이야기 할 때 너에게 비밀이란 거 없었어. 그런
데 너라는 놈은…….”
“미안하다. 너에게 아무 말도 못하는 게 가장 괴로웠다.”
“잡소리 집어치워! 오늘 잔디 아픈 곳까지 들춰놓고 계속 이 꼴로
있으면 그때는 다시 와서 널 죽여놓을 거야! 간다.”
조금은 웃고 있을 놈의 얼굴을 보면 더 열받을 거 같아서 그냥 외
면하고 차에 올라탔다.
한참을 달릴 때까지 잔디는 말이 없다. 젠장! 오늘 데리고 오는 게
아니었는데……. 그때,
“근데 환아, 윤우 보고 인간이 아니라고 했잖아. 그럼 넌 뭐야?”
정말 심각하게 묻는 찔찔이. 오늘 정말 마음에 안 드네! 아씨!
얼마 전에 잔디 아빠가 입국하셨다. 아무래도 한국에 있던 모든 것
을 다 정리하고 외국으로 나가시기 위해서인가 보다. 오신 그분께서

는 잔디의 생모와 함께 가정 법원에서 합의 하에 이혼 절차를 밟으셨고, 한국에서의 모든 관계들을 차근차근 정리하셨다.

마침내 짐 정리를 위해서 집으로 들르셨다. 어젯밤이었지. 살짝 열린 서재에서 풍기는 지독한 술 냄새에 잔뜩 인상을 찌푸리며 멈춰섰다. 문을 닫아드릴까 하는 마음으로 다가간 곳에는 울먹이는 그분의 목소리가 흐릿하게 들려왔다. 그리고 그분의 전화 상대가 나의 엄마라는 사실에 발걸음을 완전히 멈춰 버려야 했다.

"미안해. 어떤 말을 해도 소용없겠지만… 미안해. 너무너무 미안해. 응… 했어. 오늘 법원 갔다 왔어. 잔디가 성인이어서 달라진 건 없어. …미안해."

그분은 나의 어머니께 울먹이며 전화를 하고 계셨다. 오늘의 일들과 앞으로의 일들을 주억거리며, 나의 어머니에게 용서를 빌고 계셨다. 어머니를 속이고 그렇게 보내 버려야 했던 현실을 아픔과 용서로 되씹고 계셨다. 얼어붙은 듯 가만히 흐느끼는 음성을 들었다. 내 어머니도 울고 계시리라.

"만약에… 만약에 말이야."

다시 시작된 그분의 음성은 더 격하게 떨려대고 있었다. 마치 뜨겁게 달아오른 내 눈처럼 말이다.

"우리 애들… 자리 찾아주고 그리고 세월이 지나고… 또 지나면… 그러면 말야."

모든 피가 머리끝으로 몰리는 듯한 느낌. 저분은 아마도 그러시겠지.

“그러면… 내가 당신을… 당신에게 차, 찾아가도 되, 될까?”

사랑하니 기다려 달라고… 저분들도 나와 잔디와 똑같이 사랑하는 사람들일 테니까.

어지러운 상념 속에 늦은 시각이 되어서야 잠이 들었다. 엄마가 어떠한 대답을 하셨는지 나는 모른다. 짐작조차 할 수 없다. 하지만 이 아침, 눈을 뜬 내 기분이 날아갈 정도로 상쾌한 것은 왜일까? 유난히 조용한 아침이다. 이상하네. 씻고 나와서 이리저리 부엌을 돌아다녀도 집 안에 인기척이 없다. 벌컥 서재를 열었다. 싸한 술 냄새만이 서재를 가득 채울 뿐, 흐트러진 물건 하나 없이 휑하니 비어 있었다. 아… 가셨구나. 인사도 없이 가시다니…….

나른한 오전이 퍽도 빨리 지나간 듯하다. 그런데 오늘은 잔디마저 기척이 없다. 이쯤되면 내려오려고, 더듬거리며 방을 나설 때도 됐는데……. 어제 늦게 잔 건가? 조심스레 잔디의 방으로 향하는 내 발걸음이 갑자기 한없이 무거워진다. 뭘까, 이 이상한 기분은? 방문 앞까지 왔을 때, 심하게 뛰는 맥박을 주체할 수 없었다. 무슨 느낌이 들어서인지 미친 듯이 나도 모를 힘으로 세게 방문을 열어젖혔다. 옷을 갈아입다가 내게 화를 내는 잔디가 있어야 하는데… 아니면, 아직 잠에서 깨지 못해 짜증내는 잔디가 있어야 하는데……. 순식간에 내 눈에 들이닥친 방 안의 풍경은 차갑게 식은 잔디의 잠자리뿐이었다. 어, 어떻게 된 거야? 뭐야, 이건? 미친 듯이 벽장을 열어봤지만, 그곳에 잔디의 물건이라는 건 존재하지 않았다. 부끄럽다며 가지고 다니지 않던 지팡이마저 보이지 않는다. 윤잔디!! 어딜 간 거야?! 세차게

고래를 돌리자 돌아버릴 듯한 내 시야에 소중하게 접힌 종이가 들어
온다. 멍청한 윤잔디! 또야?

　부들거리는 두 손을 진정시키며 급하게 펼친 편지지에는 보이지
않는 잔디의 흔적이 너무도 선명하게, 진하게 남아 있었다. 줄도 맞
지 않고 겹쳐진 글씨들로 가득한 그녀의 편지.

　환이에게.

　처음이 너무 진부하지? 그래도 이해해 줘. 에휴~ 종이에 쓰려니까 너무
힘들어. 하지만 메일 보내면 언제 볼지 모르니까 안 되잖아. 걱정할 거구.
그래서 이렇게 힘들지만 손수 써놓는 게 마음이 편해.

　너 이거 읽을 땐 엄청 화가 나서 씩씩거리고 있을 거야. 후후후~ 그래도
어쩔 수 없어. 화내지 마! 너한테서 또 도망치는 거 아니니까. 너랑 나를 위
해 아빠와 상의해서 내린 결정이야. 내 생모라는 아줌마와도 이야기해 봤
는데 굳이 나를 두고 싸울 필요 없이 셋을 위해서 결정한 거야. 들어봐. 너
에게 짐이 되는 연인은 싫어. 보이지 않아도 너에게 꼭 필요한 그런 사람이
었으면 하니까. 내 마음 이해해 줬음 해. 외국에는 재활 교육 제도가 잘되어
있대. 엄마가 도와주신다고 하셨고, 아빠도 내가 있는 게 좋으시다고 하시
고.

　환아, 내가 곁에 없는 동안 힘들어하지 말고, 우리 다시 만날 때까지 더
날 위한 사람이 되어 있어줘. 욕심쟁이라고 할지 모르지만, 너에게만은 마
음껏 욕심 부리고 싶어. 알았지? 나도… 나도 말야. 더 많이 널 위한 사람이
되어 있을게. 서로에게 짐이 되어 지쳐 버린 내 부모님 같은 사랑… 나는 안

할래.

연락 자주 할게. 미안해. 너무 미안해. 혼자 있게 해서 미안해.

너에게 말해 주지 못해서 아쉬운 말이 하나 있는데… 네 눈 바라보면서 해주지 못해서 너무 아쉬운 말… 이젠 두고두고 내 가슴을 따뜻하게 해줄 말로 용서를 구할게. 애교로 봐줘~!

사랑해.

단 한 단어로 모든 것이 용서되어 버린다. 아마도 그 말은 짧으면서도 가장 너에게 가 닿을 수 있고 나에게 와 닿을 수 있는 마법의 주문 같은 건가 보다.

"쳇! 바보같이 이렇게 삐뚤한 편지를 어떻게 이해하라고 쓰고 간 거야? 겹친 것도 많고, 내가 문자 해석가냐? 이딴 거 어떻게 해석… 잔디야, 너무너무 보고 싶으면 어쩌지?"

"환아~! 너 어제 면접 봤다며?"

"그래서?"

돌아온 윤우 자식 무슨 꿍꿍인지 너무 활발 명랑해서 영 짜증난다.

"영 무뚝뚝하긴. 잔디 누나 소식 없냐?"

"헛소리 집어치워."

"킥킥킥~ 붙으면 한턱 쏴라."

"내가 미쳤냐? 널 위해서 한턱 쏘게?"

이런저런 이야기를 하며 걷는 이 캠퍼스도 이젠 마지막이겠지. 그

회사 어지간히 깐깐한 거 같던데 영 불안해.

"너 오피스텔로 갈 거야?"

"응. 귀찮아."

"그러지 말고 나랑 좀 놀아주고 그래라~ 앙?"

"내가 할 일 없냐? 너 같은 놈이랑 놀아주게. 근데 참, 넌 어떻게 된 거냐?"

"뭐가?"

저 앙살맞은 표정 봐라! 잔디가 널 착하다고 하다니, 눈이 삔 거 같다. 아무리 봐도 저 능구렁이 같은 놈을……. 쯧쯧!

"너 무슨 벤처 회사로 간다고 하지 않았냐?"

"아! 내 걱정은 말아라. 나야 뭐 돈도 있겠다~ 케케! 무슨 걱정이 있겠니."

"헛소리 집어치워라! 내가 너랑 이런 이야기 하는 거 자체가 미친 거지."

도무지 진지라고는 눈 씻고 찾아봐도 없는 놈이다.

"환아."

갑자기 진지하게 불러도 하나도 안 반갑다, 새끼야!

"나 연말에 외국으로 나간다."

"뭐? 거긴 개나 소나 다 가는 줄 아냐?"

"큭큭~ 너 그렇게 반응할 줄 알았다. 아무튼 난 말했다~"

달려가는 녀석의 뒤통수가 어지간히 의심스럽다. 뭐야!

"야! 나가면 언제 오는데?"

“안 와!”

저거 뭐라는 거야? 한국 떠나면 잘살 줄 아나 보지?

생각 안 하려고 노력하는데… 더럽게도 잔디 친구란 것들이 눈에 팍팍 띈다. 특히 닭살스러워서 목을 조르고 싶은 성아라는 사람과 계집애같이 생긴 녀석!

“어머~ 환이 아냐?”

“어제도 봐놓고 웬 반가운 척이야?”

“아, 그, 그랬나? 잔디 잘 지내?”

“댁만큼 지내.”

“그, 그래. 내 안부도 전해줘.”

“헛소리 하지 말고 청첩장이나 빨리 보내쇼!”

돌아가려는데 다급하게 잡는 목소리.

“아참! 환아 잔디에게 승하가 많이 미안해하더라고 전해줘.”

“그 새끼 이야기가 왜 다시 나와? 여기 주인공은 나라고!!”

쩝쩝, 오버했다.

“오버야.”

“흠흠, 알아.”

“나도 어제 우연히 만났는데 잔디 소식을 들었나 봐. 상황도 그렇고 해서 한 번도 못 찾아갔었다고. 다시는 못 볼 인연 같으니까 대신 전해달라고 하더라고.”

“닥치라고 그래. 재수없어!”

“너 그러면 사회 생활 힘들 텐데……”

"댁들이나 잘하라니까!"

터벅거리며 다시 오피스텔로 발걸음을 옮겼다. 그래, 그런 녀석도 있었지? 그렇게 많은 시간이 흐른 것도 아닌데, 왜 내 기억에서는 완전히 사라졌었지? 아. 그러고 보니… 정화였나? 아무튼 시집간다던데……. 발광하더니 결혼은 빨리도 한다. 쳇! 소박이나 맞아라! 잔디야, 이렇게 쉽게 잊혀지고, 용서되고, 아무것도 아닌 일들이… 그때는 왜 그렇게 화가 나고, 슬퍼지고, 아팠던 걸까? 이렇게 시간이라는 것이 다 잊게 해주는데 말야. 그래서 과거를… 지난 시간들을… 그렇게 미치도록 그리워하게 되나 보다. 네 아빠와 내 엄마도… 미치도록 그리워 할 시간만을 기다리시겠지? 시간을 흘려보내면서 말야. 나도 그럴 테고. 그런데… 그런데!! 너 오늘도 전화 안 하면 딱 삼 일째인 거 알려나? 시간이 지나면 사소한 것이 되겠지만, 난 현실에 족족 발악하며 살련다! 오늘까지 전화 안 하면 나 그리로 뜰 줄 알아라. 짜증나! 너라는 기다림이 있는 내 하루는 무척이나 더디게 흐른다. 하지만 일 년이라는 시간, 그리고 이 년이라는 시간은 어찌 그리도 빨리 흘러가 버리는지…….

잔디가 떠난 지 오 년의 시간이 흘렀다. 몇 번을 잔디에게 다녀왔다. 점점 변하는 잔디의 모습에 놀랍기만 하다. 이젠 시력만 되찾으면 예전의 잔디와 다를 게 없다. 아니지, 이젠 눈을 감고도 많은 일을 할 수 있으니 더 많이 얻은 건가?

근 일 년째 잔디를 만나러 가지 못했다. 지랄맞게 퍽이나 날 좋아하는 직장 상사 때문에 도대체 어딜 갈 수가 없다.

"여보세요?"

피곤에 지친 몸으로 울리는 전화를 받아 들었다.

[피곤해?]

정말 오랜만에 듣는 잔디의 목소리.

"아니, 괜찮아. 뭐 하고 있었어?"

[응. 그냥 이것저것. 회사 일 힘들지?]

"견딜만 해. 이번에 인사 이동 있으면 더 여유가 생길 거 같아."

[인사 이동이 언제 있는데?]

"반년 후?"

[그럼. 반년 동안은 못 보는 거네. 그래, 알았어. 끊어.]

그대로 끊겨 버리는 전화. 찔찔이가 한국을 벗어나서 그런지, 아니면 나이를 너무 많이 먹어서 그런지 기어오르는 게 무지하게 심해졌다. 어떻게 데리고 살지, 머리 아프구만. 그때 다급하게 다시 벨이 울린다. 그럼, 네가 삐쳐 봤자 몇 분을 가겠냐? ㅋㅎㅎㅎ~

"큭~ 용건이 뭐야?"

[삼촌~!]

헉! 잘못 짚었다. 수화기를 타고 들려오는 목소리는 뾰로퉁한 잔디가 아니라 슬비의 코맹맹이 소리다.

급하게 차를 몰았다. 슬비와의 약속 장소에 도착해 문을 열자마자 아니나 다를까, 슬비가 서슴없이 내게 달려와 쏙 안긴다.

"삼촌~"

“그래, 우리 슬비 그동안 잘 지냈어?”

“응. 삼촌, 왜 이렇게 슬비 보러 안 오세요? 슬비가 삼촌 얼마나 보고 싶었는데요.”

“스, 슬비야, 갑자기 웬 높임말이야? 그러지 마. 삼촌 자주 올게. 왜 그래?”

“놀라지 마. 유치원에서 배운 거야. 섞여서 엉망이야. 훗!”

“응~ 삼촌, 있잖아~”

“슬비야, 그만 하렴. 삼촌 모시고 이리 와서 앉아야지.”

그제야 슬비가 내 품을 벗어나서 쪼르르 자신을 꼭 닮은 슬희에게로 달려간다.

“미안해. 피곤할 텐데 불러내서.”

“아니야. 나도 연락한다는 게 계속 못했어.”

슬비의 반말, 높임말이 섞인 알아듣지 못할 문장에 귀를 기울이며 시간을 보냈다. 이제야 안 건데, 여자들은 어릴 때부터 이렇게 말이 많은가 보다. 그래도 귀여우니까. 이마에 땀을 송송송 내어가며 내 품에 잠들어 버린 슬비를 물끄러미 내려다보고 있으니, 윤우 녀석 생각이 난다.

“많이 닮았지?”

“응, 그렇네. 윤우 녀석이랑 자는 얼굴이 똑같아.”

“요즘… 윤우는 어떻게 지내?”

“연락 안 하는 거야?”

“실은 윤우 미국 가고 나서부터 한 번도 연락 안 했어. 슬비 보고 싶다고 했었는데 그때는 무슨 심보였는지, 거절했어."

"지금이라도 윤우… 다시 생각해 볼 마음 없니?"

슬비를 바라보는 슬희의 모습이 예전보다 많이 힘든 것 같았다.

"슬비 아빠로는 더없이 좋은 사람이야. 나도 그건 알아."

"그래."

"하지만 슬비 때문에 사랑하지 않는 사람과 평생을 함께 살 순 없어. 아직도 사랑타령이나 한다고 다들 뭐라고 해도, 난 서로 사랑하는 그런 사람을 만나고 싶어. 아이를 낳았다고 해서 사랑해야만 하는 건 아니잖아. 내가 네 아이를 낳았다고 해도… 슬비가 네 아이래도… 네가 날 사랑할 수 없는 것과 같아."

가만히 고개를 끄덕여 주었다. 어쩌면 슬비는 슬희에게 행복만 주는 존재는 아닐 수도 있다.

"그래, 알겠다. 아, 근데 나도 요즘 윤우 녀석이랑 전혀 연락이 안 돼. 그러고 보니 꽤 된 것 같다."

"윤우 무슨 일 있는 건 아니겠지?"

"설마……."

외국에서 굉장한 벤처 사업으로 성공을 거둔 윤우 녀석. 무슨 일이 있을 리 없다. 한국으로 오지 않을 거라고 했던 윤우의 말이 계속 머리 속을 맴돈다. 슬희와 슬비 때문인가?

"있잖아, 실은 얼마 전에 윤우 이름으로 엄청난 금액이 내 통장에 들어왔어."

"뭐?"

"슬비에 대한 미안함 때문이겠지. 난 화가 나서 당장 가지고 가라고 연락을 하려는데… 아무리 찾으려고 해도 연락처를 알아낼 수가 없어서……."

정말 무슨 일이 있는 건가?

"엄청난 금액이라니?"

"얼마 전에 몇 억불이니 뭐니 신문에 윤우 기사가 난 후의 일이야. 윤우가 번 금액의 반 정도가 내게 온 거 같아."

"내가 연락을 해볼게. 너무 걱정하지 마."

지금 슬희의 표정, 무슨 일이 일어날 것만 같은 느낌이 든다. 김윤우! 너란 놈은 끝까지 내 속을 태울 작정이냐!

슬희의 집에 잠이 든 슬비를 안아다 내려주고 문을 나선다.

"자고 가도 돼."

"아니야. 내일 회사도 나가봐야지."

"응. 조심해서 가고 윤우 연락되면 꼭 알려줘."

"저기 슬희야. 윤우가 보낸 돈 말이야, 너와 슬비에 대한 사랑이야. 지켜줄 수 없는 상황이 책임감 많은 그 녀석에겐 힘들 테니까……."

"잔디 언니 잘 있지?"

애써 웃음을 보이며 잔디 얘기로 돌려 버리는 슬희의 모습이 많이 힘들어 보였다.

"응. 내년 정도면 입국해서 같이 있을 거야. 연락할게."

"그래, 잘 가."

그래, 사랑하는 사람… 꼭 찾아라. 하지만 슬희야, 넌 우리 엄마와 같은 길을 밟지 않길 바래. 그래서 너에게는 윤우가 필요하다고 무작정 생각을 굳혀 버리는 나인지도 모르겠다.

나와 환이의 미래를 위해 반년이라는 시간을 더 흘려보낸 후에야 한국으로 향했다. 인사 이동 후 드디어 휴가를 얻은 환이를 오지 못하게 하고, 예정 시간보다 조금 일찍 한국으로 귀국했다. 코끝을 스치는 바람에 확실히 한국이라는 느낌이 든다. 훗~ 물론 내 느낌일 뿐일 테지만……. 내가 사랑하는 곳이고, 내가 사랑하는 사람이 있는 곳이어서 그런지 공기부터가 다르게 다가온다. 초점없는 눈 때문에 늘 착용하던 썬글라스를 버릇처럼 찾아서 썼다.

"잔디야!!"

성아의 반가운 목소리.

"성아?"

"응, 나야! 오랜만이다. 너무 이뻐진 거 아냐?"

"이뻐지긴 늙었지. 후후~ 그러고 보니……."

오랜만에 성아의 손을 붙들고 늘 그녀와 함께인 재희의 차에 올라 탔다.

"이제 확실히 온 거야?"

"응, 이제 환이도 어느 정도 사회 생활에 적응했고, 나도 한국에서 하고 싶은 일이 생겼고, 그래서 들어왔어."

"그래, 잘 생각했어. 아무리 외국이 장애인들에 대한 시선이 좋다 고 해도, 한국이 너에겐 나을 거야."

"훗~ 그래."

성아의 조심스런 말투. 어쩌면 이렇게 하나도 변하지 않은 건지. 줄곧 재희의 따뜻함 속에서 사랑을 받은 탓인지 성아의 깨끗함이 물 씬 풍긴다.

집 앞에 다다르자 차가 멈추고 내리려는 내 몸을 잡으며 성아가 환 하게 말한다.

"여기 있어. 내가 초인종 눌러서 환이더러 모시러 나오라고 할게!"

"아, 성아야, 아니야. 그럴……."

내 말을 다 듣지도 않은 성아는 재빠르게 문을 박차고 나가 버렸 다. 그런 성아를 가만히 두고 볼 수밖에……. 말릴 힘이 없어.

"훗~ 성아가 너 와서 너무 좋아서 그래. 그냥 있어."

"응. 재희도 하나도 안 변한 거 같아서 보기 좋아."

"그래? 훗……."

무언가를 내게 말하려던 재희의 말을 끊고, 성아가 재빠르게 다시 문을 열고 소리친다.

"없어. 집에 없나 봐."

"응? 없다고?"

"응. 잠시 관리실에 다녀올게."

차가운 공기가 다시 한 번 불어올 때 돌아온 성아가 내 옆에 다시 자리를 잡고 말했다.

"모른대?"

"아… 무슨 호수에 갔다 온다고 하고 갔나 봐. 열쇠하고 다 맡겨두고 갔대."

"호수?"

"그냥 내일 만나라. 잔디야! 너 우리 집에 가서 자자. 응? 어차피 환이 내일 오잖아. 응?"

나를 꼭 안으며 떼쓰는 성아에게는 너무 미안하지만… 난 오늘 환이에게 한시라도 빨리 보여주고 싶은 선물이 있는걸? 어쩌지? 난감해하는 내 표정을 눈치 빠른 재희가 읽었는지 크게 웃으며 말을 건넨다.

"훗~ 성아야, 그만 해. 잔디는 지금 환이를 만나고 싶어서 안달났다구. 아무리 성아 네가 졸라도 오늘 난 그 호수를 찾아서 모셔다 드려야 한다는 생각이 드는걸?"

"싫어~ 어차피 어디 있는 줄도 모르잖아. 응? 잔디야~"

"미, 미안해, 성아야. 앞으로 자주 만나자, 응? 그럼 되잖아. 그 호수 내가 알고 있는 곳이거든.”

“칫! 기집애! 그렇게 보고 싶냐? 평생 보고 살 거면서……. 알았어. 한 번 양보한다!”

장난스레 투덜거리는 성아. 그런 그녀를 사랑스러워하는 재희. 그리고 난 다시 차를 돌려 그가 있는 그곳으로… 그와 나만의 추억의 장소로 향해갔다. 아, 그 할머니 아직도 그곳에 계실까? 다시 한 번 꼭 뵙고 싶었는데……. 훗! 기억 속을 떠나지 않는 호수 위의 붉은 태양. 그 태양만큼이나 붉고 아름다웠던 노을. 아름다웠던 노을보다 더 가슴 아프게 타오르던 아름다운 나의 사랑. 이젠 그 풍경 속으로… 그 아름다웠던 기억 속으로 갈게. 기다리고 있어. 최고의 선물을 너에게 안겨줄 테니까…….

드디어 차가 멈춰 섰다. 환이와 함께 무작정 달려왔었던 추운 겨울. 같은 계절, 난 다시 환이와 새로운 추억을 만들기 위해서 이곳을 찾아온 것이다.

“어머~ 이런 곳에 호수가 있었네? 너무 이쁘다.”

“환이를 찾아볼게.”

“아, 재희야. 잠깐만 여기 있어봐. 저기 건물 보여. 내가 가서 물어보고 올게~”

밖으로 나왔다. 시원한 공기, 향긋한 호숫가의 풀 내음, 그리고…….

“잔디야, 아까부터 물어보려고 했는데 저기…….”

“응, 맞아.”

변하지 않은 아름다운 노을 속… 사랑하는 그. 예전 그 자리에 묵묵히 서 있는 환이에게로 천천히 걸음을 떼어놓았다. 노을과 붉은 태양이 가득 담긴 호수를 바라보고 있는 환이의 뒤에 섰다. 그때도 빛을 잃은 태양이 이런 느낌이었나?

"슬프다."

내 입술을 비집고 나온 목소리에 무척 놀란 듯한 환이가 돌아본다. 7년 만에 다시 그의 얼굴을 바라보는 일이란… 너무 슬프고도 벅찬 행복감을 주는 일이다. 빛을 잃고 어둠에 잠기는 붉은 태양보다도 슬프고… 행복하다. 글썽이는 눈가를 한 번 쓱 훔치고 환이를 바라본다. 놀란 기색을 감추지 못하는 환이는 너무 어른스럽고 포근해 보인다.

"어, 어떻게……."

"영원히 내 눈부처는 너라고 약속했잖아. 널 완전히 담을 수 있는 모습으로 돌아오려고 오래 걸렸어. 미안해."

믿을 수 없다는 듯한 표정으로 물끄러미 나를 바라보기만 하던 환이가… 조심스레 손을 내민다.

"저, 정말 내가 보여?"

"응, 보이고말고. 네 눈에 비친 나도 보이는걸."

그의 내민 손을 지나… 너무 그리운 그의 품으로 파고들었다. 여전히 믿기지 않는 말투로 나를 꽉 안아주며 속삭이는 환이.

"고마워… 고마워……."

응, 나도 고마워. 네게 줄 수 있는 최고의 선물이라 여겼던 내 생각
대로… 나라는 너의 눈부처를 이토록 기다려 주고, 안아주고, 사랑해
주고, 감사해 줘서… 나도 고마워. 그리웠던 향기와 그리웠던 따스한
체온에 묻혀 그리웠던 얼굴을 한없이 바라보았다. 나는 더 이상 아무
것도 바라지 않는다. 성아의 울먹임이 들려온다.

"기집애, 진작 말할 것이지. 너무해~"

그리고 그런 그녀를 사랑하는 재희의 달램.

"그래, 그만 울어. 다 잘됐잖아. 응?"

성아야, 너도 지금 나처럼 행복하겠지?! 넌 너의 눈부처와… 난 나
의 눈부처와…….

가끔 지루해진 삶에 힘들어지면… 익숙한 사랑에… 함께 있는 감
사함을 잊을 때가 있으면… 이렇게… 서로를 마주보자. 힘들게 얻은
서로를 위한 눈길을 이제 다시는 놓치지 않도록… 영원할 수 있도
록…….

잔디예요.

건강하시죠? 아빠와 엄마가 안 계셔서 그다지 성대하지는 못했지만, 환
이와 저는 친구들의 축복 속에서 행복하게 결혼식을 치렀답니다! 이 엽서
받으실 때쯤이면 저희는 신혼여행을 가서 마구 소란을 피우고 있겠지요.
저희는 서로의 눈부처로 평생 사랑하며 마주 볼 것을 약속했어요.

행복하게 잘살게요. 축복해 주세요. 감사해요. 건강하세요. 아, 그리고…

행복하셔야 해요!

사랑하는 딸과 아들 올림.

"잔디야 뭐 해? 얼른 와. 비행기 놓치겠어~"
"아! 응~ 기다려~"

그대의 따스한 눈동자 속에 내 모습이 비친다는 사실만큼…

나를 더 행복하게 하는 것은 없습니다.

영원히… 그대의 눈부처가 되어

그대 곁에…

그대의 눈가에…

그대만의 눈부처로 머무르렵니다.

알고 있죠? 제가 당신을 사랑하고 있음을…….

슬희에게

무슨 말부터 해야 할지… 이제 너에게 나라는 인간은 용서받지 못할 잘못을 저지른 사람임을 어떤 말로도 부인할 순 없겠지? 하지만 슬희야, 이것만은 알아줄래? 너는 나에게 내 인생에서 가장 행복한 시간들을 선물해 준 사람이었다는 걸 말야. 마지막으로 그 행복한 기억을 다시 한 번 떠올리고 싶어. 들어주었으면 해.

쾅쾅쾅―!!

뭐지? 철문을 요란하게 두드리는 소리에 인상을 찌푸리며 시계를 봤다. 젠장! 누구야? 이 새벽에… 새벽 세 시! 도대체 언 놈이… 그래,

그놈밖에 더 있냐? 쳇!

　현관문을 열자 역시 환이가 짜증나는 얼굴로 술에 떡이 된 여자를 업고 있었다.

　"윽! 술 냄새."

　"야, 왜 이렇게 늦게 열어? 아, 무거워. 이것 좀 받아봐. 멀뚱히 보고 있지만 말구."

　이 시간에 남의 집에 찾아와 이렇게 소리 지르는 인간이 또 어디 있을까? 어휴~ 내 팔자야!

　"으왁! 갑자기 놔버리면 어떡해? 아, 무거워."

　"시끄러. 난 술집에서 여기까지 업고 왔어. 젠장, 허리 아파."

　여유있게 집으로 들어온 녀석은 자기 집인 양 내 방으로 쏙 들어가 버린다. 하는 수 없이 나는 온 얼굴이 자신의 긴 머리칼에 친친 감긴 여자를 내 침대에 던지듯 눕혔다.

　"야!! 저 여자는 뭐야?"

　"뭐긴 사람이지."

　"내가 지금 사람인지 몰라서 묻는 거냐? 앙? 왜 우리 집으로 데리고 와?"

　"아, 몰라. 시끄러. 잠 좀 자자."

　"왜 잠을 내 집에서 자, 이 자식!"

　하지만 녀석은 내 말을 들은 척도 하지 않고 이불을 확 뒤집어쓴다. 어라? 근데 이상하네.

　"야! 이환! 너 이상하다. 너라면 저 여자랑 모텔이라도 가야 하는 거 아니야?"

"닥쳐! 사람들이 날 뭘로 생각하겠냐?"

"모두 너 그런 놈으로 알아."

"닥쳐! 나 그런 사람 아니야."

버럭 화를 내며 이불을 걷고 거실로 나가 버리는 자식! 쳇! 아니면 아니지, 왜 성질이야? 소파에서 자려는 녀석이 은근슬쩍 걱정된다. 저러고 나서 내일 아침에 무슨 잔소리를 퍼부을지 모르니까.

"야! 들어가서 자."

"싫어. 너 땍땍거려서 여기서 잘 거야."

"알았어. 아무 말 안 할 테니까 들어가서 자."

못 이기는 척 일어나는 환이가 다시 내 방으로 들어가는 모습을 보고 나는 소파에 누웠다.

"근데 부모님은?"

"참 일찍도 물어본다. 여행 가셨어. 한동안 안 오실 거야."

"어, 그래? 잘됐네. 잔다. 낼 일찍 깨워라."

아무튼 친구인지, 웬수인지! 으휴~ 근데 웬일이지? 잔디 누나 아니면 여자를 사람 취급도 안 하던 녀석이 갑작스럽게 술에 떡이 된 여자를 업고 오고… 건들지도 않는다. 이환! 드디어 잔디 누나 그늘에서 벗어나는 거냐??

이런저런 생각을 하다 잠이 들었다. 큰 창으로 햇볕이 따갑게 내려 늦잠은 포기하고 눈을 비비고 일어섰다. 습관처럼 담배를 더듬어 찾아 물고 미끄러지듯 소파에서 빠져나왔다. 바닥에서 뒹굴거리고 있는데 처음 듣는 하이톤의 여자 목소리가 들려온다.

"저… 기요."

화들짝 놀라 돌아보니 하얗다 못해 창백하기까지 한 여자가 매우 난감한 표정으로 나를 바라보고 있었다. 아침 햇살이 너무 밝은 탓인가? 수줍어하며 난감하게 웃어 보이는 그녀의 모습이 내 두 눈을 꽉 채운다.

"아, 네."

"저, 저기… 제가 왜 여기에… 혹시 그쪽이 저를 여기로?"

술 냄새가 짙게 풍기고 온통 엉망으로 머리를 흩날리던 그녀의 어제 모습과는 너무도 대조되는 깨끗한 모습. 그래서 말문이 쉽게 트이지 않았다.

"아니에요. 환이가 데리고 왔어요. 지금 그 녀석은 자는데… 깨울게요. 잠시만요."

"아, 그렇군요. 전 또 모르는 분께 실례를 한 건 아닌가 해서……."

"아뇨. 잠시만요."

왠지 모르게 어색해져서 얼른 내 방으로 들어왔다.

"야야! 일어나. 일어나."

재빠르게 환이를 두드려 깨우자 상당히 귀찮다는 듯 환이가 일어난다.

"…아, 피곤해!!"

"야, 어제 그 여자 일어났어. 얼른 나가봐."

"젠장! 죽었어!"

그러더니 불쑥 나간 환이가 그 여자애를 마구 노려보고 있다.

"야! 슬희, 너!"

"미안, 환아. 나 하나도 기억 안 난단 말야. 한 번만 봐죠, 응? 미안, 진짜 미안해."

성질 더럽기로 유명한 환이 자식의 곁으로 다가온 슬희란 애는 익숙한 듯 환이를 졸라대며 잘못을 빌고 있었다. 그런 그녀의 행동에 환이도 어쩔 수 없다는 듯, 한숨 한 번 내쉬고 가볍게 한마디 흘린다.

"한 번만 더 그럼 진짜 버려 버릴 거야."

"알았어. 배고프다! 밥이나 먹자."

저런! 환이만큼 대단히 뻔뻔한 여자다! 갑자기 슬희의 시선이 내게로 다시 온다. 뭐지? 꼭 내 주위의 공기들만 경직되어 멈춰 버리는 듯하다.

"아!! 네가 윤우구나~ 그치? 맞지? 환이에게 얘기 많이 들었어. 어제는 너무 실례 많았어. 난 슬희라고 해."

방긋 웃는 그녀의 시선에 내 눈을 맞추지 못하겠다. 약간의 목례만 건넨 후 부엌으로 발걸음을 옮겼다. 자신의 눈길을 피했다는 것을 전혀 눈치 채지 못한 슬희가 내 뒤를 재빨리 따른다.

"내가 할게. 어제 신세도 졌구~"

방실거리며 웃는 그녀가 어느새 나보다 앞서 있다. 나를 돌아보며 긴 머리카락을 끌어 올려 묶는다. 얼굴만큼이나 하얗고 가느다란 목선이 다시 한 번… 숨을 가쁘게 한다. 도, 도대체 무슨 생각을 하는 거야? 김윤우!! 정신 차리자, 정신!

그렇게 그녀와의 만남이 시작되었다. 그 만남은 그녀를 향한 내 마음도 함께 만들어가고 있었다. 하지만 그때는 알지 못했다. 그녀와 환이의 관계를… 그녀에 대한 환이의 감정을… 그리고 환이에 대한 그녀의 진심을… 알지 못했다. 나는 그저 그들이 친구라고만 생각했다.

띠리리리리~

"여보세요?"

[뭐 하냐?]

"그냥 있어. 왜?"

[나와라.]

"싫어 귀찮아. 애들이랑 있냐? 너희끼리 놀아."

[왜? 아… 야, 왜 이래? 잠깐만!]

"왜?"

[윤우야! 나야 슬희! 나와. 너 보고 싶단 말야. 응? 나와~ 알았지?]

갑작스레 전화기를 통해 들리는 그녀의 목소리에 난 적지 않게 당황했다. 가끔 환이 녀석과 함께 있는 그녀를 볼 수 있었다. 그때마다 나의 모든 시신경을 집중시키는 그녀가 지금은 나의 청각을 상당히 어지럽히고 있다.

"으… 응, 알겠어."

나가자 친구들은 아무도 없고 환이와 슬희, 둘뿐이었다.

"어라? 너희 둘뿐이었어?"

"응. 그래서 내가 너 부르자고 환이한테 조른 거야. 헤헤~"

"아, 그랬구나. 둘이 뭐 하냐? 심심하게?"

대화를 나누는 것에 조금 익숙해지긴 했지만, 여전히 그녀는 내 시신경을 집중시킨다. 잠시 환이가 자리를 비운 사이 갑자기 심각하게 슬희가 나를 부른다.

"저기… 윤우야."

"응?"

"있잖아, 나 뭐 하나 물어봐도 돼?"

"어, 그래. 뭔데?"

"나 혹시… 누구랑 닮았다는 생각 안 들어?"

"……?"

아!! 왜… 왜 눈치 채지 못했지? 웃는 모습도, 하는 행동도 잔디… 누나를 많이 닮았다.

"가, 갑자기 왜?"

"아니, 그냥 궁금해서. 누구 안 닮았어?"

"…잘 모르겠는데?"

"응, 그래? 그럼 됐어."

젠장! 이환! 이 자식 도대체 무슨 생각을 하고 있는 거야? 잔디 누나 이야기를 한 건가? 술에 취해 나에게만 주절거리던 잔디 누나 이야기를 슬희에게 했다고? 그런 슬희를 건드리지 않고 네 곁에 두는 의도는 또 뭐냐? 무슨 마음으로 슬희를 대하는 거야? 슬희가 오해하게 만들지 마라! 이환, 넌 잔디 누나 아니면 누구에게도 마음 줄 생각 없으면서 왜 슬희에게 그러는 거야? 상처 주지 마라! 네 녀석의 차가운 마음에 상처 입고 아파하는 슬희… 내가 볼 자신이 없다.

새벽에 겨우 잠이 들었건만… 에휴~ 전화 벨소리 때문에 다시 깨어나야만 했다.

"여보세요?"

쩍쩍 갈라지는 소리로 전화를 받았지만, 대답은 들리지 않았다.

"여보세요?"

[…….]

뭐 하자는 거지?

"말 안 하면 끊습니다."

예의를 다해 말을 건네자 응답이 오더군.

[…나.]

놀랐다. 고개를 들어 얼른 시계를 보았다. 새벽 4시. 이 새벽까지 술을 마신 건가?

"슬희야, 왜 그래?"

[나 잠깐 만나줄래?]

늘 밝게 웃기만 하던 그녀가 술에 잔뜩 취해서 내게 전화를 했다. 무슨 일이 생긴 건 아닌지 걱정이 먼저 들어야 하는 건데……. 난 그저 술에 취한 슬희가 내 생각을 했다는 사실에 난 기쁘고 고맙기만 하다. 미친놈인가? 훗!

서둘러 옷을 걸치고 슬희가 말한 술집으로 향했다. 혼자 있을 거라는 예상과 달리 슬희의 주위에는 한 뭉탱이의 여자와 남자들이 왁자

지껄하게 떠들고 있었다. 그 사이에서 축 처져 보이는 슬희가 술을 비우고 있었다.

"슬희야."

내 등장에 놀란 사람들이 잠시 내게 주목하더니, 슬희가 비틀거리며 일어서자 다시 자신들의 이야기로 돌아갔다.

"왔니? 나가자."

약간 쌀쌀한 바람이 불었다. 말없이 슬희를 앞세워 걸었다. 비틀거리는 모습이 안쓰럽다. 무슨 일인지 모르겠지만, 저렇게 비틀거리는 그녀를… 잡아주고 싶다.

"윤우야."

내 이름을 부르며 계단에 털썩 주저앉아 버린 슬희.

"차가운 데 앉지 마. 잠깐만 일어나 봐."

하지만 슬희는 머리를 두 무릎에 기대고 무어라 중얼거릴 뿐이었다.

"윤우야… 환이… 환이가……."

가만히 그녀의 옆에 앉아 그녀의 취중진담을 듣는다.

"환이가 너무… 너무 미워… 미워."

그녀가 되풀이해서 중얼거리는 말은 세 가지밖에 없었다. 환이… 그리고 그가 밉다는 말… 마지막으로 가장 슬픈 단어… 나 김윤우. 그녀가 부르는 윤우는 너무 슬퍼서… 가슴이 메어져 오는 말이다. 취기가 몰려오는지 어깨를 떨며 열심히 환이를 미워한다고 말하는 그녀. 그녀의 어깨 위로 외투를 덮어주었다. 따뜻한 기온이 와서인지,

놀라서인지… 슬희가 두 무릎에 파묻은 고개를 들어 올린다. 픽 웃는 그녀의 얼굴을 바라보며 나도 따라 웃어버렸다.

"왜 나왔어?"

"……."

"그냥 무시하지… 윤우 넌 너무 착해서 탈이야. 앞으로 내가 또 주정한답시고 전화하면… 그냥 무시해. 알았지?"

그럴 수 있다면 그렇게.

"무슨 일 있었어?"

"훗~ 무슨 일? 그런 게 있겠어?"

"이렇게 술 많이 마시면 안 돼."

"윤우야, 나 오늘… 그 언니 봤다."

"뭐?"

"환이가… 그 언니 머리를 툭 치는데, 왜 그렇게 가슴이 아프던 지……. 왜 그렇게 가슴이 아팠을까? 응?"

잔디 누나를 봤구나.

"나 있잖아… 그 언니랑 친해졌어. 그 언니 너무 사랑스럽더라고… 미워할 수가… 없었어. 그래서… 그래서 환이가 미워. 미워할 수조차 없는 사람을……."

고개가 꺾이는 슬희는 내 어깨로 스르르 무너져 버렸다. 마음을 열지 않는 놈을 그렇게 홀로 바라보고 있는 거… 너도 힘들지? 너를 바라보지 않는 그를 사랑하기가 너무 외롭지? 나도 알아. 네가 환이를 바라보는 마음… 이렇게 외로운데도 그를 불러낼 수 없는 이유… 환이에게는 술 주정도 함부로 할 수 없는 이유… 그가 떠날까 봐 두려운 거지? 그가 이런 네가 부담스러워 떠나 버릴까 봐 두려운 거야. 나 또한 같아, 슬희야. 내가 술에 취해 환이 녀석을 붙들고 엉뚱한 소리를 해대는 이유랑 같을 거야. 감히… 욕심을 내봐. 잔디 누나와 환이가 이루어질 수 없지만, 사랑한다면 어떨까…… . 그러면 너란 사람… 내게 누구보다 아름다운 사람인 널 가질 수 있지 않을까… 하는 바보 같은 욕심을 가져 봐.

그렇게 슬희는 환이가 없는 곳에서 아파하다가 가끔 날 찾곤 했다. 그런 슬희를 바라보며 내 속엔 또 하나의 내가 자라는 듯했다. 그녀를 소중하게 지켜주리라. 그녀가 아파하다 쉴 곳이 되어주리라… 라는 나다운 윤우와… 다른 또 하나의 내가…… .

다시 밝아진 그녀. 하지만 여전히 슬희는 가끔 아프게 웃어 보인다. 그런 그녀를 볼 때마다 화가 나서 미칠 것 같다. 요즘은 불투명한 환이 자식의 행동에도 화가 나서 견딜 수가 없다.

기분 나쁜 기운이 한껏 몰려오는 날이다. 잔디 누나 일이 꼬이는지 환이의 기분도 우울해 보였다. 훗, 커져 가는 마음을 숨기기가 벅찰 테지. 바보 같은 녀석. 아… 나도 너에게 그런 소리 할 처지가 못 되지? 하지만 환아, 그건 알아둬라. 내가 슬희를 사랑해서 너와 누나를 응원하는 건 아니다. 넌 내게 그녀만큼 소중한 녀석이니까.

둘이 퍽도 많이 돌아다녔다. 그런데 왜 하필 정화 기집애가 걸려든 건지. 예전부터 정화란 선배가 환이에게 눈독 들이고 있는 건 알고 있었지만, 오늘 행동하는 꼴을 보니 속에서 열이 치밀어 오른다. 술

자리를 여러 번 옮기면서 환이 자식은 정화 기집애랑 어디론가 사라져 버렸다. 어딜 간 거야? 젠장! 다른 놈들과 생각없이 길거리를 걸어 다녔다.

"환이 녀석, 그 버릇만 없으면 진짜 괜찮은 놈인데……."

"그러게. 며칠 뜸하더니 다시 도진 거야?"

지껄여 대는 친구 녀석 몇 놈을 뒤로하고 몇 걸음 앞서 가는데, 그 많은 사람들을 비집고 내 눈에 쏙 박히는 그녀가 있었다. 흰 코트가 더러워지는 것도 상관하지 않고, 차가운 바닥에 쭈그리고 앉아 있는 슬희.

"야, 너희들끼리 가라. 나 잠시 들를 곳이 있어."

친구 녀석들을 뒤로하고 슬희가 있는 곳으로 달려갔다.

"슬희야!!"

고개도 들지 않는다. 소리가 들리지도, 앞이 보이지도 않는 사람처럼 그녀는 가만히 앉아 있었다.

"슬희야, 정신 좀 차려봐! 슬희야!"

그녀를 흔들어보아도 축 처진 고개만 흔들거릴 뿐 움직이지 않는다.

"왜 이렇게 많이 마신 거야? 일어설 수 있겠어?"

겨우 그녀를 들쳐 업으려고 할 때, 작은 신음이 그녀의 입술을 비집고 흐른다.

"환… 아."

빌어먹을! 이렇게 취한 게 겨우 그 이유야? 다른 기집애 안고 가버린 그 빌어먹을 자식 때문에 네가 이렇게 아파하고 있는 거냐고! 제발! 제발 정신 차려. 바보같이 굴지 마, 제발!

그녀를 업고 집으로 들어왔다. 덜덜 떨어대면서도 하는 말이라고는 환이의 이름……. 너도 참 바보다. 그렇게 아플 만큼 좋아하는 거라면 말해. 환이에게 잔디 누나 대용으로 널 대하지 말라고 자신있게 말하라고. 왜 바보같이 보이지 않는 곳에서 그렇게 아파하고 있냐? 네가 그렇게 아프다는 생각하니까… 화가 나서 미칠 것 같잖아.

"환아… 환아……."

날 미치게 만드는 이름이 왜 하필 사랑하는 친구의 이름인지. 터질 것 같은 감정을 겨우 누르고 환이에게 전화를 걸었다. 축 처진 그녀를 조금이나마 기운나게 하려면, 환이 자식의 목소리라도 들려줘야겠다는 생각이… 아무것도 분간하지 못해도 그 녀석의 목소리 하나면 정신을 차릴 것 같은 가슴 아픈 생각이 들었기 때문이다.

[여보세요?]

"어디야?"

[윤우냐? 후… 무슨 일 있어?]

"어디냐니까?"

[…….]

미친 놈.

"나 슬희랑 같이 있다. 슬희 많이 취해서 너 찾아."

[…집이야?]

"그래, 우리 집."

[후… 지금은 못 가고 나중에 갈게. 잘 좀 돌봐줘라.]

"정화 선배랑 같이 있냐?"

[…응.]

"너 미친 새끼인 거 알지?"

[그래… 알아.]

"이환이 아니었으면 너 같은 놈 상종도 안 했을 거다."

[미안하다. 잘 부탁해.]

"기다려. 슬희 잠시 바꿔줄게."

[…응.]

웅얼거리는 슬희의 입가로 수화기를 갖다 댔다. 환이가 뭐라고 하는 소리가 들리기는 하지만, 화가 나서 무슨 소리를 하는지 알아들을 수가 없다. 슬희도 알아듣지 못했으리라. 슬희는 끊어진 수화기를 오래도록 붙잡고 있었다. 소파에 쓰러져 잃어가는 정신으로도 환이를 부르는 그녀. 그런 그녀를 두고 다른 여자랑 놀아나고 있는 그. 엿 같은 상황이군. 큭큭!

축 처진 슬희를 안고 방으로 들어가는 이 기분은 착잡함으로 가득하다. 그런 기분을 다스리며 그녀를 침대 위로 내려주었다. 엉클어진 머리. 우리의 첫만남이 생각난다. 머리칼을 걷어주고 슬쩍 일어섰다. 섬뜩해지는 기분. 내려다본 곳에는 희미하게 눈을 뜬 슬희가 내 옷자락을 쥐고 있다. 그리고 애타게 속삭인다.

"가지 마… 가지 마… 제발."

힘겹게 한마디, 한마디를 토해내는 그녀는… 내가 아닌 환이를 부르고 있었다. 슬희의 눈빛이 그러했고, 부름이 그러했다. 내 옷깃을 힘겹게 부여잡은 슬희의 손이 파르르 떨림을 더해 올수록 내 안의 또 다른 내가 솟아오른다. 너무도 소중한 사람이어서 말조차 쉽게 건네지 못했는데……. 가끔은 내 앞에서 우는 슬희를 안고 싶다. 그녀의 의사 따위와는 상관없이 마음껏 그녀를 유린하고 싶다. 나만의 사랑이라서… 이기적인 욕심이라서… 나쁜 마음이라서… 늘 억눌러 왔던 또 하나의 의식이 깨어난다.

어느새 내 입술은 슬희의 여린 입술을 찾아들고 있었다. 그리고 내 두 팔은 가늘게 떨림을 더해가고 있는 그녀의 어깨를 감싸안고 있었다. 슬희의 눈물이 계속될수록 그렇게… 그렇게 그녀를 향한 내 이기적인 사랑이 짙어져 갔다. 정신이 들었을 때는 후회해도 늦은 일이겠지…….

짐작했던 결과지만 나는 지금 잠든 슬희를 쳐다볼 용기가 없다. 도대체 내가 무슨 짓을 한 거야!! 이제 난 어떻게 해야 하는 거지?

띵동~

초인종 소리에 흠칫 놀랐다. 시계를 올려다보니 이른 아침이다. 환이가 틀림없다. 어, 어쩌지?

"왜 이렇게 늦게 열어?"

"……."

"잤었나?"

"응."

"슬희는?"

“내 방에서 자고 있어.”

“그래? 미안하다.”

살짝 어깨를 스치고 지나가는 환이에게 나는 미안해하고 있다. 쿡! 웃기지 않냐? 환아, 나 이제는 너에게조차 아무것도 말할 수 없게 되어버렸다. 그렇게 나와 환이는… 말없이 아침을 맞이했다. 지금 네 머리 속에는 무슨 생각이 있을까? 네가 그토록 아끼던 친구에게 상처를 입혔다면 넌 어떤 표정을 지을까? 아마… 날 죽이려 들 거야. 그래, 환아. 제발… 죽여줘. 이대로… 죽어버리고 싶어.

끼익 하고 방문이 열리는 소리가 들린다. 심하게 울려대는 심장 소리. 그녀의 얼굴을 쳐다보지 못하는 나. 난 얼어붙은 사람처럼 고개를 숙이고 앉아 있다.

“일어났어?”

눈부실 만큼 탐나는 미소를 그녀에게 전하는 환이. 환아, 내가 슬희에게 너 같은 미소를 주었더라면, 슬희도 온몸을 던져 나를 사랑해 주었을까? 수없이 질문을 던지는 나지만… 이젠 그런 생각도 끝이다. 이제 모든 게 다 끝나겠지? 슬희의 눈물과 환이의 고함 소리가 크게 울려 퍼지기 시작하면 말이다.

“응. 근데 여기 윤우네 집이었어?”

“쿡! 바보처럼 그것도 몰랐던 거야?”

“응, 몰랐어. 엑! 그럼…….”

“응?”

“아, 아냐. 환아, 얼른 가자. 너 집에 들어가야지. 나도 가야 하고……."

"그럴까?"

환이의 옆으로 생긋 웃으며 다가오는 슬희. 그런 그녀의 머리를 쓸어보는 환이.

"그럼 갈게, 윤우야. 신세 많이 졌어. 고마워~"

현관을 나서며 웃어주는 그녀. 이런… 뭔가 잘못되어 가고 있다. 슬희야, 너… 너 환이를 정말 사랑하나 보구나. 나를 환이라고 완전히 착각할 정도로 애절했나 보구나. 어쩌지? 슬희야, 나 이제 어떻게 해야 하는 거니? 너랑 나 왜 이렇게 아플 사랑을 해야 하는지……. 슬희의 사랑은 생각보다 훨씬 컸다. 그래, 네가 환이를 사랑하는 것처럼… 나도 너를 사랑했어야만 했어. 김윤우, 나란 놈은 정말 나쁜 새끼다.

환이는 슬희를 버리고 정화 기집애에게 갔다. 그러나 슬희는 웃음을 잃지 않고, 멀리서 바라보는 쪽을 택했다. 가끔 슬퍼하는 기색이 보이기는 했지만 잘 견뎌내고 있었다. 하지만 그런 슬희가 흔들리기 시작하는 것을 느꼈다. 잔디 누나……. 환이와 잔디 누나가 금기된 사랑을 시작하면서 슬희는 심하게 방황을 하고 갈등을 느끼는 듯했다. 그녀에게서 모든 희망을 잃은 듯한 느낌이 들었다.

"윤우야."

"응?"

"나… 정말 나쁜 사람인가 봐."

“…….”

“그러면 안 되는데 말야. 이젠 더 이상 못 견디겠어.”

그땐 슬희의 말이 무슨 소리인지 알지 못했다. 정화 기집애처럼 지나는 바람이 아닌, 그 자릴 영원히 지킬 듯한 잔디 누나라는 사람이기에 힘겨워하는 거라고 생각했다. 환이의 행복을 빌며 물러서기 힘들어서 자신을 질책하는 거라고 생각했다. 헌데 그녀가 어이없는 곳으로 들어가는 것을 본 후, 나는 내가 용서받지 못할 죄를 저질렀음을 다시 한 번 느낄 수 있었다. 산부인과! 쿡! 미친놈. 김윤우, 너 왜 살아 있는 거냐? 네 탓이잖아? 너 정말 엿 같은 놈이다. 이젠 내가 해야 할 일이 뭐야? 환이 녀석과 잔디 누나를 괴롭힐 슬희에게… 무어라 해명하고 무어라 위로를 해야 하는 거지? 시간을 돌릴 수만 있다면 내 생명이라도 기꺼이 바칠 테지만, 이미 돌릴 수 없다. 나는 이제 그녀를 영원히 지켜주어야 한다는 다짐을 해본다. 비록 슬희가 거부하더라도 모든 사실을 말하고 죗값을 치러야 하는 시간이 온 것이다. 슬희야, 사람들이 나를 나쁜 놈이라고 손가락질해도 널 안은 그 시간으로 나 다시 돌아간다면… 이토록 슬픈 결말을 낳아버렸지만, 그래도 너를 안을 거라고… 슬프고 힘겹지만 그럴 거라고 말하고 싶어. 모든 것이 망설임에서 시작하여 망설임으로 끝나 버렸다.

잔디 누나가 슬희의 임신 소식을 듣게 되었다. 이 모든 일을 마무리해야 한다. 슬희의 집 앞으로 나섰다. 오늘은 정말 말하리라. 네 소중한 곳에 잠들어 있는 아기는… 널 홀로 사랑하던 나의 생명이라고. 죽을힘을 다해 용서를 빌어야 할 것이다. 곧 대문이 열리고 슬희가 걸어나왔다. 많이 초췌해진 모습으로 한숨을 쉬는 그녀. 날 보고는 지친 듯 한마디 내뱉는다.

"뭐야, 또 나 방해하러 온 거야?"

"아니."

"넌 지겹지도 않니? 네가 아무리 그래도 난 이제 어쩔 수 없어."

"그런 말 하러 온 거 아냐."

"후… 그럼?"

"진실을 말하러 온 거야."

"진실? 무슨 진실?"

"미안해."

"뭐가?"

한마디만 하면 된다. 하지만 그 한마디가 나에게는 태어나서, 아니, 죽어서도 가장 고통스러운 말이 될 것이다. 헌데 그런 내 힘겨운 말을 끊어버리는 소리가 들린다.

"어이~"

대헌이 녀석의 오토바이가 소음을 내며 다가온다.

"여기서 뭐 하나? 마침 잘 만났다. 슬희야, 환이 자식이 오늘 연락한다고 좀 보자던데?"

"그래? 잘됐네. 나도 할 말이 있었어."

"너희 무슨 일 있냐?"

"아냐. 환이 지금 어디 있어?"

"몰라. 오면 연락할 거야. 근데 윤우 너 오랜만이다."

“……”

“근데 윤우야, 너 하고 싶은 말이 뭐야?”

“……”

다시 닫혀 버린 내 입은 열릴 줄을 모른다. 그냥 착잡해지는 가슴을 안고 어디로든 가버려야 한다는 마음밖에는 들지 않는다. 환이 녀석 알아차린 것이리라. 이제 나는 소중한 친구마저 잃은 것이리라. 무작정 큰길로 나왔다. 그런 나를 따라오는 슬희와 대헌이의 목소리. 그때 귀청을 찢을 듯 요란한 차 소리가 들린다. 그 안에는 환이와 잔디 누나가 앉아 있다.

“으악!!”

언제나 내 꿈은 여기서 끝난다. 유턴하는 환이와 잔디 누나의 차가 갑자기 슬희를 덮치는 꿈. 그리고 나는 이렇게 식은땀에 범벅이 되어 깨어난다. 알람시계가 그제야 울어대고 있다. 손을 뻗어 알람을 끈다. 잔디 누나와 환이가 전해준 슬희의 소식이 다시 나를 이곳으로 이끌었다. 내 아이임을 알았음에도 불구하고 슬희는 아이를 낳을 거라는 결정을 했다. 그리고 지금 그 아이가 이 하늘 아래 어디엔가 있다. 그리하여 나에게는 이제 할 일이 생겼다. 다짐했듯이 그녀가 원하지 않아도 평생 그녀가 평온하게 지낼 수 있도록 지켜주어야 한다. 난 슬희에게 그리고 아기에게… 해주어야 할 것이 너무도 많다. 행복할 수 있도록 말이다. 태어난 아기를 본 적은 없다. 절대 보여주지 않는 슬희를 원망하지 않는다. 그녀를 이해한다. 그런 그녀를 위해 지금 내가 해줄 수 있는 것은 단 하나인 듯하다. 이런 그녀의 곁으로 나를 인도해 준 너무 착한 잔디 누나. 아마도 나는 그녀들에게 은혜를 갚기 위해 태어난 것일지도 모른다는 생각에 웃음이 흐른다.

다시 한국으로 돌아온 후, 몇 년이 지나서야 기다리던 전화를 받고 졸업을 맞을 수 있었다.

띠리리리리~

"여보세요?"

[일이 잘될 것 같습니다. 윤우 씨께서 이리로 건너오셨으면 하는데요.]

"물론 가야지요. 가겠습니다. 다른 일도 있고요."

[영광입니다. 이렇게 멋진 분과 일하게 되다니요. 우린 꼭 성공할 겁니다!]

"물론이지요. 무조건 성공해야 합니다!"

전화를 끊고 다시 되풀이해 본다.

"물론이죠. 꼭 성공해야 합니다. 얼굴조차 볼 수 없는 슬비와 잔디 누나를 위해서요."

오랜만에 환이 녀석이 보고 싶다. 면접도 봤을 텐데…….

내 예상대로 면접을 끝낸 환이 녀석의 얼굴이 좋아 보이지 않았다. 아직도 내게 섭섭함과 미움이 남아 있어 툴툴대는 모습이 오늘따라 정겹다. 꽤 오랜 시간을 함께 보낸 친구인데, 이렇게 재회의 기약조차 하지 못하는 이별이라……. 이딴 소리 지껄이면 넌 분명 내게 욕

을 해댈 테지. 환아, 마지막을 고하기가 아쉽다. 슬희만큼 네게도 아
쉽다.

"나 연말에 외국으로 나간다."

"뭐? 거긴 개나 소나 다 가는 줄 아냐?"

"큭큭~ 너 그렇게 반응할 줄 알았다. 아무튼 난 말했다~"

환이 네 얼굴을 보고 있으면… 속마음까지 모조리 다 들켜 버릴 듯
해서… 너무 불안하고 어지럽고 힘겨운 내 마음 다 들켜 버릴 듯해
서… 더는 못 보겠다. 얼굴을 돌리고 힘껏 뛰어버렸다.

"야! 나가면 언제 오는데?"

사랑한다, 이환.

"안 와!"

그 말 못하고, 아니, 안 하고 가련다. 잔디 누나랑 슬희와 함께 행
복해라. 내게 남은 행복이 있다면 너에게 모조리 다 주고 가마.

그렇게 짧은 인사로 가장 소중한 친구 놈에게 이별을 고했고, 예정
보다 빨리 외국행에 나섰다. 하지만 공항으로 가야 하는 내 발걸음은
어김없이… 미련으로 남은 슬희와 슬비가 있는 곳으로 향한다. 슬비.
그 아이가 어떤 눈을 하고 웃는지, 어떤 입술로 슬희를 부르는지 아
무것도 모른다. 알고 있는 사실이라고는 이름이 슬비이고, 슬희의 성
을 따르고 있다는 것뿐. 떨리는 손으로 초인종을 눌러본다.

"뭐야?"

여전히 냉담한, 아니, 영원히 냉담할 그녀.

"나 오늘 미국 간다."

“그래? 잘 가. 날 냉정하다고 생각하겠지만, 더는 좋게 못해. 내 마음도 알아줘. 미안.”

“아냐, 미안해할 필요 없어. 넌 아무… 아무 잘못도 없어. 다 내가…….”

“그만 하자. 인사하러 온 거야? 나 들어가 봐야 해. 슬비 울어.”

돌아서는 그녀의 옷자락을 처음으로 잡았다. 이젠 정말 마지막이기에… 그녀의 모습과 슬비가 너무도 보고 싶었다.

“왜?”

“정말 말도 안 되는 부탁해도 될까?”

“안 돼.”

훗, 그녀는 알고 있었다. 내 부탁을… 슬비를 한 번만 보게 해달라는 내 부탁을…….

“응. 미안해. 잘 지내고… 건강하고… 행복해라.”

“가. 나 들어간다.”

뒤돌아서 문을 닫고 들어간 그녀의 자리에 작게 속삭여 본다.

“미안하다. 그리고… 많이… 많이 보고 싶을 거야.”

슬희. 내 삶에 단 하나뿐이었던 사랑. 단 한 번도 너에게 사랑스런 눈길을 받아보지는 못했지만… 단 한 번도 다정스런 너의 사람이 되어보지는 못했지만… 그리워하며 울다 지쳐 잠든 시간들의 연속이었지만… 행복했었어. 너를 만날 수 있었다는 사실 하나만으로도 행복했었어.

몇 년이 지나서 나는 겨우 내 목표에 다다랐다. 언론이 떠들썩해지고 내 더러운 이름이 온갖 신문과 뉴스에 보도되었다. 그토록 앞만 보고 달렸던 성과물이 모여들기 시작했다. 후… 힘겨운 삶 속에서 단지 사랑하는 두 사람을 위해 버텨왔다. 사랑하는 그녀와 그리움의 내 아가. 이젠… 이젠 그 힘겨운 싸움을 그쳐야 할 때이다.

"윤우씨, 다시 한 번 생각해 볼 수 없나?"

"죄송합니다. 전 그만두겠습니다."

"돈이라면 더 벌 수 있네. 자네 정도면 얼마든지…….”

"아뇨. 전 이만큼이면 됩니다. 더 이상은 필요하지 않습니다.”

그래, 슬희와 슬비에게 줄 수 있는 만큼이면 된 거야. 슬비… 많이 컸겠지? 슬희의 분신인 슬비가 아픔없이 부족함없이 살아갈 수 있을 만큼이면 돼. 더 이상은 바라지 않아. 영원히 보지 못하지만, 영원히 잊지 않으면 되는 거야. 그렇지? 나의 아가.

돈을 한국으로 송금했다. 그리고 내 모든 연락처를 지워 버렸다. 흔적을 지워 나가듯이 하나하나. 그리고… 그리고 그곳으로 향했다. 이젠 내가 세상에서 해야 할 마지막 일을 치르기 위해… 내 과오를 주워담기 위해서 말이다. 내 망막에 진하게 남은 그녀를 기억하며…….

긴 편지를 쓴 것 같다. 이 편지가 너에게 가지 않더라도 너를 향한 나의 이 간절함은 꼭 한 번은 전해졌으면 하고 과한 욕심을 내봐.

행복했었어. 이제 남은 내 인생은 외로움과 힘겨움뿐일 테지만, 널 사랑한 이 마음만은 영원히 간직하고 그걸 위로로 삼으며 지낼게. 단 한 번도 입 밖으로 내어보지 못한 말이 있어. 너무 소중해서 하지 못한 말이 있어. 후… 그 말을 할 수 있는 날이 오길 바랄 뿐이야. 네 행복을 바란다.

from. 김윤우

"김윤우 씨, 준비되셨습니까?"

"아, 네."

서늘한 병실로 외국인 간호사가 들어오며 창백한 윤우에게 말을 건넨다. 윤우는 그런 그녀를 바라보곤 흐뭇한 미소를 건네며 편지를 고이 접어놓은 후 그녀를 따라나선다.

"이식받으실 분 확인하겠습니다. 윤잔디 씨 맞죠?"

"네, 맞습니다. 그리고 제가 부탁한 거……."

"아, 네. 그분께는 김윤우 씨가 기증자인 것을 말하지 않았습니다. 걱정마십시오."

"네, 감사합니다."

"그럼 이식 후, 바로 장애인 복지센터로 옮겨지는 거 맞습니까? 이미 모든 일을 해결해 두셨더군요."

"네."

"개인적인 질문 하나 드릴게요. 평생 그곳에 계실 겁니까?"

"네. 살아 있는 동안은요."

"가족은 없으세요?"

"……"

"아, 죄송합니다. 너무 많이……."

"아닙니다. 가족 있습니다. 아름다운 아내와 사랑스러운 딸이 하나 있죠."

"아… 그런데 왜?"

"이게 사랑하는 사람들을 위한 길이거든요."

흐려지는 기운 속에서 윤우는 바란다. 그녀와 슬비, 환이와 잔디의 행복을.

수술실로 들어선 윤우의 빈 병실에 조금은 시린 바람이 분다. 시린 바람에 윤우의 편지가 병실 구석으로 떨어진다. 영원히 전해질 수 없는 편지가…….

세간의 화제 속에 베스트 셀러에까지
오른 N세대 연애 소설!

하늘엔슬픈비 N세대 연애 소설

『악마vs왕자』

동시에 두 녀석 모두 사랑하면 안 되나요?

"사귀면서 두고두고 괴롭혀야 기분이 풀릴 거 같거든.
대신 내 기분 풀리면 언제든지 헤어져 줄게."
위명희 열일곱 인생에 이런 놈은 처음이었다!!

-> 사악 만땅의 악마 송원일. 바로 이놈이다! -_-;;

"넌 안 좋아? 나랑 키스했는데 안 좋아?
딴 여자들은 다 좋아하면서 나보고 막 웃어주는데. *^^*"
때마침 등장을 넘어서 접근까지 시도한 멋진 놈이었다!

-> 한창 잘 나가는 모델에 여자보다 더 예쁜 꽃미남 예원근.

● 하늘엔슬픈비 지음

도서출판 **청어람**
부천시 원미구 심곡1동 350-1 남성빌딩 3층 우420-011　☎ 032-656-4452　FAX 032-656-4453
E-mail : eoram99@chol.com

사랑이라는 게…그리 쉬울 줄 알았어?

다죽자 N세대 연애 소설

『그래도 지구는 돈다』1,2

나 하나 사랑해 주는 것보다 죽는 게 더 쉬웠니?

'나 살아도 되는 건가? 너도 날 떠날까 봐 두려워.'
불안하고 아슬아슬한 자유 비행을 꿈꾸는 자살 중독증 소년 아로하.
'내 삶, 가도 가도 상처뿐인 삶이었다.'
행복이 갖고 싶다며 두 눈을 감은 외로운 영혼 사천.
'그 딴 약속, 하는 게 아니었는데…
차라리 1년 후에 온다고 할 걸 후회하고 또 후회했다.'
야쿠자의 아들, 초코 아이스크림이면 죽고 못 사는 귀여운 아림돼지 이데.
'그렇게 살아가겠지. 그렇게 살아야지. 그렇게 살다 가야지.'
친구를 위해 마음을 숨긴 채 한 여자의 곁에 머무는 바보사랑 반산.
'아슬아슬한 널 잡고 싶었는데 끝내 놓쳐 버렸어.
네가 없는데도 이 빌어먹을 지구는 돌아간다.'
눈물보단 밝은 웃음으로 아픔을 대신하는 굳센 소녀 산어래.

● 다죽자 지음

도서출판 **청어람**
부천시 원미구 심곡1동 350-1 남성빌딩 3층 우420-011

E-mail : eoram99@chol.com
☎ 032-656-4452 FAX 032-656-4453

도서출판 **청어람**   E-mail : eoram99@chol.com
부천시 원미구 심곡1동 350-1 남성빌딩 3층 우420-011   ☎ 032-656-4452   FAX 032-656-4453

도서출판 청어람 책을 사랑해 주시는 독자 여러분들께
감사의 마음을 전하기 위해 조그마한 이벤트를 마련했습니다.
설문에 응해주신 후 엽서를 보내주시면 추첨하여
청어람에서 출판된 'N세대 연애 소설' 다음 작을 댁으로 우송해 드립니다.

관 제 엽 서

보내는 사람

경기도 부천시 원미구 심곡1동
350-1번지 남성빌딩 3층
도서출판 청어람

420-011

우편요금
수취인 후납부담
발송유효기간
2003. 5. 10~2005. 5. 9
부천 우체국
계약 제174호

· 좋아하는 'N세대 연애 소설' 작가

· 재미있게 읽은 'N세대 연애 소설' 작품

· 책으로 읽어보고 싶은 'N세대 연애 소설' 작품

· 'N세대 연애 소설' 에 바라는 점

· 구입하신 지역과 서점

· 이 책을 선택하게 된 동기

이름

생년월일				직업

전화번호				성별

이메일